陕西师范大学中国语言文学"世界一流学科建设"经费资助
陕西师范大学中国现当代文学专业研究生教学用书
国家社科基金重大项目"延安文艺与现代中国研究"(批准号18ZDA280)阶段性成果

延安文学
研究述论

袁盛勇 ◎ 主编

中国社会科学出版社

图书在版编目（CIP）数据

延安文学研究述论/袁盛勇主编. —北京：中国社会科学出版社，2019.8
ISBN 978-7-5203-4872-0

Ⅰ.①延… Ⅱ.①袁… Ⅲ.①中国文学—现代文学—文学研究 Ⅳ.①I206.6

中国版本图书馆 CIP 数据核字（2019）第 178149 号

出 版 人	赵剑英
责任编辑	郭晓鸿
特约编辑	李坤阳
责任校对	周　昊
责任印制	戴　宽

出　　版	中国社会科学出版社
社　　址	北京鼓楼西大街甲 158 号
邮　　编	100720
网　　址	http://www.csspw.cn
发 行 部	010-84083685
门 市 部	010-84029450
经　　销	新华书店及其他书店
印　　刷	北京明恒达印务有限公司
装　　订	廊坊市广阳区广增装订厂
版　　次	2019 年 8 月第 1 版
印　　次	2019 年 8 月第 1 次印刷
开　　本	710×1000　1/16
印　　张	19.5
插　　页	2
字　　数	251 千字
定　　价	99.00 元

凡购买中国社会科学出版社图书，如有质量问题请与本社营销中心联系调换
电话：010-84083683
版权所有　侵权必究

目　录

引论　延安文学研究的学术史建构 …………………………… 1

第一编　延安文学研究及其当代性

延安文学及延安文学研究刍议 ………………………………… 3
反思与重启：延安文学及其研究的当代性
　　延安文学有重新加以研究的必要 ……………………… 16
　　重新厘定延安文学传统 ………………………………… 23
　　直面与重写延安文学的复杂性 ………………………… 29
延安文人：建构现代民族国家的本土话语体系
　　——关于延安文学研究的再思考 ……………………… 36
"右"与"左"的辩证：再谈打开"延安文艺"
　　的正确方式 ……………………………………………… 46
"人民文艺"的历史构成与现实境遇 …………………………… 71

第二编　延安文学研究述评

中华人民共和国成立前中国解放区文学研究述评 …………… 91
中华人民共和国成立后中国解放区文学研究述评 …………… 101
新时期的解放区文学研究 ……………………………………… 111

静悄悄地行进
　　——论 90 年代的解放区文学研究 ·················· 123
20 世纪 90 年代以来中国解放区文学研究述评 ············ 140
延安文学研究的现状与深化的可能 ···················· 149
《在延安文艺座谈会上的讲话》的接受史研究 ············ 162
延安文学研究的历史与现状 ························ 174
对延安文艺的重新认知 ·························· 184
再论对延安文艺进行重新认知 ······················ 196

第三编　延安文学研究的问题及价值

批评的偏至
　　——近年来的解放区文学研究 ···················· 211
回到原初
　　——解放区文学研究中的一个问题 ·················· 220
"重写文学史"视域中的《讲话》
　　——以几部新的文学史著述为例 ·················· 233
延安文学研究的还原性特征 ························ 245
中国现代文学史中的延安文艺书写 ···················· 256
论延安文学和体制化文学在打通
　　现当代文学史中的特殊意义 ···················· 270
当代文学与延安文学和左翼文学：
　　研究现状与存在问题 ························ 281

附录　主要作者简介 ···························· 300
后　记 ···································· 303

引论　延安文学研究的学术史建构

延安文艺是现代中国文化史上一种富有精神魅力的文艺形态，有其较为独特的历史、文化和思想内涵，也形成了较为独特的审美风貌和内在美学肌理。它在时间上大致以1935年10月中共中央领导的红军到达陕北始，以1949年7月于北平召开的第一次全国文代会止。其有广狭两义：狭义是以陕甘宁边区首府延安为中心开展的文艺、文化运动和思潮，是重点发生在陕甘宁边区的文艺运动和思潮，以及出现的各种文艺现象、作家、作品等；广义是以延安、陕甘宁边区为中心，发生在中共领导的各抗日民主根据地及后来解放区的文艺、文化运动和思潮，以及出现的各种文艺现象、作家、作品等，这在以往被称为"解放区文艺"。本书取广义用法，但以发生在延安、陕甘宁边区的延安文艺为主。

延安文艺中的主要部分是指文学运动和文学创作，也有更为直观形象的部分，它们包含了音乐、美术、歌舞、戏剧等各种艺术形态的广泛运用，只是由于笔者受自身所学和所从事专业限制，研究主要限定在文学领域，并且是在现代中国文学史的意义上展开探讨，所以本书题名"延安文学研究述论"；但是，本书所选论文有些仍然涉及戏剧、美术、音乐等艺术形态和延安文化运动，则还是用"延安文艺"来说明。书中也有采用传统用法"解放区文艺"和"解放区文学"的，均尊重作者原意。在现代中国文学史上，延安文学是一种较为独立的文学形态，它跟20世纪40年代其他区域的文学并不一样，具有一定美学和政治意识形态的超越性品格，此种超越性品格因为加入了一个新的意识形态的信仰维度，而使其具有更为真切和久远的当代价值。当然，其具有的某些历史局限性也是为一定时期的政治文化所内在决定了的，而其局限性其实也恰好构成了延安文学的重要特色之一。

刘增杰先生曾将解放区文学（延安文学）的研究分为三个阶段："第一个阶段是以颂扬为基本格调的研究阶段（时段为20世纪40年代至70年代末）；第二个阶段（约为20世纪80年代）是解放区文学研究的蜕变阶段；第三个阶段（20世纪90年代以来）为解放区文学研究获得根本性改变的阶段。"[①] 这种划分在总体上勾勒出了延安文学研究的历史进程，但是，由于延安文学跟政治文化等具有非常复杂的关联，考察延安文学研究的历史与现状也必须跟一定时期的政治文化语境、文艺思潮以及学术界总体的认知水平与研究条件结合起来予以综合理解。而且，自20世纪80年代以来，伴随着改革开放与思想解放进程的深入展开，国外汉学家尤其是一些华裔学者的延安文艺研究成果也被译介过来，并且不断被国内学界所阅读和熟悉。于是，国内外学者的合力性展开，也为人们理解延安文学及其与现代中国的复杂关系提供了多重视角和研究方法，以及种种互为冲突的观点，而21世纪以来的延安文学乃至更大范畴的延安文艺研究也才有可能在此之上予以蓬勃展开。

当我们开始考察延安文学研究的时候，一个重要问题便是对于延安文学文献史料的整理和研究。延安文学研究之所以日益走向成熟，已经越来越具有较强的学术品格和学科地位，一个重要方面就是研究者越来越具有较为自觉的史料意识。延安文学研究的不断发展和走向深入，跟延安文学史料文献得以持续整理和出版是密切相关的。作为延安文学研究的学术史考察，首先对此应该有着一个较为自觉和清醒的梳理与把握。

---

① 刘增杰：《于平静里寓波澜：读王培元〈延安鲁艺风云录〉》，《中国现代文学研究丛刊》2005年第4期。

前述刘增杰对延安文学研究三个阶段的划分，其实已经包含了对于研究者所处历史文化语境和理论观念嬗变等因素的考量在里边。延安文学研究自其诞生伊始就已经开始了，而把延安文学研究历程跟中华人民共和国70年的发展历程联系起来，可知延安文学研究不仅是一部有着特定研究对象的学术史，更是一部文化思潮和文学观念变迁史。从文化语境、观念的变迁与延安文学研究的关系来考察并建构一部延安文学研究学术史，不仅很有必要，而且可以把刘增杰上述三个阶段的划分予以具体补充和延伸，勾勒得更加翔实一些。比如，20世纪40年代人们对延安文学发展的初步总结和批评，其实也是延安文学研究的最初阶段；20世纪50—70年代形成了新民主主义理论视域中的延安文学研究阶段；20世纪80年代随着方法论和新的文学史观念的兴起，而出现了众声喧哗却也二元对立的延安文学研究景观；20世纪90年代随着对现代性文学观念的深入认知和反思，出现了延安文学研究的"再解读"现象和区域文化研究视角；21世纪以来，延安文学研究更是进入了文学—文化、文学—社会等宏阔视野下的纵深发展时期，取得了长足发展，当然，也存在着一些必须予以严肃正视并予不断解决的问题。这是迄今为止延安文学研究呈现出来的基本历史状貌，体现了较为丰富的文化逻辑架构，有其较为坚实而广泛的学理基础。

21世纪以来延安文学研究新气象的出现和渐次形成，其实离不开20世纪90年代一批学者的研究成果。在很大程度上，21世纪以来的延安文学研究乃是这些研究成果的一个接续和强化而已，而其直接原因在于一批新锐学人的迅速出现和成长，他们中不少人把博士论文的选题敏锐地限定在这个领域，而另外一些学者在进行20世纪40年代文学与文化的研究时，也往往不断驻足于此。这样经过将近20年的不懈努力，研究界终于从不同角度、在不同层面取得了一些新的研究成果，它们所内含的创造性品格不能不引起人们的高度重视，新的延安文艺研究也就日渐形成和崛起了。研究者在延安文人研究、毛泽东《在延安文艺座谈会上的讲话》和马克思主义文论中国化研究、延安文艺审美和文学形式研究、延安文艺制度研究等方面，均取得了令人瞩目的学术成就。而如何认知和评价这些具有创新性的延安文学研究成果，自是延安文学研究学术史撰写者必须加以认真考察并予论述的重要问题。

本书所选论文主要是 20 世纪 90 年代以来尤其是 21 世纪以来有关延安文学研究之研究的论文，当然也包含了一些对于延安文艺研究方法论和延安文艺当代价值认知的文章在里边。感谢诸位作者富有智慧的思考和论述。书中 25 篇文章的集中展示和呈现，一方面显示了对于延安文学研究历程及其成就的追踪和评述，另一方面显示了延安文学研究中存在的问题及其不断深入探究的诸种可能性。这些，其实已经呈现出了一部较为分散的延安文学研究学术史的雏形，或者说，不仅为人们深入而准确认知延安文学提供了有益借鉴，而且为人们撰写一部较为全面而富有学术分量的延安文学研究学术史提供了富有价值的学理思考和参照。建构一部延安文学研究学术史，既有较为客观的学术要求，也需要撰写者具有更为精深高远的学术视野；在对研究成果和学术文化脉络的叙述和评析中，要求研究者对于延安文学及其研究均有一种能够包举万千却也举重若轻的学术能力。而要能在研究和书写中做到举重若轻或驾轻就熟，倘若不具备能够进行学术和文化穿透、评判的眼光与思想之力，那也会限制其学术史写作可能达到的深度和所能取得的更大成就。

袁盛勇

2018 年 10 月 5 日于陕西师范大学嘉木斋

第一编　延安文学研究及其当代性

延安文学及延安文学研究刍议

一

延安这个直接并最终催生了社会主义中国的革命圣地，无疑与20世纪后半叶中国社会、历史和文化进程有着密切关联。延安时期，毛泽东正在积极创构并最终成形的新的意识形态话语自然会对延安文学的形成、发展产生不可忽视的决定性影响。正因为如此，延安文学就必然不仅仅是一种具有地理区域性的文学，更是一种意识形态化的文学。这种文学不仅在当时产生了广泛的政治性影响，更为令人关注的是，它在中华人民共和国成立后随着中共领导地位的牢固确立而转化为国家的文学并由此对以后的中国文学发展进程产生了某种毋庸置疑的决定性影响。正因为如此，如果想深入探究1949—1976年中国文学的形成、发展及其特质，就必得追寻延安文学的形成、发展及其特质的构成，否则，人们对中国文学在1949—1976年的完整状貌的形成就会缺乏深入理解，也就不可能真正把握这段文学发展进程的内在肌理。在这一意义上，探究延安文学的形成及其特质的构成自然会成为现代中国文学研究界某种不可或缺的探源性工作。

倘若采取整体性的新文学发展眼光来看，延安文学在20世纪中国左翼文学发展史上更是起着承前启后、继往开来的重大作用，它仿佛成了一个影响中国左翼文学在日后更为激进发展的"重要穴位"。在左翼文学的发展链条上，延安文学显然承续了 20 世纪 30 年代普罗文学和苏区文学的不少革命性传统，但也形成了某些与之迥然不同的要素，这些要素的形成自然是与某种政治文化氛围的不断强化密切相关的。因此，如何看待延安文学对此前左翼文学传统的承袭，又怎样认识延安文学自身之独异性传统的形成，就成了一个非常富有学术价值的研究课题。在笔者看来，左翼文学在 30 年代由于创造社、太阳社等不同团体的革命作家与鲁迅、茅盾、瞿秋白、冯雪峰、胡风以及周扬等人的共时性存在而呈现出复合型特征，因而在其传统内部回响着并不完全同质的种种观念的碰撞声。这一传统也因之成为一个充满了悖论和张力的丰富性存在，借助巴赫金的术语来说，它是一个具有丰富内涵的类似复调式结构的那样一种存在。有意味的是，在民族主义思潮的驱使下，这一复调式存在也一度呈现在延安文学发展的初期。但 1942 年文艺整风后，左翼文学在 30 年代形成的某些丰富性传统遭到了新的意识形态话语的不断改写与重塑。换言之，在新的政治文化语境中，其丰富性在难以抗拒的转换性生成语境中遭到了被不断剥离的命运。文学又成了一种曾被鲁迅等人予以严正批评和反对的意识形态化宣传工具，文学的发展问题在新的政治文化的规约和同化下其实转换为一个延安文学如何遭遇意识形态化的命运问题。于是，文学赖以发展的动力和构成其本质的决定性要素并非存在于文学的审美本身，而是取决于新的意识形态的形成。这里所言的意识形态其实是指一个时期占统治地位的思想，是指政治意识形态，但也包括一种话语意义上的意识形态。因此，在本质上，延安文学的最终形成并非左翼文学之丰富性传统在 40 年代的进一步发展，它构成了某种相对后者之丰富性状貌的回落。但换个角度，也可以认为它是 30 年代左翼文学之内在政治性传统在新的语境中走向极致的结果，因为在鲁迅、茅盾等人创构的左翼传统之外确实还存在着自"革命文学"论争期间形成的那种执意趋向高度意识形态化的文学传统。因此，即使仅从延安文学与此前左翼文学传统的接续和变异来考察，延安文学的形成已经显现了某种复杂性。倘若把它与苏区文学、民间文学、传统文学乃至世界左翼文学的关系再考虑进来，那就更显微妙和复杂了。

所以，无论是从理解20世纪后半叶中国文学尤其是1949—1976年文学的形成，还是从更高视点理解中国左翼文学的嬗变而言，现代中国文学研究界都有必要对延安文学进行全新研究与深入探讨。更何况，延安文学本身并非如人们想象的那样简单，也非如以往研究者揭示的那样单薄，它有着某种在单纯之中凸显而出的复杂性特征，如果联系其形成过程来考察，这种复杂性特征就更为突出了。因此，即使把它从现代中国文学的发展之流中截取出来予以静态式研究，也是颇有价值的。20世纪后半叶的某些历史时刻，人们对延安文学的阅读和研究都曾表现过强烈兴趣，这在政治意识形态统摄较为浓厚的时期更为明显。但现在看来，人们对它的理解和研究成了一个问题，并且愈是透彻研读过延安文学作品和以往相关研究成果的年轻学人，就愈会觉得延安文学具有值得深入开掘的研究价值，就愈会觉得过往的延安文学研究不但没有成为大家进一步理解延安文学的桥梁，而是成了某种绊脚石，成了某种阻滞深思的障碍。简言之，延安文学研究在新的历史文化语境下日益凸现成为一个全新的并且有待高度关注的问题。那么，延安文学研究何以会成为一个问题的呢？

笔者认为，究其原因确然是非常复杂的。除了一些难以言说的因素之外，笔者更愿强调从方法论的角度来检讨一下延安文学研究产生症结的原因。在笔者看来，这首先是为新民主主义理论视域所决定了的。新民主主义理论在现代中国文学研究领域的最初运用始自周扬。1939—1940年他在延安鲁迅艺术文学院为授课而撰写的《新文学运动史讲义提纲》中即出色运用了毛泽东刚刚创构出来的新民主主义理论。1949年后，这一理论更是成了整个中国学术界的主流理论乃至唯一正确性理论。中国现代文学学科由于其在整个意识形态领域中的特殊性，由于其担当着为中国无产阶级文化及其全部历史提供合法性证明的特殊意识形态功能，因而，新民主主义理论在中国现代文学研究领域的影响尤为深远。一切只有符合这一理论要求的历史对象才能进入研究领域，一切只有遵循这一理论要求的价值判断和学术评价才能被认可，否则，就会招致意识形态机构的严厉批判。在此种状态下，延安文学不仅成为一种合法性存在，而且担当了人民共和国文学得以持续发展的逻辑前提并为其提供了直接的文学性资源。正因为如此，人们对延安文学无不表现出狂热认同，并且对其给予了亘古未有的极高推崇或评价。这在王瑶、刘绶松、唐弢等人撰写的文学史论著和教材中得以异常清晰地凸现出来。他们对延安文学的高度评价整整影响了几代研究工作者，产生了重要影响，但是缺乏必要的反思。

20世纪80年代以来，中国现代文学研究在较为宽松的政治文化语境中显现出了空前的活跃，研究者借助从西方输入的各种理论资源和研究方法对现代文学进行了革故鼎新式的梳理、认识和评价，并且自80年代末期以来一度出现过"重写文学史"的热潮。"重写文学史"的倡导者和参与者们反对把文学研究作为一种政治意识形态的工具来看待，标举从审美角度重新认识与整合现代中国文学史，主张让现代文学研究回到纯美的轨道上去，摆脱文艺创作和文艺研究对政治的依附。正因为如此，"美"在当时也在一定程度上成了一种抵抗和瓦解意识形态话语霸权的手段。换言之，"美"在当时成了一种富有政治意味的存在。于是，"重写文学史"热潮中出现的某些研究成果自会呈现为一种扬此抑彼的二元论式存在：一方面，研究者对新民主主义论及其统摄下的研究成果进行了颠覆、瓦解，站在审美和人性的基座上，他们重新发现了像沈从文、张爱玲和穆旦一类的作家作品，并对之给予极高评价；另一方面，他们对中国左翼文学发展途中的某些现象缺乏一种了解之同情，因而大体上对之采取了一种轻蔑和否定的态度，而很少采用较为复杂化的处理方式。所以，"重写文学史"虽然发掘了不少优秀作家作品，并且极力把文学研究引导到了审美的轨道上来，无疑标志着现代中国文学研究的进步，但是，由于"审美"在当时特定的现实境遇中仍被研究者当作一种进行意识形态抵抗的有效武器，故而它在根本上并没有扭转中国现代文学研究的整体风貌，也没有改变那种为人熟知的二元论思维图式。现在看来，当时研究者采取的批判性立场也是由其强烈的启蒙主义精神决定了的，因而此种现代中国文学研究可以说是当时流行的启蒙主义话语在文学领域的实践。[1] 应该说，这套话语实践在当时起到了巨大的思想解放作用，主体性和审美性的地位在文学研究中得到了前所未有的扩张或凸现，先行者的启蒙之功不可没，更不可辱。只要想想，倡导者和参与者们在当时和后来受到了多大的非学术性压力，就足以让人不由得不表示钦敬了。[2] 但是，此种话语实践在今天看来确实又存在着种种不足或缺陷，其中之一是：既然"重写文学史"的目的已经在客观上内在地蕴含了意欲通过对现代文学的重新阐释与清理而达到清理和批判政治意识形态的作用，那么现代文学研究就难免会从一个极端走向另一个极端，在对文学审美与形式的张扬中又异常显明地遮蔽了现代中国文学与现代中国政治文化之间本来不可分割的广泛联系。在这一意义上，我们不难理解，为何80年代以来的延安文学研究会呈现出一种极为贫弱的状态，成为一个亟须引起大家关注并予重新解决的问题。笔者认为，自90年代以来，相对于30年代左翼文学研究，"十七年"文学研究和"文革"文学研究取得的学术成果而言，延安文学研究虽然伴随中国"新左派"的兴起和现代中国文学研究的深入也曾取得了一定成绩，但是远为缺乏富有深度的研究成果。它在事实上构成了制约现代中国文学研究走向更高境地的瓶颈，延安文学亦因之必然成为值得人们给予大力关注并予攻克的重

---

[1] 参阅倪伟《作为视野和方法的文化研究》，《中国现代文学研究丛刊》2002年第3期。
[2] 陈思和先生曾坦率指出："当时思想解放运动和破除现代迷信的社会主潮，我是倾心支持和积极投入的，似乎前途很光明；但是在90年代以后，尤其是我和王晓明教授一起主持'重写文学史'工作遭遇到较大的非学术压力以后，才觉得历史上的许多经验一下子变得具体了"（陈思和《谈虎谈兔》，广西师范大学出版社2001年版，第493—494页）。

要研究领地之一。或许正因为如此,《文学评论》2003年第6期"编后记"才会指出:"近年来中国解放区文学研究波澜不兴,鲜有突破性的研究成果。"

二

笔者认为,延安文学的形成和发展经历了一个过程,它跟那个时代与那个特定区域的政治文化的微妙转换密切相关。民族抗战了,知识分子应该做些什么,将往何处去?为了发挥文艺抗战的功能,作家的文学观念是否必须转变,如何转变?在新的政治文化语境下,他们到底会期待扮演一种怎样的角色。如何进行角色转换?……所有这些问题都是那个时代的知识分子尤其是奔赴延安的知识分子必须思考的。笔者在前面已经约略指出,延安文学本质上是一种意识形态化的文学,因此,探究其意识形态化的形成应该作为新的延安文学研究的重要出发点和突破口。因为在笔者看来,只要从这出发,我们就可弄清楚延安文学的本质性构成,并且准确回答它与此前左翼文学之异同;从这出发,我们就可探讨延安文学观念形成的独特轨迹;从这出发,我们就可追问:知识分子和延安文人是以怎样的方式、在怎样的状态下被整编成为无产阶级的一部分,并且最终接受工农化的命运的?在这意识形态化改造途中,是否存在着一些独特的规训机制,延安文人是否产生过一些微妙的心灵波动?在其心灵波动的深处是否隐藏着一些独特的心理机制和致命的心理缺陷?我们还可进一步追问:上述所言延安文学观念和心理层面的意识形态指向在延安文学作品的构成、叙事和修辞层面又是如何呈现出来的?而且在笔者看来,延安文学形成的复杂性在于,"鲁迅传统"也曾介入其中并发挥了不可忽视的作用。延安时期"鲁迅传统"的形成过程其实亦是新的意识形态话语对延安文学与文化观念进行不断规训的过程,也是对延安文人心态进行规训并促使其走向自我驯化的过程。那么，延安时期这个被意识形态化了的"鲁迅传统"到底是怎样形成的？它具有一些什么样的特质？它对知识分子、延安文学与文化的规训到底是如何发生的？① 正因为如此，我认为可以把上述三个方面作为一个相互连接的整体来探讨。或许只有从这出发，我们才有可能把延安文学的形成理解为一个动态而非静态的过程，并且在这过程的追究和展示中揭示出延安文学中最为隐秘的东西，进而探讨延安文学得以意识形态化形成的内在机制。

在延安文艺的发展历程中，文艺整风后的延安文学在其政治意识形态本性上确然已经成了一种我们可以称为"毛泽东话语"的再生产场域，它的确立不仅依附这一话语，而且紧密依附于党的权力意志。这就可以理解为什么毛泽东的文艺观念很大部分直接源于瞿秋白等人，但是唯毛泽东而非瞿秋白成了一个时代的话语中心；为什么毛泽东同样的思想观念在整风前并不能引起大家的强烈关注，而只有到整风期间当他在党内掌握了绝对的权力之后才能成为一种一统化的权力话语。其实，这也是导致后期延安文学与此前左翼文学迥然不同的原因之一。延安文学不仅成为一种意识形态化的文学，而且真正成为一种"党的文学"。党的文学不仅凸现为一种文学观念，而且在事实上成为一种文学样态。人们以往总是依凭《讲话》中的字面含义把后期延安文学的发展方向称为文学的"工农兵方向"，并因之把延安文学称为"工农兵文学"。倘若单从题材着眼，这种命名或许还有几分真实性，但从其意识形态本性看，则此种说法显然是不符合延安文学之本真的，因为延安文学的本质是由文艺服从政治这一根本原则决定。

在现代中国文学史上，政治与文学的纠缠确乎总是剪不断理还乱的，诚如杨义先生所言："现代文学史是与现代政治因缘很深的学科。"② 关于政治与文学的因缘，现代文学史作为历史的一个面相，它已经静静地呈现

---

① 详见袁盛勇《延安时期"鲁迅传统"的形成》，《鲁迅研究月刊》2004年第2—3期。
② 杨义：《关于现代文学史编撰的几点随想》，《中国文学研究》2000年第3期。

在那里，单等着研究者去接近它、领悟它并在此之上去敲开它内在具有的种种奥秘。延安文学正是把现代中国政治与文学之因缘引向一个独异境地的文学，也自然构成了现代中国文学史上的一片奇特景观。其独异性在于，当它发展到文艺整风之后，它已经在一个较为封闭的地缘文化和政治文化场域中，依凭政治强力和新的意识形态话语具有的某种现代性魅力相结合，把"左联"时期较为抽象、空泛并寄寓了各种知识分子自由想象的马克思主义政治实实在在推进到了与党的意志紧密结合的政党政治。而这，正也构成了毛泽东文艺思想的本质之一，也自然构成了始终依附于毛泽东话语而得以发展的后期延安文学的本质之一，形成了一种新的现代性文学观念。吴立昌先生认为，"五四"后30年到中华人民共和国成立后30年，"中国文学在政治的强力干预下，自由度越来越小，最后几乎等于零"，文学与政治的关系也因之日渐呈现为一个死结，怎样才能解开这个结，"关键不在文学，而在政治。如果政治家还要迷恋'武器的批判'可以代替'批判的武器'，那么文学必将可悲地走入死胡同"①。确为不刊之论。按笔者的理解，其间所言"政治"乃正是自延安文学发展至文艺整风后曾遭遇过的政党政治。所以，讨论延安文学的意识形态化形成尽管难免要讨论具有普泛意味的政治与文学的关系，但重要的是要把"政治"推进到政党政治的核心层面来予以讨论，因为只有这样的"政治"才切切实实构成了后期延安文学发展的重要推动力和影响力，并使延安文学在整风之后终于呈现了与此前左翼文学迥然不同的文学形态。

说延安文学为"党的文学"其实并非本文的发明。胡乔木曾在检讨"党的文学"这一概念时指出，"社会主义事业，它是人民的事业……不能因为它要有党的领导，就把它说成属于党的。文学艺术是一种社会文化现象，党需要对这种社会文化现象的发展方向进行正确的领导，但是，文学

---

① 吴立昌：《重评基点和论争焦点——现代文学论争两"点"论》，《复旦学报》2003年第6期。

艺术方面的许多事情，不是在党的直接指挥下，经过党的组织就能够完成的，而是要通过国家和社会的有关组织、党和党外群众的合作才能进行的。而且，有许多与文学艺术发展方向关系不大的事情，党没有必要也没有可能去干预。因此，不能把文学艺术这种广泛的社会文化现象纳入党所独占的范围，把它说成是党的附属物，是党的'齿轮和螺丝钉'。"他又谆谆告诫道，"党的文学这种说法的含义是不清楚的。把文学这种社会生活现象完全纳入党的范围是不合适的"①。胡乔木是站在"党的文学"从延安时期的形成、发展再到转换为"国家的文学"后带来的沉痛历史经验教训的基础上说出这番话的。众所周知，他自《讲话》形成完整的文本阶段开始，不仅见证而且积极参与了此前中国文学的发展进程，因此他的这段话自然是极为深知延安文学以来中国文学发展之个中三昧的，本应引起现代中国文学研究界的注意。这段话是他1982年讲的，至今30多年过去了，可是，学术界又有几人真正领悟了他的这些带有反思和总结意味的话语呢？在我看来，以胡氏之论逆向观之，即可理解后期延安文学或整风后的延安文学及人民共和国成立后30年文学的真正面貌及其历史走向之必然了：延安文学的独特性系于此，"十七年"文学的独特性系于此，"文革"文学的极端化趋向系于此，它们在历史发展中呈现出的种种冲突以及由此引发的种种复杂场景，亦系于此。因此，倘若人们对于延安文学要进行充分的还原性研究，那么就必得抓住这个要害，否则，那是肯定还会如以往的研究一样不甚了然的。进而言之，只有逮住了此点，逮住了延安文学在四五十年代之交如何由党的文学转换为国家的文学，才有可能真正理解共和国文学在其最初发展的30年间赖以形成的内在奥秘，也才有可能真正把握当时的文学话语赖以形成的核心机制所在。于是，我们有理由相信，人们由此不仅可能会在更为深刻的意义上接近现代中国文学发展之本真，而

---

① 胡乔木：《关于文艺与政治关系的几点意见》，《胡乔木文集》第2卷，人民出版社1993年版，第532—533页。

且可开拓出一条新的研究路径或范式，并在此之上去除某些先在的遮蔽而敞开一片现代中国文学研究的新天地或新的阐释空间。

三

笛卡尔说，我思故我在；萨特说，我写作故我在；加缪说，我反叛故我在。对于愿把学术研究作为自己存在方式的年轻学人而言，自可在延安文学研究和对历史的书写中倾吐自己的誓言：我揭示故我在。所谓"揭示"意指研究主体要敢于直面历史现象，并能透过纷繁的历史表象揭示其历史真相（倘若确有所谓真相的话），揭示其震撼人心的历史隐秘。在笔者看来，对于某些客观存在的足可供人反思的历史性和思想性难题，重要的不是去回避它，遮蔽它，而是要敢于正视它，揭示它！况且，处在后现代境遇中的知识分子尤其是人文知识分子，当他在现实社会和现有体制中遭遇了边缘化命运时，或许更有理由要求他把自己批判性的眼光更多地投向历史，尤其是那些曾被长久遮蔽或晦暗不明的历史，并且敢于在揭穿谎言的同时道出历史的真相。延安文学研究的任务首先在于如何能直接而有效地进入延安文学赖以形成的历史深处，并对其进行某种符合历史本真的还原性揭示。在这揭示中，不仅延安文学形成的历史真相能够得以敞开，而且会在与历史的较量中再次显现人之所以为人的高贵，因为从某种意义上讲，知识分子不可推卸的责任之一即在于对历史发生诊断的热情，揭示历史的隐秘，展示一切深藏于历史表象之底层的思想、动机和行为。那么，必须予以追问的是：如何才能揭示其历史真相与历史隐秘？

延安文学当然属于历史的一部分，倘要探究其意识形态化的形成，其实就是探究其得以成形的历史过程。正因为如此，笔者认为对延安文学的研究应该在总体上采取一种建构主义视角而非本质主义视角。在以往的延安文学研究中，研究者秉持的本质主义视角通常把延安文学的特性理解为必然的、不变的、是当然如此的；而建构主义则势必要求将延安文学还原到一种历史情境中去，把延安文学的本质理解为一种是在政治权力与文化观念主导下，通过延安文人和民间力量的多向度努力而不断建构出来的东西。换言之，延安文学的本质不是生而具有的，而是在一种意识形态化形塑的过程中予以历史地完成的。因此，从建构主义视角出发的延安文学研究必然要求把揭示延安文学的意识形态化过程作为研究的主要内容和出发点。在笔者看来，延安文学的形成过程既表现为一种在特定时空范围内各种文学现象得以展开的自然顺序，也表现为各种新的文学观念、审美成规、心理机制等在延安文学形成中得以成形的逻辑性构成。作为研究者，我们理应设法让延安文学的意识形态化形成最为合乎本真地呈现出来，并在此之上做出某种仿佛符合某些历史情境的阐释。

而要做到这点，首先可以采取顺势研究的方法。所谓顺势研究，是指研究者要对当时在延安及陕甘宁边区等地发行的各种出版物、原始报刊等按照时间顺序即历史本然顺序做一仔细梳理性阅读，然后辅以回忆性资料的阅读，并在此之上展开有针对性的研究。因为延安时期特定的政治、经济、军事、文化、思想观念等在总体上构成了延安文学得以形成的复合性语境或场域，所以此处所指原始报刊既包括《文艺突击》《文艺战线》《大众文艺》《草叶》《谷雨》等文学性刊物，也包括《中国文化》《中国青年》《解放》等一类的综合性刊物，还包括《红色中华》《新中华报》《解放日报》等一类的报纸媒体；所言出版物那就更多了，除了以当时出版发行的文艺类书籍为主外，还应包括当时出版的各种军事、政治、文化类书籍。笔者认为，延安文学研究要想有所真正突破，它尽管要求研究者必须具有较为合理的史学观念和研究方法，但更为基本的恐怕还是必须对其发展脉络有一番较为符合历史原貌的认识与梳理。而要很好地做到这一点，研究者就必须首先端正研究态度，尽快返回到阅读延安文学原始期刊和各类出版物的道路上去。笔者认为，只有在延安文学研究中首先运用顺势研究方法，研究者才可能让延安文学的形成及其本质达取客观还原的境地。

但问题是：历史研究或文学史研究真能达到客观还原或本真还原的境地？更可诘问的是：难道真有所谓"客观"与"本真"？其实，对原始报刊和出版物的阅读过程以及其后的历史书写过程，都有待于研究主体按照一定理论视点对其进行取舍、归类而至最后的整合。正因为如此，研究者对于延安时期出版物的阅读在范围和程度上自会根据研究课题的需要而有所慎重选择，没有必要对所有原始资料平均使用力量。而"整合"倘若是满意的，则往往反映了特定时刻研究主体和研究对象达到了两相契合的程度，而这也决定了我们的延安文学研究不可能是一种纯然客观的存在。我们意图让延安文学研究成为客观的，但事实又不可能是纯然客观的，故而我们只能挣扎着前行。

其次，笔者认为延安文学研究中必然会有研究者之主体性的出场，这乃是为其研究对象所内在决定了的。因为整风后延安文学的形成及其本质带有强烈的意识形态化和非个人主体性特征，故而后来者有权利在思想和行动层面对其进行适当抵制与反抗，研究者更有权利在新的历史制高点上对其给予解构性的还原。"还原"是力求贯彻韦伯所言的价值中立原则；"解构"是为了对历史进行彻底反思，是为了对混沌的历史总体进行有效的分析性剥离，是为了去除意识形态话语之蔽。而在解构基础上进行的还原式研究，笔者把它命名为"逆势研究"。福柯曾说，他之所以要写一部关于法国"监狱的诞生"的思想史著作，原因并不在于对过去的历史发生兴趣。他坦率地指出："如果这意味着从现在的角度来写一部关于过去的历史，那不是我的兴趣所在。如果这意味着写一部关于现在的历史，那才是我的兴趣所在。"[1] 毫无疑问，我们在探究延安文学的意识形态化形成时也颇有必要秉持这样一种研究和书写的动机，并且，我们还可在如何还原

---

[1] ［法］米歇尔·福柯著：《规则与惩罚：监狱的诞生》，刘北成、杨远婴译，生活·读书·新知三联书店2003年版，第33页。

和揭示延安文学与文化的历史真相方面有所作为。而要做到此点，就颇有必要把上述所言"顺势研究法"与"逆势研究法"结合起来，因为只有这样，研究者才能既较为贴切地进入延安文学赖以形成的原初情境或场域，又能在这之上持守反思的人文立场，并且只有如此，人们才能把延安文学形成过程中经历的历史总体性和包孕的丰富性重新勾勒出来。当然，在此必须补充说明的是，所谓顺势研究和逆势研究的结合，也必然体现在研究者对批评或研究尺度的把握上。按照顺势研究方法，后来者的研究与批评尺度理应与延安文学本身的发展脉络及其所呈现的内在特征相契合。比如延安文艺座谈会后，文艺的工农兵方向和党的文学观念所要求的延安文学，自然只能是一种普及性的大众文学，文学活动只是属于群众化运动中的一种而已。因此，人们理应用通俗化、大众化的眼光去看待当时的延安文学运动及其审美属性的现代性，而不便用纯文学的审美眼光去做苛刻的审视。但是，按照逆势研究法，后来者有权对当时形成的文学思潮、文学观念及其作品构成在更高的意义上进行必要反思，使得研究主体对于研究对象的呈现或叙述保持一种具有对话意味的话语张力，并在此之上为世人提供一些富有历史启示意味的人文质素和文学图景。两种方法在对研究尺度的期许上，各自有其不同的内在要求。既然如此，研究者在可能的或理想的意义上理应把它们结合起来予以综合性处理，以免使自己执于一端而自以为把握了历史的真相或真理。倘若真能做到这些，那么，笔者相信，延安文学研究就不仅会成为我们的职业性学术研究的一部分，而且定会在去除意识形态之蔽的同时，让它穿透历史的迷雾，抵达现在而指向未来。也只有如此，延安文学中的积极性因素才会在社会主义中国的文学和文化建构中不断得以创造性传承和发展。

袁盛勇

反思与重启：延安文学及其研究的当代性

延安文学有重新加以研究的必要

任何一种文学现象都是在其所处的民族文学的时空结构中获得其特定的价值和意义的，延安文学在中国文学史上就是这样一种文学现象。延安文学的存在不仅关系于自身，而且关系到整个中国现当代文学史乃至整个中国现当代文化史。它与20世纪30年代左翼无产阶级文学运动既是两个性质不完全相同的独立文学运动，彼此之间又有着割不断的历史联系。没有30年代左翼作家的加入，延安文学是不可能发生如此强大的影响的。尽管30年代左翼作家到了延安地区之后经历了各不相同的人生道路和文学道路，但笔者认为，延安文学最坚实的内核仍然是由这些左翼作家带到延安文学之中去的。在40年代的中国文学中，延安文学与国统区、沦陷区的文学既有相互对照、对比的作用，也有互补共存的性质。相对于国统区文学，延安文学可能少一些独立性的品格，作家的个性特征也不如国统区文学鲜明，但从文学题材和文学语言的角度，延安文学又是国统区文学无法完全代替的。从总体而言，沦陷区文学与现实的民族战争有着更加遥远的距离，而延安文学不论其成就还是不足，都与那个时代的革命战争和民族战争联系在了一起。在1949年之前，延安文学在整个中国文学中是一种非主流文化、非国家文化；1949年之后直至"文化大革命"结束，作为一种文艺形态它已经成为主流文化和国家文化。其中的利弊功过尽管可以有各种不同的评价，但这个事实的本身也说明，延安文学在中国近现代文艺史上的作用是不可低估的。"文化大革命"结束之后，延安文学的研究一度萧条，作为一个文学研究领域的盛衰变化的过程是可以理解的，但对30年代左翼文学和延安文学研究的忽视，也给中国现当代文学的研究带来了某些不均衡的现象：在文学观念上有忽视文学的社会性、革命性，片面强调文学的娱乐性、消费性的偏差。所以，延安文学有重新加以研究的必要。

一

重新重视延安文学研究不是重新肯定"文革"前17年的研究模式，不是重新将延安文学凌驾于"五四"文学革命、20年代文学、30年代左翼文学、30年代非左翼文学、40年代国统区和沦陷区文学之上，将其作为中国现代文学发展的终极形态，而是应该充分注意到"文化大革命"结束后中国现代文学研究的新的进展，并在一个更高的视点上对其进行重新地感受和思考。文学艺术，归根到底是人类以及一个民族内部不同阶级、不同阶层、不同集团和不同人之间实现情感、情绪交流的一种重要的文体形式。所谓交流，就是彼此有差异，有不同而互补，彼此完全相同就没有交流了。要交流，自然彼此就都要进行表达，并且要做出具有一定深度的表达。文学艺术的标准，从来不是完全统一的，从来不是只有一种倾向、一种题材、一种创作方法，甚至一部文学作品的价值，也只能在与各种不同倾向、各种不同题材、各种不同创作方法的作品的关系中才能得到相对确定的感受和认识。"文化大革命"之前的中国现代文学研究，只将延安文学的标准当作评价中国现代文学作品的标准，这就极大地提高了延安文学的价值和意义，也极大地降低了其他各种不同形态的文学艺术作品的价值和意义。用句时髦的话来说，就是用延安文学的价值遮蔽了其他各种不同形态的现代文学作品的价值和意义。"文化大革命"结束之后的思想解放运动，在具体的表现形式上就是从延安文学的单一价值标准的束缚中解放出来，重新将那时被遮蔽的文学作家的文学作品发露出来，并以他们自身的思想追求和艺术追求为标准感受和评价他们的文学作品的价值和意义。我们很难想象，假若没有这样一个思想解放的运动，像徐志摩、戴望舒、沈从文、新感觉派、张爱玲、七月派、九叶诗派、周作人、胡风、朱光潜等，会得到重新的认识和评价。甚至对于鲁迅，也无法在一个更高、更普遍的意义上得到重新阐释和研究。但与此同时，我们在重新感受和评价上述文学作家的文学作品的时候，也是在有意与无意地消解、淡化乃至颠覆延安文学的价值和意义的基础上进行的，从而将延安文学遮蔽起来，好像它的存在只剩下了负面的意义，而不再有任何正面的价值。这就等于将它逐出了中国现代文学史的整体架构，从而在另外一个方向上破坏了中国现代文学架构的完整性。这不仅影响了对延安文学的研究，同时影响到对其他各种不同文学作品的感受和认识。

实际上，在中国现代文学史上，延安文学是一种独立形态的文学，因而也有其独立的研究价值和意义。从严格的意义上说，只有延安文学才是中国现代民族战争和革命战争的文学。包括左翼文学和20世纪40年代国统区文学在内的所有其他类型的文学，都不足以称为民族战争和革命战争的文学，其中的绝大多数都没有被严密地组织进民族战争和革命战争结构的内部，成为这个结构不可分割的有机组成部分；而延安作家则是被严密地组织进了这个整体结构的，是在这个结构内部生成与发展的。我们常常感到延安文学缺少他种文艺形态具有的那种独立性和自由性，但这种比较只是平面的比较。延安文学是受到当时民族战争和革命战争现实条件束缚最严重的文艺形态，甚至当时政治的束缚也只是民族战争、革命战争现实条件束缚的一种转化形态。在一个随时都有可能被敌人的军事力量消灭的生存环境中，文学艺术的创作是不能有更广阔的思想空间和艺术空间的。换言之，作为更多地承担了近现代中华民族物质苦难和文化苦难的文艺，它无法得到更为充分、更为自由的发展几乎是必然的。这与1949年之后的情况完全不同。1949年之后文艺政策上的失误，不是由于延安文艺的失误，而是由于在现实环境已经发生了根本变化的条件下仍然泥守着民族战争、革命战争条件下的文艺标准。但只要我们将延安文学放在与太平天国革命战争时期的文学、晚清旧民主主义革命时期的文学的比较中，我们就会看到，延安文学作为一种民族战争和革命战争的文学，还是比较充分地体现了中国近现代文化和文学的发展的。不论在其规模还是在其质量上，延安文学相对于太平天国革命战争期间的文学和晚清旧民主主义革命战争期间的文学，都有了长足的进步、长足的发展。正是因为它是一种特殊形态的文学，所以，我们必须找到接近它、感受它和认识它的特殊的角度和方式，必须对之进行认真的研究，只有这样，我们才能将其蕴含的特殊价值和意义充分发掘出来，以丰富我们对中国现代文学的感受和认识，提高发展当代中国民族文学的自觉性和独立性。但这并不意味着重新回到"文革"前十七年的研究模式之中，重新用延安文学横扫中国现代文学。它是中国现代文学的参与者，我们尊重的是它的参与价值。

二

中国现代文化既是一种由传统向现代转化的文化，也是一种将高雅的、严肃的文化向广大社会群众普及的文化。中国现代文学也是这样。但是，这两者是有尖锐的矛盾的。传统之所以是传统，就是因为它是已经扎根于最广大社会群众的深层文化心理之中的一种文化。中国文化之向现代的每一个微小的转变，都会在最广大的社会群众的深层文化心理上产生巨大的震荡，也会受到传统文化心理的有形与无形的剧烈反抗。直至现在，这个矛盾还是我们无力解决的。在这里，产生了相互冲突的两个不同的原则：一是发展的原则、革命的原则；二是人的原则、人的幸福追求的原则。而在社会关系中，则具体表现为个人的原则和社会的原则。革命性的转变从来不首先发生在最广大社会群众的集体性转变上，而是发生在少数个人（在中国现代社会，往往是知识分子个人）的身上，而这种转变总是首先受到广大社会群众深层文化心理的拒绝和反抗。广大社会群众要适应一种新的原则总是需要一个漫长的历史时期。笔者认为，延安文学遇到的恰恰是这样一个矛盾。但民族战争和革命战争的紧迫性，恰恰不允许广大社会群众有这样一个漫长的适应过程。战争是一种破坏性的力量，但现代的民族战争、革命战争需要的恰恰是革命者对现代世界、现代社会的熟悉和了解，对现代战争和和现代科技的掌握和运用。战争需要的现代性转变实际上较之和平时期的日常生活更多也更真实。在日常生活中，人们在传统和现代之间有更大的自由回旋的空间，但在你死我活的战争中，则不容许人有这么大的自由。我们看到，中国的现代化更多的是在民族危机的感受中被挤压出来的，而在和平条件下的日常生活中即使对现代化的提倡也带有很大的虚假性。延安文学作为一种民族战争、革命战争的文艺形态实际已经深深地陷入这种在当时历史条件下根本无法克服的矛盾。在文学作品中，它则具体表现为广大社会群众的传统文化心理与作家主观追求的先进性、革命性的矛盾。作家假若片面追求自己作品的先进性和革命性，势必离开普通社会群众的传统文化心理，从而将普通社会群众文化心理的革命性转变的描写带有虚假性或虚浮性，使自己的艺术描写缺少震撼人心的巨大力量，其作品的先进性和革命性像是贴在作品上的标签；而假若作家更注重社会群众文化心理的真实描绘，那么，其作品的先进性和革命性就要受到严重的影响。我们看到，即使延安文学中那些比较优秀的作品，都无法成功地弥合两者之间的矛盾。丁玲的《太阳照在桑乾河上》、周立波的《暴风骤雨》，都力图将土地革命这种外部的社会历史变动过程同广大农民群众革命觉悟的提高过程有机地结合起来，实际上，这两个过程在当时的历史条件下并不是完全统一的。这样一个革命更是依靠革命政权的外部力量予以实现的，没有这样一个外部力量的参与，仅仅依靠农民自身的觉悟，是无法实现这样一个社会历史的变动的。与其说广大农民是在革命觉悟提高的过程中接受并参与了这个革命的过程，不如说更是在顺从权力意志的传统文化心理的基础上接受并参与了这样一个革命的过程。当时的所谓"发动群众"，充其量只是让广大农民群众相信政权的力量能够压制地主阶级的反抗，能够保证他们对获得的现实物质利益的永久拥有权。在整体上，这两部文学作品都属于宏大的革命叙事，但其革命性不是从具体的艺术描写中非常自然地流露出来的。它们都有些"生"，有些"硬"。赵树理、孙犁的小说在艺术描写上更显得亲切、朴素，但在艺术风格上不具有反抗性和革命性。但是，即使这种矛盾，也是延安文学向中国现当代文学提出的一个尖锐的文学课题——如何将文学的先进性、革命性同广大社会群众人性的美化、精神的发展更加有机地结合起来，从而创作出具有时代历史高度的真正伟大的文学作品。在"文化大革命"前，就将延安文学视为这样的作品，显然是不符合历史的实际的；"文化大革命"结束之后，将那些不具有任何革命性、不具有真正社会历史高度的文学创作就视为中国现当代文学的典范，实际上也等于将文学艺术降低到了单纯娱乐品、消费品的地位，助长了当代文学平庸化、低俗化的发展倾向。在这个意义上，重提延安文学主张的革命性与艺术性相统一的标准，笔者认为还是极为必要的。

在延安文学研究中，是绕不开毛泽东《在延安文艺座谈会上的讲话》（以下简称《讲话》）的。在"文化大革命"之前，我们将《讲话》奉为中国现当代文学艺术的圭臬，而在"文化大革命"之后，我们似乎又将中国当代文学史上发生的所有灾难、所有过错都推到了《讲话》身上。笔者认为，这都不是研究的态度。所谓研究，实际上是一种有距离的观照。在这种有距离的观照中，研究的对象首先是一种"存在"，而只要是一种存在，它就一定有其存在的价值和意义。在这时，关键不在于它有没有自身存在的价值和意义，而在于我们如何理解和阐释它的存在价值和意义。一个根本不具有其存在价值和意义的事物是不可能呈现在我们的眼前的，但它同时又是一个个体、一个特殊，而不是一切、不是一般，所以，任何一个事物都不可能包容一切、涵盖一切。在有距离的观照中，山就是山，水就是水，太阳再亮也只是太阳，而无法代替世界上的万事万物，更不能代替观照者本人的存在，不能代替"自我"。笔者认为，只要以这样一种有距离观照的研究态度看待《讲话》，我们首先应当意识到它体现的是当时一个革命家、政治家从他领导的政治革命的利益的角度对他领导下的文学艺术家提出的要求，而不是当时的文学家、艺术家从自身文学创作的角度对社会环境、政治环境、文化环境提出的基本要求。这两个角度并不是完全重合的。假若我们从一个革命家、政治家的角度看待《讲话》，就会发现，它还是比较充分地体现了革命家、政治家对当时文学艺术的期待和要求的。可以说，从中国历史存在以来，还没有任何一个政治家、革命家能够如此鲜明地站在自我政治利益、革命利益的立场上将对文学艺术的理解和要求表达出来。但是，文学艺术并不仅仅是服务于政治家和革命家的，而更多的是面对读者，面对整个人类、整个人类社会、人类历史的，是直接作用于广大读者的内在精神需求的。越是伟大的文学家、艺术家，越不仅仅停留在政治实践的现实需要上，而是更关注人的内在精神需求。在这里，就有一个当下的政治实践和长远的精神发展的差异和矛盾的问题。"文化大革命"前，将《讲话》提高到文学艺术圭臬的高度，忽略的恰恰就是文学艺术的这种独立性、文学家与艺术家的内在精神追求。而离开了这一切，文学艺术作品就只能跟在政治实践后面对政治实践做程序性的过程描摹，也就失去了文学家、艺术家独立创造的更广大的空间。但这并不意味着一个政治家、革命家就不能表达自己对文学艺术的理解和要求，也并不意味着文学家、艺术家就不必承担来自社会不同领域的社会压力和思想压力。只要回顾一下人类文学艺术的发展历史，我们就会看到，没有任何一个伟大的文学家、艺术家是躺在现实荣誉的温床上进行创作的。革命家、政治家要有所承担，文学家、艺术家也要有所承担。正是这种承担意识，才能赋予文学艺术思想的厚度和艺术的厚度。所谓承担，就是有困难、有危险，需要承担，而要承担困难和危险，就不能太直露，就必须探索能够将自己的思想感受暗示给读者的艺术途径和方式，就必须选择适于自己的文体形式或者独创仅仅属于自己的新的文体形式。而能够支撑自己的承担意识、支撑自己面对困难和危险的，则是一个真正的文学家、艺术家不能没有的精神追求和艺术追求。只想成名成家，只想享受文学家、艺术家的荣誉和利益而不想承担任何困难和危险，是不可能创造出真正伟大的文学艺术作品的。笔者认为，只要意识到这一点，我们就会感到，"文革"前十七年的文学悲剧是不能仅仅推给毛泽东和他的《讲话》的。我们对《讲话》也需要进行重新感受和认识。历史是复杂的，人生是复杂的，文学也是复杂的。正因为复杂，才需要研究。任何想把历史捋直的企图都是不能解决问题的。

王富仁

重新厘定延安文学传统

现有知识谱系中的"延安文学传统"，是以1942年5月毛泽东《在延安文艺座谈会上的讲话》以及相关文艺政策为核心，经过概念演绎和作品

· 23 ·

印证，由文艺理论工作者阐释出的符合政治目的性的意志传统。其最高目标是把文艺改造成政党领导下的一支生力军，与军事武装力量相配合，抵御列强的侵略，摧毁旧的国家机器，建立新的国家政权。脱离了当时的战争环境，这个观念形态的"延安文学传统"是有很多值得商榷的问题存在的。比如，其未能涵括整个延安时期的文学实践，提供的文学创作如赵树理、孙犁的小说都不是严格意义上的延安时期文学作品。赵树理从来没有到过延安，其作品《小二黑结婚》《李有才板话》都是在北方局创作并出版的；整风运动后，延安《解放日报》连续转载了《李有才板话》。孙犁是1944年4月从晋察冀奉调到延安鲁迅艺术文学院（鲁艺）文学系先当研究生，后任教员的，他创作的小说《荷花淀》《芦花荡》等恰恰是因为没有亲身参加延安整风运动。一直被热烈簇拥的是新秧歌和新秧歌剧，如鲁艺集体创作的《白毛女》、艾青的长篇叙事诗《吴满有》、李季的《王贵与李香香》，以及走出延安稍后出现的丁玲的小说《太阳照在桑乾河上》、周立波的小说《暴风骤雨》等，这些作品的政治立场与审美价值取向往往是分裂的，前者制约了后者。

与这个观念形态的"延安文学传统"相对应的，还有一个实践形态的"延安文学传统"。时间上包括整个延安时期（1935—1947），尤其是1942年整风运动之前的文艺运动和文学创作。在抗日民族解放斗争的旗帜下，受五四新文化运动洗礼的新知识分子，怀着对国民党当局及其文化专制政策的叛逆心理，向往革命，奔赴延安。他们有各自不同的专业理想，但都有强烈的爱国主义情操，有担负天下兴亡的社会责任感，并且很多人是带着独立的精神和批判的眼光。且不说梁漱溟三进延安，完全是以一个独立知识分子的身份与中共领导人商讨国是；陈学昭第一次到延安，也完全是以一个独立新闻工作者的身份，对延安的所见所闻所感给予相当公正充分的报道；何其芳1940年5月在回答中国青年杂志社约稿提问时说，他当初坐在川陕公路的汽车上准备进入延安，心里想到的是倍纳德·萧离开苏维埃联邦时的那句话"请你们容许我仍然保留批评的自由";还有萧军,在整风运动初期的集会上公开表示,我的一支笔要管两个党等,都显示出这些知识分子身上的"五四"精神性格特征。正是在这种精神主导下,他们在一系列报纸杂志和墙报、壁报上发表大量言论,街头诗与朗诵诗运动、集体歌咏、文艺小组、学术团体也如雨后春笋;延安总共约四万人,竟公开出版报纸杂志60余种,经营图书出版印刷销售的书店有十家之多,如新华书局、光华书店、青年书店、抗战书店、文明书局、延安书店、陕北书店、华北书店,加上以解放社、新华书店等名义出版的图书,带来造纸、印刷、出版、发行整个文化产业的急速发展,蔚为壮观。莫耶作词、郑律成作曲的《延安颂》创作于1938年年初;塞克作词、冼星海作曲的《生产大合唱》,光未然作词、冼星海作曲的《黄河大合唱》,也创作于整风运动前的1939年年初。受时间影响和战争环境制约,长篇巨作没有诞生,但在诗歌、散文、报告文学、短篇小说等文学样式上体现的审美格调是值得重视的。

两种"延安文学传统"的分界点在延安整风运动,尤其是审干"抢救"运动。此前延安文学的创作者们是革命队伍的批判者,此后成了被革命改造的对象;此前他们是中国现代知识分子,此后他们成了革命队伍里的文艺工作者;此前他们游离在军事化体制外,此后他们成了事业单位里的职业作家。在整风运动和审干"抢救"运动中,他们经历了洗心革面、脱胎换骨的人生改造。审干"抢救"运动之后,延安只剩下《解放日报》《参考消息》和《边区群众报》三份报纸,几乎所有杂志都停办了;《解放日报》副刊出现严重稿荒,毛泽东在自己的枣园住处亲自宴请延安的知名人士,并拟订每人每月供稿字数,要求责任到人,分块包干。

分析这两种文学传统形成的直接原因,我们可以梳理出张闻天(洛甫)和毛泽东两位领导人完全不同的文学观和文化观。张闻天参加红军长征,到达陕北延安之前,曾经在五四时期创作新文学作品,曾经游学日本、美国和苏联，曾经对高长虹、王实味、范文澜等知识分子爱护有加。1935年年初，遵义会议不久，张闻天接替博古（秦邦宪）在党内负总责。从保安到延安整风运动初期，他担任中共中央总书记，兼任中央宣传部部长，负责党的理论宣传和文化教育工作。毛泽东以中央军委主席、中央书记处书记身份，主要负责指挥军事斗争和对外政治斗争。

1940年1月，在延安召开的陕甘宁边区文化界救亡协会第一次代表大会上，张闻天做了题为"抗战以来中华民族的新文化运动与今后任务"的"文化政策报告"，毛泽东做了题为"新民主主义的政治与新民主主义的文化"的"讲演"。很显然，"政策报告"是代表组织的，而"讲演"只代表个人意见。张闻天认为，中华民族新文化的内容和性质，应当是民族的、民主的、大众的、科学的。"民族的，即抗日第一、反帝、反抗民族压迫，主张民族独立与解放，提倡民族自信心，正确地把握民族的实际与特点的文化；民主的，即反封建、反专制、反独裁、反压迫人民自由的思想习惯与制度，主张民主自由、民主政治、民主生活与民主作风的文化；科学的，即反对武断、迷信、愚昧无知，拥护科学真理，把真理当作自己实践的指南，提倡真能把握真理的科学与科学的思想，养成科学的生活与科学的工作方法的文化；大众的，即反对拥护少数特权者压迫剥削大多数人，愚弄欺骗大多数人，使大多数人永远陷于黑暗与痛苦的贵族的特权者的文化，而主张代表大多数人民利益的、大众的、平民的文化，主张文化为大众所有，主张文化普及于大众而又提高大众。"为此，他提出要尊重文化人的特点，全力扩大与巩固抗日文化统一战线，进一步发展新文化的各部门、各方面"大胆地创作、写作、著述、介绍、翻译来打破各种限制，打破各种陈旧的观点与标准，建立新观点、新标准，以发展学术提高学术"；同时，要广泛宣传马克思列宁主义普及文化到农村去，大批吸收培养抗战文化干部，"建立发展全国新文化运动中能够起先锋模范作用的文化根据地……建设大规模的出版机关，以供应给全国文化界的需要"①。这个"文化政策报告"连续三天讲完，获得与会者的一致拥护。

为期九天的会议结束时形成的《陕甘宁边区文化协会第一次代表大会宣言》（以下简称《宣言》），是以张闻天的报告为基调起草的。该宣言中提出，"文化运动在抗战中是一条重要的战线"，要创造民族的、民主的、科学的、大众的中华民族的新文化，"必须以政治上的民主自由为基本条件""应该进一步在生活上和工作上帮助文化工作者，使他们有尽可能地优良的工作条件，使他们能更好地进行自己的工作"。《宣言》还特别提醒在延安的文化界同人，陕甘宁边区是"全国模范的抗日民主根据地""这里的理论研究、艺术创作、自然科学以及文化各部门不断地在获得进步；这里的进步言论和出版事业得到了完全的自由"②。会议结束后，为进一步贯彻落实会议精神，中央宣传部与中央文化工作委员会联合发布《关于各抗日根据地文化人与文化人团体的指示》，提出13三条具体意见措施，确保各抗日根据地文化事业的发展。其中要求，"应该用一切方法在精神上、物质上保障文化人写作的必要条件，使他们的才力能够充分的使用，使他们写作的积极性能够最大的发挥""党的领导机关，除一般的给予他们写作上的任务与方向外，力求避免对于他们写作上人工的限制与干涉……对于文化人的作品，应采取严正的、批判的，但又是宽大的立场，力戒以政治口号与褊狭的公式去非难作者，尤其不应出以讥笑怒骂的态度"；对于各种不同类型的文化人管理上，建议组织各种不同的文化团体，如文学研究会、戏剧协会、音乐协会、新哲学研究会等；根据"文化人的最大要求，及对于文化人的最大鼓励是他们的作品的发表。因此，我们应采取一切方法，如出版刊物、戏曲公演、公开演讲、展览会等，来发表他们的作

---

① 洛甫（张闻天）：《抗战以来中华民族的新文化运动与今后任务》，《解放》周刊（延安）第103期，1940年4月10日。
② 《陕甘宁边区文化协会第一次代表大会宣言》，《中国文化》（延安）第1卷，1940年2月。

品",并建议在文化人比较集中的地方,开设"文化俱乐部"或"创作之家"①。随后,中央文化工作委员会又与八路军总政治部联合颁布《关于部队文艺工作的指示》,提出六条有针对性的意见措施,纠正部队工作中轻视文艺工作者的现象,要求"在部队中分配他们的工作时,要顾虑到他们创作上的便利,要使他们比较有自由的时间和必要的物质条件""部队的政治工作的领导者,应注意发扬部队文艺工作者的民主作风,在理论上的论争和对原则问题的讨论(不管是属于政治方面的、艺术理论的,以及关于技术问题的),都应发动公开的讨论和批判,帮助部队文艺工作者在政治上、理论上的提高和进步""对于部队文艺工作者的每一个微小的成就和发明,应给以精神的或物质的鼓励"②。同时期的中共中央机关报《解放日报》也相应发表了一系列社论文章,欢迎科学艺术人才,鼓励科学研究和文艺创作,繁荣抗日根据地的革命文化事业。

毛泽东在这次会议上所做的"讲演"认为,"民族的科学的大众的文化,就是人民大众的反帝反封建的文化,就是新民主主义的文化,就是中华民族的新文化"。与张闻天的论述相比,恰恰缺少了一个"民主的"。综合分析可知,在毛泽东看来,"这种新民主主义的文化是大众的,因而即是民主的。它应为全民族中百分之九十以上的工农劳苦民众服务,并逐渐成为他们的文化"③。他将民主、文化都纳入政治斗争的范畴,革命成功了,农民翻身解放了,一切问题都自然解决了。这种观念应当说是由来已久。早在1936年11月保安成立中国文艺协会的讲话中,他就提出中国革命的文武两支队伍,"我们要文武两方面都来,要从文的方面去说服那些不愿停止内战者,从文的方面去宣传教育全国民众团结抗日。如果文的方面说服不了那些不愿停止内战者,那我们就要用武的去迫使他停止内战。

---

① 《关于各抗日根据地文化人与文化人团体的指示》,《共产党人》(延安),1940年12月。
② 《关于部队文艺工作的指示》,《八路军军政杂志》(延安)第三卷,1941年2月。
③ 毛泽东:《新民主主义的政治与新民主主义的文化》,《中国文化》(延安)1940年(创刊号)。

你们文学家也要到前线上去鼓励战士，打败那些不愿停止内战者"①。此后，他在延安鲁艺以及其他场合多次表达过文武两支队伍共同作战，完成中国新民主主义革命，毕其功于一役的思想。

1940年1月毛泽东在边区文代会上的"讲演"虽然没有被当时的文艺政策所吸收，但毛泽东本人对于自己的新民主主义文化观非常珍惜，多次修改并更名为《新民主主义论》，最终在整风运动中得到贯彻。1942年5月的《在延安文艺座谈会上的讲话》，可以看作1936年讲话的延续，更是1940年讲演的发扬。把文学、艺术、文化当作一种斗争的武器，把文化工作者编制成一支斗争队伍整合到社会阶级斗争的阵营里，这在当时的战争环境下是革命真理。观念形态的延安文学传统正是此种历史语境中的产物。然而，脱离了具体的历史语境，将它作无限的延伸，出现大的失误也就在所难免了。

朱鸿召

直面与重写延安文学的复杂性

20世纪四五十年代之交，随着新中国即将诞生，中国共产党领导的延安文学界和左翼文学中的主流派别自觉汇合，并且遵从阶级分析方法，对于文艺理论话语和文学派别进行了全面的阶级形态划分和富有历史意味的清理。此种清理，正如洪子诚所指出的，无疑是"实现四五十年代文学的'转折'的基础性工作"②。1949年7月，以中华全国文学艺术工作者代表大会（第一次文代会）在北平召开为标志，这种转折性工作在政治上取得

---

① 《毛泽东主席讲演略词》，《红色中华》（保安）1936年11月30日。
② 洪子诚：《中国当代文学史》，北京大学出版社1999年版，第9页。

了绝对性胜利。周扬在大会报告中明确指出："毛主席的《在延安文艺座谈会上的讲话》规定了新中国的文艺的方向，解放区文艺工作者自觉地坚决地实践了这个方向，并以自己的全部经验证明了这个方向的完全正确，深信除此之外再没有第二个方向了，如果有，那就是错误的方向。"① 这表明，延安文学代表的文学方向最终被规定为传统学科意义上的"当代文学"的新方向。从这个意义上说，重新研究延安文学就可以为人们更好地理解1949—1976年当代文学的发展提供一个恰当的历史性基座。

　　这里所说的延安文学，是指1942年后产生并发展起来的后期延安文学。在1949—1976年中国当代文学的发展过程中，成为其直接理论来源和文学资源的乃是后期延安文学，而非作为总体的延安文学。延安文学整风前后，毛泽东作为一个革命家、政治家，在文化上想以党的文化观念来统摄整个民族国家的文化，自然也想以党的文学观来统摄整个民族文学的现代发展。历史地看，延安文学确乎可以发展为"党的文学"，它的存在有其政治、文化与现代左翼文学发展的必然性。因为任何党派正如个人一样，在一个真正民主的话语空间里都有发展自己文学与文化的权利，而且，作为当时已经代表了全民族意志的共产党，毫无疑义也是代表了历史发展的前进方向。退一步来说，即使在话语形态上，经过一定的话语转换性论证，党的文学的合法性在表象意义上也完全可以转化为一种新的民族—国家型文学的合法性。换言之，党的文学的存在及其历史性转换是具有某种逻辑必然性的。这也是中华人民共和国成立之初，此种历史性转换契合了非常广泛的民族主义心理基础，得到了当时各个层面的文艺家认同的根本原因。由此看来，延安文学作为一种非常重要的资源在当时直接参与构建共和国文学的冲动与激情，我们不能把它简单地归结为政治功利的因素，它的转换是建立在一种复合型的历史语境中的。所以，无论从党的文学观念之内在构成来进行富有逻辑的思考，还是从发生学的层面来进行富有历史感的考察，随着新旧

---

① 周扬：《新的人民的文艺》，《周扬文集》第1卷，人民文学出版社1984年版，第513页。

政权的成功转换与更替，后期延安文学都会必然转换为一种新的民族—国家型文学。其实，这也正因应了周扬曾经阐述毛泽东《在延安文艺座谈会上的讲话》时做出的那个充满自信的预言："我们今天在根据地所实行的，基本上就是明天要在全国实行的。为今天的根据地，就正是为明天的中国。"① 因此，在这意义上说，倘若在当前这个全新的历史语境下对延安文学形成更为本源性的理解，尤其更为深入地探讨后期延安文学富有历史深度的形成，那么无疑是一件非常具有学术价值和当代意义的事情。

毋庸讳言，当延安文学在中华人民共和国成立之初经历了那种历史性转换之后，也确乎带来了一些并不仅仅关乎文学的矛盾，周扬等人就曾花了不少精力去试图给以解决，但在事实上没有取得成功。这也表明，历史确乎比人们想象的要复杂得多。而对于延安文学曾经历的那种历史性转换来说，笔者认为它的复杂性在于，延安文学被置入当代文学的发展中，尽管自会产生一些无法克服的内在矛盾，但是，这个矛盾的解决并非延安文学本身所能提供的。既然大多数作家已在当时表达了一种艺术和思想倾向上的基本认同，因此，把后来当代文学在 1949—1976 年日趋畸形化的历史性进程全部归结于后期延安文学本身，这是有失公平的。因为正如前文指出的，即使后期延安文学作为一种党派文学，在 20 世纪 40 年代的政治与历史文化场域中，其诞生有合理性的一面，其存在也有合法性的根基，中共在文化领域体现的勃勃生机曾经历史地存在着，这是谁也抹杀不了的。具体来说，延安文学作为一种历史性存在物，它跟中国现代革命进程发生了亘古未有的密切联系，它发生了中国文学史上从未有过的革命性作用。因此，我们完全可以认为：作为一种以服务革命政治尤其是党的政治为指归并且发生了新的历史性变迁的现代中国左翼文学形态，后期延安文学在完成它的历史性使命这一点上无论如何也是激动人心的，是毫不逊色于世

---

① 周扬：《艺术教育的改造问题——鲁艺学风总结报告之理论部分：对鲁艺教育的一个检讨与自我批评》，《解放日报》1942 年 9 月 9 日。

界红色文学之林的。进言之,这是一种具有鲜明阶级——民族色彩的文学,是一种具有自身规定性的现代性文学,是一种具有现代中国特色的党的文学。它值得我们对之进行富于历史和学理深度的全新探讨。

而要重新探究延安文学甚至重写延安文学史,就意味着我们必须首先对延安文学的形成、发展及其内在的审美文化形态有一个全新的认识和清理。在对延安文学的理解方面,人们以往是做得很不够的;无论是肯定还是否定,依凭的大多是一种先在的观念。人们不是先去触摸和领悟延安文学的较为真实的历史,而是从一定的先在观念出发去表象地构建一部延安文学的历史。在此种状况下,延安文学史给人的面貌未免显得单一和苍白。在笔者看来,延安文学的历史具有非常复杂的一面。其复杂性至少表现在如下三个方面。

第一,延安文学在其资源的取舍和重新整合上显现了它的复杂性。延安文学的形成既跟20世纪30年代的苏区文艺有着直接的承继关系,也跟30年代的左翼文学有着更为重要的承继关系;不仅在其写作人员的构成上,而且在其艺术表现形态上,它都体现了这两方面传统的冲突和汇合,用毛泽东的话说,这是"亭子间的人"和"山顶上的人"的冲突和汇合。延安文学在一定程度上承继了"五四"启蒙文学传统,这在前期延安文学——如丁玲等人的小说和杂文——中表现得非常明显,人们以往对此也表现了足够注意,但是对后期延安文学中的"五四"因素表现出了一种盲视和漠然的态度。其实,后期延安文学并没有完全斩断"五四"文学传统,因为在毛泽东的新民主主义话语构建中,他对"五四"文学传统采取了一种改造和转换的态度。正是在这转换过程中,"五四"因素在新的意识形态话语中表现了一定的灵活性,它并没有完全消失,而是发生了新的变异。正因为如此,延安文学发展至后期在跟"五四"文学传统的关系上显现了更为隐蔽和复杂的一面,需要我们对之做更为细致的历史性清理。此外,延安文学在其发展过程中跟民间文艺形态也发生了这样或那样的历史性关联，对民间审美文化形态的重视，其实贯穿了延安文学发展的始终。以上所言是从纵向来说的，倘若把考察的视野拓宽些，考虑到俄苏文学和世界范围内红色文学的影响，那么，延安文学在其发展过程中呈现出来的面影就显得更为复杂了。

第二，延安文学的复杂性表现在它的发展始终是与延安文人的命运联结在一起的。从一定意义上说，延安文学形成和发展的历史，正是延安文人心态不断发生历史性变迁的历史。站在当时党和整个民族需求的立场上，这有其历史合理性。须知，毛泽东《在延安文艺座谈会上的讲话》的产生并非空穴来风，它在当时有其明确的历史和现实依据，也有其鲜明的针对性。20世纪80年代中期以来，一些研究者从先在的政治—文化观念出发对此颇不以为然，甚至采取一种否定性的批判立场，笔者以为这并非一种历史主义的态度。当然，以往人们在探讨延安文学的形成时，也的确存在着一种并非从更为接近历史本真的角度出发去考察延安文人的心理变迁；在揭示延安文学的审美形态变迁时，很多研究者根本就没有注意到把这两者联结起来做出富有历史意味的思考，没有把这作为一条更为内在的文学形成线索来探究后期延安文学的历史。而在笔者看来，延安文学尤其是后期延安文学赖以形成的深层心理机制其实正在这要紧处。在这一点上，中共党史研究界已远远走到了延安文学研究界（甚至整个现代文学研究界）的前头，如薄一波在《七十年奋斗与思考》（上卷）中就采取了一种直面延安整风与"抢救"运动之复杂性的可贵姿态，读后使人感受到真切和动人。

第三，从文学观念的发展嬗变来说，延安文学的复杂性乃在于它的艺术观念和审美形态的形成均经历了一个动态过程。应该把延安文学的形成理解为一种是在党的政策与文化观念主导下，通过延安文人和民间力量的多向度努力而不断建构出来的产物。换言之，延安文学不是生而具有的，而是在历史进程中历史性地形成的。因此，对延安文学的追问，正可放到对延安文学形成历史的探究中去加以考察，人们理应让它在一种动态的历史叙述和构建中呈现出来，让它在接近历史本真的过程中毫无遮蔽地敞开自身。人们一般以1942年文艺整风为界把延安文学的发展分为前后两个时期，这是符合历史实际的。但我们必须弄清楚的是，这两个阶段是怎么演变过来的，在其内在的思想和审美内涵上，后期相对前期而言又经历了怎样的承续、转换和裂变。比如，在延安文学观念的演变过程中，民族主义是一个贯穿其发展始终的重要因素，但它在前期更多地倾向于一种为国共两党都能接受的较为普泛的民族主义，这在延安文化界倡导的"民族形式"论争中得以充分地表现出来，从而在理论形态上形成了一种较为开放的以民族—现代性为内涵的现代性形式。① 但发展至后期，随着外部环境的变化，民族主义由于阶级论观念的切入而嬗变为阶级—民族主义，延安文学观念的现代性也就由"民族形式"论争时期的民族—现代性转换为阶级—民族—现代性，进而言之，为党的—民族—现代性。② 这个文学观念的嬗变显然并非一蹴而就，而是经历了一个复杂过程。重新研究延安文学观念的形成，就必须直面这个复杂过程，并把这个过程尽可能富有历史感地言说出来。在延安文学观念中呈现出来的这种复杂性，其实也正体现在延安文学话语实践之中。或许由于此种复杂性的存在，也由于当时处在一种空前持续紧张的战争氛围中，因而即使后期延安文学，其内部仍然存在从文学观念到话语实践之间的一定意义上的差异性，而此种差异性的存在无疑又增加了延安文学的复杂性。

总之，正是因为延安文学在艺术观念和审美形态的形成以及话语实践上经历了一个动态发展过程，所以，必须回到延安文学形成的复杂场域中对之进行富有历史意味的理解和研究，而单纯从审美角度根本不能揭示延安文学的丰富历史。纯文学视角与延安文学尤其是后期延安文学本来就是

---

① 袁盛勇：《民族—现代性"民族形式"论争中延安文学观念的现代性呈现》，《文艺理论研究》2005年第4期。
② 袁盛勇：《"党的文学"：后期延安文学观念的核心》，《中国现代文学研究丛刊》2005年第3期。

格格不入的。在笔者看来，只有采取一种较文学本身更为阔大的研究视角，只有采取一种动态的而非静态的、复杂的而非褊狭的学术眼光。也就是说，只有采取一种在一定程度上既能契合延安文学之复杂发展进程，又能对之给予反思性清理的研究态度和方法，人们才有可能真正走向延安文学的历史深处，也才有可能充分凸显延安文学在其发展进程中呈现出来的复杂化景观。或许唯其如此，人们在重新认识和研究延安文学的同时才能焕发出新的思想活力，也才有可能为重构现代中国左翼文学理论甚至现代中国文学理论提升出一些立足于本民族文学而非西方文学话语实践的理论资源。

袁盛勇

延安文人：建构现代民族国家的本土话语体系
——关于延安文学研究的再思考

对于延安文学，我们过去在学理研究方面较为匮乏，这几年开始引起一些学人的注意，但仍有许多问题需要探讨。人们通常认为延安文学是中共意识形态主导下的产物。周扬说："自'文艺座谈会'以后，艺术创作活动上的一个显著特点是它与当前各种革命政策的开始结合。"[①] 正因为如此，学界对延安文学的价值判断一直处于低估状态。然而，事实上，延安文学远不是人们想象的那样简单和明了，它需要人们转换新的思维观念，挖掘新的内涵，得出新的价值和意义。

延安文学以1942年的文艺整风为分水岭，前后文学反映的内容与体现的形式大不一样。20世纪30年代，民族危机空前严重，中央红军到达陕北后，中共及时提出抗日政策，赢得了民心。中共中央所在地延安，一时间成为国统区文人和知识青年向往的"圣地"，他们纷纷前来投奔。有人曾就延安文人的构成成分做过分析，发现："延安文人是个较为特殊的知识分子群体，他们奔向延安的个人背景和动机是复杂的，但大致可归纳为：叛逆者、逃亡者与追求者。"[②] 这些由叛逆者、逃亡者与追求者构成的延安文人，在这个充满梦想的"天国"里，享受着中共战时实施的供给制给予的物质和生活的保障，且他们可以率性而行、自由结社，自由创作。不过，他们在延安度过"蜜月"期后，仍习惯于操持"五四"新文化的启

---

① 周扬：《关于政策与艺术——〈同志，你走错了路〉序言》，《解放日报》1945年6月2日。
② 朱鸿召：《延安文人》，广东人民出版社2001年版，第5页。

蒙话语，用"体制"外的眼光发掘和批判延安肌体上残留的旧时代病菌和新滋生的病毒。1940—1942年春天，延安文艺界出现了以丁玲、王实味、萧军等人推动的一股带有强烈启蒙意识、民族自我批判精神和干预现实生活的文学新潮。对于这些作家而言，现实批判不仅是一种权利，也是一种义务和天职，揭露丑恶、祛除黑暗正是他们对延安中国共产党政权的爱护的体现。而文艺整风后，延安文人从人身到精神都被结合进"体制"内，成为建构中共意识形态的"齿轮和螺丝钉"，因此，延安文学也就成为一场含有深刻现代意义的"文化革命"。

毋庸置疑，解读延安文学回避不了毛泽东发动的党内整风运动的思想内容和《在延安文艺座谈会上的讲话》（以下简称《讲话》）的精神实质。毛泽东为了摧毁和肃清中共领导层里以王明为代表的"洋教条"思想的统治地位，使马克思主义尽快"中国化"，完成对中国现代民族国家叙事话语的建构，因此首先在上层领导圈内展开思想整风运动，并随后扩及全党。而文艺界的思想整风，其实是党内整风必然延伸的组成部分。在战时的延安，一切的工作重心都必须服务于中国现代民族国家的建构，文学也不例外。毛泽东在《讲话》里就明确提出："我们要战胜敌人，首先要依靠手里拿枪的军队，但是仅仅有这种军队是不够的，我们还要有文化的军队，这是团结自己，战胜敌人必不可少的一支军队。"[①] 毛泽东关于"两支军队"的论述，充分说明了延安文人承担建构现代民族国家的叙事话语的重责。这样，文学就成为当代美国学者本尼迪克特·安德森所说，是建构民族国家的"想象共同体"的重要技术手段。那么，如何让文学服务于建构的现代民族国家呢？毛泽东借助"政治之力"，规范和引导了文学的想象方式和想象的内容。他说："中国的革命的文学家艺术家，有出息的文学家艺术家，必须到群众中去，必须长期地无条件地全心全意地到工农兵群众中去，到火热的斗争中去，到唯一的最广大最丰富的源泉中去，观

---

① 《毛泽东选集》第三卷，人民出版社1953年版，第849页。

察、体验、研究、分析一切人、一切阶级、一切群众、一切生动的生活形式和斗争形式，一切文学和艺术的原始材料，然后才有可能进入创作过程。"① 因此，当延安文人被规范为"站"在无产阶级的和人民大众的立场时，他们在创作中突出文学的政治性，事实上就已经与当时中国共产党的意识形态达成了一种同构或共谋的关系。延安文人在帮助中共政权普及新的政治、文化纲领，同时依靠这一逐渐体制化的权力机构，建立起新的话语领域和范式，规定制约新的文化生产。

显然，这种文学新的想象方式和想象内容与"五四"知识者接受西方现代性话语迥然有别。如果说，西方现代性话语在中国"五四"理论旅行的结果，是使中国现代知识者建构一套旨在改造国民的灵魂，扫除封建积弊的启蒙主义话语系统，那么经过整风后的延安文人遵循着毛泽东指示，走一条与工农兵相结合的道路，承担着建构现代民族国家的本土话语体系。这是两个不同的话语体系，人们对此应该实事求是、审慎评判。

然而，学术界长期以来就存在着拿"五四"的审美标准和价值判断来衡量延安文学，这就不可避免地出现一些粗暴简单的推论和误判。有的学人指出："1942年后，知识分子接受工农思想改造的规范理论正式确立，作为启蒙者的知识分子与作为被启蒙者的工农大众两大群体，终于开始了根本性的位置转换：知识分子成为大众的改造对象，工农大众成为教育知识分子的主体""作为中国现代知识分子的一部分，延安文人的社会地位、人格精神和文艺观念并未提供更多的现代质素，相反，他们的身上却鲜明显现出某些陈腐的封建士大夫的思想印记，他们回到了'五四'的起点。历史的重演常常会引导人们回溯历史，寻找具有反思价值的关键环节。我们不能不承认，在延安文人那里丧失殆尽的现代意识和现代人格，在'五四'知识分子那里获得时就缺乏应有的强度和韧性，否则就难以解释它们

---

① 《毛泽东选集》第三卷，人民出版社1953年版，第862页。

何以如此短命。"① 之所以得出"启蒙与被启蒙的错位"的结论，这是论者心目中以"五四"为审美标准和价值判断而导致的。然而，"五四"的审美标准和价值判断能否作为唯一的选项并挪用来评判延安时期的文学？显然是一个值得追究的问题。近年来，西方后殖民理论的出现，它作为反省现代性的理论思考，为我们提供了一种重新审视20世纪中国文学，尤其是"五四"文学的眼光。在后殖民的理论视野里，"五四"新文化运动走的是一条全盘否定传统，崇尚西方的路子，新文化先驱者将欧洲的启蒙话语在中国的本土上做一个横向移植，从而构建了民主、科学、人性解放等现代理性内容的价值标准。尽管我们难于苟同中国后殖民批评家将"五四"的现代性追求笼统批评为带有浓厚的殖民话语色彩，并把这一现象的产生直接归咎于陷入西方殖民主义圈套。但是，这一理论视角，其实也提醒我们不能简单地将"五四"时期形成的文学审美标准和价值判断当作金科玉律，放之四海而皆准。

如果说延安文人质疑以西方话语为中心的新文化运动的现代性，那么本时期的延安文学在毛泽东的《讲话》的理论设计下，凸显了建构现代民族国家的民族性和本土意识。从表面上看，这时期延安中国共产党政权在意识形态方面强调走向"民间"，好像是回归"传统"，但这正是建构具有本民族内涵的现代性起点。其实，对"民间"或"传统"的借用，正是现代性知识传播的典型方式之一。现代政治是通过共同的价值、历史和象征性行为表达的集体认同，从而梳理和重构具有自己的特殊的大众神话与文化传统。因此，"在'民族国家'或'阶级'这些'想象的共同体'的制造过程中，传统的认同方式如种族、宗教、伦理、语言等都是重要的资源。当这个'想象的共同体'被解释为有着久远历史和神圣的、不可质询的起源的共同体时，它的合法性才不可动摇。也正是通过这样的方式，现

---

① 许志英等：《中国现代文学主潮》下，福建教育出版社2001年版，第62页。

代政治才被内化为人们的心理结构、心性结构和情感结构"①。那么，如何在军队和老百姓中心里植入新的政治认同理念呢？毛泽东在《讲话》中提出了文艺工作中的"普及"与"提高"的问题，"普及"的东西比较简单浅显，容易在广大群众中迅速流传和迅速接受；同时在"普及"的基础上"提高"，这样的文艺才能"使人民群众惊醒起来，感奋起来，推动人民群众走向团结和斗争，实行改造自己的环境"。② 因此，为了贯彻《讲话》的精神，延安文人就要走向"民间"，进而开辟出一片新的艺术天地。当时延安所在的陕北地区民间文艺资源相当丰富。民歌、地方戏、民间音乐、民间舞蹈和民间文学，品类繁多，异彩纷呈，有秦腔、信天游、道情、秧歌、花鼓等。这些质朴、清新、刚健的民间文艺样式，一时间成为延安文人进行"文化革命"改造的重要艺术资源。

人们发现，延安文人在"借用"民间形式到"改造"民间形式到"再造"民间形式的过程中，戏剧（戏曲）成为延安文艺中极富有生气、极为活跃的文艺门类之一。文艺整风后，中共中央宣传部发出了《关于执行党的文艺政策的决定》，认为："在目前时期，由于根据地的战争环境与农村环境，文艺工作各部分中以戏剧工作与新闻通讯工作最有发展的必要与可能。其他部门的工作虽不能放弃或忽视，但一般地应以这两项工作为中心。内容反映人民感情意志，形式易演易懂的话剧与歌剧（这是熔戏剧、文学、音乐、跳舞甚至美术于一炉的艺术形式，包括各种新旧形式与地方形式），已经证明是今天动员与教育群众坚持抗战、发展生产的有力武器，应该在各地方与部队中普遍发展。"③ 可见，戏剧（戏曲）承担了毛泽东《讲话》后建构中共新的意识形态的重要职责，也是实现在军队和老百姓中植入新的政治认同理念的代表性文艺门类。那么，为什么戏剧（戏

---

① 李杨：《50—70年代中国文学经典再解读》，山东教育出版社2003年版，第288页。
② 毛泽东：《毛泽东选集》第三卷，人民出版社1953年版，第863页。
③ 金紫光等：《关于执行党的文艺政策的决定》，《延安文艺丛书·文艺理论卷》，湖南文艺出版社1987年版，第202页。

曲）会成为中共领导人和延安文人首选的重点发展的文艺门类呢？戏曲在古代中国曾是较为发达和兴盛的一门文艺种类，在现代中国的广大农村更是有广阔的天地和市场，为老百姓所喜欢。除此之外，自古以来中国戏曲还具有独特的"形式的意识形态"功能，它与民间祭祀和民间节日活动密切相关，具有民众的群体集结、参与和狂欢的特点。因此，"一个建构共同的文化心理结构、共同的价值观念形态、共同的情绪、共同的焦虑与向往为目标的时代，往往是戏剧繁荣的时代。每当意识形态感到群体本质认同的必要性和紧迫感，因而要重温或再现一个'想象的共同体'时，戏剧便具备了繁荣的客观条件"[1]。

秧歌，本是北方农村里的一种民间艺术。文艺整风后的1943年春节，经过延安文人改造后的新秧歌，在延安的南门外广场"闹"起来。当时有近百支宣传队、秧歌队在广场上亮相，场面颇为壮观。为此，《解放日报》还发表"社论"，称赞此次春节文艺活动是以"新面目"，"鼓舞了群众的斗争热情，收到了很大的教育的效果"[2]。作为参与建构延安中共意识形态的文艺界领导者周扬，更是从1944年春节的大规模群众性的秧歌活动中，解读出秧歌起到不可替代的意识形态功能："这次春节的秧歌成了既为工农兵群众所欣赏而又为他们所参加创造的真正群众的艺术行动。创作者、剧中人和观众三者从来没有像秧歌中结合得这么密切。这就是秧歌的广大群众性的特点，它的力量就在这里。"[3] 的确，在"闹秧歌"中，从中共高层领导、普通干部、士兵、老乡乃至文人，都无一例外被这"狂欢"仪式所卷进，从而达到高度的政治认同，这就为未来建立现代民族国家打下了比政治基础更为重要的文化基础。

从小型秧歌《兄妹开荒》的出现到大型秧歌剧《惯匪周子山》的编

---

[1] 李杨：《50—70年代中国文学经典再解读》，山东教育出版社2003年版，第300页。
[2] 从春节宣传看文艺的新方向（社论），《解放日报》1943年4月25日。
[3] 周扬：《表现新的群众的时代——看了春节秧歌以后》，《解放日报》1944年3月21日。

造，延安文人在民间秧歌的利用和改造方面，开始一步步地迈向艺术的成熟之路，其结果是直接催产出大型民族歌剧《白毛女》的创作与演出，从而发挥了更大的政治作用和社会效应。"白毛仙姑"这个新民间传奇的文本，其实是存在着多种可能的创作方向：有人觉得这是一个没有意义的"神怪"故事，有人说可以写出一篇"破除迷信"题材的文章，甚至后来的研究者发现这个故事还可以写成一篇"诱奸故事程式"的作品。但是周扬站在马克思主义理论高度和从中共建构意识形态的角度出发，敏锐地从这个新民间传奇中发掘出具有重大政治价值和现实意义的新主题，即"旧社会把人变成鬼，新社会把鬼变成人"。因此，他在组建鲁艺创作班子时，要求抓住民间传奇文本中的积极意义，把两个时代、两种社会制度进行了鲜明的对比，这就将有着多重语义发展可能性的民间传奇文本纳入了"阶级压迫和反抗压迫"的叙事框架中。新歌剧排演完，作为中共七大的献礼，首次在延安中央党校礼堂公演，获得中共高层领导和"七大"代表的充分肯定和表扬。在解放战争年代，歌剧《白毛女》随着部队走向各个解放区。这部"适合时宜"的新歌剧，确实在参与延安中共意识形态的建构方面，起到巨大的政治作用和社会效果。

小说，在延安文学的各门类中占有突出的位置，它成为延安文人"想象"边区的新天地、新农民、新主题的重要表现方式。赵树理是"问题小说"的提倡者，他说："我在做群众工作的过程中，遇到了非解决不可而又不是轻易能解决了的问题，往往就变成所要写的主题。"① 他的成名作《小二黑结婚》取材于山西辽县一对青年男女自由恋爱的悲剧故事。但赵树理并没有将小说写成悲剧，而是给小二黑、小芹一个"大团圆"的喜剧。这是因为赵树理要配合边区政府公布《婚姻暂行条例》和《妨碍婚姻治罪法》的宣传和显示边区政府革除旧的婚姻制度、提倡自由恋爱的决心

---

① 赵树理：《也算经验》，《人民日报》1949年6月26日。

和力量。彭德怀曾亲自为这篇小说题词："像这种从群众调查研究中写出来的通俗故事还不多见。"这说明了赵树理自觉地将党的政策与文学创作相结合的做法，符合当时延安政权构建的"民族国家"叙事的方向。丁玲的《太阳照在桑干河上》和周立波的《暴风骤雨》是两部反映中国农民在中国共产党领导下进行土地改革的长篇小说，曾被文学史家誉为延安文学创作的"重要收获"。在这两部作品的创作过程中，也是充分体现党的政策是怎样与艺术构思相"媾和"。文艺整风后的延安文学最大的特色是为中国现代文学史上提供了"农村变革中的农民"和"抗日战争与解放战争中的农民形象"。这是前人未曾做过，是延安文人承担起这一时代赋予的使命。那么，延安作家是如何设计和规范他们心目中的"农村变革中的农民"？这主要有两个视角：一是从天翻地覆的农村变革的广阔背景下来描写农民，刻画农民的成长历程或性格变化，使人物具有厚重的历史感和真实性；二是从政治的革命的视角出发，规范农民的阶级定性和政治内涵，使人物的塑造趋于概念化和公式化。正是这种双重视角，延安作家笔下的一系列"农村变革中的农民"形象，有了自己独特的、不可代替的"规范"理念。孙犁在反映合乎主流意识形态规范的妇女的"识大体、乐观主义以及献身精神"时，他更多采用日常生活的伦理视角，着眼于女性对"人生的悲欢离合"的体验和表现，写出广大农村妇女的新觉悟、新精神与新风采。而现代政治的"想象共同体"通过作家的日常伦理叙述，内化为人们的心理结构、心性结构和情感结构，从而更容易激发广大的人民群众保家卫国的热情和信心。

笔者以为，对延安文学研究的最有效途径，毋宁回到历史的语境中，揭示延安文人如何承担既定的意识形态而对刚刚开始（或过去）的历史事件做"经典化"的工作。也就是说，我们回到历史的深处，揭开文学文本的生产机制和意义结构，并寻找和把握延安文人在创作过程中呈现出的复杂心态。丁玲经过文艺整风这场脱胎换骨似的"洗澡"，她曾发出"回头是岸"的反省："我把过去很多想不通的问题渐渐想明白了，大有回头是岸的感觉。回溯过去的所有的烦闷，所有的努力，所有的顾忌和过错，我像唐三藏站在到达天界的河边看自己的躯壳顺水流去的感觉，一种幡然而悟，憬然而惧的感觉。"① 丁玲有这番"回头是岸"的反省，才有她后来改弦更张地创作出被誉为史诗般的长篇小说《太阳照在桑干河上》。在笔者看来，这部长篇小说是丁玲创作最为艰难、耗费最大心血的作品。如果我们关注它的产生过程和揭示它的意义结构，也许可以算是那个时代最好的一个经典文本。对于一个刚经历文艺整风而受到领袖力保的人，丁玲对毛主席的感激之情是可想而知的。在这样情形下，丁玲对于《讲话》的指示和党的文艺政策，自然是不遗余力地加以贯彻执行。但是，在实际创作过程中，丁玲常常陷入"政策"变化与"形象"塑造之间的矛盾纠缠之中，她深有感慨地说："这一次的土地改革却比现实中的土地改革更困难，因为我比较那时候更清醒些，我走到人们的心里面也比较要深刻些，我更不能犯错误，我反复去，反复来，又读了些土地改革的文件和材料，我对我的人物选择更严格些。"② 丁玲的睿智卓见和患得患失的复杂心态，很值得后人从中仔细地玩味和追究。

有学者称："延安文艺，亦即充分实现了的'大众文艺'，实际上是一场轰轰烈烈的文化革命运动，含有深刻的历史必然性和久远的乌托邦冲动。"③ 这也就意味着，延安文学让人感兴趣的除了能够透过历史文本窥视延安文人内心的复杂世界，更让人看重他们当时是如何承担着民族主体与"他者"的想象之关系。诚然，在文学叙事者的眼里，历史从来就是多元，叙事者的历史描述总是与一定的意识形态相关联。我们不能以今天的"是"来简单抹杀昨日的"非"，以符合今天主流话语的标准去否定过去延

---

① 丁玲：《文艺界对王实味应有的态度及反省》，《解放日报》1942年6月16日。
② 丁玲：《一点经验》，《文艺学习》1955年第2期。
③ 唐小兵：《大众文艺与通俗文学：〈再解读〉导言》，《英雄与凡人的时代：解读20世纪》，上海文艺出版社2001年版，第248页。

安文人在作品中呈现出来的历史建构。学术界一旦从追究传统本质主义转向关注历史文本的话语分析,也许才是真正打开通往研究延安文学的大门。

黄科安

"右"与"左"的辩证：再谈打开
"延安文艺"的正确方式

1958年，在发表于《人民日报》的著名文章《文艺战线上的一场大辩论》中，周扬重提丁玲创作于延安时期的杂文《"三八节"有感》以及小说《我在霞村的时候》《在医院中》。周扬指出："'我在霞村的时候'这篇小说，把一个被日本侵略者抢去作随营娼妓的女子，当作女神一般地加以美化。"① 而写于1941年的《在医院中》，"更是集中地表现了她对工人阶级，对劳动人民的敌视。这篇小说是丁玲的极端个人主义的反动世界观的缩影。小说把一个有着严重的反党情绪的年轻的女共产党员陆萍描写为一个新社会的英雄人物，仅仅是因为组织上分配工作的时候没有满足她的不切实际的幻想，作者就忍不住替她的主人公抱不平，把党和革命的需要咒骂为套在脖子上的'铁箍'。在个人利益和集体利益发生抵触的情况下，陆萍对延安的一切投以仇视的眼光，并且在医院中展开了一系列的反党活动。小说把革命根据地的劳动群众写成愚蠢的、麻木的人，把延安写成一个残酷无情、阴森可怕的地方，延安的革命干部从上到下都是没有希望的。因此，作者支持她的女主人公'同所有的人'做斗争。丁玲写道：'她寻仇似的四处找着缝隙来进攻，她指摘着一切。她每天苦苦寻思，如何能攻倒别人，她永远相信，真理是在自己这一边的。'丁玲这篇小说，正是宣传了她反党、反人民的'真理'，狂热的资产阶级个人主义的'真

---

① 周扬：《文艺战线上的一场大辩论》，《人民日报》1958年2月28日第2版。

理'。"① 通篇文章，周扬将丁玲的思想实质定性为"个人主义"，认为"从莎菲开始，在丁玲所描写的不少女主人公的经历和性格上都有作者自己的影子。她十分欣赏莎菲式的女性"②。丁玲身上表现出的这种"极端个人主义思想"和"工人阶级，和劳动群众"的尖锐对立反映的其实是"两条道路"之间不可调和的冲突和斗争。周扬的观点与方法，为此后接踵而至的批判文章全盘照搬，成为一直延续到"文革"的丁玲批判的基调。

与上述观点截然相反，夏济安在以左翼文学为对象的评论集 The Gate of Darkness 中将丁玲置于五四传统的脉络中，肯定其现实主义的价值和"鲁迅精神"，将丁玲初入延安所写的小说《在医院中》《新的信念》《我在霞村的时候》视为个人表达超越了公众情感的例子，认为这超越了任何共产主义理论。夏济安认为，这些作品来自"一个感伤主义者的内心认知"，展现了"人类生活中的非人道"，是"五四文学观的再现"。③ 这种建基于西方人道主义和人性论的文学批评观念贯穿于夏济安的研究著作中。与夏济安近似，夏志清在影响更大的《中国现代小说史》中这样评价丁玲："丁玲开始写作的时候是一个忠于自己的作家，而不是一个狂热的宣传家。"对于延安时期的作品，夏志清解释为"丁玲在1940年代初期无法遮蔽她对延安中共政权的不满，而短暂地回到了她过去的颓废、虚无主义的情绪"④。"文革"结束后，在"去政治化"的时代氛围中，与夏氏兄弟类似的"文学观"成为中国现代文学史写作乃至文学批评的共识，主宰了这一时期的丁玲研究。

讨论丁玲的方式，同样是讨论包括王实味在内的整个延安文艺的方

---

① 周扬：《文艺战线上的一场大辩论》，《人民日报》1958年2月28日第2版。
② 同上。
③ T. A. Hsia（夏济安），*The Gate of Darkness*: *Studies on the Leftist Literary Movement in China*, Seattle: University of Washington Press, 1968, pp. 240–250.
④ 夏志清著：《中国现代小说史》，刘绍铭等译，传记文学出版社（台湾）1979年版，第280页。

式。与丁玲"浪子回头"、最终被接纳重返革命队伍不同，因写作《野百合花》等文章被打成"右派""托派""国民党特务"并最终被处决的王实味更是后"文革"时期解读延安文艺乃至全部左翼文艺时一个无法回避的标志性人物。

尽管在两种不同的意识形态视阈中，丁玲与王实味等人在延安时期的创作呈现出完全不同的意义，但两种针锋相对的文学观在一个共有的知识框架中展开，那就是"个人主义"与"集体主义"的二元对立，以及由此派生的"五四"与"延安""文学"与"政治""右"和"左"的二元对立。因为对这一共识缺乏自觉，在问题意识与批评方法上，后革命时代的新启蒙批评家对丁玲作品的解读与他们反感的极"左"的"政治批判"几乎一模一样。

正是在这一意义上，将延安时期的丁玲和王实味从这个先入为主的二元对立框架中解放出来，将他们历史化，我们或将发现，丁玲创作于延安时期的《我在霞村的时候》《在医院中》《"三八节"有感》以及王实味的《野百合花》等作品并不真正构成与延安主流政治的冲突和对抗，相反，完全可以将其视为一种比延安主流政治更为激进的文化政治主张的表达与呈现。换言之，丁玲、王实味等人对延安的批评引发的批判，并非因为丁玲、王实味等人的主张太"右"，而是因为太"左"。事实上，这种将在共和国历史上不断重演的"左""右"错位的思想冲突，并非如周扬或夏济安等人理解的那样发生在"个人主义"与"集体主义""五四"与"延安"乃至"文学"与"政治"之间，而是发生在"集体主义""延安"乃至"政治"的内部，表现的是作为"革命"与"革命后""官僚主义"与"继续革命"之间的冲突与对抗。

一 《我在霞村的时候》

丁玲的短篇小说《我在霞村的时候》写于1940年，首次发表于1941

年出版的《中国文化》第2卷第1期。这部短篇小说以一位女知识分子作为第一人称叙述人,讲述了"我"在抗日战争时期一个解放区乡村——霞村亲历的一个故事:霞村女青年贞贞先是不幸被日军掠去沦为慰安妇,后来受共产党指派借助其特殊的身份为抗战工作获取情报,因此罹患性病。但贞贞的牺牲和奉献却不容于家乡民众的道德偏见。在霞村人的羞辱和鄙视中,贞贞不屈服,不接受怜悯,在党组织的帮助下离开落后的村庄,奔赴延安开始新的生活。

20世纪80年代对这部作品的解读,通常围绕"国民性批判"与"女性主义"两个维度展开。在前一视域中,《我在霞村的时候》的意义在于揭示出贞贞的精神创伤不仅仅是由侵略者的罪恶所造成,更重要的是霞村村民对她的冷漠、鄙视、幸灾乐祸表现出来的种种封建道德观念的进一步伤害:村民想象贞贞"病得连鼻子也没有了,那是给鬼子糟蹋的呀","走起路来一跛一跛的";杂货铺老板夫妇、打水的妇人如此议论贞贞:"亏她有脸面回家来,真是她爹刘福生的报应","……这种缺德的婆娘,是不该让她回来的""……现在呢,弄得比破鞋都不如……",除了村上的年轻人,"他们嫌弃她,鄙视她……尤其那一些妇女们,因为有了她才发生对自己的崇敬,才看出自己的圣洁来,因为自己没有被敌人强奸而骄傲了"。父亲的垂头丧气和母亲的伤心哭泣,阿桂的一声声叹息,包括初恋情人夏大宝执拗地要娶她的决定,都可能成为"压死骆驼的最后一根稻草",给贞贞悲摧的人生带来毁灭性的打击。丁玲因此呈现了几千年来中国封建农民小生产者的愚昧落后麻木的真相,暴露了他们的意识中潜存着的传统的父权、夫权意识,以一个类似于鲁迅小说《药》中的革命者夏瑜的故事,完成了"五四"启蒙主题的重申。而在女性主义的批评视阈中,对贞贞处境的关注表现出丁玲对"妇女问题的深切体验"①,是她的女性意识的一次

---

① 王德威:《做了女人真倒楣?——丁玲的"霞村"经验》,《想像中国的方法——历史·小说·叙事》,生活·读书·新知三联书店1998年版,第177页。

重要的体现。贞贞本来是有机会逃出虎口的，但为了继续获取情报，她接受边区政府的指示重回虎口。在这一意义上，贞贞的第一次失节是日军造成的，第二次失节则是为边区政府做出的牺牲。"她（贞贞——引者注）的肉体被战争双方野兽般地糟蹋过，一方利用她的肉体，而另一方则把这作为搞到对方情报的手段。"① 因此，"在本质上，《我在霞村的时候》是一篇表现女性之孤独与女性之困境的小说，是一篇'纯粹为女性'的作品。虽然它是在烽火连天的抗日战争时期的革命圣地延安创作的，但在这篇小说里，女性问题超越了国家、民族问题，被还原为纯粹的女性问题。换言之，性别的悲剧在小说中被用超国家、超民族这种极端的形式表现出来。作品中'女人真作孽''女人真倒霉'之类的议论，才是其主题之所在"②。

对于熟悉中国现代文学史的读者而言，如果说以启蒙主义来解读《我在霞村的时候》听起来有些像老生常谈——只需要将"政治"与"文学"的二元对立颠倒过来即可实现，女性主义的解读却让人耳目一新。作为解构民族国家认同或阶级认同之类的宏大叙事的利器，女性主义批评一直是重读丁玲的重要理论武器。不仅被成功运用于对《我在霞村的时候》的解读，在对《在医院中》《"三八节"有感》的解读中更是大放异彩。评论界普遍认为，贞贞是一个现代民族国家冲突中的女性生存困境的典型形象。丁玲这一时期的作品体现了这个时代罕有的女性意识，再现了女人与性、与性暴力、与传统、与革命、与民族解放等多维度的矛盾杂糅关系，帮助我们反思民族国家认同乃至阶级认同对女性生命的漠视与压抑。

但这种听起来振振有词的解读方式仍然无法摆脱"过度阐释"的嫌疑。至少丁玲本人不会认可这种女性主义的解读方式。这些言之凿凿的批评家似乎忘记了丁玲当年对"女性"标签的断然拒绝：1928年冬天，因为

---

① 梅仪慈：《不断变化的文艺与生活的关系》，袁良骏编：《丁玲研究资料》，天津人民出版社1982年版，第577页。
② 董炳月：《贞贞是个慰安妇——丁玲〈我在霞村的时候〉解析》，《中国现代文学研究丛刊》2005年第4期。

发表了《莎菲女士的日记》等作品而声名鹊起的丁玲受邀参加一家财力雄厚的书店主办的宴会，商业上颇为成功的《真善美》杂志的编辑邀请丁玲给他们的"现代著名女作家"专号撰稿，"文章不拘形式，不拘长短，稿酬从优，而且可以预支"。丁玲谢绝这一邀请。当编辑一再坚持的时候，丁玲直率地回答道："我卖稿子，但不卖'女'字。"①

与上述出自"启蒙主义"或"女性主义"立场的过度诠释相比，丁玲的终身知己冯雪峰对《我在霞村的时候》的解读似乎更为朴实和贴切。在1948年为《丁玲文集》撰写的后记中，冯雪峰这样谈到他理解的贞贞形象的意义："作者所探究的一个'灵魂'，原是一个并不深奥的，平常而不过有少许特征的灵魂罢；但在非常的革命的展开和非常事件的遭遇下，在这落后的穷乡僻壤的小女的灵魂，却展开出了她的丰富和有光芒的伟大。这灵魂遭受着破坏和极大的损伤，但就在破坏和损伤中展开她的像反射于沙漠上似的那种光，清水似的清，刚刚被暴风刮过了以后的沙地似的那般广；而从她身内又不断地生长出新的东西来，那可更非庸庸俗俗和温温暾暾的人们所能挨近去的新的力量和新的生命。贞贞自然还只在远大发展的开始中，但她过去和现在的一切都是真实的，她的新的巨大的成长也是可以确定的，作者也以她的把握力使我们这样相信贞贞和革命。"② 从《我在霞村的时候》中，冯雪峰读出的是作为叙事人的"我"对自强、勇敢女主人公贞贞的敬佩。更重要的是，冯雪峰读出了贞贞与"革命"的互文。冯雪峰的感受在比丁玲年青一代的"少共"王蒙那里得到了确认。王蒙曾谈及《我在霞村的时候》在其少年时代引起的心灵震撼："少年时代我读了《我在霞村的时候》，贞贞的形象让我看傻了，原来一个女性可以是那么屈辱、苦难、英勇、善良、无助、热烈、尊严而且光明。"③ 冯雪峰显然比今

---

① 丁玲：《写给女青年的信》，《青春》第24期，1980年11月15日。
② 冯雪峰：《从〈梦珂〉到〈夜〉——〈丁玲文集〉后记》，《中国作家》第1卷第2期，1948年1月。
③ 王蒙：《我心中的丁玲》，《读书》1997年第2期。

天的启蒙主义或女性主义批评家更了解这部作品,因为他更了解丁玲。读过丁玲晚年作品《杜晚香》的读者,一定会认可冯雪峰的评价,也会进一步理解丁玲。在某种意义上,杜晚香就是晚年的贞贞。晚年丁玲反复自我宣传,表示《杜晚香》才是她最好的作品。

尤为值得指出的是,许多批评家之所以将《我在霞村的时候》定义为一部"批判现实主义作品",是因为他们聚焦于小说暴露的矛盾,但忽略了矛盾的解决。事实上,在这篇小说的末尾,丁玲为矛盾的解决设置了出路,那就是"去延安"!(小说中以"去××"加以表达——引者注)当"他们"(这显然指的安排贞贞从事地下工作的上级——引者注)安排她去延安治病的时候,贞贞的心情才一下子释然开来:得到了上级承认,所有的不幸与悲伤烟消云散,贞贞的病情与性格很快得到了恢复。贞贞要离开冷冰冰的霞村,去延安治病,她丝毫不留恋故土和亲人,满怀希望地憧憬着新生活。她说,"到了延安,还另有一番新的气象。我还可以再重新做一个人""我就想留在那里学习"。小说里的"我","仿佛看见了她的光明的前途"。

千万不应忽略小说的这一结局之于小说主题的意义。早在1929年,在给胡也频于《红黑》杂志上发表的中篇小说《到M城去》(M城,即莫斯科——引者注)写的书评中,丁玲就特别强调:"《到M城去》——只要知道这M城是一个什么地方,就可以想见这一篇小说的思想所集中的焦点了。"[①] 此刻的"去延安"不仅仅是贞贞的选择,甚至不仅仅是丁玲的选择,它还是那一代中国知识青年的共同宿命,是一个"天下人心归延安"时代的历史写真。这个时候的延安,是一个真正的乌托邦,一个承诺民族、阶级乃至女性彻底解放的乌托邦,是所有"受苦的人"的故乡。所有"受苦的人",无论是疾病缠身还是病入膏肓,无论是物质的贫穷还是精神的绝望,都会在延安得到治愈,拥有"光明的前途"。这个出路的确是这

---

① 丁玲:《介绍〈到M城去〉》,《红黑》第7号,1929年7月10日。

个时候的丁玲真切的理想。写作《我在霞村的时候》的1940年，丁玲终于通过了中央组织部有关她被捕经历的审查。四年前，丁玲摆脱南京国民党的监禁费尽周折奔赴梦中的故乡陕北，度过了一段快乐的政治蜜月期，没料到天有不测风云，她因为被捕的经历遭到党的怀疑，几经周折，最终得以洗刷干净身上的污泥重新上路。贞贞从日本鬼子的蹂躏中回到家乡，没想到遭遇亲人的误解与歧视，不得不再度出走，最终奔向光明之地延安。丁玲与贞贞的经历何其相似乃尔！丁玲后来回忆说，她就是想写一个"没有被痛苦压倒"，而是"向往着光明"往前走的女人。① 丁玲在这里写的，虽然是"贞贞"的故事，又何尝不是她自己的传奇！

二 《在医院中》

如果说《我在霞村的时候》讲述的是"去延安"，丁玲1941年11月15日发表于《谷雨》第一期的短篇小说《在医院中》则是一个"在延安"的故事。贞贞乃至丁玲有关延安的理想是否能在这里变成现实呢？

《在医院中》写的是一位青年知识分子在延安"单位"中的不适感。女主人公陆萍是一个20岁的女青年，从上海的产科学校毕业后，她在伤病医院服务了一段时间，后来到延安进入抗大学习。抗大毕业后，她本想从事政治工作，却被分进了医院做"产婆"。丁玲借助陆萍这一青年知识分子的视角揭示了边区医院管理的不科学、技术的落后、医护人员的懒惰散漫。对陆萍的生活漠不关心，甚至没有帮年轻的陆萍把床支起来就消失得无影无踪的李科长；陆萍的同屋，行为和言语上都极为粗鲁，"仿佛没有感情"的张医生的老婆；种田出身，"以一种对女同志不须尊敬和客气的态度接见陆萍"的院长；以一种敌我的思想对医院中的医生进行了划分的指导员；傲慢的林莎，没有骨头、烂棉花似的没有弹性的张芳子；浑身都

---

① 丁玲：《答〈开卷〉记者问》，《丁玲全集》第8卷，河北人民出版社2001年版，第9页。

是教会女人气味的产科主任,有着资产阶级惯有的虚伪的产科主任的丈夫……陆萍在医院中接触的每一个人都以自己的独特方式表现出精神病患:或缺乏热情,或幼稚无用,或浑浑噩噩,或傲慢庸俗。由他们这些人组成的环境给予陆萍的只能是"不安和彷徨"以及"说不出的压抑"。陆萍从理想出发,不但以巨大的勇气揭露了医院中"一些不合理的事",并且"理性地批判了那一切",全心投入,整日奔忙。搜集意见,参加会议,陈述论辩,提出建议,依自己对现代医院"健康"状态的设定和想象,为改善医院环境做出种种努力:为病人争取清洁的被褥、暖和的住室、滋补的营养、有次序的生活;要求图画、书报以及座谈会、娱乐晚会。但陆萍的行为始终不被理解,势单力薄的她医治现实的野心并未收获实效,反而因为自命清高、不合群的性格,反抗现实的热情与出格的表现,成了一个"被大多数人用异样的眼睛在看着"的"小小的怪人",招致了环境给她的更大压迫。直到遇见一个"没有脚的害着疟疾"的革命前辈对她进行劝说与告诫,陆萍才开始逐渐平静下来。最后,上级——卫生部来人找她谈话,经过几次调查和说明,陆萍庆幸自己"是被了解着的,而她要求再去学习的事也被准许了",她怀着一颗光明愉快的心离开医院,奔向新生活。

在1958年《文艺报》组织的"再批判"中,《在医院中》与《"三八节"有感》以及王实味的《野百合花》一道被当作"奇文"和"毒草"重新刊登出来,接受全国人民的批判。在被置于该篇小说前面隆重推出的批评文章《莎菲女士在延安——评丁玲的〈在医院中〉》里,张光年指出:"读这篇小说的时候,我的突出的感觉是:莎菲女士来到了延安。她换上了一身棉军服,改了一个名字叫作陆萍。据说她已经成为共产党员了,可是她那娇生惯养、自私自利、善于欺骗人、耍弄人的残酷天性一点也没有改变。她的肺病大概已经治好了,她的极端个人主义的毛病却发展到十分癫狂的地步。"[1]

---

[1] 张光年:《莎菲女士在延安——评丁玲的〈在医院中〉》,《文艺报》1958年第2期。

与《我在霞村的时候》一样，在20世纪80年代的"重写文学史"为名的"翻烧饼"运动中，《在医院中》又被视为启蒙主义与女性主义的杰作被大书特书。在一些代表性的观点中，《在医院中》被认为真切地记录和表达了知识分子或知识女性在延安产生的疏离感与孤独感，表现出"五四"启蒙意识与"国民性"之间、女性与政治之间的永恒冲突："陆萍与周围环境之间的矛盾，就其实质来说，乃是和高度的革命责任感相联系着的现代科学文化要求，与小生产者的蒙昧无知、偏狭保守、自私苟安等思想习气所形成的尖锐对立。……我们不禁会联想起鲁迅小说里所描写的那些群众，联想起他们身上那种冷漠、愚昧、保守、自私的精神状态……"①黄子平则明确将陆萍、丁玲视为"五四"批判精神的传承者和发扬者。通过巧妙地将丁玲及其《在医院中》的陆萍放置到以"惩前毖后，治病救人"为目标的延安整风运动之中，黄子平将小说中的"狂人"陆萍最终为环境所"治愈"的故事解读为延安时期知识分子被政治驯化的过程。"至此之后，'时代苦闷的创伤'就在丁玲笔下消失了，或者说，'治愈'了。"②贺桂梅也表达了类似的看法："如同丁玲同期的其他小说，《在医院中》再次在作品中呈现出了一个五四式的主题，即'独异个人'和'庸众'之间的对比，其他如《我在霞村的时候》《夜》。这种落差表明，置身乡村民众之中的丁玲并未能自发地感受到作为革命主体的民众的革命性，相反，她所受的知识教育和感受世界的情感结构使她可以轻易地看出民众和粗糙的革命组织本身的问题，从而下意识地进行着自我/他者的区分，将知识分子（或类似人物）和乡村民众的距离清晰地呈现出来。这种距离正是陆萍与医院冲突的根源。"③

---

① 严家炎：《现代文学史上的一桩旧案——重评丁玲小说〈在医院中〉》，《钟山》1981年第1期。

② 黄子平：《病的隐喻与文学生产——丁玲〈在医院中〉及其他》，唐小兵编《再解读：大众文艺与意识形态》，香港牛津大学出版社1993年版，第51页。

③ 贺桂梅：《知识分子、女性与革命——从丁玲个案看延安另类实践中的身份政治》，《当代作家评论》2004年第3期。

有趣的是，丁玲自己对这部作品意义的表述以及与这部作品同时期的延安批评家的解读却远没有这样复杂与意味深长。在丁玲那里，《在医院中》讲述的根本不是一个表现"个人"与"集体"冲突并最终被"集体"收编和规训的"现实主义"故事，而是一个在左翼文学中极为常见的关于知识分子的成长叙事。《在医院中》发表不久，批评家燎荧就在《解放日报》上发表评论文章《"人……在艰苦中生长"——评丁玲同志的〈在医院中〉》，直接点明了这部小说的主题。尽管指出了小说存在的诸多缺陷，如"旧现实主义方法的限制"导致的"客观主义的描写"等，但燎荧认为小说的主题仍显而易见："这篇小说要告诉给读者的是'人'经过磨炼，遭受'艰苦'，遇着'荆棘'，而不被它们（'磨炼'、'艰苦'、'荆棘'）所'消融'，继续地前进、'生长'，只有这样的人，才会'真正有用'。"①批评家的这一分析得到了丁玲的认可。在写于同年的一篇文章中，丁玲交代了自己写作这篇小说的动因："在这两年之中我接触了另外一些女孩子……她们都富有理想，缺少客观精神，所以容易失望。失望会使人消极冷淡，锐气消磨了，精力退化了，不是感伤，便会麻木。我很爱这些年轻人，我喜欢她们的朝气，然而我讨厌她们那种脆弱……我想写一篇小说来说服与鼓励她们，我要写一个肯定的女性，这个女性是坚强的，是战斗的，是理智的，是有用的，能够迈过荆棘，而在艰苦中生长和发光。"②

20 世纪 80 年代的批评家之所以对《在医院中》显而易见的主题视而不见，甚至能够与 1958 年的丁玲批判者遥相呼应，是因为他们都把丁玲当成了陆萍——就如同他们曾经把丁玲当成莎菲！其实在大多数文学作品中，主人公——就算是第一人称的"我"都不见得是作者本人，相反，主人公完全可能成为作者对话的对象。针对评论界总是将莎菲女士等同于丁

---

① 燎荧：《"人……在艰苦中生长"——评丁玲同志的〈在医院中〉》，《解放日报》1942 年 6 月 10 日。
② 丁玲：《关于〈在医院中〉》，《书城》2007 年第 11 期。相关分析亦参见李晨《〈在医院中〉再解读》，《中国现代文学研究丛刊》2012 年第 4 期。

玲本人，梅仪慈认为"这种观点，混淆了文学与生活的区别"①。梅仪慈的批评用于对陆萍的分析显然同样有效。尽管丁玲在创作谈中多次讲述过陆萍的生活原型的故事，但批评家就是不予理会。在这一意义上，在进入这部作品之前，提出"谁""在医院中"。②这样的问题显然并不多余。事实上，就《在医院中》而言，与其说丁玲通过女主人公来表达对革命生活的不适与不满，不如说是丁玲表达了自己对投身革命的年轻人的观察、批评、勉励与祝福。即使丁玲的书写在无意中流露出与陆萍的心息相通，或多或少泄露了自身的政治无意识，但在中国现当代文学史上，以《青春之歌》为代表的类似书写讲述的都是一个历史主体成长的故事，"个人主义"即使存在，那也只能是主人公成长的"前史"。在小说的结尾，那个去过苏联的无脚的老革命的出场，以宽容与细致温暖的感情劝导了困顿之中的陆萍，这个因不良医疗条件而被截去双脚的人，以一种"对本身的荣枯没有什么感觉似的"忘我投入革命工作的态度，使陆萍所有建立在个体感觉基础上的不满和愤怒消弭于无形，由此成为陆萍思想转变的一个重要契机。陆萍也最终获得了上级领导的支持。经过在医院中艰苦环境的千锤百炼后，陆萍治愈了自己的迷惘与困惑，逆转了离轨的人生，怀着一颗光明愉快的心离开医院，奔向新生活。小说最后以一个充满光明的警句结束："新的生活虽要开始，然而还有新的荆棘。人是要经过千锤百炼而不消溶才能真正有用。人是在艰苦中成长。"丁玲的这句话在延安青年中产生了很大反响，"有人把它抄下来贴在壁头上当座右铭，而且据说有个机关的俱乐部还把它和列宁、毛主席的警句同等看待，用鲜红的长条大纸写着"③。由此不难见出《在医院中》主题的"政治正确"。这个被延安青年

---

① 梅仪慈：《不断变化的文艺与生活的关系》，袁良骏编《丁玲研究资料》，天津人民出版社1982年版，第571页。
② 张慧瑜：《"谁""在医院中"——重读丁玲的〈在医院中〉》，《青春》2012年第8期。
③ 王燎荧：《丁玲的小说："在医院中时"的反动性质》，《文艺报》第25期，1957年9月29日。

广泛传抄的语录和座右铭,其实也是《"三八节"有感》的主题。在《"三八节"有感》中,女性即使"身体"在革命/丈夫/孩子/工作中"分裂""痛苦",也需要在"受苦"中完成统一。对这一代知识分子而言,苦难恰恰是救赎的前提。《"三八节"有感》与《在医院中》一样,如何解决现实问题并不是丁玲关注的焦点,她甚至不见得认为问题能解决,对丁玲而言关键是人的"成长"。

三 《"三八节"有感》

1942年3月,为响应毛泽东鼓励党外人员"善意的批评"的号召,丁玲写出了杂文《"三八节"有感》,为延安妇女事实上遭受的不公平现象鸣不平,并在自己主编的《解放日报》文艺副刊上刊出了王实味的杂文《野百合花》,对延安存在的等级现象和不民主现象进行了批评。丁玲信笔由缰地写下《"三八节"有感》时没有意识到,这篇短短两千余字的感言,将会怎样改变了她后半生的文学与政治生涯,也更不可能意识到,一场声势浩大的文艺整风运动将由此而引发,影响之深之广不仅遍及整个延安地区,还延伸至以后几十年的整个新中国文艺界。

《"三八节"有感》发表后不久,即被戴上了"个人主义"和"挑战权威"的帽子。延安整风运动中的点名批评,更使这篇杂文成为后来人们观察延安异端思想不愿绕过的文本。另一方面,这篇讨论延安妇女困境的文章被认为集中表现了女性认同与阶级和民族认同之间的对抗而成为女性主义批评家眼中的经典。美国学者白露认为,"丁玲在她著名的《"三八节"有感》中提出了三个相互关联的问题:性爱、觉悟和社会。她问道:是谁掌管性表达和传宗接代的大权?是妇女们自己还是婚姻主管机构?既然性别决定了她们在觉悟上与他人不同,那么这一点在延安能不能得到肯定?最后一个问题,在社会主义社会中妇女怎样才能争得与男人平等的权利?……不明了这一女权主义的性质与广度,我们就无法充分理解由《"三八节"有感》所表现出来的马克思主义与女权主义之间的争论。"①李陀在《丁玲不简单》一文中则更加明确地指出:"丁玲的问号的核心,是民族国家(无论其建立了怎样不同的政治制度)是否有权把女性纳入某种改头换面的但仍以男权为中心的文化秩序。"在李陀看来,《"三八节"有感》之所以受到严厉批评,就在于"对于延安主流的话语秩序来说,妇女解放竟然会和革命的国家利益不相容,这尤其是不能想象的"②。

的确如上述批评家所言,《"三八节"有感》表达了丁玲对延安妇女状况的不满与不平,但将其上升到女性乃至个体与阶级解放和民族认同的"宏大叙事"之间的二元对立,却仍可看作一种出自后设历史观与文学观的"过度诠释"。如果能够对"理论先行"保持警惕,批评家在重读《"三八节"有感》的过程中,其实很难在这篇闻名遐迩的文章中找到理论预设的那种发生在对立价值观之间的对抗与紧张。许多知识女性在20世纪30年代之所以义无反顾地奔赴贫瘠的西北延安——其中既包括陈学昭这样的留法女博士,也包括韦君宜这样的清华女生,还包括丁玲这样的知名女作家,一个极为重要的原因,就在于延安叙事对未来乌托邦的承诺内在地包含了妇女的彻底解放。1939年2月,为了迎接"三八"妇女节的到来,塞克和冼星海商定合作一部反映妇女要求翻身解放的歌舞。他们耳闻目睹众多边区妇女参加生产劳动、识字学习、锄奸保卫、慰劳抗属等先进事迹,深切了解到广大妇女受压迫、受歧视、要争取自由解放的处境与愿望,先由塞克作词,冼星海于2月27日谱曲,完成了《三八歌舞活报》主题歌。冼星海亲自指挥教唱之后,第一次在延安1939年"三八"妇女节晚会上演出,大受群众欢迎,遂更名为《三八妇女节歌》,从1940年起

---

① 白露:《〈"三八节"有感〉和丁玲的女权主义在她文学作品中的表现》,孙瑞珍、王中忱编:《丁玲研究在国外》,湖南人民出版社1985年版,第271—282页。
② 李陀:《丁玲不简单——革命时期知识分子在话语生产中的复杂角色》,《北京文学》1998年第7期。

成为每年延安举行的"三八"妇女节纪念大会的主题曲。这首歌唱道:

> 冰河在春天里解冻,
> 万物在春天里复生。
> 全世界被压迫的妇女,
> 在"三八"喊出自由的吼声。
> 从此我们永远打破毁人的牢笼。
> 苦难使我们变得更坚定,
> 旧日的闺秀变成新时代的英雄。
> 我们像火把,
> 像炸药,
> 像天空的太阳一样光明。
> 武装起头脑,
> 武装起身体,
> 勇敢地把自己投入民族解放的斗争里。
> 全世界被压迫的妇女,
> 在"三八"喊出自由的吼声。
> 从此我们永远打破毁人的牢笼。

许多延安的亲历者都曾回忆其当年参加"三八节"纪念活动时十多万人肃然起立并高唱《国际歌》和《三八妇女节歌》的盛景。丁玲就是其中的一员。在这一历史语境中重读《"三八节"有感》,我们才可能理解这篇文章的意义。事实上,文章一开始,丁玲就将延安界定为在动荡的半殖民社会中,一个"妇女是比中国其他地方的妇女幸福"的"新环境"。然后她继续说明,这样一个新环境并非是给定的,而是由它的参与者的日常实践建构起来的,因此能否让每一位延安同胞自觉投身这种日常实践就变得至关重要。换言之,丁玲在这篇文章中不是要批评延安,而是她觉得延安在这方面应该更好——延安在所有方面都应该比中国其他地方好,不应该有不好。因为延安是娜拉、莎菲们"除了堕落就是回来"之外的第三条出路，也是贞贞、陆萍以及丁玲自己的家园和乌托邦。

正是基于这一理解，在描述了延安女同胞面临的一些困境之后，丁玲尝试与读者做一些善意的沟通，一方面，她对延安的男同胞提出了一些如何善待女同胞的建议；另一方面，丁玲以过来人的身份对延安的女同胞如何走出自己的困境提出了诸多忠告，其中最后一条，也是最重要的一条如下：

> 下吃苦的决心，坚持到底。生为现代的有觉悟的女人，就要有认定牺牲一切蔷薇色的温柔的梦幻。幸福是暴风雨中的搏斗，而不是在月下弹琴，花前吟诗。假如没有最大的决心，一定会在中途停歇下来。不悲苦，即堕落。而这种支持下去的力量却必须在"有恒"中来养成。没有大的抱负的人是难于有这种不贪便宜，不图舒服的坚忍的。而这种抱负只有真正为人类，而非为己的人才会有。

丁玲开出的药方还是要女同胞"忘记自己"！就像《三八妇女节歌》中唱到的那样，"勇敢地把自己投入民族解放的斗争里"，在这种承诺彻底解放的斗争中经历磨炼，长大成人，而绝非像后来的批评家指出或期待的那样提出女性解放优先于民族解放或阶级解放的命题，或是对"做了女人真倒霉"这样的陈词滥调的重申。丁玲在这里表达的不仅是对延安主流政治的认同，从中甚至可以读出《讲话》中做一个"革命的螺丝钉"的信念和思想。因此，尽管丁玲后来一再对自己的厄运表示理解和宽容，一再表达对革命生涯的"九死不悔"，但她对自己因《"三八节"有感》一文遭遇的批判，尤其是后来以此为名被打成"右派"一直深感委屈和困惑："我个人看，如果现在把这篇文章再发表，相信读者不会觉得有什么问题。这篇文章曾经翻译成外文，外国人看了觉得实在没什么，不理解为什么要批评，后来还说是反党的毒草，并作为把作者定为右派的一条理由。"①

---

① 丁玲：《解答三个问题——在北京语言学院外国留学生座谈会上的讲话》，《北京文艺》1979 年第 10 期。

在某种意义上，与《在医院中》一样，《"三八节"有感》表达的情感更接近于唐小兵所说的"日常生活的焦虑"①，它凸显的是革命理想的"反日常性"及"革命"由行动、实践转入"日常"后年轻一代的失落。在和平的延安，革命停滞或者说革命取得了暂时成功——从1937年到1942年，红军已经在陕北站稳了脚跟，国共合作的大势已就，共产党以"边区政府"为名取得了合法性，在这里已经安宁地生活了五个年头，年轻一代的"后革命"焦虑像春天的野草一样疯狂生长。延安革命承诺了包括个人、女性、民族、阶级等所有历史主体在内的彻底解放，革命的憧憬和想象，有着明显的乌托邦性质。这也是丁玲这一代知识青年去延安的终极动力。遗憾的是，这种革命的激情无法永驻，青年们在延安面对的仍然是他们当初力争逃脱的"日常生活"——包括生老病死，也包括男尊女卑。《在医院中》的陆萍在屡遭挫折之后非常苦恼，作品中有一段这样描写道："现实生活使她感到可怕……她回省她日常的生活，到底革命有什么用？革命既然是为着广大的人类，为什么连最亲近的同志却这样缺少爱。"把"革命"归结为"爱"的看法往往被指责为"小资产阶级情调"，只是这种批评其实忽略了"爱"同样甚至更是无产阶级革命的动力。40年代，曾经写下《预言》这样唯美诗篇的何其芳出现在延安的黄土高坡上，人们不解地问他："你怎样来到延安的？"诗人用诗一样的语言这样回答：我是靠着"美、思索，为了爱的牺牲"这三个思想"走完了我的太长、太寂寞的道路，而在这道路的尽头就是延安"②。对这些年轻人而言，参加革命，难道不就是寻求一种充满友爱的生活吗？陆萍们对现实生活中人与人之间的冷漠与孤独的格格不入，对官僚主义的质疑，对缺乏激情的日常生活的不满，映现的恰恰是这个时代年轻一代的不切实际的理想以及与现实

---

① 唐小兵：《〈千万不要忘记〉的历史意义——关于日常生活的焦虑及其现代性》，唐小兵主编《再解读：大众文艺与意识形态》，香港牛津大学出版社1993年版，第184页。
② 何其芳：《从成都到延安》，《文艺战线》第2卷第3期，1938年11月16日。

的必然冲突。他们不理解——也不允许延安没有"爱"。

我们的确在丁玲和王实味的作品中看到了年轻一代与官僚主义的冲突，这并不是丁玲、王实味的发明。此前一直在国统区民先队做中共群众工作的于光远，1939年被调到延安的中央青委，初到延安的愉快消散之后，他在每天的机关工作中逐渐发现了他深恶的官僚主义，进而成为中央青委抨击延安不良现象的墙报《轻骑队》的发起人之一。① 事实上，伴随着供给制的等级区分逐渐规范严格，在延安相对和平的环境里工作日久，干群之间也的确出现了诸如丁玲《"三八节"有感》《干部衣服》和王实味《野百合花》等文章里揭露的状况，官僚主义的问题也作为党建的一部分为中共中央所关注，并成为此后延安整风运动的内容之一。《在医院中》的结尾，作为精神导师出现的"没有脚的人"其实不仅能够理解陆萍的不满，更重要的是，他与陆萍对现实的看法完全一致："是的，他们都不行，要换人，换谁，我告诉你，他们上边的人也就是这一套。"很明显，面对无法解决的矛盾，丁玲设置了这个"没脚的人"出场解决矛盾，被许多批评家看来显然不合情理，这个"生硬而勉强"的结尾，显示出丁玲面对现实困境的"无力"。这种指责并非没有道理，但从另一个角度看，丁玲在这里面对的，其实是现代中国革命这样的现代性装置本身蕴含的永恒的结构性困境，不仅不可能在延安得到解决，它将挥之不去，始终与"革命"如影随形。

四　《野百合花》及其他

王实味的杂文《野百合花》与丁玲的《"三八节"有感》齐名，1942年3月先后刊发于丁玲主编的《解放日报》文艺副刊，一同招致激烈批

---

① 于光远：《我的编年故事1939—1945（抗战胜利前的延安）》，大象出版社2005年版，第80—87页。

判。不仅被当作有严重立场问题的文章受到严厉的批评，甚至成为"延安文艺座谈会"乃至改变整个延安政治生态的"整风运动"的导火索。尽管因为毛泽东的保护——毛泽东在整风高级干部总结会上："丁玲是同志，王实味是托派。"①丁玲得以暂时逃出生天，避免了王实味的厄运，但在1957年开始的反右运动中，丁玲被打成"右派分子"，《文艺报》重新刊发丁玲和王实味的旧文《"三八节"有感》和《野百合花》，作为"右派"反党的范文供全国人民批判，两人再度站到一起。虽然在1942年的整风运动中丁玲努力与王实味划清界限，但她当年不顾《解放日报》主编博古的阻拦，坚持分两次刊发王实味的这篇《野百合花》，毫无疑问体现了她对王实味观点的认同和欣赏。

事实上，《野百合花》与《"三八节"有感》的主题与风格都非常接近。在文章的第一节"我们生活里缺少什么"中，王实味直陈延安青年"生活得有些不起劲""肚子里装得有不舒服"。其原因并不是像有人认为的物质生活困难或者缺少异性、生活单调，因为当时大批青年奔赴延安原本就是"抱定牺牲精神来从事革命，并不是来追求食色的满足和生活的快乐"的，之所以会感到不舒服、不起劲，王实味以自己听到的两个年轻女同志的谈话做了回答：延安生活中缺少爱和同情。表现在领导（首长、科长、主任等"大头子""小头子"）把阶级友爱挂在口头上，实际上却没有一点爱心，搞特殊化，摆官架子，自私自利，对下面的同志从来不关怀、不爱护。王实味对于延安不平等的同志关系、家长式的武断作风、缺少人性关爱的官僚主义习气等的不满，集中表现于"平均主义与等级制度"一节。在本节中，王实味指出延安存在"衣分三色，食分五等"的不合理现象。一方面是"害病的同志喝不到一口面汤，青年学生一天只得到两餐稀粥（在问到是否吃得饱的时候，党员还得起模范作用回答：吃得饱!)，另一方面有些颇为健康的'大人物'，作非常不必要不合理的'享

---

① 丁玲：《延安文艺回忆录》，《新文学史料》1982年第2期。

受'"。在王实味看来，这种明显带封建色彩的等级区分是不必要、不合理的。

《野百合花》集中表达了王实味对延安"特权"问题和"权力异化"问题的焦虑和敏感。就文章的动机而言，写作《野百合花》的王实味与写作《"三八节"有感》的丁玲极为近似。与丁玲一样，王实味的目的是为了提供一剂苦口的良药，驱除现实中的缺陷，医治政治机体内的病变，使延安变得"可能而且必须更好一点"。

20世纪80年代，与"新时期"的"反思"浪潮相激荡，在延安因言获罪并被错误处决的王实味成为知识分子热烈讨论的话题。1988年问世的《王实味与〈野百合花〉》一文，产生了巨大的社会反响。李维汉的《回忆与研究》、温济泽的不断呼吁、王凡西的证明文章等，共同促成了1991年王实味冤案的平反。王实味的文集也得以正式出版。王实味这位"延安狂人"变成一个符号，逐渐成为讨论延安文化政治时一个无法回避的人物。王实味的悲剧，被视为五四知识分子之殇，印证了五四精神与延安文化政治的格格不入。与丁玲的《在医院中》与《"三八节"有感》相似，王实味的《野百合花》也被放入"五四"与延安的二元框架中加以解读：王实味力图医治的延安病相，是在五四启蒙传统的思想背景下照见的，在他的身份预设与想象中，自己是启蒙者和医生，而所有的"延安病症"，包括不民主、等级制、官本位、缺乏关爱、麻木苟安、缺乏容忍等都是"国民性"传统的再现。饱含理想主义的王实味要求扫除社会一切的不公，彻底解放个人，消灭等级制度，结果被视为"狂人"，因为侵入了革命者、革命队伍的健康肌体，最终被医治与清算。这一左翼文学中的新"狂人日记"，预示了中国知识分子的悲剧性命运。

与我们在丁玲解读中看到的一样，在"五四"与"延安"的二元框架中解释王实味，将王实味定义为五四启蒙主义的传人，其实是一种典型的望文生义。因为王实味从来就不是一个自由主义知识分子，从青少年时代开始,王实味就是标准的左翼青年。在完成于 1925 年的处女作中篇小说《休息》中他就有着明确的自我定位:"我们青年的使命就是要用我们的力去捣毁一切黑暗的渊窟,用我们的热血去浇灭一切罪恶的魔火,拯救砧危的祖国,改造醒醒的社会,乃是我们应有的唯一的目标与责任。"① 1926 年,时年 20 岁的王实味在其就读的北京大学文科预科加入了中国共产党,1927 年因为经济所迫辍学,因为政治原因无处安身。王实味流徙奔走,不满当局,忧虑时事,先后在北京、上海的文学刊物上发表左翼文学作品,翻译苏联文学作品,有小说集和多种文学译著问世。王实味小说极少欲望、情爱书写,多写反抗绝望的战斗者的牺牲,表现出强烈的革命原教旨主义的倾向。1937 年 10 月,王实味只身抵达革命圣地延安,先入鲁迅艺术学院,后经张闻天亲自挑选,调入马列学院编译室,专门从事翻译马克思、恩格斯、列宁原著的工作。王实味勤奋刻苦,四年间单独或与人合作共译出近 200 万字的理论书稿,如《德国的革命与反革命》《价格、价值和利润》以及两卷本《列宁选集》等。由于在文艺和翻译工作上取得的成就,他被任命为中央研究院特别研究员,津贴为四块半,比当时边区主席林伯渠多半块,只比毛泽东少半块。

可以毫不夸张地说,在延安,像王实味这样具有深厚马克思主义理论素养的人其实极为少见。与此同时,与那些有留苏背景的布尔什维克相比,王实味的特点是"从理论到理论"。这个整日沉醉于理论世界中的"马克思主义者",比其他人更敏感于理论与现实的分裂。王实味对边区等级特权制度和官僚主义现象的激进批评既可追溯到共产革命的核心价值"公平",追溯到马克思主义的平等理念,亦可上溯到马克思的"异化"理论,却最终被冠以"小资产阶级意识"和"自由化"的罪名,历史在这里呈现出了不可思议的吊诡。

其实这不仅仅是王实味的吊诡,甚至不仅仅是丁玲的吊诡,它还是一

---

① 王实味:《休息》,中华书局 1930 年版,第 47 页。

种时代症候。1937—1938年，成千上万受埃德加·斯诺《西行漫记》、范长江《中国的西北角》和《塞上行》强烈吸引的知识青年，怀着对中共的崇仰和对未来新生活的憧憬，从天南海北奔向延安。延安一时到处充满着青年的欢声笑语，似乎成了一座青年乌托邦城邦。知识青年在延安感受到一种迥异于国民党统治区的氛围，最令人振奋的是，在人与人关系上充满着一种同志式的平等精神。丁玲在写于1937年7月10日的诗歌《七月的延安》中对延安的喜爱崇敬之情极为形象地表达出了这些年轻人的心声："七月的延安太好了/青春的心燃烧着/要把全中国化成像一个延安。"① 正是基于这种放大的乌托邦想象与青春激情，他们不能接受延安现实生活的缺陷，尤其当他们面对延安不平等的等级制与官僚主义时，他们的不解和不满溢于言表。

王实味在延安的罪名是"反革命托派奸细分子"。这些不实之词都已经被后来的平反决定推翻。其中，长期被认为最为荒谬的"托派"一词却有着进一步讨论的必要。尽管各种调查报告与回忆文章已经充分证实王实味与"托派"的组织联系实属子虚乌有，但如果讨论王实味与托派存在思想上的联系，却并非完全没有道理。作为翻译过数百万字的马克思、列宁著作的职业翻译家，王实味不可能不接触托洛茨基的思想。事实上，在1926年与苏共中央决裂之前，托洛茨基是俄国与世界历史上最重要的无产阶级革命家之一，列宁最亲密的战友，20世纪国际共产主义运动的左翼领袖，工农红军、第三国际和第四国际的主要缔造者，尤其是以对古典马克思主义"不断革命"和"世界革命"的独创性发展闻名于世。相当长的时间内，托洛茨基的著作被当作重要的马克思主义著作在中国传播。1923年托洛茨基出版《文学与革命》一书，很快为北京未名社翻译出版，对我国左翼作家影响很大，鲁迅的案头就有这本书。托洛茨基与列宁、斯大林之间的理论分歧，体现于他的"不断革命论"与列宁、斯大林的"三个阶段

---

① 丁玲：《七月的延安》，《一年》，生活书店1939年3月初版。

理论"之间的冲突。"三个阶段理论"主张在俄国这样的落后国家进行社会主义革命必须首先完成资产阶级民主革命，继而在资本主义制度下发展生产力，使之达到发达资本主义国家的水平，最后才能进行社会主义革命。而托洛茨基的"不断革命论"关注资产阶级革命的前景以及领导权问题，认为资产阶级民主革命的任务只有在无产阶级的领导下才能完成，而无产阶级领导下的革命不会只停留在已经完成的资产阶级革命的阶段上，它将直接转入社会主义革命。托洛茨基有关中国革命的论述是其"不断革命论"与"世界革命论"的直接运用，他要求中共放弃民族国家认同，反对统一战线，反对中共"以民族压迫为借口"来与国民党的三民主义"调情"[1]。按照托洛茨基的思路，"官僚社会主义"根本不可能体现出社会主义理论对资本主义的优越性，因此，"一国社会主义"其实是对马克思的世界革命理论的背叛。

　　了解托洛茨基的理论的人，并不难从王实味对延安官僚主义的批评以及不断革命的论调中看出托洛茨基这位国际共产主义运动中的"极左派"的影子。毛泽东曾在1945年"七大"时总结与王实味的斗争："他（指王实味）是总司令，我们打了败仗。我们承认打了败仗，于是好好整风。"[2] 毛泽东对一介书生的善意批评如此重视，恰恰是因为他在王实味的批评中看到了托洛茨基的幽灵。如果仅仅是"右"，仅仅是"个人主义"，毛泽东完全没必要承认"吃了败仗"。因为"个人主义"早在"五四"后期就已经溃不成军，根本不可能千里迢迢跑到延安来与"集体主义"对抗。让毛泽东耿耿于怀的，恰恰在于王实味的理论挑战性。王实味对在革命口号下逐渐强化的等级制度及其官僚化趋向表示了严重的忧虑，这同样是毛泽东的忧虑，1941年8月2日，他在给萧军的信中就激烈地指出："延安有无

---

[1] ［俄］托洛茨基著：《托洛茨基论中国革命（1925—1927）》，施用勤译，陕西人民出版社2011年版，第12页。
[2] 转引自黄昌勇《生命的光华与阴影——王实味传》，《新文学史料》1994年第1期。

数的坏现象。"① 但作为党的最高领导人，毛泽东同时是一个现实主义者，他知道王实味批评的这种现象根本无法根除——王实味批评的"衣分三色，食分五等"的源头是"供给制"，但造成不平等的"供给制"恰巧又是"战时共产主义"的生命线。延安时期的中国共产党党员都是"职业革命家"，就是以革命为职业、靠革命吃饭的干部。文化人和知识青年奔赴延安后，吃了革命的小米饭，就成为"革命队伍"的一员。革命队伍的成员一律实行供给制，其范围扩展到衣、食、住、行、学以及生、老、病、死、伤、残等各方面，依照个人职务和资历定出不同的供给标准。供给制确定了个人的经济生活状况，不仅物质生活，还有政治待遇都依赖于"公家"的分配。"饭碗"是组织给的，一切依靠组织；离开组织不仅没有饭吃，还可能沦为反党分子。由此，供给制保证了铁的纪律：个人服从组织、下级服从上级、全党服从中央。换言之，供给制已成为延安文化政治的经济基础。一方面，供给制提高了效率，是革命成功的保证；另一方面，供给制又不可避免地导致官僚主义。

王实味与丁玲的批评再现了延安政治生活中的这种两难。这种充满青春气息与革命理想的年轻人对"单位"科层制与官僚主义的不满、批评以及表达出的革命激情与期盼，绝不同于以"反抗强权"为旨归的"自由主义"。这就是我们说王实味与丁玲的出发点并不是"右"，而是"左"甚至"极左"的原因。与其说这些批判者是在实践"五四"启蒙主义立场和文化理想，不如说他们是在要求实现更为理想化的人民民主。支撑他们对现实做出评判的文化政治信念，主要不是"独立"精神与"自由"意志，而是蕴含于左翼文化逻辑中的"不断革命"的激情。

回首延安，我们会发现丁玲、王实味演出的惊心动魄的悲喜剧其实只不过是一连串震古烁今的历史大剧的预演。通过1942年的整风运动，通过"经与权"的辩证及左右开弓，延安暂时解决了这种理想与现实之间的两

---

① 中共中央文献研究室编：《毛泽东书信选集》，人民出版社1983年版，第174页。

难，并凝聚了创造新中国的力量。但革命理念与官僚主义的冲突不会终结，尤其是在革命党转变为执政党之后，为建设现代民族国家创建的专业化、理性化、科层制构成的官僚体制与共产主义信念之间的冲突，及其召唤出的"不断革命"的幽灵，将不断折磨一代又一代被"革命"唤醒的"青春"。我们将看到的，不仅是丁玲、王实味以及他们笔下的人物在新时代舞台上重新粉墨登场，再现这种"左"与"右"的错位与辩证，同时，"革命自有后来人"，在当代文学史中，我们还会见到王蒙的《组织部来了个年轻人》这样似曾相识的作品，在向《在医院中》《"三八节"有感》和《野百合花》致敬的同时，通过呼吁"继续革命"与"再政治化"，想象并追求一种"真正的社会主义"生活。说它们"形右实左"，是因为他们对现实的批判或攻击，并非因为他们不满"社会主义"，而是因为他们认为现实"不够社会主义"！

李杨

"人民文艺"的历史构成与现实境遇

一

1947年7月6日,北京大学西语系教员袁可嘉在天津《大公报》的《星期文艺》副刊上发表了一篇题为"'人的文学'与'人民的文学'——从分析比较寻修正,求和谐"的文章①,他以"人的文学"宗奉者的立场,诚恳地向"人民的文学"进一言。在袁可嘉看来,放眼30年来的新文学运动,不难发现构成这个运动本体的,或隐或显的二支潮流:一方面是旗帜鲜明,步伐整齐的"人民文学",一方面是低沉中见出深厚,零散中带着坚韧的"人的文学";就眼前的世纪的活动情形判断,前者显然是控制着文学市场的主流,后者则是默默中思索探掘的潜流。他进而区分了"人的文学"和"人民的文学"的不同特征:"人的文学"的基本精神,简略地说,包含两个本位的认识,就文学与人生的关系或功用说,它坚持人本位或生命本位,就文学作为一种艺术活动而与其他的活动形式对着说,它坚持文学本位或艺术本位。……文学的价值既在于创造生命,生

---

① 袁可嘉:《"人的文学"与"人民的文学"——从分析比较寻修正,求和谐》,载天津《大公报·星期文艺》1947年7月6日,后收入袁可嘉《论新诗现代化》,生活·读书·新知三联书店,1988年。关于该文从原刊到收入《论新诗现代化》一书中所做的删改以及相关问题,可参看邱雪松《呈现与建构:关于袁可嘉〈论新诗现代化〉的思考》,《文艺争鸣》2017年第9期。

命本身又是有机的综合整体,则文学所处理的经验领域的广度、高度、深度及表现方式的变化弹性自然都愈大愈好,因此狭窄得有自杀倾向,来自不同方向却同样有意限制文学活动的异教邪说都遭过否定,伦理、教训文学,感官的享乐文学,政治的宣传文学都不能得到"人的文学"的同情,因为对于生命的限制、割裂、舍弃上,他们确实是三位一体的。……也只有这样,文学才能接近最高的三个品质:无事不包(广泛性),无处不合(普遍性)和无时不在(永恒性);也只有这样,东南西北连成一片,古往今来贯穿为一串,生命的存在才能在历史的连续中找出价值,文学创作自成一个逐渐生长的传统。……"为艺术而艺术"的理论,主要根植于文学对人生功用的全部否定,这与我们在这里所说的,通过文学的艺术性质而创造生命的见解是天南地北的;我们只是说文学必先是文学而后能发生若干作用,正如人必先是人而后可能是伟人一样……以我们所能见到的"人民的文学"的理论及创作为凭借,我们觉得这一看法的基本精神也不外二个本位的认识;就文学与人生的关系说,它坚持人民本位或阶级本位;就文学作为一种艺术活动而与其他活动(特别是政治活动)相对照说,它坚持工具本位或宣传本位(或斗争本位)。"人民本位"的意义是说,文学,特别是现阶段的文学必须属于人民,为人民的利益而写作;人民在目前需要和平民主,因此文学也必须歌颂与和平民主有利的事实,抨击反和平反民主的恶势力。因为此时此地的人民是指被压迫、被统治的人民,因此人民本位也就有了确定的阶级性,相对于统治人、压迫人的集团。从这里出发,社会意识的合乎规定与否自然成为批评作品的标准,因此有异于这一标准的宗派或作品都被否定。尽管袁可嘉颇为坚定地站在"人的文学"的立场上,但也不得不承认,人包含"人民";文学服役人民,也就同时服役于人;而且客观地说,把创作对象扩大到一般人民的圈子里去,正是人本位(或生命本位)所求之不得的,实现最大可能意识活动的大好机会,欢迎不及,还用得着反对?……"人民的文学"正是"人的文学"向前发展的一个部分,一个阶段,正是相辅相成,圆满十分。不过,仔细推敲,不难发现他承认的只是"人的文学"如何包容"人民的文学",问题并不在原则上,"人的文学"不能或不肯容纳"人民的文学"——相反地,正确意义的人民文学正是它向前发展的一个重要阶段,使它向前跨出了一大步——而在人民的文学,为着本身的生长、全体的利益,必须在消除了可以避免的流弊以外,更积极地在基本原则上守住一个合理的限制,不走极端,甚至根本有所修正或改善。所以,袁可嘉最终强调的是"人的文学"高于一切:"我必须重复陈述一个根本的中心观念:即在服役于人民的原则下,我们必须坚持人的立场、生命的立场;在不歧视政治的作用下我们必须坚持文学的立场、艺术的立场。"①

很显然,作为具有某种左翼色彩的知识分子,袁可嘉对"人民的文学"有着相当深切的同情和理解,比较充分地意识到"文学,特别是现阶段的文学必须属于人民,为人民的利益而写作;人民在目前需要和平民主,因此文学也必须歌颂与和平民主有利的事实,抨击反和平反民主的恶势力。因为此时此地的人民是指被压迫、被统治的人民,因此人民本位也就有了确定的阶级性,相对于统治人、压迫人的集团";而且力图将这种意识灌注到对"文学"的"艺术性"的思考中。譬如在讨论"新诗戏剧化"的问题时,袁可嘉将他的视野拓展到以前从来没有涉及的"朗诵诗"和"秧歌舞",视为"新诗现代化"的一种路向:"朗诵诗与秧歌舞应该是最好不过的新诗戏剧化的起点,他们显然都很接近戏剧和舞蹈,朗诵诗

---

① 虽然在为1988年出版的《论新诗现代化》所写的序言中,袁可嘉点明了他的观点的"时代性":那个时期解放战争正在胜利进行。在国统区文艺界,文学是阶级斗争工具、文学必须为现实政治服务的观点相当流行。这在当时是不可避免的,自有它的历史意义和作用。但这种观点也确实导致了一些流弊。在许多文章中指陈这些弊端,就诗与政治、诗与生活、诗与现实、诗与民主、诗与主题、诗与意义等问题做了论述,所言虽多有褊狭,似还有一定的历史资料价值。当时的根本立场是超阶级的"人的文学"的立场,对"人民的文学"的理论和创造都缺乏全面的理解。不认识"人民的文学"的根本意义和重大成就,也不了解它的内部尚有正确与错误之分,在指陈流弊时,不少地方失之偏激,大有把污水和孩子一起泼掉的盲目情绪。但他的这些文章在差不多40年后重新发表并结集出版,正如邱雪松的研究显示的,确实呼应了20世纪80年代重新召唤"人的文学"与"五四新文学传统"的趋势,并得到许多研究者由衷的认同。

着重节奏、语调、人物性格的刻画而秧歌舞则更是客观性诗的戏剧表现。唯一可虑的是有些人太热衷于激情宣泄的迷信，不愿稍稍约制自己，把它转化到思想的深潜里，感觉的灵敏处，而一时以原始做标准，单调动作的反复为已足。这显然不是一个单纯的文学问题，我还得仔细想过，以后有机会时再作讨论。"①正如邱雪松指出的，袁可嘉的思考"极具左翼色彩。'朗诵诗'系随着抗日战争时期兴起的大众化诗歌运动，一直为现实主义诗坛所着力推广和践行，'秧歌舞'则是毛泽东《在延安文艺座谈会上的讲话》发表后，作为解放区文艺为工农兵服务的形式而为人所熟知。袁可嘉在最早发表的文章中将二者纳入'新诗戏剧化'的范畴，既显示了左翼对文艺界的强大影响力，也反衬了袁可嘉本人当时理论的包容度"②。必须进一步补充说明的是，他的"理论包容度"只是试图用"人的文学"来包容"人民的文学"，并且坚持"人的文学"具有永恒的"普遍性"和"文学性"，而将"人民的文学"当作暂时的"阶级性"与"政治性"的体现。

历史地看，"人的文学"的普遍性和永恒性其实也是某种"政治"建构的产物。具体而言，"人的文学"和"人民的文学"作为两种具有内在差异的"文学想象"，背后蕴含着的是基于对"中国国情"不同理解而产生的两套"政治规划"，其根本分歧在于是否以及如何将原本不在视野中的"绝大多数民众"纳入相应的"政治规划"与"文学想象"。在中国现代历史的进程中，从晚清"革命派"与"改良派"的论争开始，"政治革命"与"社会革命"的关系问题，就成为一个焦点，其间经历中华民国的建立及其宪政危机、国民革命的兴起及其失败、中国社会性质大讨论、抗

---

① 袁可嘉：《诗的戏剧化——三论新诗现代化》，载天津《大公报·星期文艺》1948年4月25日，后改题为《新诗戏剧化》，收入袁可嘉的《论新诗现代化》。值得注意的是，收入《论新诗现代化》中的这篇文章，删去了将"朗诵诗"和"秧歌舞"也视为"新诗现代化"的一种路向的这段论述。

② 邱雪松：《呈现与建构：关于袁可嘉〈论新诗现代化〉的思考》，《文艺争鸣》2017年第9期。

战爆发和国共合作,然后到"延安道路"的确立和中国共产革命的胜利……逐渐形成了两套不同的"政治规划"。这两套"政治规划"的差异,从表现形态看,是依靠城市还是依靠乡村,是依靠沿海(发达地区)还是依靠内地(落后地区),是依靠"市民"还是依靠"农民"?……背后的关键依然是"政治革命"与"社会革命"的关系:是仅仅只需要"政治革命",还是既需要"政治革命",更需要"社会革命"?用毛泽东的话来说,就是"反帝"不"反封建",还是"反帝反封建"。[①] 核心问题则是如何将无论是经典的"资产阶级革命"还是苏联式"社会主义革命"都不曾纳入"政治规划"并不被视为"政治主体"的广大农村与广大农民,重新纳入"政治规划"和重新赋予"政治主体性"?"人的文学"和"人民的文学"作为两种不同的"文学想象",在"审美规划"的意义上构成了两套取向差异的"政治规划"的文化表象和形式表达:"人的文学"对应的是政治上的"民族国家"、文化上的"印刷资本主义"以及文学上的"具有内在深度"的"个人主义";而"人民文艺"对应的则是政治上的"人民国家"、文化上的"印刷文化"与"口传文化"杂糅的复合形态、文学上的"为老百姓喜闻乐见的中国作风与中国气派"。两套不同的"政治规划"和"文学想象"的对应关系以及相互冲突、彼此纠缠的张力与矛盾,说明了 20 世纪中国无法简单地将"政治"和"文学"视为两个相互独立的领域,也意味着"文学"始终坚持了"从内部思考政治"的责任和使命,而这正是"20 世纪中国文学"最可宝贵的经验。

就像袁可嘉所说,"人民的文学"关注的是"被压迫、被统治的人民",是具有"阶级性"的"人民"。而在中国革命的政治视野中,"被压迫、被统治的人民"则转化为"被革命动员"的"人民大众",即作为一

[①] 毛泽东在 1939 年的《中国革命和中国共产党》、1940 年的《新民主主义论》等一系列重要著作中,肯定并总结了对中国社会半殖民地半封建性质的分析,并制定了"反帝反封建"的新民主主义革命理论。

种"想象"的"政治共同体"。按照毛泽东的说法,"什么是人民大众呢?最广大的人民,占全人口百分之九十以上的人民,是工人、农民、兵士和城市小资产阶级"①。这里既有阶级属性的区分,也有职业的区分,而决定这四种人的重要性的是他们在革命斗争中的"功能"意义——领导革命的阶级、革命中最广大最坚决的同盟军、革命战争的主力、革命的同盟者。由此看来,这里的"人民大众"与其说是实际存在的社会群体,不如说更主要的是一个被组织和动员到革命斗争中的"创造"出来的"政治共同体"。毛泽东提出的"人民大众"构想,和五四新文化建基于"市民社会"基础上的"国民性"理论大不相同。因为正是在有关"人民大众"的构想和动员过程中,"90%"的或许被认为有着"国民劣根性"而无法成为合格"市民/公民"的民众,尤其是那些很难被国家法律制度和官僚机器组织的乡村农民,被动员和被组织起来参与社会革命。可以说,毛泽东定义"人民大众"的方式以及由此提出"工农兵文艺",已经逐渐超越了五四启蒙文化的民族—国家构想的政治方案和文学方案。

不同于发生于现代都市,通过印刷资本主义和现代教育体系而完成的"人的文学"的创制和传播,"人民的文学"面临的历史处境是乡村中国和农民动员。就像周扬指出的:"战争给予新文艺的重要影响之一,是使进步的文艺和落后的农村进一步地接触了,文艺人和广大民众,特别是农民进一步地接触了。抗战给新文艺换了一个环境。新文艺的老巢,随大都市的失去而失去了,广大农村与无数小市镇几乎成了新文艺的现在唯一的环境。这个环境虽然是比较生疏的、困难的;但除它以外也找不到别的处所,它包围了你,逼着你和它接近,要求你来改造它。过去的文化中心既已暂时变成了黑暗区域,现在的问题就是把原来落后的区域变成文化中心,这是抗战现实情势所加于新文艺的一种责任。"② "把原来落后的区域"

---

① 《在延安文艺座谈会上的讲话》,《毛泽东选集》第三卷,人民出版社1991年版,第855页。
② 周扬:《对旧形式利用在文学上的一个看法》,《中国文化》创刊号(1940年2月15日)。

也就是最广大的农村,"变成文化中心",这就要求,不仅将"人的文学"和"人民的文学"作为文学观念和创作形态上的差异来看待,更重要的是把它们放在城市和农村、沿海与内地、印刷文化与口传文化等一系列相互转化的关系中予以把握,尤其需要注重相关历史背景和文化语境的差别,这样才能突破以往仅仅在文学内部讨论问题的局限,也能发现思想观念相似性背后的巨大差异。譬如20世纪30年代的左翼文学也曾提倡"大众化",但在城市印刷资本主义主导的文化语境下,即使在观念上愿意"文章入伍、文章下乡",但在现实中也找不到相关对应物,而"人民的文学"的成功之处,并非在理论上多大程度地超过了左翼文学提倡的"大众化",只是随着抗日战争的爆发,几乎所有的大城市都被日本人占领,中国共产党必须重新面对中国农村社会——这是一种与城市截然不同的背景,在以"口传文化"为基础的情况下,"大众化"才真正找到它的历史实体。所以,"人民的文学"和左翼文学倡导的"大众化"不是纯粹的理念上的高下之别,而是能否在现实中找到对应物的区别。

随着抗日战争的深入,与城市印刷文化背景紧密结合在一起的"现代文学"格局发生了急剧的分裂与转变,京沪等大城市先后沦陷于敌手,所谓"沦陷区文学"依然延续了"都市文学"的余绪;所谓"国统区文学"转而以重庆、桂林、昆明等西南边陲城市为重心,勉强维系着"现代文学"的传统;不得不迎来"变局"和"断裂"的是"解放区文学",中国共产党领导的"敌后根据地"远离城市,扎根农村,"文学"必须面对的是绝大多数近乎文盲的农民和与此状况相关的农村口传文化背景。这是一种与以"阅读大众"为主体的都市印刷文化迥异的文化状况,"解放区文学"如果要发挥尽可能多地动员最广大的"人民大众"的作用,就不得不首先适应进而改造这一状况,从而与在"都市文化背景"下诞生的"现代文学"传统发生某种断裂,重新创造出一种"新的文学"即"人民的文学"。正是在这个过程中,在"延安文艺座谈会"上的"讲话"重新提出了"文艺"为什么人服务的问题,重新界定了"为中国老百姓所喜闻乐见的中国作风和中国气派";"解放区文学"突破了"书写文字"和"印刷媒体"的限制,拓展到"朗诵诗""新故事""活报剧""街头剧""秧歌剧""新编历史剧"和木刻、版画、黑板报、新年画等"视听文化"的领域,成为新型的"人民文艺"。

二

之所以将"人民的文学"称为新型的"人民文艺",是因为随着文化环境的变化,"人民文艺"的"文艺"形成了其特定指向,它概括了对文化及其生产过程的一次大面积重新定义。在这一变动过程中,"文学"与"文字"并没有被给予显赫的地位,反而被视作次要的甚至需要扬弃的因素,而"文艺"却因为其对人类艺术活动和象征行为的更全面囊括而吻合新定义中隐含的价值标准和行动取向。所以,以"延安文艺"为代表的"解放区文艺",涉及"朗诵诗""新故事""活报剧""街头剧""秧歌剧""新编历史剧"和木刻、版画、黑板报、新年画等"视听文化"领域,突破了"书写文字"的限制,在以文风改造运动中写作主体和文体的变化上,在以声音为特征的新故事和朗诵诗、以秧歌剧为代表的新曲艺,和图像艺术革新后的新美术等方面,都获得了新颖、活泼的形式。而中华人民共和国成立之后的"人民文艺",不仅涵盖"当代文学",而且包括了电影、戏剧、戏曲、美术和曲艺等多种文艺样式。对"人民文艺"这一突出的打破了"文学/文字中心主义"的跨文类和跨媒介现象,以往研究虽然也很重视,而且在个案研究方面贡献良多,但在整体上对中国现代文学为何发生"文艺"转向的背景和语境缺乏深入思考,往往还是在启蒙与救亡、知识分子和民众、高雅与通俗、普及和提高……的框架中展开论述,忽略了由于抗日战争的爆发,从城市转向农村,从沿海走向内地,在这个过程中城市印刷文化逐渐让位给农村口传文化，从以"文字"为中心的"文学"因为文化背景的变化而发生了非"文字"中心的"文艺转向"，从而造就了"人民文艺"的繁荣。

这也是为什么1949年7月周扬在中华全国文学艺术工作者代表大会上所做关于"解放区文艺运动"的报告，题为"新的人民的文艺"的原因了。① 程光炜注意到，周扬的报告使用了两个"重要概念"即"现代民族国家"和"文艺政策"。纵观20世纪中国文学的发展，对"现代民族国家"的热烈向往，成为"现代文学"基本观念产生与发展的基本依据，也是我们考察它的历史走向的一条思想线索。但随着1949年中华人民共和国的成立，"先驱者们的理想开始实现了"，新的文化和文艺体制得以确立，周扬明确指出，文艺工作者应该"将政策作为他观察与描写生活的立场、方法和观点"，学习政策，"必须直接深入生活，深入群众；具体考察与亲自体验政策执行的情形""必须与学习马列基本理论与中国革命的总路线、总政策"结合起来，"离开了政策观点，便不可能懂得新时代的人民生活中的根本规律"。既然已经建立了"现代民族国家"，这意味着和这一历史使命相伴而生的"现代文学"的终结；而"时间开始了"，则标明另一种"新的人民的文艺"的诞生。②

如果说现代小说、现代报刊以及启蒙知识分子在民族—国家的创制过程中扮演着极其重要的角色，那么正因为它主要依赖的是形成于都市的资本市场和教育系统。对于"现代文学"而言，是市场机制维系着文学的"自律"空间，构成其自足的文化场域；而一旦"文艺"被充分组织进民族国家"政策"之中，也就丧失了它原本哪怕是"半自律性"的制度空

---

① 周扬：《新的人民的文艺——在中华全国文艺工作者代表大会上关于解放区文艺运动的报告》，载中华全国文艺工作者代表大学宣传处编《中华全国文艺工作者代表大会纪念文集》，新华书店1950年版，第69—78页。

② 程光炜：《文学想象与文学国家——中国当代文学研究（1949—1976）》，河南大学出版社2005年版，第13页。

间。从这个角度来看,"当代文学"取代"现代文学"进而自我生成的过程,其实也是"农村包围城市"路线在文学上的呈现。但随着中国共产党取得全国性的胜利,工作重点转移到城市之后,在农村的环境下诞生的"人民文艺"如何重新面对城市,城市新的文化背景又怎样为"人的文学"某种程度上的复归创造条件,"人民文艺"与"人的文学"之间的矛盾、冲突、涵纳和融合,在新的历史条件和现实状况中又会怎样进一步展开呢?

20世纪50年代建立的"新的人民的文艺",在制度和思想上逐步确立"一体化"的文艺体制,随着行之有效的思想运动的开展特别是"单位社会"的建立,在某种程度上确实解决了新文艺体制面对的诸多难题。正如张均颇为准确地指出,以"延安文艺"为基础的"人民文艺",将对外于自身的自由主义文学、鸳鸯蝴蝶派文学及内在于自身的左翼文学、革命通俗文学,展开漫长的收编与塑造。国家力量之外,挟带着不同观念和利益的各类文学势力,皆承认"人民文艺"的合法性,但由于各自的文学观念与"人民文艺"的亲疏程度不同,文学利益有异,它们也会以制度为工具,展开资源竞争,抑制或对抗异己的文学生产,以维护自身文学观念与审美形式的合法性。它们与国家力量共同作用,使文学制度变得驳杂。不论组织制度还是出版制度,不论评论制度还是接受制度,说到底都只是工具,它们可能为国家力量所用,也可能为寻求独立性的知识分子所用,更可能为观念分歧之外的势力冲突、私人恩怨所用。[①] 但需要补充的是,这种看似复杂斑驳的图景,依然内在于"人民文艺"新体制需要面对"城乡转换"带来的矛盾。从创作上围绕着萧也牧的小说《我们夫妇之间》展开的讨论与批评,[②] 到更大规模的所谓"东西总布胡同之争"——1950年前

[①] 张均:《中国当代文学制度研究(1949—1976)》,北京大学出版社2011年版,第15页。
[②] 近年来不少研究者对萧也牧《我们夫妇之间》以及相关批评进行了重新讨论,比较新的成果有李屹的《从北平到北京:〈我们夫妇之间〉中的城市接管史与反思》,《文艺争鸣》2017年第4期。

后,以丁玲等"洋学生"为代表的"作协"和以赵树理为代表的"土包子"组成的工人出版社,分别搬入具有百年历史的东、西总布胡同。东总布胡同22号是"作协"所在地。"作协"主要是"洋学生"出身的左翼作家的天下,其领导人是丁玲。而坐落于西总布胡同30号的工人出版社则是来自太行山老解放区"土包子"的地盘。东总布胡同的知识分子作家们对于西总布胡同进行的通俗化工作却不以为然。两条胡同之间颇有些格格不入,"西总布胡同认为东总布胡同是'小众化';东总布胡同认为西总布胡同只会写'一脚落在流平地,一脚落在地流平',登不了大雅之堂。"为了比个高低,"土包子"与"洋学生"打起了擂台,在明里暗里展开较量[①]——都可以看作在"文本内外"的"农村经验"和"城市状况",围绕着"人民文艺"新体制展开的多重博弈。离开了这一背景,就很难理解20世纪50年代文艺界发出的诸多言论的针对性。譬如,丁玲1950年在《文艺报》上发表几篇文章,讨论"普及与提高""新文艺与旧趣味"的问题,既指出"群众的要求已提高,老是《兄妹开荒》《夫妻识字》、老是《妇女自由歌》《陕北道情》,人们是听厌了的"[②]。又认为"不仅不要沉湎于张恨水,也不要沉湎于冰心、巴金",[③] 表达了她希望"新的人民的文艺"不要满足于农村通俗文艺的层次,而是在超越城市文学"旧趣味"的基础上,"跨到新的时代来"的焦虑心情。

20世纪60年代随着社会经济由"积累"向"消费"的发展与转移,丁玲式的"焦虑"不仅没有消失,反而有所加剧。"新的人民的文艺"必须进一步面对以"城乡关系"为核心的"三大差别"的挑战,必须更积极应对以"日常生活"为重点的"革命第二天"的"难题"……蔡翔曾这

[①] 关于"东西总布胡同之争"的讨论,参见苏春生《从通俗化研究会到大众文艺创作研究会——兼及东西总布胡同之争》,《中国现代文学研究丛刊》2003年第2期;张霖《两条胡同的是是非非——关于五十年代初文学与政治的多重博弈》,《文学评论》2009年第2期。

[②] 丁玲:《谈谈普及工作》,《文艺报》1950年2卷第6期。

[③] 丁玲:《跨到新的时代来——谈知识分子旧趣味与工农兵文艺》,《文艺报》1950年2卷第11期。

样概括"1960年代危机":"这一危机在某种简略的意义上,在以下两个方面表现出来:一是'分配',二是'消费'。'分配'不仅暴露并且激化了阶层之间的冲突,也暴露并激化了国家、集体、个人之间的矛盾……'消费'则导致了个人观念的崛起,它不仅使得个人有可能游离于国家(集体)之外,而在理论上开始威胁社会主义'政治社会'的整体的形态构想。"[①] 面对新的危机,"1960年代文艺"怎样迎接新挑战、如何处理新难题,是转向"30年代(左翼)文艺传统"吸取资源,还是试图用更激进的试验来克服困难?两种不同取向之间的矛盾、冲突和斗争,导致了遭遇危机的"人民文艺"在更极端的形态呈现中,暴露出自身难以克服的限度和僵局;正是这种危机的不断展现以及克服危机的持续努力,带动了20世纪70年代末80年代初从"文革"到"改革"的转折,导致了"新时期文学"的形成及其变化:向上可以回溯到20世纪70年代早期,"政治"与"文学"之间的特殊形态以及相应试图打破僵局的改变,包括"地下形态"的思想、文学和艺术活动展示出来的多样性,这些都构成了后来被称为"新时期文学起源"的"潜流";向下则能够把握住整个"1980年代文学"的走向,发现"人民文艺"自我变革的内在努力如何逐渐失去效应,"人的文学"重新成为主导话语,使得"'85新潮"成为整体上把握"1980年代"的"'85主潮",并且导致了"20世纪中国文学"构想的提出和"重写文学史"潮流的涌现,进而用20世纪80年代建构起来的"艺术""诗意"和"美"的标准来重新评价"人民文艺",认为高度的"政治性"和"意识形态性"损坏了其可能达到的"艺术高度"。这一潮流背后蕴含着的则是"现代化叙事"对文学史图景的重构,以及这种重构中必然包含的对"前现代的""乡村的"和"非审美"的"人民文艺"的贬斥。

---

① 蔡翔:《革命/叙述:中国社会主义文学—文化想象(1949—1966)》,北京大学出版社2010年版,第325页。

三

正如洪子诚所言，在讨论"20世纪中国文学"的构想和"重写文学史"的潮流时，"一种颇有代表性的看法是，这30年的大陆中国文学使'五四'开启的新文学进程发生'逆转'，'五四'文学传统发生'断裂'，只是到了'新时期文学'，这一传统才得以接续"①。这意味着以"人民文艺"为核心的"延安文艺"传统与"五四"新文学传统——这一传统常常被表述为"人的文学"——之间存在着不容回避的矛盾、冲突乃至"断裂"。但随着20世纪90年代以来"再解读"思路的兴起，逐渐改变了这种二元对立、前后断裂的状况。②"再解读"的思路虽然分享了"重写文学史"的内部研究转向，但它提供的不仅是新鲜而具体的文本解读方法，更在于其以西方"批判理论"的视野和意识形态分析的方式，重新呈现出"延安文艺"的"政治性"，而且显示出这种"政治"与"现代"之间暧昧复杂的关系。唐小兵在给《再解读》所写的"代导言"《我们怎样想象历史》中，力图重新为"延安文艺"进行历史与价值的"双重定位"："延安文艺"即充分实现了的"大众文艺"，实际上是一场轰轰烈烈的文化革命运动，含有深刻的历史必然性和久远的乌托邦冲动。……具体意义上的"延安文艺"不仅引发了一系列民众性文艺实践……不仅促成了大批刊物杂志……而且留下了有经典意义的作品……和相当完备的理论阐述。延安文艺是新兴的政治军事力量不可或缺的一个环节，同时依靠这一逐渐体制化的权力机构，建立起新的话语领域和范式，规定制约新的文化生产。延安文艺又是抗日战争总动员的一部分，但通过激发强烈的民族意识和反

---

① 洪子诚：《关于50至70年代的中国文学》，《文学评论》1996年第2期。
② 唐小兵主编：《再解读——大众文化与意识形态》，香港牛津大学出版社1993年版。收入这本文集中的许多文章曾发表于20世纪90年代初的《今天》和《二十一世纪》等杂志上。2007年，北京大学出版社出版了《再解读》的增订版，以下所引《再解读》的文字皆据增订版。

帝精神，延安文艺同时帮助普及了新的政治、文化纲领，从而为更大规模的社会变革提供了语言、形象和意义。我们必须同时把握延安文艺包含的不同层次的意义和价值，即其意识形态症结和乌托邦想象：它一方面集中反映出现代政治统治方式对人类象征行为、艺术活动的"功利主义"式的重视和利用，另一方面也表达了人类艺术活动本身包含的最深层、最原始的欲望和冲动——直接实现意义，生活的充分艺术化。从这个角度来看，延安文艺是一场含有深刻现代意义的文化革命，这不仅仅是因为我们可以从中看到"大众"作为政治力量和历史主体的具体浮现，并且获得嗓音，也是因为这场运动隐约地反衬出对现代城市为具体象征的市场经济方式的一种集体性抵抗意识，尤其是对资本主义生产方式带来的"感性分离"、价值与意义的分割所催发的无机生存的下意识恐慌和否定。①

　　为了凸显出"延安文艺是一场含有深刻现代意义的文化革命"，既需要将"延安文艺"重新放到五四新文化运动和左翼文学运动的历史延长线上，将其视为历史发展趋势的一个组成部分，而非简单的历史"断裂"与"突变"。这体现在"再解读"对"大众文艺"的重新阐释上：它不只是与城市文化背景下诞生的、追求市场交换价值的商品化"通俗文学"区别开来，而且不同于一般意义上的"大众文学"。"大众文艺"之所以较"大众文学"更为贴切，是因为在"延安文艺"中，"五四"新文学运动中一直孕育着的、在 30 年代明确表达出来的"大众意识"，才真正获得了实现的条件以及体制上的保障，"大众文艺"才由此完成其本身逻辑的演变，并且被程序化、政策化；同时必须意识到"延安文艺"作为"含有深刻现代意义的文化革命"，并非完全依靠文学内部的变动，更依赖于中国现代历史特别是中国革命的某种方向性转移，即走上了"以农村包围城市"的道路。需要明确强调的是，"大众文艺"偏重的"行动取向"以及

---

① 唐小兵：《我们怎样想象历史》，载《再解读——大众文化与意识形态》（增订版），北京大学出版社 2007 年版，第 3—6 页。

"生活与艺术同一"的原则,因为"大众"作为意义载体在新文学话语中的出现,是与新起的社会运动和历史主体密不可分的,尤其是与20世纪20年代后期内战中涌现出来的农民力量密不可分的。

如果这样来把握这一运动的多重结构,当时很多理论上的命题和实践或许可以得到新的解释,甚至可以简略地概括为,当时的焦虑在很大程度上来自前现代的、农业式感觉方式与现代的、城市文化之间的历史性冲突碰撞。但是,"再解读"的思路不是将"农村"与"城市""前现代"和"现代"简单对立起来,而是认为"延安文艺"突破了"现代"与"传统"的二元对立,反而可能通过"功利主义"式地与前现代的农业社会的认同,暴露出"自律性艺术"(既可以是"为艺术的艺术",也包括"为人生的艺术")可能的弊端和致命的弱点,也反衬出以城市市民为读者群的"通俗文学"——以"鸳鸯蝴蝶派"为代表的消费文学——的商品性质。

因此,唐小兵不无争议地提出,"延安文艺"的复杂性正在于它是一场"反现代的现代先锋派文化运动"。正是在这个混合体中,可以体会到"现代"蕴含激发的矛盾逻辑和多质结构,才可能想象出为什么延安曾经会使如此众多的"文化人"心驰神往的同时焦虑痛苦。其之所以是"反现代"的,是因为延安文艺力行的是对社会分层以及市场的交换—消费原则的彻底扬弃;之所以是"现代先锋派",是因为延安文艺依然以大规模生产和集体化为其最根本的想象逻辑;艺术由此成为一门富有生产力的技术,艺术家生产的不再是表达自我或再现外在世界的"作品",而是直接参与生活、塑造生活的"创作"。因此,"文艺工作者"虽然没有获得只有市场经济才能准予的"自律状况""独立性"或"艺术自由",但同时被赋予了神圣的历史使命、政治责任以及最有补偿性的"社会效果"。这种新型关系的最大诱人处,就是艺术作品直接实现其本身价值的可能,即某种存在意义上的完整性和充实感,以及与此同时的对交换价值的超越。在这里,生活本身就是艺术,艺术并不是现代社会分层和劳动分工导致的一个独立的"部门"或"机构"。①

尽管当时有人不同意唐小兵借助比格尔（Peter Burger）的"先锋派理论"（Theory of the Avant–Garde），将"延安文艺"称为"反现代的现代先锋派文化运动"。②但"再解读"思路的关键不在于是否同意这个命名，而是突破了20世纪80年代"重写文学史"不断强化的"现代"与"传统"的二元对立，"可以体会到'现代'所蕴含所激发的矛盾逻辑和多质结构"，将"现代"把握为一个有可能"自己反对自己"的"悖论式结构"，意识到各种各样的矛盾冲突不只发生在"现代"与"传统"之间，有可能因为"现代"的介入，"传统"也成了"现代"的某种"不在场"的"组成部分"，从而想象一幅更为复杂的历史图景。

四

沿着"再解读"的思路，如果要突破"重写文学史"的限制，则必须在更高层次上重返"革命叙事"和"人民文艺"。只不过，这种"重返"并非简单地否定"现代化叙事"和"人的文学"，而是希望在复杂变动的历史过程中把握相互之间的关系。

在20世纪中国文学发展的历史中，"人民文艺"与"人的文学"相互缠绕、彼此涵纳、前后转换、时有冲突……构成了一幅波澜壮阔、曲折蜿蜒的文学图景。越来越多的研究已经意识到要超越"人民文艺"与"人的文学"的二元对立，力图进一步寻找两者的历史联系和现实契合，但在讨论"人民文艺"与"人的文学"关系的过程中，有可能把"人的文学"看作一个历史性建构的范畴，却没有同时将"人民文艺"客观化与相对

---

① 唐小兵：《我们怎样想象历史》，《再解读——大众文化与意识形态》（增订版），第9页。
② 参见《再解读》所附《语言·方法·问题》一文，这是围绕该书"代导言"《我们怎样想象历史》的讨论，参加者有李陀、黄子平、孟悦、刘禾、邹羽、张旭东和唐小兵，载《再解读——大众文化与意识形态》（增订版），第253—269页。

化，仍将其作为固定不变的文学史范畴，没有进一步设想如何在变动的形势下通过辩证否定达到更高层次的综合：一方面，20世纪80年代形成的以"人的文学"为核心的文学话语构造正日益显现其片面性，文学的标准从"政治"转向"审美"，"纯文学"的观念与体制渐渐取得了支配地位，转向"内在"、关注"形式"的文学虽然在艺术探索的层面上有所进步，却逐渐失去了回应急剧变动的现实的能力。历史地看，这一针对逐渐僵化的文学与政治关系的转折，具有时代的合理性与必然性，也造就了20世纪80年代以来文学的繁荣与发展。但是，这一具有广泛影响力的文学话语构造，就文学史研究层面而言，假如一味冷落乃至贬低"人民文艺"的文学传统，就不能描绘出一幅完整的20世纪中国文学的图景；就文学创作而言，假如只是停留甚至沉溺于"纯文学"的审美规划，就难以贡献出无愧于这个时代的伟大作品。另一方面，20世纪90年代已经开始的"突破"，大多还停留在希望既有的文学话语能够吸纳和容忍"人民文艺"的存在，而非重新构想以"人民文艺"为主体的文学话语。即使具有了重新构想"人民文艺"的意识，却又容易陷入与"人的文学"二元对立的格局中，譬如21世纪以来日渐强势的"底层文学"及其话语，就未能有效摆脱这一思维定式。[1]

因此，在新形势下重提"人民文艺"与20世纪中国文学的历史经验，并非要重构"人的文学"与"人民文艺"的二元对立，也不是简单地为"延安文艺"直至"共和国前三十年文学"争取文学史地位，更关键在于，是否能够在"现代中国"与"革命中国"相互交织的大历史背景下，重新回到文学的"人民性"高度，在"人民文艺"与"人的文学"相互缠绕、彼此涵纳、前后转换、时有冲突的复杂关联中，描绘出一幅完整全面的20世纪中国文学图景：既突破"人的文学"的"纯文学"想象，也打开

---

[1] 关于"纯文学"话语与"底层文学"之间关系的讨论，可参见刘复生《纯文学的迷思与底层写作的陷阱》，《江汉大学学报》2006年第10期。

"人民文艺"的艺术空间;既拓展"人民文艺"的"人民"内涵,也避免"人的文学"的"人"的抽象化……从而召唤出"人民文艺"与"人的文学"在更高层次上的辩证统一,"五四文学"与"延安文艺"在历史叙述上的前后贯通,共和国文学"前三十年"与"后三十年"在转折意义上的重新统合。具体到文学史研究,"人民文艺"如何回溯性地建立与"五四"新文学和左翼文学之间的历史性联系,怎样前瞻性地面对20世纪80年代以后文学观念的转折以及90年代以后"市场经济"和"大众文化"兴起的挑战?这都需要重新回到"20世纪中国文学"鲜活具体的历史现场和历史经验,再次寻找新的、更具有解释力和想象力的文学史范式。

就像毛泽东当年所说,这是一个"大变动的时期",[①] 但无论时代如何变动,文艺都不能忘了最广大的人民群众,因为"人民是文艺创作的源头活水,一旦离开人民,文艺就会变成无根的浮萍、无病的呻吟、无魂的躯壳"[②]。重返"人民文艺"的路途上,我们任重而道远!

罗岗

[①] 语出1957年2月16日毛泽东在中南海颐年堂的讲话,参见洪子诚《材料与注释:毛泽东在颐年堂的讲话》,《现代中文学刊》2014年第2期。

[②] 习近平:《在文艺工作座谈会上的讲话》(2014年10月15日),人民出版社2015年版,第15页。

第二编　延安文学研究述评

中华人民共和国成立前中国解放区文学研究述评

中国解放区文学研究，始于中华人民共和国成立之前，即20世纪三四十年代。那是中国现代史上空前酷烈、蔚为壮观的抗日战争和解放战争年代，具有鲜明的社会主义曙色的中国解放区文学，在人民革命战争的烽火中诞生、发展，结出累累硕果，终于为中国现代文学运动画下了一个圆满的句号。为了更真实地认识解放区文学的审美价值，更好地开展当代的解放区文学研究，我们有必要将三四十年代对中国解放区文学的研究做一次清理，看看我们从中能得到些什么收获和启示。

中华人民共和国成立之前的中国解放区文学研究，是和解放区文学的发生和发展同步进行的。

早在1937年5月，中国革命的大本营转移到延安不久，丁玲便在延安《解放》杂志（一卷三期）发表《文艺在苏区》的文章，对还处在萌芽中的解放区文艺给予热情的赞美，指出其特点，"就是大众化、普通化，深入群众，虽不高深，却为大众所喜"。在艺术上，"呈现出活泼、轻快、雄壮的优点"。文章最后写道："这初生的蔓生的野花，自然还非常幼稚，不能餍足高等博士之流的幻想，然而却实实在在是生长在大众中，并且有着辉煌的前途是无疑的。"丁玲的这篇评论，精辟深刻，高瞻远瞩，实为中国解放区文学研究"最先的传声"。稍后，孙犁的《一九四〇边区文艺活动琐记》（《晋察冀日报》1941年1月26日）、李伯钊的《敌后文艺活动概况》（1941年8月20日《中国文化》第3卷第2期）等，对初创不久的晋察冀和晋绥等抗日根据地的文艺运动和文艺创作做了生动而朴实的描述。

1938年8月，延安出现了街头诗创作热潮，以后迅速扩展到晋察冀边区和其他解放区。林山《关于街头诗运动》（1938年8月15日《新中华报》）论述了街头诗在宣传抗战和促进诗歌大众化方面的重要意义，充分肯定了延安一个"街头诗运动日"的成绩。田间的《现在的街头诗运动》（1939年5月《诗建设》）描述了街头诗在晋察冀广泛开展的喜人情景，指出"街头诗把口号的内容，把许多故事形象化了、诗化了，同时又以短小的、精悍的、明快的、像小匕首出现在各处，因而出现打倒敌人和动员群众及慰劳战士的明显作用。"1939年张振亚的《评田间近作》（《文艺战线》第1卷第2号）和《读〈边区自卫军〉》（《文艺战线》第1卷第3号）两篇文章，及时总结了诗歌创作的新收获。

特别值得一提的是，在1938—1940年香港《大公报·文艺》上，先后发表了林焕平、楼菲、念英和穆旦的文章，对还处在萌芽中的陕甘宁边区的文艺创作，给予热情的介绍和评论。例如楼菲在"书报简评"中，对延安出版的《文艺战线》第3号做了颇为详尽的评论，指出："这份刊物不唯记录了现实的全貌，也表现了一部分文艺战士们的雄姿。每一篇作品里都充满了活气，洋溢着生命的力。内容刚健，形式朴实，不浮华，不堆砌。我们能有机会读到这些文章，应该感到幸福。"这些评论扩大了解放区文艺的影响，在当时是非常难能可贵的。

但总的来看，在1942年以前，对解放区文学的研究还处在起步的阶段，为数不多的评论基本上停留在一般的介绍和鼓励上，这自然和当时创作的不发达有关，但评论者理论准备的不足也是重要原因之一。

1942年5月，毛泽东同志发表了著名的《在延安文艺座谈会上的讲话》，对"五四"以来的中国新文学运动，特别是抗战以来延安和各抗日根据地的文艺运动做了科学的总结，明确提出了革命文艺的工农兵方向，解决了革命文艺发展的一系列重大原则问题。这个划时代的马克思主义文艺的经典著作的发表，把解放区文艺运动推进到了一个新阶段，也为解放区文艺研究指明了方向，奠定了理论的基础。

《讲话》之后，伴随着解放区文艺的繁荣和发展，解放区文艺研究也不断深入，结出了累累硕果。

这首先表现在对解放区文艺运动的宏观研究上。1943年4月11日《解放日报》发表萧三的《可喜的转变》。文章赞扬了文艺座谈会后一年间延安文艺界在文艺思想和文艺创作上的新气象、新收获，但理论分析较少，因而显得热情有余而深刻不足。1944年5月4日《晋察冀日报》发表题为《贯彻文化为工农兵服务的方针》的社论，对几年来，特别是《讲话》发表后晋察冀边区的文艺工作的成绩，给予了充分的肯定，同时指出"这些作品，从艺术科学的水平来估计，从现实斗争的要求来估计，我们还只能说是新的萌芽或幼苗，在内容和形式上都还是粗糙的、不完整的，工农兵的语言也还没有用得熟练"。这是比较全面和实事求是的分析。

在宏观的研究中，陈涌的《三年来文艺运动的新收获》（1946年10月19日《解放日报》）最值得重视。文章指出：1942年以来，由于毛泽东文艺方向的贯彻，"不但解放区的文艺工作面貌一新，全国进步文艺界也开始了新的气象"。文章列举了三年来各解放区涌现的，"得到了群众的普遍赏识"的优秀作品，其中有古元和彦涵等的木刻、赵树理的《李有才板话》、邵子南的《李勇大摆地雷阵》、马烽和西戎合著的《吕梁英雄传》、李季的叙事诗《王贵与李香香》以及秧歌剧《兄妹开荒》、新歌剧《白毛女》、新编历史剧《逼上梁山》等十几种。文章指出，这些优秀作品不但是"宣传"，"也像一切艺术品一样是艺术"。文章特别赞赏这些作品在形式上"发掘和吸收人民艺术的丰富实践"，因而"不论在语言和表现手法上，都有创造的民族新形式"。文章还对三年来文艺运动的缺点做了实事求是的批评，主要是"一方面是作家与群众的结合还不够深入，甚至还有人对文艺为工农兵的方向缺少足够的认识，旧的艺术观念有时还在作祟，对创造民族形式的问题还不够重视；另一方面，也存在着对文艺与政治、文艺与群众的关系的机械的理解。因而对于作者和作品有时提出不适当的过分的要求，以致发生了枯燥无味的教条主义、公式主义的毛病"。事实证明，文中列举的优秀作品，大多经受了历史的考验，成为公认的中国解放区文艺的代表作；文章对当时解放区文艺界在贯彻《讲话》中产生的或"左"或右的两种倾向的分析，也是合乎实际，极有见地的。当然，这篇评论总的来看还是粗线条的，缺乏对代表作家作品和典型事例的深入分析；但无论如何，这是40年代运用毛泽东文艺思想全面考察中国解放区文艺的重要论文之一。

在这之后，我们看到周扬1947年5月在晋察冀边区文艺座谈会上的讲话《谈文艺问题》（载《晋察冀日报》增刊1945年5月10日）。周扬在讲话中把1942年以后解放区文艺创作的主要特点，概括为"内容为工农兵，形式向民间学习"。两年后，即1949年7月，周扬在中华全国文学艺术工作者代表大会（第一次文代会）上，做了《新的人民的文艺》的报告。报告着重对1942年《讲话》发表以来，"解放区文艺的全部发展过程及其在各方面的成就和经验"，做了简要而概括的论述。报告用具体事实，阐述了解放区文艺在内容上的特点是："民族的、阶级的斗争与劳动生产成为作品中压倒一切的主题，工农兵群众在作品中如在社会中一样取得了真正主人公的地位。"在形式上的重要特色是"语言做到了相当大众化的程度"，并且"和自己民族的、特别是民间的文艺传统保持了密切的血肉关系"。因此，"对群众和干部产生了最大的动员作用与教育作用"。报告根据解放区文艺运动的经验，提出了在新的革命形势下，建设新中国文艺要着重解决的一些思想认识问题。周扬的报告不仅对解放区文艺运动做了一个历史性的总结，而且揭示了它与我国社会主义文艺的继往开来的血肉联系。

《讲话》之后，解放区文学研究的成绩更多的还是表现在微观的研究，也就是对具体作家作品的研究上。戏剧方面的评论比较活跃。1943年4月25日《解放日报》发表了延安县委宣传部及某团全体指战员给鲁艺秧歌队的信，热烈赞扬他们创作和演出的《改造二流子》《兄妹开荒》等秧歌剧，"发挥了革命艺术工作者的威力"。1944年1月9日，毛泽东同志看了平（京）剧《逼上梁山》后兴奋地给编导写信："历史是人民创造的，但在旧戏舞台上（在一切离开人民的旧文学旧艺术上）人民却成了渣滓，由老爷太太少爷小姐们统治着舞台，这种历史的颠倒，现在由你们再颠倒过来，恢复了历史的面目，从此旧剧开了新生面……你们这个开端将是旧剧革命的划时期的开端。"毛泽东同志的这封信指明了旧剧改革的方向，极大地鼓舞了解放区文艺工作者的创造热情。1944年5月西战团从晋察冀边区返回延安，他们演出了反映敌后人民斗争生活的话剧《把眼光放远一点》，引起强烈反响。林默涵在《解放日报》（1944年5月29日）撰文认为，"这出戏是一个精致的艺术品，展现了一幅敌后人民艰苦奋斗的图画"。周扬则指出，"以它描写的内容的新鲜和它的艺术力量，以及它的大众性和艺术性的结合程度来说，它在抗战以来产生的剧本中，算得是最特殊的，非常优秀的一个"（《把眼光放远一点·序》，1944年9月15日《解放日报》）。根据晋察冀边区流传的"白毛仙姑"的民间新传奇创作的新歌剧《白毛女》（鲁艺集体创作，贺敬之、丁毅执笔）。1945年6月在党的第七次全国代表大会上首演获得巨大成功，以后在延安和各抗日根据地广泛演出，受到观众热烈欢迎，产生了难以估量的社会效果。1946年1月3日《晋察冀日报》称，该剧演出时，"每到精彩处，掌声雷动，久不息，每至悲哀处，台下总是一片唏嘘声，有人甚至从第一幕至第六幕，眼泪始终未干……散戏后，人们无不交相称赞"。

此外，关于戏剧方面的重要评论还有金灿然《论〈三打祝家庄〉》（1945年3月29日《解放日报》）、周扬《关于政策与艺术——〈同志，你走错了路〉序言》（1945年6月2日《解放日报》）、杨思仲《一部群众自己的创作——介绍阜平高街村剧团的〈穷人乐〉》（1945年7月30日《解放日报》）、孙犁《看过〈王秀鸾〉》（1946年6月18日《冀中导报》）、解清《〈刘巧团员〉》（1946年9月4日《解放日报》）和《一个为兵服务的好戏〈李国瑞〉》（1946年10月28日《解放日报》）等，有四五十篇。

诗歌的评论似乎少于戏剧，但相对比较集中。1942年6月19日《解放日报》发表了吴时韵的《〈叹息三章〉与〈诗三首〉读后》，对何其芳不久前发表的六首抒情诗进行了粗暴的攻击，引起评论界的不满。金灿然、贾芝等先后撰文予以反驳。贾芝在《略谈何其芳同志的六首诗——由吴时韵同志的批评说起》（1942年7月18日《解放日报》）中充分肯定了这六首诗的"基调"和何其芳诗"所表现的一贯的要求突破自己和不断进步的精神"是一致的，同时指出"由于小资产阶级的幻想、情感和激动，使作者和现实有了隔离"。文章最后对诗人提出"要求"：写"自身以外大众所熟悉的题材"。贾芝的评论是公正和富于建设性的。

此后，评论家们把目光更多地投射到新诗的民歌化、大众化上。1946年9月李季的叙事长诗《王贵与李香香》在《解放日报》连载，立刻引起轰动。解清《从〈王贵与李香香〉说起》（1946年9月22日《解放日报》）认为："这是用民歌'信天游'的形式写的三边民间革命的爱情的历史故事……不仅题材新鲜，风格简明，而且极生动有地方色彩地为我们刻绘了一幅边区土地革命时代农民斗争图画""《王贵与李香香》的创作，又一次说明民间艺术宝藏的无限丰富，值得我们文艺工作者去虚心地学习，这样才能使我们的作品增加一些新的手法、新的意境和新的血液。"陆定一发表《读了一首诗》（《解放日报》1946年9月28日），高度评价《王贵与李香香》是文艺座谈会以来新诗的重要收获。1947年张志民的长诗《王九诉苦》在《冀晋日报》发表，萧三写了《我读了一首好诗》，称赞"这诗简单、朴素生动……手法、形式也非常好,既通俗,顺口,也极能感动人"。认为近年来"许多关于土地改革,农民斗争诉苦翻身的诗歌,很少有这样写得好的"。

在小说方面,较早的一篇评论是周扬的《略谈孔厥的小说》(《解放日报》1942年11月14日),文章概述了孔厥从写知识分子到写农民群众的创作发展道路,赞扬了作者"写实和讽刺的手腕",对这位青年作者寄予厚望。1945年7—8月,围绕方纪小说《纺车的力量》中知识分子主人公沈平的形象问题,《解放日报》上展开了一场小小的讨论。1946年,在《晋察冀日报》上也曾对短篇小说《忍让》(立高)、《春夜》(丁克辛)展开过讨论。这些讨论虽然没有深入,但都提出了文艺如何描写工农兵、如何为政治服务等问题,在当时颇引人注目。解放区小说研究的热潮就是在这一年出现的。单是《解放日报》就先后发表了《读〈灾难的明天〉》(陈辛)、《〈吕梁英雄传〉评论》(解清)、《〈乌鸦告状〉评论》(解清)、《大家看〈李有才板话〉》(吴文遴)、《〈洋铁桶的故事〉评论》(吴一凡)、《〈吕梁英雄传〉与〈小二黑结婚〉》(言午)、《论赵树理的创作》(周扬)等七篇之多,对文艺座谈会后新出现的优秀作品几乎都有所论及。其中最重要的论文,自然是周扬的《论赵树理的创作》。在这篇著名论文中,周扬首先把赵树理的创作放在解放区农村正在经历着的巨大变革中来考察,指出"赵树理同志的作品就在一定的程度上满足了这个要求"。接着,通过对代表作品《小二黑结婚》《李有才板话》和《李家庄的变迁》的分析,总结了赵树理小说在人物塑造和语言运用上的特色和成就,同时批评了当时某些人对赵树理创作抱有的错误观点(如"农民意识"等)。周扬的结论是:"赵树理,他是一个新人,但是一个在创作、思想、生活各方面都有准备的作者,一位在成名之前已经相当成熟了的作家,一位具有新颖独创的大众格的人民艺术家。"赵树理的创作,是文艺座谈会以后"文学创作上的一个重要收获,是毛泽东文艺思想在创作上实践的一个胜利"。周扬的文章，表现了敏锐的观察力和对新事物的热情，是运用毛泽东文艺思想研究解放区文学的范例，代表了40年代赵树理研究的最高水平，并一直影响着后来的赵树理研究。1947年，晋冀鲁豫文艺界举行座谈会，陈荒煤在《向赵树理方向迈进》的讲话中提出赵树理创作的三个特点——一是"政治性很强"；二是创造了"民族新形式"；三是"全心全意为人民服务"，在晋冀鲁豫文艺界鲜明地树起了赵树理这面旗帜。

在国统区，许多关心新文艺运动的进步的文化人，也对解放区文艺给予了极大的关注。1943年田间的诗集《给战斗者》在桂林出版，胡风在"后记"中从现实主义的主观论出发，对田间到解放区后的街头诗、小叙事诗创作予以了充分的肯定，认为"在美学的意义上说，这是融合了诗人所创造的一切形式底优点"。闻一多以《时代的鼓手》为题，赞美田间的诗"是一片沉着的鼓声，鼓舞你爱，鼓动你恨，鼓励你活着，用最高限度的热与力活着，在这大地上"。刘西渭则指出，田间"晚期的制作，显出诗人已经在工作之中得到了真实的体验，以服务的精神贬斥他的白话词汇。……形式接近马雅考夫斯基，采用他的节奏，放弃他的韵脚，正如一般欧美的现代诗，不协韵，追逐内在的节奏"（《诗丛和诗剧》，1947年3月《文艺复兴》第3卷第1期）。

茅盾、郭沫若等革命作家更是解放区文艺热情的评论者和宣传者。茅盾在1946年发表了三篇关于解放区小说的评论：《关于〈吕梁英雄传〉》（《中华论谭》第2卷第1期）、《关于〈李有才板话〉》（《群众》第12卷第10期）和《论赵树理小说》（《文萃》第2卷第10期）。其中关于赵树理小说的评论中，茅盾具体地分析了《李有才板话》和《李家庄的变迁》在大众化方面的成功，指出"这是走向民族形式的一个里程碑，解放区以外的作者们足资借镜"。1946年郭沫若也写了三篇评论，盛赞解放区的小说创作。在《谈解放区文艺——致陆定一信》（1946年8月24日《晋察冀日报》）中，他们认为赵树理的《李有才板话》和《解放区短篇创作选》

是"抗战文艺的杰作""尤其康濯的《我的两家房东》、邵子南的《地雷阵》、刘石的《真假李板头》，简直是惊人之作。这几位作家的笔力可以说已经突破了外边的水准。寂寞的中国创作界可以说不寂寞了"。在《〈板话〉及其他》（《文汇报》1946年8月16日）中，他写道："我是完全被陶醉了，被那新颖、健康、素朴的内容与手法。这儿有新的天地、新的人物、新的感情、新的作风、新的文化，谁读了，我相信都会感着兴趣的。"在《读了〈李家庄的变迁〉》（《北方杂志》第1、2期）中，他断言："赵树理，毫无疑问，已经是一株大树了。这样的大树子在自由的天地里面，一定会更加长大，更加添多，再隔些年辰会成为参天拔地的大林子的。"1947年2月，郭沫若为《白毛女》出版作"序"，认为《白毛女》是在戏剧方面的新的民族形式的成功的尝试，"虽然和旧有的民间形式有血有肉的关系，但也没有故步自封，而是从新的种子——人民情绪——中自由迸发出来的新的成长"。1948年5月23日他又在香港《华商报》撰文，指出《白毛女》的创作和演出，"是人民解放胜利的凯歌或凯歌的前奏曲"（《悲剧的解放》）。1947年3月《王贵与李香香》由香港海洋书屋出版，郭沫若又亲自为之作"序"，指出《王贵与李香香》和解放区的其他优秀作品一样，"正是由人民意识中发展出来的人民文艺，正是今天和明天的文艺"。周而复在"后记"中写道："《王贵与李香香》的出现，无疑的，是中国诗坛上一个划时期的大事件。……它给我们提供了人民文艺创作实践的方向。"中华人民共和国成立前夕，郭沫若又为袁静、孔厥的长篇小说《新儿女英雄传》作"序"，认为"这的确是一部成功的作品，大可以和旧的《儿女英雄传》，甚至《水浒传》《三国演义》之类争取大众的读者了""人们久在埋怨'中国没有伟大的作品'，但这样的作品的确是在产生着。"茅盾、郭沫若的这些评论，虽然还比较简略，却集中代表了国统区革命文艺界和广大读者，对解放区文艺的新鲜感受和热情态度。

此外，值得重视的还有蓝海于1947年在上海出版的《中国抗战文艺

· 99 ·

史》。在这部于抗战烽火中写成的文学史专著中，作者把解放区文艺置于全国抗战文艺运动的总体框架中，做了颇为详尽的介绍和热情的评价，从而为"抗战文艺前进的路向""画出了一个轮廓"。这部书的出版，在国内外产生了积极的影响。

1947年以后的两三年间，尽管在解放区又产生了许多优秀的作品，但由于人民解放战争的迅猛发展，人们对解放区文学的研究，只能留待中华人民共和国成立之后"回顾"了。

总的来看，在30年代末和40年代，解放区文学研究尽管还处在起步时期，但它的步伐是坚实的。这个时期，大多数研究文章能自觉地运用毛泽东文艺思想，从现实革命斗争的需要和工农兵群众的审美要求出发，对文艺创作进行严格而热情的审视，基本上揭示了解放区文学在思想内容和艺术形式上的主要特点。许多文章，对解放区文学创作中涌现出的新人，及时、热情地加以扶持，阐述了他们的作品在现实生活和新文学运动中的意义和地位，扩大了解放区文学在解放区乃至全中国的影响。但是由于战争环境的限制，也由于解放区文学还在生长之中，因而这些同时代的评论家们，当时还难以对它做出全面的、更富于历史纵深感和理论色彩的深入探讨，而且一般地说，研究的角度和方法也比较单一和雷同。此外对某些有缺点的作品轻易"上纲上线"的简单、粗暴的批评，也时有发生。尽管如此，这个时期的研究工作毕竟是当事人的"现场鉴定"，它更贴近作品反映的生活本身，它对作品的观察、体验更准确、更强烈，因而它的许多研究成果带有不容置辩的客观真理性，为中华人民共和国成立后解放区文学研究的开展奠定了坚实的基础。

纪桂平

中华人民共和国成立后中国解放区文学研究述评

1949年7月第一次全国文代大会的召开，标志着我国新民主主义革命时期文学历史的终结和社会主义时期文学运动的开始。中国解放区文学研究，作为中国新民主主义革命时期文学研究的一个重要部分，从此进入了一个新的阶段。在这个新阶段，除了战争年代的第一批读者和评论者继续奉献出许多高质量的研究成果外，越来越多的中青年学者加入了进来。但由于国家政治生活中"左"倾错误不断发展，解放区文学研究呈现出起伏不定、时喜时忧的复杂局面。这里，我们大体按照时间的顺序，分四个小题目加以扼要的介绍和讨论。

一 研究热的兴起与发展

中华人民共和国成立之初，为了向全国推广毛泽东同志的文艺方针和解放区文艺的成果，创建和发展社会主义文艺事业，许多来自解放区和国统区的文艺评论家，比较集中地发表了一批介绍解放区文艺创作成就和经验的文章，一时间形成了一股解放区文学研究热潮。据统计，从1949年年末到50年代初，在中央及各地方报刊上发表的关于解放区文学创作的评论，有四五十篇之多，涉及的作家有丁玲、孔厥、刘白羽、周立波、康濯、柳青、赵树理、欧阳山、杨朔、马加、草明、王林、李季、阮章竞、田间等十余人，此外还有歌剧《白毛女》，话剧《红旗歌》等。通过这些评论，解放区当年一些最优秀的文艺作品在更加广大的范围内得到普及，受到亿万读者的热烈欢迎。

在这些评论者中，首先给我们留下深刻印象的是陈涌。这位曾参加过《中国人民文艺丛书》编辑工作的解放区文艺理论家，接连发表了《孔厥的创作道路》（1949年10月《人民文学》创刊号）、《丁玲的〈太阳照在桑干河上〉》（1950年《人民文学》第2卷第5期）、《刘白羽近年的小说》（《人民日报》1950年2月1日）和《暴风骤雨》（1952年《文艺报》第11、12期）四篇评论。在《丁玲的〈太阳照在桑干河上〉》中，陈涌具体分析了《太阳照在桑干河上》现实主义的成就，指出"作者注意到了农村阶级斗争的复杂性，注意到了农村复杂的阶级关系"，在人物描写上，"作者把她心爱的、对他充满同情的人物，也放在最残酷最尖锐的斗争中加以考验"，充分发挥了作者善于"深刻细致地分析人物心理"的这个特长。在《暴风骤雨》中，陈涌认为，这部长篇"比较完整地表现了农民土地斗争的整个过程，也相当真实地表现了农村各个阶级的面貌和心理，和它们之间的斗争"，而对"新人物的优美的本性竭力地加以表扬"和"整个作品的情节和结构"的"比较单纯"，是这部长篇的两个重要的特点。《丁玲的〈太阳照在桑干河上〉》和《暴风骤雨》的写作虽然相隔二三年，但可以看出陈涌在写作时是有意对这两部"最初出现的反映农民土地斗争的长篇小说"加以比较研究的。他的这种研究方法和许多具有一定理论深度的精辟见解，为后来的研究者所称道。《刘白羽近年的小说》比较全面地论述了这位解放区部队作家在解放战争时期的创作成就。《孔厥创作的道路》则是一篇运用毛泽东文艺思想分析作家创作活动，总结作家创作经验的力作。陈涌的评论有一个特点，就是不是简单地回顾和总结历史经验，而是立足于当前，服务于现实。他总是通过对解放区代表作家作品的评论，启示文艺工作者自觉地学习马列主义，学习毛泽东文艺思想，学习文学艺术的业务，以便使革命的文艺事业"在今天已经开始的新的伟大的历史时期中和中国人民的革命事业一同前进"。这种研究解放区文学的态度，在今天也是有着深刻的示范意义的。

陈涌之外，另一位热心的评论者当推冯雪峰。这位老资历的30年代革命文艺运动的领导人，在第一次全国文代大会以后，写了《欧阳山的〈高干大〉》《柳青的〈种谷记〉》《马加的〈江山村十日〉》三篇读后感式的短论，充分肯定了这三部作品各自的成功，又指出了它们的某些不足。冯雪峰的这些评论，还结合对这些作品的分析，提出并阐述了一些长期以来困扰人们创作的理论问题。例如"关照着政策"与作品的思想性、艺术性的关系，"典型化"与描写的真实、详尽和精细的关系等，都是富于现实意义和启发性的。1952年5月，《太阳照在桑干河上》《暴风骤雨》和歌剧《白毛女》荣获1951年度斯大林文艺奖金的喜讯传来，冯雪峰又写了长篇论文《〈太阳照在桑干河上〉在我们文学发展上的意义》（1952年《文艺报》第十期）。文章认为，《太阳照在桑干河上》"居于第一位的是形象的深刻、思想分析的深入与明确，诗的情绪与生活的热情所织成的气氛的浓重等"。文章特别赞赏小说的油画性的形式和诗的性格，认为是一部具有高度真实性的、反映伟大的土地改革的"史诗"。和陈涌的评论相比，冯雪峰的文章更突出了《太阳照在桑干河上》的审美批评，进而阐述了它在我国社会主义现实主义创作中达到的新的成就，并把这个胜利归于"从延安文艺座谈会以来毛泽东亲自的教育和培植"的结果。

也是为了庆祝斯大林文艺奖金的颁发，1952年《文艺报》第11、12期还发表了文艺理论家王淑明的《〈白毛女〉奠定了中国新歌剧的基础》（同期发表了陈涌的《〈暴风骤雨〉》）。文章着重分析了《白毛女》的主题和人物，指出"这是一篇描写和歌颂农民对地主斗争胜利的真实的史诗，这又是中国新文艺作品在新歌剧创作上应用新现实主义创作方法的最初一次的巨大成功"。文章还对《白毛女》的音乐部分作了简要论述，认为《白毛女》的创作"在采用民族语言、民族音乐和民族的演出形式上，都走上了正确的创作路线"。这篇文章,是《白毛女》问世以后第一篇切实有力的评论,因而受到学术界的重视。

在中华人民共和国成立之初,还有一位被评论家关注的解放区作家,她就是刚刚完成长篇小说《原动力》的草明。《原动力》是解放区(也是现代文学史上)第一部真正描写工人生产和斗争的长篇小说。从1949年12月到1951年短短的两年时间,在《东北日报》《文汇报》《华北文艺》《大公报》《光明日报》等报刊上发表有关的评论有近十篇之多。胥树人的《社会的原动力和创作的原动力》(1949年12月13日《东北日报》)是较早的一篇,尽管它对《原动力》的成就和意义估计不足,对作品的描写多所挑剔,但仍肯定了"作者对于生活结合的深度"和现实主义的洞察力,指出:"那个时候,工业建设,还没有成为现实中间主要的课题,像现在这样的明确具体的工业政策也还没有。作者根据自己十年革命的经验,根据自己对于革命理论的理解,根据当时政策的观点,发现了现实的本质的矛盾。这就使得她的作品,就在今天,仍然有着它的意义。而且随着工业建设的逐渐高涨,这个意义也更加显著了。"李云龙的《读草明的〈原动力〉》(1950年1月6日《光明日报》)则高度评价了《原动力》在现代文学和解放区文学中的价值和意义,并从人物描写和语言运用等方面具体分析了小说的成功。

创作和发表于中华人民共和国成立前夕的阮章竞的长篇叙事诗《漳河水》,作为解放区文学创作的尾声,也在新中国初期的文坛上引起人们的关注。张奇的《漳河水》(1953年《文学书刊介绍》第一期)、闻山的《读〈漳河水〉》(1954年《文艺报》第六期)都充分肯定了这篇长诗的成功。特别是闻山的评论,比较具体地侧重在艺术形式上对长诗做了分析,指出"这首诗所以能够很好地利用了民歌形式,熟练地以人民的语言和形象来表达思想,最主要的是因为诗人对人民有深厚的感情,而且较深地感受了人物的内心世界"。在景物描写上,成功地接受了我国传统诗歌和民间歌谣的艺术表现方法,"而且有所创造,使得全诗富于色彩和声音"。

晋察冀著名作家孙犁,在40年代似乎并没有受到人们应有的重视。中华人民共和国成立以后,他连续发表了《村歌》(1950)、《风云初记》(1953)等反映战争年代冀中人民生活和斗争的中、长篇小说,特别是1958年小说散文集《白洋淀纪事》出版后,评论者才把目光投向了这位独具风格的作家。1960年前后,我们看到了孙犁研究的最初的潮头。1959年方纪、王林分别撰文介绍孙犁的《白洋淀纪事》。方纪在《一个有风格的作家——读孙犁同志的〈白洋淀纪事〉》(《新港》第四期)中,结合《白洋淀记事》中的一些重要作品,谈了他对孙犁创作的感受,指出孙犁在使现实主义和浪漫主义结合的基础之上,"在生活和意境,真实与理想,在似与不似之间",创造了自己的艺术风格。王林的《介绍孙犁的〈白洋淀记事〉》(《蜜蜂》第1期),着重分析了孙犁笔下的秀梅(《光荣》)、吴召儿(《吴召儿》)和水生媳妇(《嘱咐》)三个女性形象,她们"在对民族的敌人和阶级敌人斗争面前所表泛出来的无比崇高的优良品质和自我牺牲的坚毅精神",颇能展现孙犁创作的特点的一面。方纪、王林都是孙犁当年的同事,他们的评论或者有偏爱,不够客观之处,但大体上把握住了孙犁艺术的精要之处。和这些热情的介绍性的文章不同,稍晚发表的冯健男的《孙犁的艺术(上)》(1962年《河北文学》第一期)和黄秋耘的《关于孙犁作品的片段感想》(1962年《文艺报》第10期)则显示了较深的理论思考。冯健男的文章比较全面深入地探讨了《白洋淀记事》的思想意义和艺术成就,黄秋耘的评论简洁精炼,同样赞美了孙犁小说艺术的诗意和浪漫主义色彩,同时指出了孙犁创作的不足之处,如人物性格不够多样化,反映的生活也不够广阔等。

二 高校文科教材中的解放区文学

1950年5月,教育部决定在全国各高等院校中文系设立"中国新文学史"课，并责成老舍、蔡仪、王瑶和李何林（原定还有陈涌，他因忙未能参加）草拟了一个全国试用的"教学大纲"。这个"大纲"把"五四"以后30年新文学的历史划分为五个发展阶段，其中第五个阶段为"从'座谈会讲话'到'全国文代大会'（1942—1949）"。这个"大纲"尽管还很不完善，但可以看出它对解放区文学是相当重视的。从此，解放区文学作为"五四"以来中国新文学发展的一个重要的有机组成部分，开始成为学术界正式承认的新的学科。这个新的学科的建立，必然对解放区文学研究产生广泛、深远的影响。

50年代初，在贯彻"大纲"的过程中，一些重点院校编写了试用教材，陆续出版的有：王瑶的《中国新文学史稿》（1951）、蔡仪的《新中国文学史讲话》（1951）、丁易的《中国现代文学史略》（1955）和刘授松的《中国新文学初稿》（1956）等。这些教材都把解放区文学放在中国新文学史的重要位置作了颇为详尽的论述。其中出版最早、影响也最大的，是王瑶的《中国新文学史稿》（以下简称《史稿》）。《史稿》对解放区文学的论述有两点特别应当肯定：一是在全书的总体结构上，以1942年《讲话》发表为界，划分中国新文学发展的不同时期，从而确立了解放区文学在中国新文学史上的重要地位和意义。作者自云："我们不以抗战八年为一期，而以《在延安文艺座谈会上的讲话》为分期的界线，就因为这讲话实在太重要了，解决了新文学运动以来的许多问题，使文学运动和作家的实践都有了一个明确的方向。"又说："不只解放区的作品自然以一九四二年划分界线最合适，国统区的作品也是如此"（见该书"序"）。二是与此相关联，《史稿》用了全书1/4多的篇幅，介绍了延安文艺整风和《讲话》，并以诗歌、小说、歌剧与话剧、报告等体裁分列章节，对解放区作家作品作了颇为全面与中肯的评述，基本上显示了在《讲话》的指引下，新的人民文艺的伟大成就和蓬勃生命力。《史稿》的不足主要是对文艺运动的论述较为简略，作家作品评述一般化，缺乏艺术上的深入分析，重点也不够突出，更缺乏从文学发展的联系中对解放区文艺进行多侧面的考察，因而未能充分总结和揭示出解放区文艺发展的经验和轨迹，独具的审美特征、各个作家不同的艺术个性等。此外，在史料的掌握和运用上也有不够准确和恰当之处。尽管如此，作为第一部用马克思主义的观点和方法总结中国新文学30年发展历史的专著，它对解放区文艺的历史地位和伟大意义的论述，对解放区作家作品的"尽情歌颂"（《重版后记》），还是给我们留作了深刻的印象。《史稿》的许多优点和缺点，反映了现代文学和解放区文学研究在当时达到的整体水平，即使在今天仍不失为一部有价值的学术著作。

三 "再批判"酿成大灾难

50年代中期以后，由于党的"左"倾错误在经济、政治和思想文化方面的发展，中国解放区文学研究进入了曲折、暗淡的时期。

1957年8月7日，《人民日报》以显赫的题目报道：《文艺界反右斗争的重大进展。攻破丁玲、陈企霞反党集团》。1958年1月出版的《文艺报》第2期上，对丁玲在延安时期的作品展开了所谓的"再批判"，《三八节有感》《在医院中》等，被判定为"以革命者的姿态写反革命的文章"。接着，又连续发表文章，批判小说《我在霞村的时候》："把一个被日本侵略者抢去做随军妓女的女子，当作女神一般地加以美化"，"说明她的极端个人主义思想后来不但没有改好，反而发展到和工人阶级，和劳动群众尖锐对立的地步"。①

在这样一个特定的政治气候下，连著名的长篇小说《太阳照在桑干河上》也被掩去了它的艺术的光彩。1957年10月号《人民文学》发表了竹可羽的《论〈太阳照在桑干河上〉》，文章对小说中的人物作了颇为详尽却

---

① 周扬：《文艺战线上的一场大辩论》，《文艺报》1958年第5期。

充满庸俗社会学的分析,并由此认为这部长篇"在实际上已经成为一部描写农民的落后、动摇和叛变为主的小说","它是有独特的成就的,但主要是一部失败的作品"。

如果说竹文还有着某种学术之争的色彩的话,那么稍后发表的王燎荧的《〈太阳照在桑干河上〉究竟是什么样的作品?》(《文学评论》1959年第1期)就是一篇"打棍子"之作了。文章从"坏作家并不能写出真正的好作品"的逻辑推理出发,不但判《太阳照在桑干河上》"是一部具有严重问题的作品",还特别对作家的"阶级立场和感情"大加声讨:"她把地主写成土改中实际的主角,把地主的威势写得压倒了农民,就在这里也能看出她和'史诗'距离之远。……像她这种死也不肯向农民投降始终用资产阶级眼光来看农民的人,就已经而且还要一次又一次地受到时间的无情冲刷,最后留下一个白点"。

这样,我们在1959年前后出版的几部《中国现代文学史》中,看到丁玲、艾青、萧军等都坐在了被告席上,他们在解放区的文学创作被说成是"反革命作品",露骨地表达了"反党情绪",等等。

这是中国革命文艺运动的大不幸,它带给中国解放区文学研究的只能是一场大灾难。

四 "文化大革命":悲剧与浩劫

1966年5月至1976年10月的"文化大革命",使党、国家和人民遭到了新中国成立以来最严重的挫折和损失。对于中国解放区文学研究来说,也是一场空前的悲剧和浩劫。"文化大革命"初期,江青就狂妄叫嚣:"无产阶级从巴黎公社以来,都没有解决自己的文艺方向问题。自从1964年我们搞了革命样板戏,这个问题才解决了。"张春桥立即呼应:"从《国际歌》到样板戏,这一百年中间是个空白。"这样,"四人帮"就把1942

年毛泽东的《讲话》和在《讲话》哺育下成长的解放区文艺统统一笔抹杀了。接着，我们看到大批原解放区的作家、艺术家和他们的作品，遭到残酷"围剿"的景象。这里只能择其要者略述一二。

曾经在解放区广为演出、深受群众喜爱的歌剧《白毛女》，被"四人帮"的舆论工具说成"止于揭露旧社会的黑暗""没有超过资产阶级反封建的思想高度""同批判现实主义的作品没有什么区别"，等等（转引自林志浩《批判"四人帮"发动的围攻歌剧〈白毛女〉的谬论》，《文学评论》1978年第2期）。

解放区的代表作家赵树理，则被诬蔑为"一贯利用小说进行反革命活动"。他的《李有才板话》被认为是"对我党领导下的抗日根据地的民主政权进行恶毒攻击"。《李家庄的变迁》"不仅把抗日战争的伟大胜利归之为'一切经过统一战线'的右倾机会主义路线，而且露骨地宣扬革命的目的，就是要建立一种'人人都是主人'，'大家都有钱，大家都有权'的'全民国家'，妄想在我国建立资产阶级专政"（见1971年5月24日《山西日报》）。在《小二黑结婚》中，"根本看不见党在农村基层组织的力量，看到的只是人民如何愚昧，恶霸如何横行……"（见1967年1月11日《文汇报》）。

周立波的《暴风骤雨》也未能幸免。先是江青一手炮制的《部队文艺座谈会纪要》不点名的批评："塑造起一个英雄形象却让他死掉，人为地制造一个悲剧的结局。"接着，讨伐的文章铺天盖地而来：什么"丑化工农共""为推行修正主义路线鸣锣开道"，什么"拼命宣扬布哈林的富农路线"，不一而足（参见刘锡诚《谈〈暴风骤雨〉及其评价问题》，载《社会科学战线》1979年第4期）。

在"四人帮"横行的时期，《王贵与李香香》《漳河水》这些解放区诗歌的代表作，因为它们是民歌体，因为它们描写了爱情，都被打入冷宫。田间的《赶车传》则被指为"为大叛徒刘少奇颠覆无产阶级专政鸣锣开道的大毒草"，受到公开批判。

  总而言之，"文化大革命"十年，在"四人帮"的反革命文化"围剿"下，《讲话》被严重歪曲，解放区文艺的丰硕成果被扫荡殆尽，真正的解放区文学研究也就根本谈不上了。

五　小结

  纵观50年代到70年代中期的27年，中国解放区文学研究取得了引人注目的成绩，但道路并不宽阔和平坦。一方面，它追踪着刚刚消散的战争的烟尘，及时弥补了上一期（中华人民共和国成立前）解放区文学研究留下的某些空白，对解放区一些重要的作家作品做出了不乏见地的科学评论，并初步构建了自己的学科体制，培养、壮大了研究队伍，显示了把研究工作进一步推向前进的巨大潜力；另一方面，研究的范围和课题过于狭小，研究者的观念和方法基本上是沿袭着40年代的既定模式，这就不能不使研究的总体水准受到较大的制约。50年代后期以后，"左"倾错误思潮伴随着政治斗争的风云变幻，更是一浪盖过一浪，致使解放区文学研究伤痕累累乃至跌入了灾难的深渊，这个历史的教训任何时候都不可忘记。

纪桂平

新时期的解放区文学研究

如果说新时期以前的解放区文学研究大体是在没有对立面观点的情况下进行的,那么80年代以来因为文学观念不同,便产生了不同的甚至相互对立的声音。解放区文学研究正是在不同的甚至相互对立的声音的交织、碰撞和对话中,不断趋向深化。

这个领域的学术水平至今仍不能令人满意,但是它毕竟在左右冲突中走向提高。

一

新时期的解放区文学研究正视了解放区文学运动中的历史局限。

解放区文学运动有没有局限,这本来是一加一等于二的道理,但是一个时期以来似乎没有想到要深入研究这一问题,人们的研究主要是从正面肯定和赞扬,不论是文学思潮还是文学作品,大体上是以权威评论家规定了的是非为是非。新时期以来这种研究局面被打破。林默涵1985年年初在与《延安文艺研究》编辑部同志的谈话时指出:"文艺史上任何一种文艺现象都是历史的产物,都必然要受历史的局限。延安文艺也是如此。"① 这其实标志着解放区文学研究正进入一个辩证的深入时期。经历思想解放运

---

① 林默涵:《延安时期文艺的历史地位与时代意义——与〈延安文艺研究〉编辑部同志的谈话》,《延安文艺研究》1985年第2期。

动,研究者其中包括当年解放区文艺运动的参加者在看到解放区文学的成就的同时,都正视了其难以避免的局限。这是历史的觉醒,由现实的觉醒而导致的历史的觉醒。

那么,解放区文学运动的历史局限是什么?笔者认为有二:其一,由于特殊的战争环境的使然,有时运用政治的乃至军事生活中的手段解决文学艺术中的问题,以至忽视了文艺运动和文学思潮中的复杂情况,甚至混淆了文艺问题同政治问题的界限。其二,在理所当然地强调文学的倾向性的同时,在一些局部范围内,不自觉地使文学的宣传功能挤压了审美功能。这两个方面有时纠结在一起,把五四之后早期革命文学以降忽视文学特殊性的某些偏失承袭了下来,并且在有些场合突出表现为文艺教条主义和庸俗社会学。

新时期解放区文学研究正在于没有回避这一历史局限。结合着对冤假错案的甄别平反,得益于20世纪80年代初年关于文艺与政治关系大讨论的理论背景,解放区文学研究开展了一系列的"重评"工作。就文学运动和文艺论争领域而言,重新评价了延安文艺界对王实味及其文艺观的批判,重新评价了延安文艺界对"演大戏"问题的讨论,重新评价了晋察冀文艺界对"艺术至上主义倾向"的批判,重新评价了东北解放区文艺界对萧军和《文化报》的批判。就文学创作领域而言,重新评价了丁玲在解放区创作的小说、杂文,重新评价了小说《腊月二十一》(狄耕)、《丽萍的烦恼》(莫耶)、《厂长追猪去了》(朱寨),诗歌《叹息三章》(何其芳)等。在清算这类"历史旧账"时,还联系开国以后对其中一些问题的"再批判",给予拨乱反正。这一系列的工作坚持了文学与人民革命事业的正确关系,坚持了审美与意识形态相统一的文学观念。有些"重评"虽然还谈不上深刻,但在总体上,这些工作正视了局部范围内程度不等的文艺教条主义和庸俗社会学给解放区文学造成的损失,突破了解放区文学研究的"禁区",努力还历史以真实面目。从而从一个方面调整了人们关于解放区文学成就、文学传统的观念，一定程度上为学术研究的深入清扫了地基。

这里，对解放区文学运动中文学与政治关系的总体性反思，是正视其局限的一个带有根本性的进步。解放区文学与人民政治的深刻结合造成了一派崭新的文学景观，这是毋庸回避的文学史公论。但是，这其中也存在着历史的局限，当把文学政治化要求文学从属于具体政治任务、无视文学特殊性的时候，一系列的负面因素也就跟随而来。这方面的存在问题，受到了研究者的普遍关注。人们指出，绝对要求文学从属于某种政治，把文学等同于政治，就取消了文学的特殊性。单纯从政治层面观照和表现生活，重理性而轻非理性，重斗争过程而轻文化心理，势必限制作家开掘生活的深度和广度，遮掩现实生活包蕴的丰富复杂的文化内容，局限了对人物深层次心理意识的透视。由于缺乏把思想革命同政治革命联系起来综合考察的自觉，就势必影响作家对生活作整体驾驭、统摄的水平。在重视文艺工作者向人民群众学习的同时，对于具体群众在旧世界被烙印的"精神奴辱的创伤"，对于他们政治、文化和精神生活中的落后面则重视不够。在重视文学大众化尺度的同时，又以之代替了民族化这一更宽阔的概念，以致群众中特别是农民群众中落后的文化心理、审美习惯，民族民间的旧形式，未能实行认真清理，而受到文学时尚的迁就甚至无保留的认同。在谈论文学的民族化的时候，也只是从大众接受这个角度来对待民族传统，既缺乏民族传统的整体观，对其中的局限性又未能如毛泽东指示的那样给予认真的注意和改造。所以有的研究者指出，三四十年代革命文学思潮，"表面上看来，它们似乎是对五四的否定之否定，但实质上并没有完成文学的世界性和民族性在更高层次上的统一"[1]。而且解放区文学处在战争环境中的政治中心意识，在中华人民共和国成立以后的较长时间内又未能及时调整，以致"文学从属于政治"的消极影响在当代文学中更加突出地存在着。到了80年代，经过那场文艺与政治关系问题的大讨论，才把"文

---

[1] 陈晓明：《现代中国文学思潮流变》，《学术研究》1998年第3期。

艺为政治服务"的口号改变为"为人民服务，为社会主义服务"。邓小平在总结文学与政治关系问题上的得失时指出："不是要求文学艺术从属于临时的、具体的、直接的政治任务，而是根据文学艺术的特征和发展规律，帮助文艺工作者获得条件来不断繁荣文学艺术事业，提高文学艺术水平，创作出无愧于我们伟大人民、伟大时代的优秀的文学艺术作品和表演艺术成果。"①"我们坚持'双百'方针和'三不主义'，不继续提文艺从属于政治这样的口号，因为这个口号容易造成对文艺横加干涉的理论根据，长期的实践证明它对文艺的发展利少害多。"② 80 年代之初的讨论和邓小平的结论，其实是总结了包括解放区文学在内的相当一个历史时期文学与政治关系问题上的经验教训，而出现的历史性进步。

由于挣脱了"从属于政治"的观念的制约，在对解放区具体作家的研究上也就出现了一些具有创意的成果。譬如研究赵树理，一些研究者注意到赵树理写作《小二黑结婚》时可能没有看到毛泽东的《在延安文艺座谈会上的讲话》这一情况，③把 40 年代抗日民主根据地内出现的这一独特的"赵树理文体"，或者直接与五四"问题小说"、与前辈作家的局限以及现代文学史上几次文学大众化讨论联系起来考察，或者联系到瞿秋白关于文学与民众关系的主张，或者更多地考虑到赵树理作品产生的那个年代人民群众特别是农民群众的时代性审美要求和文化心态，从而对赵树理解放区文本的价值提出了新的思考。有人认为，正当毛泽东形成《讲话》中的文艺思想的时候，赵树理走着的是一条与《讲话》指出的道路非常一致的创作道路，"这充分说明《讲话》的产生不仅是有政治的、人民生活的基础，

---

① 《邓小平文选》（1975—1982），人民出版社 1983 年版，第 185 页。
② 同上。
③ 1982 年首届赵树理学术讨论会上，王瑶提到一件事：50 年代他持着赵树理民族化、大众化创作受到了毛泽东《在延安文艺座谈会上的讲话》的感召和影响的观点给外国留学生讲课，但留学生们访问赵树理时，赵说他当时写小说根本没有看到毛泽东的《讲话》，《讲话》是在以后才看到的。参见庄汉新《鲁迅＋赵树理＝当代农民文学的新方向》，《赵树理研究》1991 年第 1—2 期。

同时也切合文艺创作的实际""赵树理的成功,也是《讲话》的成功。赵树理的创作,使《讲话》得到及时的实践检验。赵树理现象,从更完整的意义上表明了《讲话》产生的必然性和正确性。"① 又如在孙犁研究上,《自觉的文化修养和艺术师承——孙犁创作风格的成因之一》一文,② 根据孙犁"创作一途,生活积累总是根本,其次是读书"的观点,结合着孙犁对中外名家的师从以及融会贯通的实际,论述了孙犁文学风格一个方面的成因,其中特别论述了孙犁小说"以情为主、情理兼备的'内心的写法'"的特点及其对中外各家的兼收并蓄,这是以前的研究有所忽视的。《孙犁:革命文学中的"多余人"》一文,③ 则从"多余人"这一角度,探讨了孙犁独特艺术得以形成的主客观原因,或有偏颇之处,但联系孙犁所在的"边缘"处境、政治思想意识、道德观念等来审视这个"异数",确是能够引人思考的。这些,对解放区文学在 20 世纪中国文学史上的地位的肯定,都不是一般社会学意义上的判断,而是深入文学本体的把握。

二

新时期解放区文学研究的可贵之处,还在于以开放性思维和实践突破了解放区文学研究中的某些既有观念和框架,一定程度上深化了解放区文学研究的学术品格。

这表现在以下三点。

第一,开始了自觉的学术建设。这个学术建设阶段大体始于 80 年代中期。当然这绝不意味着以前的解放区文学研究不具备学术性,只是说整体上自觉的学术建设是在 20 世纪 80 年代中期开始的。其突出表现应是研究

---

① 李文儒:《关于赵树理研究的几个问题》,《赵树理研究》1991 年第 3 期。
② 金梅:《自觉的文化修养和艺术师承——孙犁创作风格的成因之一》,《文艺理论与批评》1998 年第 6 期。
③ 杨联芬:《革命文学中的"多余人"》,《中国现代文学研究丛刊》1998 年第 4 期。

解放区文学学术组织的出现和专门性研究刊物的问世。1984年12月《延安文艺研究》创刊，1985年9月中国解放区文学研究会成立并召开首届学术讨论会，在这之后又有延安文艺学会成立，这三件事可以说是自觉的学术建设阶段开始的标志。

随之而来的是有关研究对象的范畴概念也提了出来。长期以来，人们把以延安为中心、以抗日民主根据地和解放区为基本地域的新的人民文学定义为"解放区文学"，但对其上下限的时间没有给予认定。新时期以来，为了更准确地把握这一研究对象的源流和特质，人们对此进行了具体讨论。有的研究者把解放区文学的上限定在1935年中共中央率领长征胜利的部队进入陕北，而后把中国革命的大本营奠定在延安的时候。也有的研究者把上限划在第二次国内革命战争时期的苏区文学，他们认为苏区文学是解放区文学的"雏形""先导和源头"。下限，大体划到1949年7月在北平召开的第一次全国文代大会。有些研究者在对20世纪文学思潮作整体把握时，还打破以1949年为现当代文学的分界的做法。有的研究者把自1935—1976年40余年间的主流文学视为一个整体，称为"中国工农兵文学运动"，认为："无视40余年来贯彻始终的工农兵文学运动，不用工农兵文学运动来涵盖一切，就无法正确述这段文学历史的实际面貌。"[①] 有的研究者把解放区文学和中华人民共和国成立以后17年文学联系起来，认为："延安文艺与十七年文学非但不是两类独立的性质完全不同的文学，而恰恰相反，二者间具有内在的本质的同一性，是紧密联系的有机统一体。从文学本身及其与外部世界所构成的多元关系看，延安文艺是十七年文学的源头、雏形，十七年文学是延安文艺的延伸、壮大，二者同属于、统一于'社会主义人民文学'。"[②]

[①] 刘增杰：《一个具有完整形态的文学运动——中国工农兵文学运动史提纲》，《中国现代文学研究丛刊》1987年第8期。

[②] 孟长勇：《延安文艺与新中国十七年文学的历史联系》，《人文杂志》1998年第5期。

尤其需要提及的，是对研究对象"解放区文学"这一概念的重新审视和思考。这一概念始见于1949年7月第一次全国文代大会上周扬的报告《新的人民的文艺》。在这篇文章中，"解放区文艺"（"解放区的文艺"）的字样出现18次之多。此后人们习以为常，沿用至今。1958年第一本研究解放区文学的专著也顺理成章地命名为《解放区文艺概述》（江超中著），到1985年成立研究会的时候，筹备者都没有异议地把这个全国性学术团体定名为"中国解放区文学研究会"。但是，也有另一种提法，这就是"延安文艺"（"延安文学"）。其最初出处，当是毛泽东主席的《在延安文艺座谈会上的讲话》，只是毛主席当时并未给出一个"延安文艺"（"延安文学"）的概念，而是指称在延安召开的文艺工作座谈会。"延安文艺"（"延安文学"）的正式提出应是1984年《延安文艺丛书》的出版以及这一年年底陕西省社会科学院《延安文艺研究》的创刊。但当时参与其事的不少人还是对延安文艺持狭义的理解，即把延安文艺（延安文学）理解为发生在延安和陕甘宁边区这一区域的文艺（文学）。赋予这个称谓广义的、与解放区文艺（文学）平行的观念的，当推丁玲、贺敬之、林默涵和胡风。丁玲在为《延安文艺研究》写的"代发刊词"中说："延安文艺是抗战时期，在党中央和毛主席直接关怀和正确领导之下，向人民学习，和人民一起共同斗争的结果，是整个革命事业的一部分。它不仅仅局限于延安地区，局限于抗战时期。我们不能把它看小了，看窄了。"她历数延安文艺的成就，囊括了抗日战争、解放战争两个历史时期包括陕甘宁边区在内的共产党领导的所有抗日民主根据地和解放区内的所有作家作品。她指出："延安文艺涌现了大批深受群众欢迎的作家作品，称得上一个新时期。"[①] 贺敬之回答筹备《延安文艺研究》的编辑同志的访问时，提出了与丁玲相类似的看法，而且颇带学理意味地阐述了建立"延安文艺

---

① 丁玲：《研究延安文艺，继承延安文艺传统》（代发刊词），《延安文艺研究》创刊号，1984年12月。

学"的主张,他对照了文学史上的"建安文学",扼要阐述了"延安文学"在文学史上应有的地位。在谈及"延安文学"的作家时,也是把陕甘宁地区以外的赵树理等作家都包括其中。①林默涵、胡风在回答《延安文艺研究》编辑的访谈时也都持着这种广义的"延安文学"观。到1992年,林焕平发表在该年第三期《文艺理论与批评》上的文章《延安文学刍议》,更是鲜明地提出把"解放区文学"改名为"延安文学"的主张。他从"延安文学"与延安思想、延安精神的关系、延安文学观念、延安文学成就三个方面阐述了改名的理由,认为:"从红军到达陕北,建立陕北根据地到全国解放、建立中华人民共和国,中国革命都是以延安为政治中心、思想中心和指挥中心""延安文学,从整体上说来,就是在延安思想指导下,表现以延安为中心的解放区的那个历史时期的革命与战争的生活。延安文学所体现的文艺观,就是马克思主义、毛泽东思想的文艺观,它突出地体现在毛主席的代表作《在延安文艺座谈会上的讲话》里"。②这里姑且不论哪一种称谓更为切当,但要强调的是,随着解放区文学研究的深入,有关这个领域范畴概念的科学性问题,受到了文化界和研究者的关注,它表明解放区文学研究学术建设开始自觉地进入了学理的层面。

第二,一定程度上刷新了对解放区文学传统的认识。解放区文学研究在延安时期是取得了大的成绩的,它奠定了解放区文学在新文学史上的地位。但是那时候的研究面较窄,涉及的只是一些主要问题,在时间上和主观情感上不可能与研究对象拉开距离,带着历史给予的局限。所以当时形成的评论和研究成果,因为具有权威性,便无形中形成了一个框子,仿佛解放区文学传统就是权威评论和研究确认的那么几条。新时期随着研究的展开和深入,人们重新审视传统,以至刷新了对解放区文学传统观的认

---

① 贺敬之:《关于继承和发扬延安文艺传统问题——答〈延安文艺研究〉问》,《延安文艺研究》1985年第1期。
② 林焕平:《延安文学刍议》,《文艺理论与批评》1992年第3期。

识。譬如长期以来人们形成一个共识，即解放区文学是歌颂光明的文学。这当然是对的，但解放区文学中也具有对社会生活特别是人民生活中的阴暗面之批判精神。新时期的研究者不仅认识到解放区文学对人民创造历史丰功伟绩的歌颂也必然表现为对旧世界的批判，而且通过对丁玲、艾青、罗烽、王实味等人的杂文，活跃着直接的现实主义批判精神。有的研究者认为延安出现的丁玲以及王实味等人的杂文开新制度下针砭阴暗面之先河，重视了文学的批判功能。有的研究者把丁玲在解放区创作的小说称为"社会剖析型小说"。有的研究者认为丁玲解放区小说"对生活渗透了一种冷静审视的批判性眼光"。不论是短篇还是鸿篇巨制《太阳照在桑干河上》，都不是把生活纯净化，"她在热情反映和歌唱人民的政治革命运动的同时，又以其极大的鲜明性致力于民族文化性格和国人灵魂的针砭和改造"①。有的研究者认为赵树理推出"问题小说"，贯彻鲁迅"彻底而不妥协的反帝反封建精神"，对掌握了政权的革命阶级提出了反封建主义、反官僚主义的告诫，接过鲁迅"改造国民性"的火炬，致力于农民传统性格的改造。他们之间艺术风格不同，但"对中国农村社会、农民问题的解剖、批判以及引起疗救的注意的根本精神，赵树理方向与鲁迅方向没有实质差别"②。有的研究者还对王实味的两篇文艺理论论文《文艺民族形式问题上的旧错误与新偏向》《政治家·艺术家》重新解读，批评了周扬当年的批判，认为王实味"强调文学独特的审美功能""要求强化文学的社会批判意识"等观点，"是试图调整文艺与政治关系的一次大胆的尝试"。"解放区的社会制度发生了变化，但旧思想、旧观念、旧意识，还在不同程度地束缚着人们的头脑。如何反映这一新旧交替、纷繁复杂的特定的社会生活，是创作实践向解放区的文艺理论工作者提出的紧迫课题。王实味

---

① 张器友：《丁玲解放区小说价值观》，《延安文艺研究》1991年第1期。
② 庄汉新：《鲁迅+赵树理=当代农民文学的新方向》，《赵树理研究》1991年第1—2期。

的文章包含着对这一问题的思考和探索。"① 如此等等，都是力图发掘和肯定解放区文学的创作实践、理论探讨在新的社会环境里对文学审美批判功能的关注。又如对解放区文学艺术特征，以前人们的评论和研究多是作笼统把握，即大体围绕着"老百姓所喜闻乐见"的"中国作风和中国气派"这一中心观念做出阐释，新时期打破了这类解放区文学单一特征的观念。由于对这个领域的多侧面开发，人们认识到解放区文学是一个具有多流派、多风格的异峰群起的文学景观。就流派说，有晋察冀诗派、解放区七月诗派、民歌风格派、山药蛋派。就风格追求说，有丁玲的社会剖析型小说、赵树理的大众通俗小说、孙犁的诗性抒情小说、贺敬之、丁毅等的民族化新歌剧，刘白羽、周而复、杨朔等的战士型"战地报告"，等等。而且许多研究者在着力开掘解放区文学多样化新鲜活泼的艺术风貌的同时，还注意对依然拿着单一的解放区文学特征来评价解放区文学的简单化思维，提出批评。赵心宪的《七月派的早期分流——关于晋察冀诗人群的流派归属》一文，对把解放区多流派的诗歌生态处理为一个诗歌流派，以致否定晋察冀诗派的存在的做法发出问难。他从产生这一派的时空特点、这一派诗人的结构层次及其创作的主要特点、胡风现实主义诗歌观的影响三个方面，论证了晋察冀诗派存在的客观性。②

　　第三，研究方法发生了相应的更新。文学研究方法的更新实际上是文学观念、文学传统观念的新变在方法论上的反映。新时期解放区文学研究中某些观念和框架的改变也反映在研究方法的更新上。这种情形率先是在一批中青年研究者的文章中显露的。80年代中期《延安文艺研究》辟出"新窗口"，内中有时便出现一些持有与传统文学社会学批评方法不完全一样的文章。在历届的解放区文学研讨会以及赵树理、丁玲、艾青、田间、

---

① 刘增杰：《回到原初——解放区文学研究中的一个问题》，《中国现代文学研究丛刊》1999年第4期。

② 载《四川大学学报》1999年第6期。

孙犁、柳青等作品研讨会上，也都有一些呼唤新方法，或者从事新方法实践的文章。这类文章呼吸着新时期文学研究的空气有的不免浮华不实，有的倒是显示了开拓新境界的努力。譬如，有的研究者提出了"解放区文艺研究的思维方式变革"的问题，认为这种变革，"应顺应现代实践对思维方式发展的根本要求，即面向现代化，面向世界，面向未来"。该研究者指出，在以前的解放区文学研究中存在着"习惯于在毫不相容的绝对对立中进行思维"的不足，"这种封闭（局限于'那个时代'）、单一（立足于辩证法保守方面的肯定性评价）、静态（割断与中国新文艺发展的整体联系，仅研究解放区文艺的历史存在特征），与现代思维方式的开放、多向、动态格格不入"[1]。有的研究者还提出了总结以前解放区文学研究方法论上的优长得失问题，提出了要"优化社会学批评""建立研究主体的'总体性'观念"和"坚持历史主义态度"的思考。有的研究者提出，要建立一个多角度、多范畴、多层次的研究格局。

见之于解放区文学文本和具体文本的研究，可以看到，唯一的传统文学社会学批评的研究格局已经打破，以文学社会学批评为主导的多样化研究开始出现。有些研究者重视文化学研究，或者探讨解放区文学赖以产生的包括政治在内的"大文化"成因，或者探讨解放区文学在人类民间文化史进程中的地位，或者探讨解放区作家的文化素养、文化联系和文化心态对创作的规定和影响，或者探讨地域风俗文化对造成解放区文学风格多样化的作用。有些研究者运用比较研究方法，或者把解放区作家同我国20世纪的、与他们相关的前后作家的比较中，探讨他们的独特性、贡献乃至不足，或者在世界文学的范围内形成比较的视野，探讨解放区文学在三四十年代世界文学格局中的价值和地位，在世界反战文学中的意义或存在的问题。有些研究者运用接受美学批评方法，或者从作品、作品创造，作品接受者诸关系，探讨解放区作家之所以能够解决以前的作家难以解决的民众

---

[1] 赵心宪：《试谈解放区文学研究的思维方式变革》，《延安文艺研究》1988年第4期。

接受的问题的原因和解放区文学的成就,或者探讨解放区文学在当时和新时期接受上的差异及其原因,提出应该注意研究不同时代的接受者与解放区文学之间的联系,从发展变化来研究解放区文学的价值。有的研究者还借用符号学着重于文本形式的分析,并力图将对解放区作家作品艺术本质的研究同人的本质及其审美经验联系起来,探讨解放区文学艺术的特性。并且,即使研究一个具体的作家作品,对研究方法的运用,在有的研究者那里也不是单一,而是从对象出发,实行几种方法的借用和糅合。譬如黄修己的《赵树理研究》,用"发生学批评"分析赵树理从生活原型到艺术形象的构思、修订过程,用"审美批评"分析赵树理小说的本色美、叙述作品欣赏中的移象作用,用"社会学批评"分析赵树理作品中农村社会问题以及晋东南地理与创作的关系,用"总体性批评"阐述赵树理作品形象、母题和情节的构成,又用"比较分析"把赵树理的创作与民族传统文化、同时期其他作家及当前的一些作品进行比较,以见其创作上的特点,以至这部著作实现了赵树理研究的突破。[1]

在20世纪中国文学研究领域,解放区文学研究与五四新文学研究、八九十年代文学研究相比,投入的力量显得不足,这个领域尚存在需要解决的问题,亟待深化。譬如,必须警惕自由主义文化思潮的消极性影响,必须立足新历史时期的文化前沿,从现实与历史的联系中提取最有意义的研究课题,必须继续加强解放区文学研究的学术规范,通过对基本理论、基本范畴概念的准确阐释,通过"实事求是"精神的坚守,使解放区文学研究具备严谨的学理性,等等。对此笔者将另行论述。

张器友

---

[1] 王辉:《五十年来赵树理研究述评》,《聊城师范学院学报》1999年第2期。

静悄悄地行进

——论 90 年代的解放区文学研究

一

表面看来，20 世纪 90 年代和 80 年代的解放区文学研究并没有什么明显的不同。然而，当我们把 90 年代的解放区文学研究的代表性成果①排列在一起，就会感觉到：90 年代的解放区文学研究，的确已经发生了某些内在的变化。只是这种变化的表现形态是一种静悄悄地行进，不易被人觉察罢了。

让我们首先看一个刊物 90 年代初期的启事。

1992 年年底，创办长达 9 年的《延安文艺研究》在封二发表了《本刊更名改版启事》②。启事告诉人们，以专门从事解放区文学研究为办刊宗旨的《延安文艺研究》，为了"求得生存"而不得不改弦更张。至此，80 年代出版的各类研究解放区文学的刊物全部消失③。

在现代商业意识影响下，一个刊物的创刊、休刊、更名，是一件很正常的事，它就像都市里每天都有店铺歇业，同样又有新的店铺开张一样。

---

① 笔者近年看到的这方面的研究论文约 200 篇，有关研究著作近 80 部。
② 《本刊更名改版启事》，《延安文艺研究》1992 年第 2 期。
③ 80 年代专门研究或以较多篇幅发表解放区文学研究论文的《抗战文艺研究》和研究晋察冀文艺的刊物都先后终刊。

《延安文艺研究》更名之所以值得提出，在于这个主流文艺批评阵地的更名，折射出了解放区文学研究正在发生的某些深刻的变化。由此，解放区文学研究回到了它在社会生活结构中应处的位置，消融于中国现当代文学研究的整体格局之中。此后，一方面，解放区文学研究变得更为孤寂、冷清；另一方面，研究和批评的操作方式也开始发生质变。突出表现是：90年代的研究和批评中，已经逐步淘汰了（不是根绝）那种因观念相左恶语相加、乱扣吓人帽子、欲置论敌于不利政治语境的批评模式，批评的外部环境有了深刻而带有根本性的改善；用非文学的力量对文学批评进行干涉，用权威效应（权威裁判）来制约文学批评流向，用运动方式、组织决议的做法为文学批评做政治结论等批评中的消极现象，正在解放区文学研究中悄然离去。90年代解放区文学研究的变化体现在三个方面：研究视角的转换；历史遗案新的阐释；青年研究者的加盟和理论研究的新思路。

二

在作家研究中，人们逐渐告别了单一的社会学批评模式，开始从作家、作品的实际出发，从批评主体的艺术积累和艺术感受出发，推出了让人耳目一新的研究成果。赵树理及"山药蛋派"研究仍然受到了研究者最多的关注。研究的深入是从研究视角的转换开始的。一些研究者用新的观察方法和感受方式来认识赵树理及"山药蛋派"。笔者想围绕着以下论文来阐述这个问题。这些论文是：席扬、段登捷《文化整合中的传统创化——试论"山药蛋审美"在解放区及中国当代文学中的意义》（载《延安文艺研究》1992年第2期）、杨矗《"山药蛋派"：中国现当代文坛的实践形态的接受美学》（载《山西文学》1993年第5期）、朱晓进《从地域文化的角度研究"山药蛋派"》（载《中国现代文学研究丛刊》1994年第1期）。

三篇文章，三种视角。杨矗的文章采用接受美学的批评方法来评析"山药蛋派"。作者认为"山药蛋派"是我国现当代文坛的一种实践形态的接受美学。其宗旨或审美追求是：文学创作应为读者服务、为工农兵大众服务，尤其是为广大农民读者所喜闻乐见、所接受。其对象是广大农村读者，内容是现当代的现实生活，形式是我国传统的民族化、大众化即通俗化的艺术形式，价值观是以农民读者的审美接受为中介的政治功利价值观，它是中国式的实践形态的接受美学。作者认为，"山药蛋派"的文学观同严格的理论形态的接受美学有惊人的一致性。在此基础上，该文分析了"山药蛋派"的三大历史贡献：一是把文学还给了人民；二是继承和弘扬了优秀的民族文艺传统；三是为我国现当代文坛提供了一个有独特文学主张、美学理想、艺术风格、创作队伍的文学流派。其在美学上的最高成就是形成了通俗、简省、自然、清新、朴实、幽默的以俗巧为特征的新的美学形态。该派的局限是审美取向不够开阔豁达，艺术思维不够开放，作品相对来说不够深厚，缺乏哲理蕴含。席扬、段登捷的文章则从美学角度，从艺术审美的角度来研究"山药蛋派"。他们在文中提出了一些相当重大的问题：在新民主主义的文化整合过程中，"山药蛋审美"到底扮演了怎样的角色？作为审美现象，它的特质都表现在哪些方面？"山药蛋审美"同时被新民主主义和社会主义两个时代所宠爱，这是否可以说明解放区与新中国的文化构成过程富有内在的统一性？同时，作为一个相当单纯的审美现象，它是如何在文明与愚昧、传统与西方、都市与乡村、五四艺术理性与延安艺术理性、浪漫精神与务实精神交错复杂的矛盾运动中保有自身并发扬光大？在当代，它以怎样的审美魅力影响于审美格局建构过程的呢？对上述问题，作者均提出了自己的看法。作者认为，解放区存在三种文化观念：政治文化观念、知识分子文化观念和农民文化观念。在分析三种文化观念的特性之后，作者指出：政治文化观念的功利性、知识分子文化观念的超越性和农民文化观念的传统性，通过"山药蛋审美"的生成过程得以解决。而朱晓进的文章则把"山药蛋派"的审美特性与三晋文化传统联系起来进行研究。该文认为,三晋文化孕育的山西特有的民风民性、特有的文化价值取向、特有的审美取向,适应了抗战形势的需要。具体说,山西民性中的质朴俭啬和毅武倔强,正是抗战物质贫困和斗争环境险恶需要提倡的重要文化精神;即使中华人民共和国成立以后,这种精神也是建设一穷二白的国家需要倡导的。从该文价值取向看,三晋文化中的崇实精神和解放区的文化倾向相一致。从审美取向看,山西作家源于三晋文化崇实精神的重实用、重实利、重本土的审美追求与抗战时期人们普遍存在的民族精神也相合拍。上述三文研究的结论不论同意与否,我们都能感受到这种多视角的探索具有的活力。

对赵树理的研究,以后陆续有新的论文发表,不断深化着对问题的思考[①]。

在丁玲研究中,虽然一些争论不无意义[②],而且从长远来看,这对丁玲研究也未必不能产生积极作用,但笔者还是更看重有关丁玲创作出版过程研究所取得的进展。龚明德的《〈太阳照在桑干河上〉版本变迁》一文[③],根据北京图书馆馆藏《太阳照在桑干河上》手稿以及丁玲生前在北京、厦门以及陈明在北京、厦门、西安等地与作者多次有关谈话资料,从版本学的角度,详尽地描述了《太阳照在桑干河上》的出版历程。这段记述所以值得重视,在于它比较典型地揭示了解放区文学创作的一个鲜明特点:领导者对文艺的直接指导、关心和支持。在与国民党做最后决战的1948年,日理万机的最高决策者,竟然需要抽出时间来为一部小说的出版

[①] 参看李仁和《论晋东南地域文化与赵树理文学观念之联系——赵树理与中国传统文化研究之一》(《通俗文学评论》1996年第4期)、席扬《二十世纪"山药蛋派"研究的几个问题》(《人文杂志》1999年第5期)。

[②] 例如,王蒙在《读书》1997年第2期发表《我心目中的丁玲》一文之后,陈明在1997年9月1日《文论报》发表了《事实与传说》、艾农在《中流》1997年第9期发表了《真实的丁玲与谬托知己者笔下的丁玲》与王蒙进行了辩论。

[③] 龚明德:《〈太阳照在桑干河上〉版本变迁》,《新文学史料》1991年第1期。

与否做出决断。《太阳照在桑干河上》经过胡乔木、萧三、艾思奇的审读和最高领导者的决定，终于得到了及时出版。这不仅使丁玲在当年出席世界民主妇联第二次代表大会时"带着书出去"，而且经苏联汉学家翻译很快出版了俄译本，并最后获得1951年度斯大林文学奖金，从而在国际上为中国解放区文学赢得了声誉。《太阳照在桑干河上》的出版过程，反映了解放区文学的一个基本特征：文学和政治的密切关系。文学和政治的紧密结合，本身包含着深刻的内在矛盾。领导者对文学、对作家的过分关心，也有可能给创作带来局限。在许多情况下，政治家和作家观察文学的角度并不完全一致。创作是最个人化的事业。创作心态的自由程度，直接决定着一部作品的成败。对一个作家来说，来自外部的干涉，哪怕是好意的指导，也难免不对其产生负面影响。更何况是来自高层的意见，有时甚至是和作者生活感受完全不同的意见，就会使作家处于异常尴尬的地步。不接受这些修改意见，就可能使一部由心血换来的作品无法出版；如果迁就那些自己并不同意的意见，创作就会失去原本具有的活力。钱理群的《新的小说的诞生》[①]也是选取独特视角，以小见大，通过对《太阳照在桑干河上》诞生过程的描述，从理论上阐述了文学与时代的关系，以及政治环境对文学发展方向决定性的影响。进入90年代，丁玲晚年部分日记的发表，也帮助研究者窥见了1942年延安的文艺批判长期在她心灵深处投下的阴影。1978年10月8日，丁玲曾在午睡时构思一篇短文，以一中学教员回乡务农，从他的生活中反映农村所受四人帮毒害之深为题材，用日记形式，仿《狂人日记》的形式来写。丁玲在日记中写道："真是数年不见，农村的面目全非，令人痛恨。但是一觉醒来之后，又有些畏惧了。文章要写得深刻点，生活化些，就将得罪一批人。中国实在还未能有此自由。《三八节有感》使我受几十年的苦楚。旧的伤痕还在，岂能又自找麻烦，

[①] 钱理群：《新的小说的诞生》，《文艺理论研究》1997年第1期。

遗祸后代！"[1] 在某种意义上说，这则日记反映的丁玲的创作心态，实是理解丁玲创作的一把钥匙。作者的创作心境，直接决定着《太阳照在桑干河上》的总体风貌。由此，读者可以认识一个更加真实的丁玲，丁玲研究也可循此而走向深入。选取别的视角对丁玲作品进行研究的论文，同样给我们带来了新意[2]。

如果说80年代的孙犁研究侧重点还主要集中于他的小说的抒情性研究，那么90年代研究者的视野则远为广阔[3]。和许多流行的把作家传记写成创作评论的做法不同，郭志刚、章无忌的《孙犁传》[4]，以流畅明快的文字，向我们展现了孙犁独特而意蕴丰厚的人生。《论孙犁和平时期的小说创作》认为，孙犁创作思想的贯穿线，就是对人生、人情、人生命运的密切关注。作者指出：孙犁"始终如一地以人情和人性的眼光看取世界，看待人生，醒目动人地描绘了情与理的冲突、爱与恨的冲突、善与恶的冲突，在细腻入微的描写中把人的不可言传的情感世界揭示出来，使读者心灵产生共鸣"。作者还说，细细分析，孙犁的战争文学，"没有用多少篇幅去描写辉煌的英雄业绩，而是始终以普通农民为描写对象，着力表现他们是怎样从社会最底层走来，在共产党领导的正义战争中焕发出人性光彩"；孙犁"写政治生活内容只是载体，表现强烈的善恶倾向和人伦意识才是他的目的。正因为如此，所以当后来人们的政治生活发生了巨大变化，许多曾经走红一时的作品令人难以置信地成为明日黄花，而孙犁植根于人道土壤上的创作却随着时间的推移，越来越显示出恒久的艺术魅力"。这段不长的文字，似乎触摸到了孙犁创作精神的真髓。《观夕阳》[5] 一文虽非议论

---

[1] 丁玲：《生活片段》，《新文学史料》1990年第3期。
[2] 参看万直纯《〈太阳照在桑干河上〉中的农村宗法社会》，《中国现代文学研究丛刊》2000年第3期。
[3] 仅近年《中国现代文学研究丛刊》就先后发表《再释孙犁》（张景超，1997年第4期）、《论孙犁和平时期的小说创作》（傅瑛，1998年第3期）、《孙犁：革命文学中的"多余人"》（杨联芬，1998年第4期）等文章。
[4] 郭志刚、章无忌：《孙犁传》，北京十月文艺出版社1990年版。
[5] 张学正：《观夕阳》，《当代作家评论》1998年第3期。

孙犁解放区的创作，然而对孙犁晚年思想矛盾的分析极见功力。论文提出孙犁"某些需要调整的价值观念""一些需要更新的思维方式"，其意义已经远远超出了孙犁本人，而有着对那些当年叱咤风云的文学创作者精神现状的描摹和对他们苦心的告诫。樊骏通过对《再释孙犁》等论文的解读认为，论文作者"并没有停留于对作家的优美的文本风格的赞赏，而是结合他几十年里孤独的、常常被人误解的、不无悲剧意味的坚守和跋涉，进一步透视他的人生原则、道德操守、哲学信念，从不同侧面把握他的精神风貌。……论文既写出了他的突破、创新等成就，也触及了他的狭窄、单薄等欠缺。从中，我们不仅看到了一个真实的、富有立体感的孙犁，同时也感受到了解放区文学以至于整个现代文学丰富多样的风采；他们都不再像过去所理解的那样单调、浅显和乏味"①。樊骏的感受应该说是深切的。

三

90年代解放区文学遗案研究中的最大进展，当属对王实味及与之相关文学思潮的新阐释。1941年下半年至1942年春天，王实味以及丁玲等人的创作思想经历着一些新的变化。初到解放区，他们都热情地讴歌新生活的光辉，把解放区视为自己的"家"和创作的乐园。创作伊始，他们笔下的新人物既显得纯朴可爱，也留有对新生活缺乏深切感受而带来的局限：浮泛的颂扬使作品缺乏对生活应有的穿透力。随着阅历日深，他们对解放区生活的认识逐渐深化，开始敏锐地感受到：在敌人的军事封锁和包围下，解放区在新生活的建设中还面临着一系列需要克服的复杂矛盾和困难，旧的传统观念还在禁锢着人们的思想，束缚着人们的头脑；解放区的农民虽然在政治上经济上获得了初步的翻身解放，但各种小农意识、旧社

---

① 樊骏：《〈丛刊〉：又一个十年（1989—1999）》，《中国现代文学研究丛刊》2000年第4期。

会的思想残余仍弥漫于解放区的现实生活之中。认识的深化使他们的创作作风为之一变。其标志是：在讴歌解放区新生活的同时，他们作品的社会批判意识有着明显的增强。在创作理论上，他们也开始了富有生气的探讨。① 这是在延安文坛吹拂起的一阵与工农兵文学思潮迥异的文学新风。对于工农兵文学思潮来说，这既是一种挑战，也是一种补充、丰富和调整。在随后掀起的批判王实味的政治风暴中，这股文学潮流就在无形中销声匿迹。甚至，原先的倡导者们，在特定时代的氛围下，出于响应组织的号召或别的原因，也多站出来表态。或发言作自我批评，或撰文批判王实味的"罪行"②，以图和王实味划清界限。但尽管当时他们自己认为割断了与王实味的纠葛，在15年后的"再批判"中却仍然未能逃脱灾难，人们还是把他们和王实味捆绑在一起受审。"再批判者"宣告："王实味的活动并不是孤立的。那时和王实味相呼应的，就有丁玲、陈企霞、萧军、罗烽、艾青等人。"③ 对于这桩历史遗案，研究者在20世纪80年代基本上保持着令人不安的缄默。进入90年代，研究有了实质性的进展。特别是随着1991年2月7日公安部《关于对王实味同志托派问题的复查决定》的发表，对王实味的研究更日见升温④。

90年代对王实味的研究，虽然在初期阶段仍表现出一种明显的历史延续性，如公安部的"决定"就是80年代拨乱反正的继续。但就研究内容来说，研究的重点一开始就转向从学理上对王实味的文学观进行辨析，从文学思潮的角度阐释王实味文学主张的历史价值，而不再纠缠于非文学的

---

① 除王实味外，发表的理论文字有丁玲的《三八节有感》、艾青的《了解作家，尊重作家》、罗烽的《还是杂文时代》、萧军的《论同志之"爱"与"耐"》等。

② 参看丁玲《文艺界对王实味应有的态度及反省》，《解放日报》1942年6月16日；艾青《现实不容歪曲》，《解放日报》1942年6月24日。

③ 《王实味的〈野百合花〉》，《文艺报》1958年第2期。

④ 研究王实味有代表性的著作和论文中有：温济泽等《王实味冤案平反纪实》，群众出版社1993年版；刘增杰《文学的潮汐》，河南人民出版社1992年版；黄昌勇《生命的光华与暗影——王实味传》，《新文学史料》1994年第1期；朱鸿召编《王实味文存》，上海三联书店1998年版；徐一青《王实味撤离延安及被秘密处死的经过》，《传记文学》1993年第3期。

政治性论辩。研究者认为，在解放区工农兵文学思潮逐渐发展成为解放区文学主潮的情势下，还涌动着一股与工农兵文学思潮有所不同的文学细流。王实味就是这股非主流文学思潮的代表者之一。《挑战与互补：王实味等人文学观透视》一文指出：王实味的美学观具有独树一帜的异端色彩①，具体而言有五：其一，从政治家与艺术家任务的不同入手，强调文学家担负的重要任务，是改造革命战士的灵魂。他说，"革命阵营存在于旧中国，革命战士也是从旧中国产生出来，这已经使我们的灵魂不能免地要带着肮脏和黑暗。当前的革命性质，又决定我们除掉与农民及城市小资产阶级作同盟军以外，更必须携带其他更落后的阶级阶层一道走，并在一定程度内向它们让步，这就使我们要沾染上更多的肮脏和黑暗。艺术家改造灵魂的工作，因而也就更重要、更艰苦、更迫切"。王实味的这一提法，显然和当时流行的文学为政治服务，甚至直接为某项具体政策服务的思想有着分明的冲突。但细心体察，他的这一文学思想，并非主张文学脱离现实，脱离"服务"的轨道，他在当时就提出了"文艺更好地为我们伟大的民族解放战争服务"的口号。王实味试图纠正对文艺与政治关系的狭隘化、绝对化、简单化的理解。其二，要求强化文学的社会批判意识，主张在歌颂光明的同时，应该更重视揭破现实中的黑暗。王实味醒目地提出：揭破肮脏与黑暗，"与歌颂光明同样重要，甚至更重要"。这句尖锐的话，从全文看，并不是为了张扬黑暗，掩盖光明。文章说，"因为黑暗消灭，光明自然增长"。这里所说的写光明写黑暗问题，当然不是表面上的文字之争，它事实上代表着王实味深化了的对文学的思考。它要求文学描写从表层进入深层，从外部进入内部，即要求文学对于人的灵魂进行不加掩饰的揭示。其三，从文学的审美特性出发，王实味隐约地开始了对创作主体心灵的研究。王实味认为，艺术家要"自由地走入人底灵魂深处"，就必

---

① 这一时期王实味的美学思想，集中表现在《文艺民族形式问题上的旧错误与新偏向》《政治家·艺术家》两文中，引述时不再一一注明。

须"改造自己,以加强自己"。王实味还以鲁迅为例,来阐明自己对这一问题的理解。几十年来鲁迅研究的成果表明,王实味的艺术感受可能更接近于鲁迅的内心世界。其四,以开放的眼光关注现代文学的发展,对传统文学形式采取清醒的批判态度。在阐述自己理论观点的同时,王实味对解放区文学发展的现状作了初步的总结。他认为,《黄河大合唱》属于光明、愉快、爽朗、犀利、健康的作品,聂耳的全部遗作是民族形式创作的精品。他批评了解放区音乐界创作中存在的"小调"作风,指出:小调并不同于民歌,不应把小调当作"民族音乐优良传统"来接受。王实味呼唤音乐创作中"激昂雄壮慷慨悲歌"新旋律的诞生。王实味还对当时话剧的发展表示了忧虑。指出,由于某些人对民族形式的片面理解,认为话剧不是"民族形式",从而使剧作者对话剧创作失去了创作热情。其五,反对"只此一家,别无分出"的批评态度。在评论文学民族形式的文章中,王实味态度鲜明,绝无吞吞吐吐的客套。他先就商于陈伯达,接着又评论了艾思奇《旧形式运用的基本原则》中的若干失误,继之又讨论了胡风批评文字中的新偏向。他认为,胡风所说批评家都"根本不懂现实主义",这样的批评是不能使人心折的,"胡先生底批评,既不公平,又似乎带有现实主义'只此一家,并无分出'的傲慢气概"。文学批评中"只此一家,别无分出"的桎梏,会窒息文学批评鲜活的生命,并带来文学创作的单一和苍白。60年后再来审视王实味的这些观点,我们惊异于他思维的超前性和艺术的敏锐性。王实味的见解,突破了流行的思维模式,充满着对现实人生的生命体验和文学感悟,展现了他那具有挑战性的理论人格。当然,不应该过分苛求王实味。王实味的理论,并不具备体系性的谨严。他对许多问题的思考,表现出了一种显而易见的幼稚。在《政治家·艺术家》一文中,王实味把自己的文学见解浓缩在类似格言的警句里,虽可以显露他的才华,但事实上很难把政治家与艺术家的复杂关系讲清楚。王实味对政治家作用的理解和表述,应该说也是不全面的,甚至还相当明显地表现了一个较少参与政治实践活动的文化人对政治家的隔膜。在《野百合花》里，王实味关于平均主义和等级制度议论，也表现了较多认识上的局限，同样染上了带有某些时代特征的小农观念的色彩。① 上述研究是对王实味美学思想的第一次梳理。

对王实味问题的认识，目前学术界还存在着一些不同的看法。例如，有的论者把王实味命运的不幸结局较多地归结为"康生插了一手"，就是一个值得进一步思考的问题。这位论者认为，由于康生是指导整风运动的中央学习委员会副主任，兼中央直属机关总学习委员会主任，而王实味所在中央研究院的整风又受中直机关总学委的领导，所以，中央研究院对王实味的斗争，"从会议开始时，康生就插了一手"，是"在康生的指导下，座谈会很快变成了反王实味的斗争大会"，"随着对王实味问题的揭发，批判逐步升级，毛泽东等领导人对他的问题的认识也逐渐发生了变化"，在延安文抗理事会接受了群众要求开除王实味会籍的动议后，"在这种情势下，毛泽东也接受了王实味是托派分子的说法"②。资料显示，康生在把王实味打成托派分子、最终使王实味被处死的冤案中，的确起了极其恶劣的作用。但是，在王实味事件的发展进程中，康生也许并不能起决定性的作用。事情也许远为复杂。应该进一步加强以史实为基础的研究工作。史实的廓清有利于总结解放区文学以及整个延安文艺界整风的经验教训，为人们留下珍贵的精神遗产。各种因素的制约，包括认识水平的限制，若干历史文献尚待解密等，人们今天对解放区文学的认识，对王实味的理解，也许还难免片面。因此，进一步发掘、整理、编选解放区文学的基本史料，仍然刻不容缓，它不仅是为了适应目前研究工作的需要，使研究成果建立在可靠的事实基础上，建立起解放区文学研究谨严的学术规范，而且是为

---

① 参见刘增杰《战火中的缪斯》第二章《工农兵文学的诞生与发展》，河南大学出版社1992年版。

② 高新民、张新军：《延安整风实录》，浙江人民出版社2000年版。

了给后来者的研究提供进一步思考的条件。

正是基于这种认识，所以笔者特别看重《王实味文存》一类著作的出版①。《王实味文存》收录了迄今已经发现的王实味的著作，以及在批判王实味运动过程中发表的主要文章和资料，公安部《关于王实味同志托派问题的复查决定》，以及王实味亲属的回忆文章。这样，依据这些材料，今天人们还说不清楚的问题，明天的研究者就有可能说清楚了。同类著作中，王培元的《抗战时期的延安鲁艺》也具有理论价值和史料价值。王著在《在政治的潮流中》一章，引用了大量当事者的回忆文章和谈话，描述了在延安"抢救失足者"运动中"同学反目、朋友成仇、夫妻背叛"的悲喜剧，如实地呈现出了文艺工作者横遭迫害的事实："'抢救失足者'运动在鲁艺声势浩大地开展起来。开头还是和风细雨、苦口婆心地规劝，不久便转入了急风暴雨、铺天盖地的批斗，小组会、各系会议、全校大会交替进行。抢救运动开了以群众运动的形式清查特务的先河，于是造成了大量的冤假错案。整风期间每个人所写的'思想自传'，这时候派上了用场，只要从中发现了一点蛛丝马迹，发现有所谓'问题'，即被作为抢救对象。"王培元认为，抢救运动不仅毒化了延安的政治空气，败坏了人与人之间正常的情感和关系，给作家心灵造成了创伤，而且，对中华人民共和国成立之后文学的发展也产生了负面影响。作者说："人们还是在后来的'反右派'、'文化大革命'等一系列政治运动中，一再看见了曾一度肆虐于延安的可怕的极左政治的幽灵。在经历了严峻的思想改造之后，又遭到了残酷的政治迫害，参加过整风运动和抢救运动的知识分子和文化人，心灵深处留下的应该是刻骨铭心的记忆和创巨痛深的体验。这恐怕是他们投身革命后所遇到的第一次巨大的打击和挫折。可是，从他们后来的文字当中，人们很少能看到他们曾经有过的那种难以忘怀的受挫感和伤痛记忆。"在分析"抢救失足者"运动的消极后果时，王培元在书中还写了一个耐人

---

① 朱鸿召编选：《王实味文存》，上海三联书店 1998 年版。

寻味的细节：1996年2月27日晚，严文井在接受笔者（王培元）的采访时，回忆道："抗战胜利后离开延安时，周扬问我对鲁艺有什么意见。我说就是抢救运动不太好，不应该那么搞。周扬居然很吃惊，说，你还有意见！意思是你没有被'抢救'，你有什么意见？后来周扬还曾批评过严文井，说他这个人好用怀疑的眼光看人。"周扬和严文井的简短对话，说明了对这场运动的负面影响，当事者并不是都能够很快清醒，中华人民共和国成立后文艺界酿成的更大悲剧绝非空穴来风。书中的这些见解，触及了解放区文学乃至中华人民共和国成立后很长一段时间内文学发展中存在的一个根本问题。以列举事实为主，略加评述的这一类著作，还可以举出一些[①]。它们同样构成了90年代解放区文学研究重要的组成部分。

90年代解放区文学研究中重新审视的问题还有一些。比如，曾经长期纠缠不清的文学的大众化和"化大众"问题，就有了初步的廓清[②]。

四

90年代解放区文学研究的另一个鲜明特色，是少数青年学者开始走进这块文学领地。在20世纪80年代，对解放区文学实践的理论概括，总是在预设理论框架之内，先入为主地在领导、负责人的讲话、指示的范围之内兜圈子，缺乏理论创新，弥漫着浓重的教条气息。青年研究者的加盟，打破了这种沉闷的研究格局。他们把解放区文学放在整个20世纪中国文学的生存环境之下，从阅读作品出发，在自己阅读的新鲜感受的基础上从事理论概括。这样，解放区文学作品的美学意蕴、潜在意象的含义在阅读过程中就被逐渐展现了出来。倪婷婷关于延安新英雄传奇的研究就是一

[①] 如《王实味冤案平反纪实》《延安文艺回忆录》《延安鲁艺回忆录》以及韦君宜的回忆录《思痛录》等。
[②] 周进祥：《大众化与"化大众"——对解放区文艺史上一个遗案的简析》，《延安文艺研究》1990年第3期。

例。在阅读《地雷阵》《抗日英雄洋铁桶》《新儿女英雄传》《吕梁英雄传》等长篇以及吴伯箫、艾青、罗丹、孙犁的短篇作品中，倪婷婷感受到：求生存、求解放的民族民主战争，构成了边区民众生活的主旋律，也构成了延安文学的一大基本取材特色，"延安文学以精心构塑的抗日英雄群像，使'五四'先辈开创的反帝爱国主题焕发出青春的光彩，显示出生机勃勃的活力""新英雄传奇是根据地民众英雄的传奇经历的缩写，作为一种文学样式，它能广泛而普遍地为40年代关心抗战现实的根据地作家所选择，说明它对这个时代具备多重的适应性：它适应于表现抗日英雄风采的创作时尚，适应于演绎包容了乐观主义、英雄主义和浪漫主义等一切为《讲话》允可的主义的理论时尚，也适应于刚刚还沉湎于《儿女英雄传》等传统侠义传奇故事，正寻觅新的儿女英雄传奇读本的北方农民的接受时尚……它的长处因它对时代的适应而来，新儿女英雄传奇使中国几千年来的战争文学进入了一个新的阶段，它对中华民族抗日爱国精神的弘扬和对抗日民众英雄业绩的讴歌，其价值与成就早已为世人所认识。"① 作者在这里所做的三个"适应"的概括，准确地揭示了新英雄传奇在解放区生长的现实土壤。

打破长期形成的以颂扬为主的批评模式，倪婷婷把目光还投向对新英雄传奇失误的反思上。论文的副题"对延安战争文学的再探讨"就透露出了这一研究信号。倪婷婷的看法是，新英雄传奇"它的短处也因它对时代的适应而来，因为它的陋弱恰恰牢牢浇铸在那些精彩之中"。她认为，新英雄传奇在对旧形式的借鉴模仿中，出现了值得沉思的疏漏："疏漏之一是一些作品中出现了没有来得及融化的生硬照搬，有些情节是一些传统故事的直接衍化，缺乏鲜明的时代特征""疏漏之二是以重视故事的完整为代价而忽视人物性格的刻画""疏漏之三是由采用章回体而来的结构的程

---

① 倪婷婷：《战争与新英雄传奇——对延安战争文学的再探讨》，《江苏社会科学》1997年第5期。

式化问题"。倪婷婷还指出了新英雄传奇在主题上的局限,认为这类创作的精神境界尚较为浅露,没有能达到并超越第二次世界大战期间世界进步文学共同的反法西斯主题的思想高度。包括抗日英雄传奇在内的大部分抗战题材的创作者,都一味关心具体敌对环境下对敌斗争故事的进程,而对抗日反法西斯主题缺乏深层的理性思考。解放区的新英雄传奇欠缺的,正是世界反法西斯文学作品,如《西线无战事》《瓦西里·焦尔金》《青年近卫军》包含的人性内涵,显现的历史和哲学思想高度。倪婷婷对新英雄传奇所做的阐释,较80年代的同类研究跨出了坚实的一步。目前,以理性的平静心态研究解敌区文学的青年学者还为数不多。当更多的青年学者参与对解放区文学这独特现象研究进程之时,就可能是解放区文学研究科学化、理论化到来之日。当下,解放区文学研究中的许多理论课题的研究还十分薄弱。诸如解放区文学发生论研究、毛泽东文艺思想在解放区文学发展中的历史评价研究、延安文艺整风得失研究、解放区文学同国际反法西斯文学比较研究、解放区文艺大众实践研究等等,都亟待深入展开。

　　陈涌和王飙关于毛泽东文艺思想的争论,并没有结出理论果实。陈涌在《毛泽东与文艺》[①]一文中提出:"包括文艺在内的无产阶级意识形态的每一个领域,它和政治的关系,是部分和整体的关系。"王飙在《文学评论》《文艺理论研究》发表论文,对陈文进行了批评,认为陈文把他的违反马克思主义的"理论"宣传为"原理""原则",从而导出"文艺从属政治"的结论,势必在文艺方针问题上造成思想混乱。陈王讨论表明:对毛泽东文艺思想的不同看法,已经开始作为学术问题进行正常讨论。它反映着90年代不寻常的学术环境:研究者用平常心研究学术的时刻正在临近,正在远离那种以强化、突出意识形态性为特征的批评方式,显现了现代形态文学批评的雏形。

　　一些当代文学史著作,从文学发展的总体格局中审视解放区文学,且

[①] 陈涌:《毛泽东与文艺》,《文学评论》1992年第3期。

更富理论色彩。陈思和在他主编的《中国当代文学史教程》① 中提出了中国文学发展中两种传统的命题。他说:"从文学史的发展来看,战争文化规范的建立虽然与'五四'新文化传统有着某些继承和发展的关系,但它毕竟不是启蒙文化必然的逻辑结果,而是战争外力粗暴侵袭的产物,所以,它不能不与前一文化规范发生价值观念上的冲突。毛泽东在《在延安文艺座谈会上的讲话》中对小资产阶级知识分子所作的严厉批评,不能不是这种文化冲突的反映。因此,自战争开始,中国文学史的发展过程实际上形成了两种传统:'五四'新文学的启蒙文化传统和抗战以来的战争文化传统。毛泽东的文艺思想及其影响下的抗日民主根据地和后来的解放区文艺运动,正是来自于战争的伟大实践。"战时文化规范在文学观念上的表现,如二元对立意识的强化、文学教化功能的强调等,不仅规范着解放区文学,而且对当代文学也产生着深远影响。对此,陈思和做了这样的概括:"文化规范的形成总是比经济基础的变革要缓慢得多,战争在战后的社会生活中留下的影响要比人们所估计的长久得多也深远得多。"陈思和的研究较深刻地揭示了当代文学创作风貌呈现的历史延续性。和陈思和相比,洪子诚在《中国当代文学史》② 中,用了更多的篇幅来探讨解放区文学的指导思想以及当代文学和解放区文学的历史联系。他认为,解放区文学的指导思想毛泽东的文艺思想"带有强烈的'实践性'的特征。他在文学领域所提出的问题,以及对这些问题的回答,在很大程度上都是对现实紧迫问题的回应"。洪子诚说,作为当代文学起点的第一次文代会,"在对40年代解放区和国统区的文艺运动和创作的总结和检讨的基础上,把延安文学所代表的文学方向,指定为当代文学的方向,并对这一性质的文学的创作、理论批评、文艺运动的方针政策和展开方式,制订规范性的纲要和具体的细则",由此开始了当代文学"一体化"的进程。洪子诚以宏阔的

---

① 陈思和:《中国当代文学史教程》,复旦大学出版社1999年版。
② 洪子诚:《中国当代文学史》,北京大学出版社1999年版。

目光对解放区文学有关问题的理解，为解放区文学的进一步研究，提供了较高的理论支点。冯光廉、谭桂林的《现代文学史·解放区文学专章编著述评》①，也较早地对解放区文学研究中的若干重大问题，作了高屋建瓴的探讨。

概而言之，在静悄悄地行进中，90年代的解放区文学研究发生了某些质的变化。80年代的解放区文学研究，在以颂扬为基调的沉闷氛围下，对解放区文学存在问题反思的力度不够，构成了研究、批评总体上的孱弱。在新的历史条件下，建筑在反思基础上的90年代的解放区文学研究，由于研究者价值取向的变化，心态的调整而开始出现新的研究风貌。在新的研究视角观照下，对赵树理、丁玲、孙犁等人的研究颇具新意，在梳理事实前提下对一些历史遗案做出了较有说服力的新阐释，一些青年学者接近理论形态的创作理论探索崭露头角。当然，历史无法切割。八九十年代的研究有着千丝万缕的连接、交叉。甚至，历史的惯性还会使人在原有的轨迹上继续运行。一切都显得复杂、多样。在新的世纪，以新的理论和方法，抱着对解放区文学产生语境深切理解、历史同情的心态，如一位研究者所说避免那种绝对对立的、独断式的思维，而应倡导一种走向宽容、对话、综合与创新的思维，即包含了一定的非此即彼具有价值判断的"亦此亦彼的思维"②。这就意味着，二元对立思维方式的摒弃，新的批评方法的重建，将有可能给解放区文学研究带来实质性的新突破。当然，同时人们也应该牢记：一切思想都是忧郁的，这里期望的解放区文学研究的"新突破"也仍然不会轻松。

刘增杰

---

① 冯光廉、谭桂林：《现代文学史·解放区文学专章编著述评》，《延安文艺研究》1991年第1期。
② 钱中文：《文学理论：在新世纪的晨曦中》，《文学评论》1999年第6期。

20世纪90年代以来中国解放区文学研究述评

在一篇文章中，刘增杰对解放区文学研究进行了阶段性的划分：第一个阶段是以颂扬为基本格调的研究阶段（时段为20世纪40年代至70年代末）；第二个阶段（约为20世纪80年代）是解放区文学研究的蜕变阶段；第三个阶段（20世纪90年代以来）为解放区文学研究获得根本性改变的阶段。[①] 三个阶段的划分基本上勾勒出半个多世纪以来解放区文学研究走过的历程。当然，这只能说是一种为便于宏观把握而进行的大致的划分，因为各个阶段之间不可能泾渭分明，阶段的划分也难以概括出各时期解放区文学研究的全部的复杂性。

随着中华人民共和国的成立，解放区文学研究也被纳入新生的学术体制中，在主流意识形态预置的轨道上运行。解放区文学研究承担的重述历史的重任使其获得了"显赫"的地位，同时导致了研究者对"党史化"的述史模式的共同遵循以及研究方法的单一化。从1949年到70年代末，接踵而至的政治运动使丁玲、艾青、萧军、赵树理等大批作家及其作品不断经受着现实政治的再检验、再选择，在这一次次非对话性的"声讨"式的批评中，既定的结论和观念成为研究者发言的逻辑起点，强烈的政治功利性排挤了学术的客观性准则，文学研究的历史感呈破碎化的状态。实事求是地讲，正是在这一时期当中，解放区文学研究被打上了鲜明的"非学

---

① 刘增杰：《于平静里寓波澜：读王培元〈延安鲁艺风云录〉》，《中国现代文学研究丛刊》2005年第4期。

术"的印记,这也是后来许多严肃的学者对其望而却步的原因之一。

80年代的解放区文学研究曾出现了一股新的热潮。1984年《延安文艺研究》(季刊)①的创刊;1985年9月全国解放区文学研究会的成立;解放区文学史料的搜集、整理、出版;解放区文学专门史的撰写②以及大量研究论文的发表等都标志着这一时期研究工作取得的成绩。然而,成绩的背后仍隐藏着某些内在的虚空和不足。80年代的最初几年,解放区文学研究主要的侧重点在于对一些作家、作品进行源于政治上的"拨乱反正"的"正名",可以说,它所持的批评的话语方式与此前的解放区文学研究并无太大差别。随着思想解放运动的开展和政治控制的松动,解放区文学研究呈现出两种声音并存的状态。一部分研究者坚守解放区文学传统,并将其视为恒久不变的精神动力,在研究中继续采用"党史化"的述史模式。在这一点上,丁玲的看法具有代表性:"研究延安文艺,实际上也就是研究我们党的历史、党的文艺史和党的文艺传统。"③ 与前者相比,另一部分研究者则显示出"突围"的勇气和"创新"的锐气,站在时代的制高点上对解放区文学进行重新评价,而此时的重新评价已与80年代初一边倒式的"正名"拉开了距离。以上两部分研究者的对垒乃至冲突恰恰体现了两种文学观的互不相容,这种现象在1988年"重写文学史"的讨论后变得愈加严重。某些强烈情感因素的加入使双方都难以冷静下来对研究对象

---

① 该刊是在一些原解放区老作家及有关部门的支持下创办的,由陕西省社会科学院文学研究所、陕西省延安文艺学会主办,终刊于1992年。该刊创刊号的"编后记"提出了办刊的宗旨:"不仅要实事求是地总结过去,而且要勇于面对现实,用延安文艺精神来研究现实文艺问题。我们要进一步挖掘延安文艺的宝藏,坚持和发展毛泽东文艺思想,继承和发扬延安革命文艺的传统,为社会主义文艺事业的繁荣和改革,为社会主义精神文明的建设服务。"

② 早在1958年,天津百花文艺出版社就出版了江超中编写的《解放区文艺概述(1941—1947)》,作者在该书的前言中谦称:"这个小册子,仅仅是资料性的东西。"1988年,由刘增杰等人编撰的《中国解放区文学史》被学术界普遍认为是国内出版的第一部把各解放区文学看成一个整体,并进行系统性研究的著作。之后,汪应果等人的《解放区文学史》(漓江出版社1992年版)和许怀中主编的《中国解放区文学史》(海峡文艺出版社1994年版)相继问世。其他地域性的解放区文学史及散论式的著作恕不在此一一列举。

③ 丁玲:《研究延安文艺,继承延安文艺传统(代发刊词)》,《延安文艺研究》1984年创刊号。

进行客观、具体的分析与考察，历史的本来面目在情绪化的批评中变得飘忽不定而难以把握。对研究对象要么全面否定，要么全面肯定，缺乏科学的理性精神和客观的历史观念的制衡，这势必会使解放区文学重新堕入庸俗社会学的圈套。这种将肯定与否定、历史与现实、文学与政治截然对立的思维方式已成为解放区文学研究的极大障碍。需要指出的是，这种情绪化批评、二元对立的思维模式即使在今天的解放区文学研究中仍未真正断绝。对问题的争论的确在一定意义上为解放区文学研究的进一步深化起到了某种推动作用，但有一点也是值得肯定的，由于自身的局限，上述双方都没有在碰撞中形成一个新的有效的文学史观照视野，他们的成果还不足以建立起具有突破性的学术研究体系。

与80年代"两军对垒""唇枪舌剑"的热闹场面相比，90年代以后的解放区文学研究则显得平静了许多。在社会的整体转型中，解放区文学研究也在调整着自身的位置、操作方式以及观念和策略。正如刘增杰描述的，在这个时期，"解放区文学研究回到了它在社会生活结构中应处的位置，消融于中国现当代文学研究的整体格局之中"[①]。随着学术界对解放区文学性质认识的逐步深化，研究的视野、研究的格局也在发生着变动，研究方法随之革新。这标志着解放区文学研究正在进入了扎实深入、稳步前进的学术建设阶段。

由于时间间隔的进一步拉开，人们在回望已成为历史的解放区文学时更能保持一种平和、冷静的心态，而这样一种心态也正是研究解放区文学这一极易调动起人们各种情绪的特殊对象时需要的。这个时期对解放区文学的反思仍在继续，但这种反思更多的是从历史实际出发，建立在对历史的正视和尊重的基础上的。综观90年代以后的解放区文学研究，进入研究对象的本体，还原其历史本质及原貌，进而建构一种文学研究的学理范式，一直是一个重要的主题。刘增杰呼吁解放区文学研究应该"回到原

---

① 刘增杰：《静悄悄地行进：论90年代的解放区文学研究》，《文学评论》2002年第2期。

初"所谓"回到原初""指的是解放区文学研究,应该切入当时解放区群众的生存状态,切入解放区文学(创作与论争)原初的存在,触摸到当时作家的精神深处,逼近研究对象、拥抱研究对象,走出人云亦云、程式化的研究模式,使研究日益接近理论形态"①。一些研究以某些具体的作品、作家、文学现象等为"个案",站在当代的立场上,在历史的联系中对其进行重新解读或阐释,以求使以前被遮蔽或模糊的种种本相再次呈现和清晰起来,如对王实味等延安文人的个体或群体研究,对解放区一些"另类"作品的研究,对一些"经典"作家、作品的再研究等。从目前的研究状况来看,这一类的成果比较多见,其整体达到的效度也是在以前的研究中从未有过的,对此,本文不一一列述。一些研究以较为宏观的视角深入解放区文学的内部,探究其内在的本原。席扬在分析"山药蛋审美"面临的呈多元情状的文化整合背景时剖析了解放区文化形态的内部结构,认为"从解放区文化存在的整体上看,大致可分为政治的文化观念、知识分子文化观念和农民文化观念。这三种文化观念各以其功利性、超前性和传统性来表现其质点"②。袁盛勇则依据史料的辨析,指出解放区文学尤其是后期的解放区文学的观念核心并非"工农兵文学",其本质应是"党的文学"③。一些研究者试图走进"历史现场",去感悟历史,由具体的历史场景、文学作品、作家的日常生活等诸多方面引发出问题,展现出历史原生态的真实性与复杂性。钱理群的《1948:天地玄黄》、李书磊的《1942:走向民间》,虽不是以解放区文学为唯一研究对象,但其中相关的文学史叙述已经为解放区文学研究打开了一个新的视界。在《1948:天地玄黄》时"代后记"中,钱理群谈到本书的"年代史"的文学史结构:"关注

---

① 刘增杰:《回到原初:解放区文学研究中的一个问题》,《中国现代文学研究丛刊》1999年第4期。
② 席扬、段登捷:《文化整合中的传统创化——试论"山药蛋审美"在解放区文学及其中国当代文学中的意义》,《延安文艺研究》1992年第2期。
③ 袁盛勇:《"党的文学":后期延安文学观念的核心》,《中国现代文学研究丛刊》2005年第3期。

'一个年代'，就更集中，更具有历史的具体性与可操作性，可以把容易为'大文学史'所忽略（或省略）的历史细节（包括人们的日常生活等原生形态的细节）纳入视野；但研究眼光却要透过'一个年代'看'一个时代'，不但要对'一个年代'的历史事件、人物的来龙去脉、前因后果，了然于胸，善于作时、空上的思维扩展（即主编谢冕先生所说的'手风琴式的思维与写法'），而且要具有思想的敏感与穿透力，能够看（判断）出'细节'背后的'史'的意义与价值，也即'细节'的'典型性'。"① 这样做的目的正是要努力进入历史情境，考察历史命题产生的因由，正视和揭示历史过程中一切严峻而复杂的事实或后果。对解放区知识分子的研究是解放区文学研究中的一个备受关注的课题。王培元的《抗战时期的延安鲁艺》并不是为"鲁艺"写校史，而是"力图以一种'文化传记'的形式，从'二十世纪中国文学与大学文化'的视角"② 通过"鲁艺"师生的学习和生活等历史事实的描述，揭示出"鲁艺"的若干重要方面和精神文化特征。朱鸿召的《延安文人》从对"延安文人"个体和群体及其行为的历史描述的角度切入延安整风运动，探寻处在那个特殊时空下的知识分子隐秘的心路历程。作者努力遵循着两个态度："其一，述而不论，述而少论；其二，言必有据，据必作注。"③ 可以说，从朱鸿召的著作中我们听到了另外一种叙述历史的声音。他的"历史想象"是建立在大量的第一手资料的基础上的，这或许是没有经历过那一段历史的年轻学人们的一种必然的理性选择。

值得一提的是，近年来，一些研究者将解放区文学置入现当代文学史的整体框架，在历史的流程中考察解放区文学的存在形态、意义生成及走向等问题。陈思和提出时"战争文化心理"和以"战争"为时间维度的文

---

① 钱理群：《1948：天地玄黄》，山东教育出版社1998年版，第323—324页。
② 王培元：《抗战时期的延安鲁艺·后记》，广西师范大学出版社1999年版，第393页。
③ 朱鸿召：《延安文人·自序》，广东人民出版社2001年版，第2页。

学史概念，对解放区文学研究产生了积极影响。①钱理群在他的"40年代大文学史"的构想中，将包括解放区文学在内的40年代文学视为20世纪中国文学史的"中间地带"，强调在文学史的研究中历史"细节"的描述与政治史和思想史的关联性②，其中诸多富有创造性的见解为解放区文学研究带来了某种深刻的启示。洪子诚在《中国当代文学史》《问题与方法：中国当代文学史研究讲稿》等著作和文章中较多地关注到了解放区文学所具有的历史转折时期的文学的性质。他认为，"四五十年代之交的社会转折，也影响推动了中国文学的构成因素及它们之间关系的剧烈错动，发生了文学的'转折'。'转折'在这里，指的主要是40年代文学格局中各种倾向、流派、力量的关系的重组"③。洪子诚对解放区文学的考察是动态的，而非静态的，他"以宏阔目光对解放区文学有关问题的理解，为解放区文学的进一步研究，提供了较高的理论支点"④。同样，孟繁华、程光炜的《中国当代文学发展史》也将目光聚焦在处于历史交汇点的解放区文学，以此为中介探究共和国文学的"源流"，更注意理解和评价解放区文学在20世纪文学中扮演的角色。贺桂梅的《转折的时代：40—50年代作家研究》则从具体作家的角度对四五十年代的文学转折做出描述。该书一个基本设想是，"不希望从纯粹的'外部因素'的描述来解释作家们的选择或变化，而试图尽可能'多层次地、立体地'对作家的思想、精神状态作出描述。这也就意味着在兼顾社会、政治变化造成的巨大影响的同时，更为关注作家内在的思想/精神脉络，他/她们基于自身的认知方式、情感结构和微观判断而作出的反应，以及这种反应与外界的碰撞所产生的后果"⑤。赵园在谈到40年代文学研究时，"痛感我们的历史叙述中细节的缺

---

① 参阅《陈思和自选集》，广西师范大学出版社1997年版，等相关论述。
② 参阅钱理群《关于20世纪40年代大文学史研究的断想》，《中国现代文学研究丛刊》2005年第1期。
③ 洪子诚：《中国当代文学史》，北京大学出版社1999年版，第3页。
④ 刘增杰：《静悄悄地行进：论90年代的解放区文学研究》，《文学评论》2002年第2期。
⑤ 贺桂梅：《转折的时代：40—50年代作家研究》，山东教育出版社2003年版，第4页。

乏，物质生活细节、制度细节，当然更缺少对于细节的意义发现"。她认为，40 年代，尤其是"1945 年至 1949 年，是一个流动、混融、原有的某些界限变得不确定的时期。根据地、解放区文学向国统区的浸润，其间文学版图的改写，是在一段时间中发生的。考察'积渐'，或许更是史学方法。……打开已有视野遮蔽的空间，呈现所能发现的全部复杂性，是我们有可能做的工作"①。可以说，上述研究视点的转换实际上涉及的是历史观的调整，以此来审视解放区文学，更便于全面、深入揭示它的某些特征，从而有效地克服以往研究中存在的某种局限性，为解放区文学研究带来一个新的学术生长的空间。

在进入 90 年代的最初几年，解放区文学研究陷入了冷寂的局面，这种局面一直到 90 年代中期以后才逐渐有所改变。从 21 世纪初开始，解放区文学研究引起了现代文学研究界的持续关注，其文学史价值逐步得到彰显。博士学位论文的选题和写作可以说是学术研究态势和走向时"晴雨表"，仅以此为例，可以看出近年来解放区文学研究正在努力摆脱不平衡的局面，其被关注度有所提高。根据"中国知网·中国优秀博硕士学位论文全文数据库"（http：//www.zcnki.net/）和中国国家图书馆馆藏资料统计（统计时间截至 2006 年 2 月 28 日），以解放区文学为研究对象的博士论文共有以下 11 篇（以年份先后、作者姓氏音序排列）。

（1）朱鸿召：《兵法社会的延安文学：1937—1947》，王晓明指导；华东师范大学，1998 年。

（2）付道磊：《文人的理想与新中国梦：1936 年至 1942 年延安的文化与文学剖析》，许志英指导；南京大学，2000 年。

（3）王利丽：《解放区小说的历史解读》，郭志刚指导；北京师范大学，2002 年。

---

① 参见赵园、钱理群、洪子诚等《20 世纪 40 至 70 年代文学研究：问题与方法（笔谈）》，《中国现代文学研究丛刊》2004 年第 2 期。在这组笔谈中，对解放区文学研究多有涉及。

（4）吴敏：《"倾斜"与"缝隙"：试论延安文人40年代的思想转变》，黄修己指导；中山大学，2002年。

（5）江震龙：《从纷繁多元到一元整一："中国解放区散文"研究》；姚春树指导；福建师范大学，2003年。

（6）张根柱：《个性的失落与文学的主题：另一种考察视角下的延安文学》，许志英指导；南京大学，2003年。

（7）袁盛勇：《宿命的召唤：论延安文学意识形态化的形成》，吴立昌指导；复旦大学，2004年。

（8）赵卫东：《延安文学体制的生成与确立》，吴秀明指导；浙江大学，2004年。

（9）毛巧辉：《涵化与归化：论延安时期解放区的"民间文学"》，陈勤建指导；华东师范大学，2005年。[①]

（10）孟远：《歌剧〈白毛女〉研究》，程光炜指导；中国人民大学，2005年。

（11）王雪伟：《何其芳的延安之路：一个理想主义者的心灵轨迹》，杨守森指导；山东师范大学，2005年。

上述学位论文从不同层面介入解放区文学研究，充分显示出了各自的学术特色。尽管如此，与中国现代文学中其他领域相比较而言，解放区文学研究从总体来看还缺乏系统性和突破性，尤其是扎实、有效，充满强烈文学史意识的研究成果还为数不多。目前的解放区文学研究还属于一个尚待进一步开拓的领域，仍是现代文学研究中投入和成果相对薄弱的环节。《学术月刊》在2006年2月号上，特邀王富仁等部分学者以"延安文学及其研究的当代性"为题展开讨论。王富仁强调，对延安文学研究的忽视，给中国现代文学研究带来了某些不均衡的现象，"在文学观念上也有忽视

[①] 除该论文所属学科为"文艺学：文艺民俗"、《歌剧〈白毛女〉研究》所属学科为"文艺学"外，其他所列学位论文均属"中国现当代文学"。

文学的社会性、革命性，片面强调文学的娱乐性、消费性的偏差"。所以，在今天的学术背景下，延安文学有重新加以研究的必要。他认为，在21世纪重新重视延安文学研究，不是又将其作为中国现代文学发展的终极形态，而是充分注意到"文革"结束后中国现代文学研究的新进展，并站在更高的视点上对其进行新的感受和思考。① 钱理群在反观已成为"历史事件"的"20世纪中国文学"这一命题的提出时，回忆起王瑶先生当年的质疑："你们讲二十世纪为什么不讲殖民帝国的瓦解、第三世界的兴起，不讲（或少讲，或只从消极方面讲）马克思主义、共产主义运动、俄国与俄国文学的影响？"② 这回忆本身已经充满了一种深切的反省。或许研究者对解放区文学的"规避"是源于新的文学史叙述法则在"特殊"的研究对象面前无法言说的尴尬，但这并不意味着研究主体就此已无能为力。解放区文学中有太多的方面需要重新清理，而清理的结果将直接或间接地影响到整个现当代文学史研究的进一步拓展和深化。

胡玉伟

---

① 此次笔谈汇集了王富仁的《延安文学有重新加以研究的必要》、朱鸿召的《重新厘定延安文学传统》、袁盛勇的《直面与重写延安文学的复杂性》三篇文章，参阅《反思与重启：延安文学及其研究的当代性（专题讨论）》，《学术月刊》2006年第2期，第98—106页。朱鸿召认为，与现有知识谱系中的"延安文学传统"相对应还存在一个实践形态的"延安文学传统"，时间上包括整个延安时期，尤其是1942年整风运动前的文艺运动和文学创作。袁盛勇认为，1949—1976年的中国当代文学发展过程中，后期延安文学（而非作为总体的延安文学）成为其直接的理论来源和文学资源；在新的历史语境下重新探讨延安文学的本真，应该直面它的复杂性。

② 钱理群：《矛盾与困惑中的写作》，《文艺理论研究》1999年第3期。

延安文学研究的现状与深化的可能

延安文学，即1935年红军长征到达陕北，直至1949年中华人民共和国建立，在共产党领导下，以延安为中心，各苏区、抗日革命根据地、解放区发生的文学活动、文学思潮和文学创作。这一时期文学上接"五四"新文学，下启中华人民共和国成立后的共和国文学，在现代文学史上起到重要的承接作用。而且，延安文学形成的文学体制、文学话语和审美传统直接沿袭到中华人民共和国成立后，亦至当下的文化形态当中，对当下文化产生或明或暗的持久影响。当下文化中出现的诸多问题，我们都可以追根溯源到延安文学的文化语境当中。应该说，延安文学在现代文学史上是一个不可回避的重要组成部分，延安文学研究是可以不断受到当下"问题"刺激而具有鲜活生命力的研究领域。但是，现实并不如期望。延安文学研究的老前辈刘增杰先生在总结90年代以来解放区文学研究现状的时候，用了"静悄悄"来形容[1]，非常形象地概括出当前延安文学研究的现状。"静悄悄"在刘先生的眼里还有一半的欣慰：显现出延安文学研究的理性走向，但"静悄悄"另一方面显示出延安文学研究的冷寂状态：缺乏社会和研究界的广泛关注；缺乏让人振奋的研究成果；缺乏相互交流、相互批评的内在活力。为什么会出现这种状况，延安文学难道已经丧失了引起批评者兴趣的学术"兴奋点"？还是延安文学研究发展过程中出现问题，以致出现研究的"断层"？延安文学研究走向复兴、深化的可能的生长点

---

[1] 刘增杰：《静悄悄的进行——论90年代的解放区文学研究》，《文学评论》2002年第2期。

又在什么地方呢？要回答这些问题，我们必须对延安文学研究的现状作一回顾，再一次回到延安文学研究学术价值的老问题上，"返回是为了再一次出发"①，对延安文学研究可能的学术生长点作一探询。

一 "非平衡"状态与延安文学研究的生长困境

通常我们对文学史研究理想状态的描述，会用到"沉潜""理性""多元"等词汇，表明：对于文学史研究来说，研究者应该对研究方向、价值标准进行自主、多元的选择，整个研究不受政治、经济等其他外力的牵引。这为我们评判延安文学研究史提供了一个标准，这也是笔者认为的文学史研究的"平衡"状态：文学史研究充满了研究者的个性精神，研究者之间相互对话、相互激荡，共同推动文学史研究的持续发展；研究的发展方向不受到外力的牵引，不拘泥于一种研究范式之中，而为研究者不断深化研究对象，不断受到当下文化刺激而重新反思研究对象而决定。文学史研究只有在这种平衡的状态下才可能具有持续发展的内在生命力。但直到20世纪90年代延安文学研究却一直处于"非平衡"的状态下，在发展过程中不断受到外力的影响，一直局限在一种研究范式当中，直接造成当前延安文学研究的冷寂。

延安文学研究的发生就是在外力的作用下开始的。判断一个时期文学研究的发生是一个困难的问题，因为文学研究是一个宽泛的概念，要判断一段文学史研究的发生必须对文学研究做出更为准确的界定。高利克在《中国现代文学批评发生史》中将文学批评定义为"'对文学艺术本质的探讨'，还有对文学原理、标准，文学与社会，与革命、思想意识、政治、

---

① 李怡：《新时期十五年中国现代诗歌研究之断想》，载《现代：繁复的中国旋律》，中央编译出版社2001年版，第348页。

娱乐等关系的探讨",排除了"对个别文章的鉴赏文章或'具体作品的研究'"①。这种文学批评的定义启发我们在探讨延安文学研究发生的时候可以抛除散落在延安文学发生、发展中的具体文学作品批评,而关注对整个延安文学做出评判的研究成果。然而,文学史研究还不同于文学批评,文学批评是"对文学艺术的本质的探讨",是对当下文学发展做出即时的指导、批判,以影响文学未来的发展方向;文学批评总是混合在文学史的发展之中。而文学史研究则跳离了作为研究对象的文学史之外,只有研究对象在文学审美、文学原理、文学制度等方面已经成熟、定型之后,才可能有文学史研究的发生。照此标准,延安文学研究发生于1943年,以解放区上下贯彻毛泽东《在延安文艺座谈会上的讲话》(以下简称《讲话》)精神为标志。延安文艺座谈会的召开,结束了延安文艺界对延安文艺走向的纷争局面。作为座谈会结论的《讲话》指定了延安文学的发展方向,通过1942年延安作家的学习理解,到1943年,《讲话》已基本得到延安高层文艺工作者的接受。1943年,《讲话》在《解放日报》公开发表,中共发出学习通知。为了贯彻《讲话》精神,中共中央文委与中共中央组织部召集延安文艺界50多人开会,号召文艺工作者到群众中去。1944年4月,何其芳、刘白羽被派往国统区进行《讲话》宣传②。这一时期,在解放区内外宣传、贯彻《讲话》精神的过程中,对《讲话》的理解和政治的权威化构成了延安文学研究的雏形。

延安文学研究的"非平衡",就在于延安文学研究的发生首先是以确立研究对象的权威地位为背景,而且这种确立不是文学研究者独立、自主的选择,而是政治形势、政治权威的"外力"使然。这也为以后进行的延安文学研究定下了基调。此后,随着中国共产党在民族战争、国内战争战

---

① [斯洛伐克]高利克(Marian Galike):《中国现代文学批评发生史》,陈圣生译,社会科学文献出版社1997年版,第5页。
② 艾克恩:《延安文艺运动纪盛》,文化艺术出版社1987年版,第507页。

场上的节节胜利，延安文学作为新中国文学的"正宗"地位更加权威化。在解放区，以周扬为首的文学理论队伍对《讲话》指导下的解放区文艺进行高度评价，认为：

> 毛主席的《在延安文艺座谈会上的讲话》规定了新中国的文艺的方向，解放区文艺工作者自觉地坚决地实践这个方向，并以自己的全部经验证明了这个方向的完全正确，深信除此之外再没有第二个方向了，如果有，那就是错误的方向。
>
> 解放区的文艺是真正人民的文艺①。

周扬从解放区文学的主题、人物、语言形式、文艺改革、文艺理论等方面阐述了解放区文艺在未来不可动摇的正宗地位。而在国统区，茅盾、胡风在抗战胜利后回顾抗战文艺的理论文章中，也开始自觉运用《讲话》理论，提高了解放区文艺的地位，对国统区、沦陷区文艺则表示了部分的批评②。这种研究的格局一直持续到中华人民共和国成立后的80年代，为延安文学研究后期的"非平衡"埋下了伏笔。

第一，政治"外力"作用下的延安文学研究，将延安文学视为正宗，将其他地区文学视为异端，在中华人民共和国成立后必然导致文学工作者队伍内部地位的不平衡，也必然导致文学研究者心理的不平衡，使延安文学研究不可能在正常的语境中进行下去，会不断受到"外力"的牵引。

从中华人民共和国成立后到80年代初的延安文学研究，受到的"外力"依然是政治的作用。这一时期的研究论文，我们常见到这样的题目：《丁玲在文艺与政治的关系问题上偷运了什么毒品》《〈在延安文艺座谈会

---

① 周扬：《新的人民的文艺》，载《中国解放区文学丛书·文学运动·理论卷一》，重庆出版社1992年版，第582页。
② 抗战结束，茅盾的《八年来文艺工作的成果及倾向》、胡风的《论现实主义之路》等回顾抗战文艺的文章，都自觉以毛泽东文艺思想理论为依据，对延安文学做了很高的评价，并由此对国统区、沦陷区文学提出批评意见。

上的讲话〉对国统区文艺的巨大影响》《不是闹革命穷人翻不了身——重读〈王贵与李香香〉》等①，基本跟新中国政策法规保持一致。而在80年代改革开放以后，曾经受到压抑的文艺工作者对"拨乱反正"的诉求，对政治的反感又成为导引延安文学的"外力"。这表现在国统区、沦陷区文学研究者开始抬高这些地区文学成就的地位，对延安文学做出有意无意地"贬损"。譬如西南师范大学苏光文教授的大后方文学研究，通过与延安文学的比较而抬高大后方文学的地位，对曾经对大后方文学的不公平评价进行了反驳。这看似没有对延安文学做出任何评判，但用新的视角提高大后方文学的地位，也为认识延安文学提供了新的视角，抬高的同时当然也包含了贬损②。此外，一些经历了"文革"的年轻学者，带着"文革"的梦魇，将中国当代社会中出现的文化过激行为的源头认定为延安文学，认为延安文学没有文学性，将延安文学贬斥得一塌糊涂。虽然这样系统的言论并不多见，但零言片语则屡见不鲜。即使现在，持这样言论的学者也并不少。

第二，延安文学研究发生的"非平衡"，使延安文学的价值问题成为延安文学研究的核心问题，围绕价值问题的反复争论限制了研究者的思维。这也是延安文学研究整体不"平衡"的另一个表现形式。

延安文学在新中国文艺发展方向中的正宗地位，是通过其政治价值的高度认可来实现的。延安文学是"真正人民的文艺"，其中出现的"新的主题、新的人物，新的语言、形式""工农兵群众的文艺活动"进行的文艺改革，都符合了政治斗争的需要，所以只有延安文学才是新中国文学的

---

① 孙昌熙：《丁玲在文艺与政治的关系问题上偷运了什么毒品》，《文史哲》1958年第6期；胡叔河：《〈在延安文艺座谈会上的讲话〉对国统区文艺运动的重大影响》，《合肥师范学院学报》1960年第5、6期；陈文忠：《不是革命穷人翻不了身——重读〈王贵与李香香〉》，《安徽师范大学学报》1978年第4期。

② 苏光文：《大后方文学论稿》，西南师范大学出版社1994年版。本书的出发点便是针对在新中国成立以来对于大后方文学的不公平评价，并通过大后方文学与延安文学的比较指出这些评价的不合理性。这种视角代表了20世纪80年代后对延安文学理解的一种思路。

唯一方向①。这种思维方式是典型文学功利主义的思维方式，将文学活动视为政治斗争中的工具，当然首先要考虑文学的价值意义。但这种思维方式牵引了以后延安文学的发展方向。20世纪80年代，文学的主体性、文学自身的审美性得到广大文学研究者的认可。新的文学评判标准必然引起对延安文学价值的重新评价，这也使延安文学研究陷入一个尴尬的境地。延安文学诞生了文学经典，但单纯文学上的成就无法与国统区、沦陷区文学相比。延安文学研究走向冷寂的一个重要原因便是此。这也使得一些长期从事延安文学研究的学者忽然失去了自身的优越感，不甘心延安文学从此沉寂的焦急心态在20世纪90年代乃至当今的文学研究成果中可见一斑。2003年，《文学评论》上发表了北京师范大学王利丽的论文《救亡未忘启蒙——论解放区作家对农民落后意识的批判》②，从题目可见是对李泽厚"救亡压倒启蒙"论的反驳，全文罗列了延安文学中许多和"五四"启蒙思想一致的文学创作，其目的显然是纠正批评界认为延安文学只有政治性的看法。2003年，刘增杰在《文学评论》发表《一个被遮蔽的文学世界——解放区另类作品考察》一文③。所谓"另类"，也就是延安文学当中一些思想性比较丰富的文学作品。文章的目的有二：一是让我们注意延安文学中被忽略的因子；fg是突出延安文学的丰富性，提高延安文学在文学性上的价值意义。21世纪，中国文学研究最高级别刊物上的两篇文章有着象喻的意义：延安文学的价值问题依然普遍地导引着广大延安文学研究者的思路，并希望在此有所突破。但这条道路的前景并不乐观，从这些选题就可以看出。

这两种延安文学研究的外在特征也是当今延安文学研究陷入冷寂的深

---

① 周扬：《新的人民的文艺》，载《中国解放区文学丛书·文学运动·理论卷一》，重庆出版社1992年版，第582页。
② 王利丽：《救亡未忘启蒙——论解放区作家对农民落后意识的批判》，《文学评论》2003年第2期。
③ 刘增杰：《一个被遮蔽的文学世界——解放区另类作品考察》，《文学评论》2003年第6期。

层原因。外力的牵引让延安文学研究失去了发展的内在动力,当进入90年代,所有的"外力"忽然失去,延安文学研究也随之"失重",失去了再生的力量源泉。而关于延安文学价值的探讨又致使延安文学研究缺乏了开阔的视野,将思维局限到狭小的一隅。当政治和文学两种价值标准的争论失去吸引力,延安文学研究也随之难以突围,难以有一个新的学术兴奋点取而代之,研究工作便落于冷寂。

二 延安文学在现代文学中的学术价值何在?

其实,从20世纪90年代开始,已经有很多学者开始脱离了这两种思维方式,从更广阔的视野看待、研究延安文学,延安文学研究呈现理性化、多元化的七个趋势:其一,从地域文学的角度认识延安文学内部一些作家、流派的成因。湖南教育出版社90年代初组织出版"20世纪中国文学与区域文学丛书",其中朱晓进的《"山药蛋派"与三晋文化》、李继凯的《秦地小说与"三秦文化"》、逄增玉的《黑土地文化与东北作家群》,都涉及延安文学的作家作品。其二,从接受美学的角度研究延安文学的某些流派和文学样式[①]。其三,从政治文化、农民文化、知识分子文化——解放区存在的三种文化的关系入手分析解放区文学的流变规律。这种观点在山西大学苏春生教授的专著《解放区文学流派论》中有比较明确的阐释[②]。其四,将延安文学放在世界反法西斯文学中研究。南京大学倪婷婷的论文《战争与新英雄传奇——对延安战争文学的再探讨》中就将解放区的战争英雄传奇置身于世界反法西斯文学的视野当中,批评解放区战争文学缺乏宏大的视角和对战争的理性反思。其五,利用西方理论对解放区文

[①] 相关的论文如:杨矗《"山药蛋派"中国现当代文坛的实践形态的接受美学》,《山西文学》1993年第5期。刘增杰在《静悄悄的进行——论90年代的解放区文学研究》一文专门指出了这种新的研究思路。

[②] 苏春生:《解放区文学流派论》,中国社会科学出版社2000年版。

艺思潮的性质重新做出界定。西南师范大学文艺学教授代迅在《民粹主义与20世纪中国文艺思潮》论文中①，将解放区文艺思潮的性质与俄罗斯民粹主义用比较文学中的"平行"研究的方法做了比较，认为解放区文艺领导人要求知识分子向工农兵学习的做法、延安文学民间化的走向是中国民粹主义的表现。此外，从现代性与文艺思潮关系的角度，厦门大学杨春时将中国从30年代开始的革命文学思潮（包括延安文学、十七年文学、"文革"文学）界定为新古典主义。主要观点为，文艺思潮是现代性的产物，西方新古典主义文艺思潮是西方世界要求建立民主国家，文艺与政治妥协的产物，在这种环境下出现的新古典主义思潮的基本特征与中国革命文学有相同之处，以往文学史认为革命文学是现实主义、浪漫主义的界定是对文艺思潮本身的误解②。其六，以具体的史料，恢复延安文学发生、发展的具体语境。代表成果有王培元的著作——作为"二十世纪中国文学与大学文化丛书"之一的《抗战时期的延安鲁艺》③；朱鸿召的著作——作为其主编的"走进延安"丛书之一的《延安文人》④。两书的共同特点是：都归纳整理了大量的一手资料，用描述的口吻，恢复延安文学发生、发展中文学活动的具体场景。其七，研究延安文学制度对创作的影响。《中国现代文学研究丛刊》2001年第1期发表北京大学博士孙晓忠的论文《抗战时期的集体创作》⑤，该文虽然不是主要针对延安文学，但其中涉及解放区集体创作对整个文学创作的影响。同在《中国现代文学研究丛刊》，2002年第四期发表西北师范大学郭国昌的论文《文艺奖金与解放区的文学大众化思潮》⑥，通过对解放区文艺奖金设置的研究，反馈出解放区文艺奖金制度

---

① 代迅：《民粹主义与20世纪中国文艺思潮》，《学习与探索》2003年第6期。
② 杨春时：《现代民族国家与中国新古典主义》，《文艺理论研究》2004年第3期。
③ 王培元：《抗战时期的延安鲁艺》，广西师范大学出版社1999年版。
④ 朱鸿召：《延安文人》，广东人民出版社2001年版。
⑤ 孙晓忠：《抗战时期的集体创作》，《中国现代文学研究丛刊》2001年第1期。
⑥ 郭国昌：《文艺奖金与解放区的文学大众化思潮》，《中国现代文学研究丛刊》2002年第4期。

对文艺大众化的导引作用。应该说，20世纪90年代以来，延安文学研究从视角上有了较大的开拓，出现的成果也不能不谓之丰硕，但这并不意味着延安文学研究走向繁盛。这主要表现有三：其一，延安文学研究的很多新视角只是零星的论文，没有形成规模、持续的论文或著作，也没有引起研究界的广泛关注，譬如将延安文学放在世界反法西斯文学的视野中研究；延安文学制度的研究，均只出现了一两篇论文，既不见其他研究者参与其中，也不见作者的后续文章。这些视角是否能得到深入的开掘，尚待时间的考验。其二，很多视角的出现并不是在延安文学研究的内部产生，而是对延安文学的涉及。譬如很多用西方文学理论对解放区文艺性质的重新界定，并不是专门针对延安文学，产生的成果只能算是旁敲侧击。其三，90年代出现的新视角，文学研究界对此的关注普遍不够，只有部分著作引起了学术界的回应，大部分研究成果只是昙花一现，从而对80年代以来的延安文学认知格局并未产生强烈的冲击。而且，90年代出现的一些新的研究视角，有的没有得到实质性的开拓，有的并不构成延安文学研究的中心问题，有的成果本身还值得商榷。譬如，将延安战争文学放在世界反法西斯文学的大视野中进行研究，的确是延安文学研究一个具有开拓性的方向，但如何比较出新意并不是一个简单的问题。中国抗战期间的战争文学与西方反法西斯文学相比，缺少了理性、反战的超越性因素，没有出现能与《静静的顿河》《西线无战事》等比肩的战争文学巨制，个中原因十分复杂，深入开掘可以发现中西战争文化的巨大差异。仅仅看到延安战争文学与西方反法西斯文学的思想差距，却没有将这个论题深入下去。从地域文学和接受美学的角度研究延安文学本身带有很大的局限性，地域文化和接受美学对于延安文学的影响是有限度的。地域文化只是有限地影响到延安文学的部分作家；接受美学也只能用来分析如戏剧等部分文学样式，这两个视角对延安文学研究都不能产生整体的推动。而用西方理论对延安文学性质的重新界定，如认为延安文学思潮是民粹主义、新古典主义的说法，本身就值得商榷。这些情况说明：90年代以来，学术界对延安文学研究的重视依然不足，对延安文学研究在现代文学中的学术价值还没有一个充分理性、清晰的认识。

在21世纪，我们依然有必要重新探询延安文学的学术价值！

现代文学研究中，所谓的学术价值，笔者认为主要包括三个方面：其一，文学艺术价值——作家、作品相对于过去的文学创作在艺术技巧上具有开拓性，或者集前人创造大成，达到了一个艺术的高峰，如鲁迅的小说、郭沫若的《女神》、曹禺的戏剧等。其二，文学思想价值——作家、作品对社会的认识深刻程度超过了前人，启发了读者对社会认识的视角，如鲁迅的小说、杂文，周作人的文论等。其三，文学史价值——这类作家、作品可能在艺术和思想上都不算"高峰"，但它们对于文学史的发展起到铺垫的作用；对文学史艺术、思想的丰富性有不可或缺的补充作用。譬如胡适的新诗创作，文学史中二三流作家的创作，以及现在兴起的文学版本、杂志研究等。延安文学研究的学术价值不在第一类。虽然延安文学形成了自己独特的审美模式，但从整个文学史看，延安文学没有出现艺术上的鸿篇巨制。我们经常谈到延安文学中赵树理、孙犁、丁玲、刘白羽的小说成就，谈到《腊月二十一》《在医院中》等小说的思想丰富性，但这些所谓的成就和丰富，只是在延安文学整体艺术羸弱的背景下凸现出来的成就和丰富，并不具有文学史的普遍性。延安文学真正的学术价值是体现在第二类和第三类上。在思想上，延安文学思潮中出现了对中国现代文学产生巨大影响的毛泽东的《在延安文艺座谈会上的讲话》，也出现了王实味的《野百合花》，虽然它们不能和鲁迅思想、"五四"启蒙思想一样成为现代文化建设的思想武库，能直接为当前文化建设提供可咨的意见，但它为我们反思整个20世纪中国思想文化提供了新的可触的平台。毛泽东文艺思想的出现需要一个过程，它被文化工作者接受也有一个过程。这个过程中，政治的权威作用不能小视，但毛泽东文艺思想出现并被接受在中国现代文化中的必然性同样不可忽视。这就是延安文学在现代文学史中的思想价值。而就现代文学史中的价值而言，延安文学上接"五四"新文学，下启新中国文学，对中国现代文学走向产生了重大的影响是不争的事实。延安文学在解放区特殊的政治体制下，在民族战争、解放战争的大背景下，如何处理政治与文学的关系，如何建立一套文学制度，并催生出一套新的话语系统、新的审美系统，并如何或明或暗地传承到当前的社会文化当中，不仅是极具价值的研究课题，更是迫在眉睫的研究话题。这正是延安文学的文学史价值，即延安文学的政治性。

三　政治文化与 21 世纪延安文学研究的深化可能

这里谈到的政治文化，不是继续在中华人民共和国成立初期对延安文学如何促进中国革命、建设的政治阐释，也不是如同 80 年代后出现的对延安文学意识形态色彩浓厚的单纯批判，而是走出对延安文学价值批判的唯一视角，用更开阔的视野，返回延安文学的具体语境，探询延安文学中的文学理论、文学审美如何在政治影响下发生、发展。这里所说的政治和以前延安文学研究对政治的理解的最大区别是：放弃价值的批判，不再将政治性作为延安文学成、败的准则，而是将它视作延安文学发生、发展中的诸多因素之一——而这个因素无疑是最重要的一个因素。

在延安文学的发生、发展中有很多可以影响其文学走向的因素，如"五四"新文学传统、战争、地域文化等，但对延安文学产生最大影响的无疑是政治因素。政治决定了解放区社会对文学的基本定位。新文学史上，一代知识分子对文学的理解直接决定了一个时期文学的面貌。解放区社会对文学的定位延续了苏区时期对文学的理解。苏区建立之初，基本没有任何严格意义的文学活动，但在实际的宣传工作中，一些宣传队采用了山歌、民谣和化装宣传等文艺的形式，并取得良好的效果。这使得文艺活动开始在苏区宣传队中得到重视，开始有意识地收集民歌、民谣，排练简单的话剧，将之与当前的宣传任务结合起来，苏区文学活动在此时才算真正地开展起来。可见，苏区对文艺的重视是因为政治的需要，这也决定了文艺在苏区、解放区作为政治工具的依附地位。毛泽东在延安后来多次谈到对文艺的看法，都延续了这一思路，并成为其著名的《延安文艺座谈会上讲话》的思想基础。

政治决定了延安文学制度的建构，也加强了政治对文学的干预功能。延安文学之所以能对中华人民共和国乃至当今的文学、文化产生如此深远的影响，关键在于其建构的文学、文化制度在当今的延续。延安文学排除了"五四"以来的"同人"文学社团惯例，建立了官员式的文学社团制度。譬如在延安产生的第一个文学社团——陕甘宁边区文化界救亡协会，其成立过程中，毛泽东、洛甫、周扬等边区领导人都直接参与其中，使这个协会成了领导延安文艺活动的行政机构。即使有很多自由结社的社团，如战歌社、山脉诗社等都与延安大的文学机构保持紧密联系，并有义务接受边区文艺政策的号召，个体性和独特性并不明显。延安文学建立了一套自己的报刊制度。延安的文学刊物基本上在党的文艺领导人控制之下，整风以后更是如此，这也很好地控制了延安文学的创作走向。此外，延安的奖金制度、延安的文学批评制度、延安的创作运动、集体创作等，都对后来延安文学的发展起到了重大的干预作用，促进了延安文学理论与审美的形成。

政治干预了解放区审美系统的建立。延安文学形成的明朗、乐观的审美风格；表现出的狂热的英雄崇拜和暴力追逐；形成的"革命现实主义和革命浪漫主义两结合"创作手法，以及对传统文学审美的吸取等，都与解放区的政治需要有极大的关联。解放区的政治策略直接影响到这些延安文学的审美习惯。

政治还影响到延安文学的基本主题。延安文学中出现的农民翻身主题、民族战争主题、统一战线主题等占延安文学创作主题的绝大数量,都可以与共产党的人民战争、统一战线等政治政策相对应。

综上所述,政治因素伴生在延安文学的生长过程中,对延安文学的发生、发展产生重大的影响。但政治的因素如何渗透进文学,又以怎样的面貌表现出来,并没有得到学术界的足够重视。我们看到了政治对延安文学的显性影响,但对于间接或深层的影响并没有充分的开掘。譬如延安文学中出现的英雄人物,他们代表了延安社会文化的道德标准和审美标准,具有美学上的崇高感,体现了解放区政治、文化的导向。但我们同时发现,延安文学表现英雄的革命英雄传奇,采用的革命浪漫主义写作手法在某种程度上又消解了英雄的崇高感,将英雄解构为凡人。这种矛盾的现象,有研究者认为是解放区作家把握住现实的结果,但实际并没有那么简单。从解放区整个的政治需要出发,解放区的英雄人物一方面要表现出崇高的革命气节,体现出英雄人物的崇高感,以教育边区群众;另一方面,解放区又需要边区的群众参与残酷的革命斗争,所以又要体现出英雄人物的平凡性。这才是这种矛盾形象出现的深层原因。要充分认识这些现象,对延安文学作品进行重新解读,并认识到出现的深层原因,就需要从延安文学发生的具体语境入手,悉心体味政治渗透进文学中的过程。这样,延安文学还可以为我们提供足够的阐释空间。

我们期待着延安文学研究又一个春天的来临。

周维东

《在延安文艺座谈会上的讲话》的接受史研究

一 广泛而深入的学习期（1942—1948年）

毛泽东《在延安文艺座谈会上的讲话》（以下简称《讲话》）公开发表之后，学习之风日盛，不仅有党的文件指示，而且与整风运动结合在一起。在解放区，"文艺为工农兵服务"与整风运动中的反对主观主义以整顿学风，反对宗派主义以整顿党风，反对主观主义以整顿文风的要求十分合拍，特别是普及与提高、世界观改造与情感转变等问题，让《讲话》的学习一下子成为整风运动的一个重要环节。

客观上看，发端于"五四"的新文学虽然取得了很大成绩，但是，"大众化"与"化大众"的关系问题始终没有得到解决，新文学尚局限在知识分子和学生当中，不能为工农大众所接受。主观上看，知识分子在投身革命后，不可避免地会把一些小资产阶级习性带入党内。为此，毛泽东指出，延安文艺界"还有很多唯心论、洋教条、空想、空谈、轻视实践、脱离群众等等缺点，需要一个切实的严肃的整风运动"。《讲话》是在整风运动向纵深发展阶段作的，适逢王实味杂文风波发生，《讲话》学习就顺理成章地和整风运动结合在一起。关于整风运动对《讲话》学习的促进作用，凯丰曾说："广大文艺工作者经过文艺座谈会，在思想上的确得了许多东西，尤其是毛主席对文艺运动的指示。但是如果没有整风运动，文艺座谈会的方针是不能深刻了解的，思想上的进步是没有今天这样大的。"①

整风运动中，结合《讲话》的学习，文艺工作者纷纷表示从自身做起，转变世界观和立场。1942年11月，严辰在《关于诗歌大众化》一文中说，诗歌要做到大众化，为工农兵服务，诗人首先要"被大众所化，融合在大众中间，成为大众的一员。不只懂得大众的生活习惯，熟知大众的语言，更要周身浸透大众的情绪、情感、思想，以他们的悲痛为悲痛，以他们的欢乐为欢乐，以他们的呼吸为呼吸，以他们的希望为希望"②。在《秧歌剧的形式》一文中，艾青也表达了相同的意见，"延安出现的秧歌剧体现了毛主席的文艺方向——和群众结合，内容表现群众的生活和斗争，形式为群众所熟悉所欢迎。它歌颂人民，歌颂劳动，歌颂革命战争，工农兵成了剧中的主角"③。知识分子与工农兵相结合，不仅能够实现文艺的大众化，而且作家自己也在结合的过程获得了"新生"。

谈及文艺大众化，自然离不开普及与提高的关系问题。从"五四"新文学到延安文学"化大众"与"大众化"的纠缠一刻也没有消停过。《讲话》发表之前，解放区文艺界一度强调提高，忽视普及，为此，周扬在整风运动中检讨说："片面提倡'专门化'与'正规化'是个错误的提高方针。从解放区的文化工作来看，普及是第一位的工作，一方面，普及提高了老百姓的文化程度，欣赏能力和趣味，使他们能够逐渐接受较高级的艺术；另一方面，普及也使原来以知识分子为主的艺术，在工农大众的方向和基础上逐渐得以改造和提高。"④ 怎样才算普及呢？林默涵说："真正的普及应该从人民的生活出发，反映人民的生活、斗争和要求，要站在人民的思想立场上来表现人民，为人民而斗争，要用人民的语言真实地写出人

---

① 凯丰：《关于文艺工作者下乡的问题》，《解放日报》1943年3月28日。
② 严辰：《关于诗歌大众化》，《解放日报》1942年11月1日。
③ 艾青：《秧歌剧的形式》，《解放日报》1942年6月28日。
④ 周扬：《艺术教育的改造问题》，《解放日报》1942年9月9日。

民的思想与感情,这样才会使人民觉得喜闻乐见。解放区的老百姓对于秧歌剧的欢迎,就是一个极好的例证。"①胡蛮在总结解放区的美术运动经验时,认为普及与提高的关系说到底是个群众观点问题,单纯就普及与提高关系来讨论,是无法正确解决的,《讲话》正是从彻底的群众观点出发,强调文艺为工农兵服务,才摆正两者关系,这在"艺术思想史上是一个划时代的转变"。②

1944年7月,延安出版了周扬编辑的《马克思主义与文艺》一书,首次把毛泽东的《讲话》与马、恩、列、斯的文艺理论相提并论,周扬在"序言"中指出:"他们的意见虽是在不同的历史情况之下,针对不同具体问题而发的,但是他们中间却贯串着立场方法上的完全一致:最科学的历史观点与无产阶级的革命精神之结合。"《讲话》既是这本书的选编纲领,又是它的重要内容。"它最正确、最深刻、最完全地从根本上解决了文艺为群众与如何为群众的问题,它把列宁的原则具体化了,丰富了它的内容,使它得到了辉煌的发展。"③周扬的评价不仅是个人的认识,也代表了整风学习之后文艺工作者的集体认识。从此,工农兵方向便成为新中国文艺的"主旋律"。

二 激进而曲折的阐释期(1949—1976年)

1949年10月1日,中国历史掀开了新的一页,中华人民共和国的成立使毛泽东思想获得了前所未有的威信,"全国人民的思想已经跟毛泽东思想融合了"④。作为毛泽东思想之一部分,《讲话》就理所当然地成为新中国文艺的指导思想。事实上,早在中华人民共和国成立前的1949年7月

---

① 林默涵:《略论文艺大众化》,《大众文艺丛刊》1948年第2期。
② 胡蛮:《抗战八年来解放区的美术运动》,《解放日报》1946年6月19日。
③ 周扬:《马克思主义与文艺》,作家出版社1984年版,第2页。
④ 叶圣陶:《叶圣陶集》第6卷,江苏教育出版社2004年版,第321页。

2—19日，在北平举行的第一次中华全国文学艺术工作者代表大会上，周扬就以坚定不移的口吻说："毛主席的《在延安文艺座谈会上的讲话》规定了新中国的文艺的方向，解放区文艺工作者坚决地实践了这个方向，并以自己的全部经验证明了这个方向的完全正确，深信除此之外再没有第二个方向了，倘有，那就是错误的方向。"①

从第一次全国文代会开始，宣传、学习《讲话》就成为文艺界的一种经常行为，除了与作家的世界观改造一起进行，还与历次文艺批判运动纠结在一起。所以，从中华人民共和国成立到"文革"结束，《讲话》学习在正常的宣传、纪念之外，经常被歪曲和借用，以致沦为"批判的工具"，走了一条不断"左倾"的曲折道路。且不说"文化大革命"，即使"十七年文学"也打有鲜明的阶级斗争烙印。

1952年5月23日，为了纪念《讲话》发表十周年，《人民日报》《解放日报》分别发表社论《继续为毛泽东同志所提出的文艺方向而斗争》《为贯彻毛泽东文艺方向而斗争》。接着，全国各地主要报刊都配发了大量的纪念文章，掀起了一股学习《讲话》的热潮，如郭沫若的《在毛泽东旗帜下长远做一名文化尖兵》（《人民日报》1952年5月23日）、茅盾的《认真改造思想，坚决面向工农兵》（《人民日报》1952年5月23日）、赵树理的《决心到群众中去》、丁玲的《要为人民服务得更好》（《光明日报》1952年5月24日）、周扬的《毛泽东同志〈讲话〉发表十周年》（《人民日报》1952年5月26日）、康濯的《还在学习的路上》发表于《人民文学》1952年第6期、柳青的《和人民一道前进》（《人民文学》1952年第6期）……这些文章基本上都是一个口径，认识《讲话》的历史意义和现实价值，赞扬《讲话》解决了普及与提高、歌颂与暴露等关系问题，把新文艺推进到了一个新阶段——继"五四"之后的第二次更伟大、

---

① 周扬：《新的人民的文艺》，《中华全国文学艺术工作者代表大会文集》，新华书店1950年版，第10页。

更深刻的文学革命。同时，作者还一再表示，要自觉对照《讲话》的工农兵方向，克服小资产阶级思想，把文艺创作和社会革命结合起来。丁玲和柳青的文章比较具有代表性。丁玲说："十年前，毛泽东同志曾经为我们的文艺工作和文艺创作，指出了一条明确的道路，马克思、列宁主义的道路，解决了文学艺术上的长远的根本问题和当前的实际问题。许多自以为无产阶级化的人，许多靠近革命的和对革命怀疑的人，都从这个讲话中认识到自己的某些糊涂观念、某些立场不稳和党性不纯的阴暗思想。"柳青说："文学艺术，作为整个人民事业的一部分，非常庆幸和非常适时地以毛泽东同志'在延安文艺座谈会上的讲话'开始，进入了新的历史的阶段。许多文艺工作者，包括我自己，正是有了毛泽东同志指示的文艺方向，这十年里才能够追随着时代，在一定程度上参加了和反映了伟大的社会变革。"从这一时期开始，作家、艺术家的思想意识中已经开始把《讲话》神圣化了，对照《讲话》做批评与自我批评。

1956年5月2日，毛泽东在最高国务会议上宣布急风暴雨式的阶级斗争已经不再是国内的主要斗争形式，提出繁荣和发展社会主义文艺的"百花齐放，百家争鸣"方针，这不仅促进了《讲话》的贯彻，也给宣传和阐释带来了民主气氛。"双百"方针提出后，文艺界确实出现了空前活跃的局面，掀起了一次《讲话》研究的高潮。先是《人民文学》第5期发表一组文章茅盾的《在已有的基础上继续努力》、王瑶的《毛泽东"讲话"在现代文学史上的重大意义》、樵渔的《从文艺统一战线看"百花齐放，百家争鸣"》，接着是《文艺报》第7号发表周立波的《纪念、回顾和展望——纪念"讲话"十五周年》、朱光潜的《读延安文艺座谈会上的讲话的一些体会》，一致认为《讲话》是马克思主义文艺史上的杰作，指明了社会主义文学的方向。

1962年5月23日，《讲话》发表20周年，《人民日报》发表社论《为最广大的人民群众服务》，社论指出，"在人民取得政权以前，文学艺术主要是鼓舞人民进行推翻反动统治的斗争；今天，人民已经成为国家的主人，正在社会主义建设的各条战线上紧张地劳动着，他们除了需要从文艺作品中继续得到革命的教育和战斗的鼓励之外，同时又需要多种多样的文艺作品和艺术活动来丰富他们的精神生活，满足他们的艺术欣赏的要求。群众需要的多样性，生活本身的多样性，决定了文学艺术的多样性"。社论向一切文艺部门的党的领导者呼吁，发扬民主，尊重文艺规律，为形成文艺创作上的"自由竞赛"局面创造条件。社论还把文艺的服务对象确定为"各民族的工人、农民、知识分子及其他劳动人民，各民主党派和民主人士，爱国的民族资产阶级分子，爱国侨胞和其他一切爱国人士"所结成的"人民民主统一战线"。联系1956年8月24日，毛泽东会见中国音乐家协会的负责同志时的谈话，以及1962年8月召开的"大连会议"，此一时期的《讲话》学习克服了前期的教条主义倾向和机械唯物论倾向，跳出思想批判、政治运动的局限，开始以一种发展的、艺术的眼光来认识《讲话》。例如，何其芳写于1961年的《毛泽东文艺思想是中国革命文艺运动的指南》，在强调文艺为现实斗争服务的同时，也阐述了艺术之于现实斗争的特殊性[1]。蒋孔阳在《略论生活美与艺术美的关系》一文中，既坚持了生活源泉论，又指出了文艺的自身规律——艺术美不等同于生活美，它比生活美更高、更典型[2]。但是，好景不长，随着1963年、1964年毛泽东关于文学艺术的两个批示的出台，刚刚兴起的"求是"学风就此戛然而止。

总的来看，从1952年至1962年前后，《讲话》的学习呈现以下三个特点：其一，经历了中华人民共和国成立之初的狂热，作家们开始领会《讲话》的"为工农兵服务""为政治服务"思想，歌颂新生活，塑造新人物，创作了一大批优秀的文学作品，如《红旗谱》《创业史》《青春之

---

[1] 何其芳：《毛泽东文艺思想是中国革命文艺运动的指南》，《文学评论》1961年第3期。
[2] 蒋孔阳：《略论生活美与艺术美的关系》，《学术月刊》1962年第5期。

歌》《林海雪原》《红日》《红岩》。这段时间堪称"十七年"文学的丰收期，也可以视为《讲话》的实践期。其二，由单纯的"学习和领会"过渡到"丰富和发展"。此一时期，在各种纪念文章中，尽管理论上的教条主义和机械主义导致文学创作上出现公式化、概念化倾向，把文艺为政治服务狭隘化为具体政策服务，但在"双百"方针推动下，《讲话》研究还是取得了突破性进展。例如，文艺服务对象由"工农兵"扩展到"各民族的工人、农民、知识分子及其他劳动人民，各民主党派和民主人士，爱国的民族资产阶级分子，爱国侨胞和其他一切爱国人士"所结成的"人民民主统一战线"。其三，经过1951年电影《武训传》批判，1954年的俞平伯、胡适的《红楼梦》批判、1955年的胡风反革命批判、1957年的"反右"运动，《讲话》的歪曲、缺位之风日盛，政治话语的"暴力性"严重挤压了文艺批评的"审美性"。

1962年9月，毛泽东在党的八届十中全会上提出"千万不要忘记阶级斗争"，同时还说"利用小说进行反党是一大发明，凡是要推翻一个政权，总是先造舆论，总要先做意识形态方面的工作。革命的阶级是这样，反革命的阶级也是这样"。1963年年初，张春桥、姚文元等人提出"写十三年"认为中华人民共和国成立后的13年才算是社会主义文艺；江青也插手文艺，组织文章《"有鬼无害"论》，批判昆曲《李慧娘》是厉鬼"向共产主义复仇"。1966年4月，《林彪同志委托江青同志召开的部队文艺工作者座谈会纪要》（以下简称《纪要》）全面否定中华人民共和国成立后十七年文艺的成就，认为其间贯穿着一条与毛泽东思想相对立的反党反社会主义黑线，实施着资产阶级对无产阶级的专政。《纪要》还罗列了所谓的"黑八论"即"写真实论""现实主义广阔的道路论""现实主义深化论""中间人物论""反题材决定论""反火药味论""时代精神汇合论""离经叛道论"。如此，以塑造当代革命英雄为"根本任务"，以图解政治、政策为"自觉追求"文艺理论，不仅背离了文艺的自身规律，而且歪曲了

《讲话》精神，使其无端地背上了"工具论"罪名。

三 反思与多元的争议期（1977—1989 年）

"文革"结束后，中国社会经历了一个拨乱反正的时期，《讲话》研究也是如此。1977 年《红旗》第 6 期发表文化部理论组的文章《高举毛泽东文艺思想的伟大旗帜胜利前进——学习〈在延安文艺座谈会上的讲话〉》，5 月 21 日《文汇报》发表黄霖的文章《永远坚持文艺的工农兵方向——批判"四人帮"反对〈在延安文艺座谈会上的讲话〉的罪恶行径》，5 月 23 日《解放军报》发表杨志杰、朱兵的文章《把"四人帮"弄颠倒的文艺方向扭过来——学习毛主席〈在延安文艺座谈会上的讲话〉》，6 月 11 日《人民日报》发表胡可的文章《认真学〈讲话〉，狠批"四人帮"》……这些文章一方面揭批"四人帮"在文艺战线的罪行，另一方面恢复《讲话》的本来面目，起到了"拨乱反正"作用。从严格意义上说，上述文章还停留在"伤痕"的揭示和控诉上，《讲话》的进一步研究还没有展开。

1979 年 10 月 30 日，《在中国文学艺术工作者第四次代表大会上的祝词》（以下简称《祝词》）的发表，是对《讲话》的一次突破性丰富与发展。在谈到政治与文艺的关系、党的领导与艺术家的关系时候，邓小平说："党对文艺工作的领导，不是发号施令，不是要求文学艺术从属于临时的、具体的、直接的政治任务，而是根据文学艺术的特征和发展规律，帮助文艺工作者获得条件来不断繁荣文学艺术事业。"[①] 在坚持"文艺为人民服务"的大方向的同时，邓小平表示不赞成使用"文艺为政治服务"这一提法。根据他的意见，1980 年 7 月 26 日《人民日报》发表社论，明确提出"文艺为人民服务，为社会主义服务"观点，取代《讲话》中的"文艺为工农兵服务，为政治服务"口号。

---

① 《邓小平文选》第二卷，人民出版社 1994 年版，第 212 页。

在《讲话》的接受史上，《祝词》的发表是一个重要的转折点，它不仅为新时期文学的繁荣提供了理论支持，而且发展了《讲话》的人民本位思想。1982年5月23日，在纪念《讲话》发表40周年之际，全国各界报刊发表了数以千计的学习、研究毛泽东文艺思想的理论文章，《人民日报》评论员文章《坚持和发展毛泽东文艺思想》（《人民日报》1982年5月23日），丁振海、李准的《"为人民大众的根本原则"也是文艺批评的根本标准》（《光明日报》1982年5月26日），周扬的《一要坚持，二要发展》（《人民日报》1982年6月23日），何西来、杜书瀛的《坚持毛泽东同志的文艺思想的科学原则》（《文学评论》1982年第3期），林默涵的《坚持真理，修正错误》（《文艺研究》1983年第2期）等文章，除了反思"文革"期间对《讲话》的歪曲和篡改，"坚持真理"与"修正错误"的研究路径一改"文革"期间的"神化"色彩。

1982年5月，中国文联和中国社会科学院文学研究所在北京联合召开了毛泽东文艺思想的讨论会，周扬做了《一要坚持，二要发展》的发言。他指出，我们学习《讲话》，"不要把毛泽东文艺思想与整个毛泽东思想割裂，不要把毛泽东文艺思想同我国几千年来的文化传统与'五四'文学革命传统割裂，要在发展中坚持毛泽东的文艺思想"。"坚持不等于原封不动，一切照搬，那样，就变成'句句是真理'了。我们讲的坚持，是在发展中坚持。"① 这表明，周扬在新时期对《讲话》的认识与研究已经达到了一个比较科学的阶段。

反思"文艺从属于政治""文艺为政治服务"是新时期《讲话》研究的一个重大突破。在《坚持真理，修正错误》一文中，林默涵说："文艺为政治服务的口号，曾经指引革命文艺工作者同种种脱离政治的倾向做斗争，紧密地为无产阶级的革命斗争服务，在历史上起过巨大的积极作用。但在实践过程中，这个口号确实产生了使文艺的功用狭隘化和对文艺的领

---

① 周扬：《一要坚持，二要发展》，《人民日报》1982年5月20日。

导简单化等等毛病。"① 认识《讲话》"文艺为政治服务"的局限性，并不意味着文艺可以脱离政治。事实上，《讲话》中"文艺为政治服务"仅仅是一个方向性的提法，要求作家和艺术家从全局出发，对社会发展趋势和革命的总体任务加以艺术地描绘，而不是要作家做图解政治方针和政策的应声虫。中华人民共和国成立后文艺界出现的概念化倾向，与当时文艺界的极"左"路线有关，而非《讲话》的本意。

四 成熟与拓展的"平稳期"（1990年至今）

进入20世纪90年代，随着"双百"方针的贯彻，《讲话》进入了一个坚持与发展、阐释与批判互生共存的时期，学理性、审美性显著增强，社会学、政治学、文化学、历史学、接受美学等多种视角的运用，不仅深化了人们对《讲话》历史价值的认知，而且丰富了人们对《讲话》文本价值的考察维度。

一方是坚持《讲话》、发展《讲话》，倡导文艺为人民服务，为社会主义服务。面对《讲话》，我们要以一种历史的、逻辑的态度，将其与时代精神结合起来，"社会主义文艺既要多样化，又要有自己的主旋律"，这主旋律就是"充分反映社会主义的时代精神"②。从《讲话》到《祝词》再到"三个代表"，《讲话》不仅没有忘记"主体"和"审美"，而且要求艺术作品能给读者"惊醒"和"感奋"。60年来，社会在发展，时代在进步，当年《讲话》针对的文艺现象许多已经不复存在，但《讲话》精神历久弥新，仍然是"照亮先进文化前进方向的明灯"③。文学史经验证明，"那些经得住时间考验的、被公认为杰出的作品，在思想上、内容上、倾

---

① 林默涵：《坚持真理，修正错误》，《文艺研究》1983年第2期。
② 张炯：《关于探讨社会主义文艺的特征与规律问题》，《文艺理论与批评》1991年第2期。
③ 《照亮先进文化前进方向的明灯》，《中国青年报》2002年5月24日。

向上都是对我们的人民、我们的民族怀有深深的感情,都是与他们同呼吸共命运的,都是反映人民最深刻的心灵呼唤和时代最迫切的前进要求的作品"①。变化的是时代,不变的是精神,是人民的立场,今天,"我们学习《讲话》,弘扬文艺的人民性立场,就是发展先进文化"②。

另一方是批判《讲话》、质疑《讲话》,主张文艺远离政治,回归"人学"与"审美"。李泽厚说:"《讲话》不是从文艺特别不是从审美出发,而完全是从政治需要出发,从当前的军事、政治斗争要求出发","这是站在比文艺本身规律'更高'一层的社会政治角度来谈文艺","强调与工农兵的一致和结合,包括对民间形式以及传统的高度评价,构成了这个'中国化'的有机组成部分,它随着中国革命的胜利而日益巩固化、定型化和偶像化,并一直延续了下来"③。高华通过对整风运动的细致描述,得出结论:《讲话》标志着毛泽东"党文化观"的正式形成。具体来说,"党文化观"包含以下五个核心概念:其一,文艺是政治斗争的工具,文艺的基本方向是"工农兵方向"。"创作自由"是资产阶级的虚伪口号,革命的文艺家应心甘情愿地做革命的"齿轮和螺丝钉"。其二,知识分子必须永远接受"无产阶级"的改造。其三,人道主义、人性论是资产阶级文艺观的集中体现,革命文艺家必须与之坚决斗争和彻底决裂。其四,鲁迅的杂文时代已经过去,严禁暴露革命队伍中的阴暗面。其五,反对从五四新文化运动遗留下的文艺表现形式上的欧化倾向,文艺家是否利用"民族形式"并不仅仅是文艺表现的个别问题,而是属于政治立场和世界观的重大问题。这包括了从创作主体、文艺功能到创作题材和创作形式等文艺学的所有领域,构成了一个严密的"党文化"体系,它把文艺家看作为党的中心工作服务的"战士"④。刘锋杰在"回到《讲话》原典"的名义下,

---

① 《纪念〈讲话〉,开创人民文艺新时代》,《文学评论》2002年第4期。
② 《弘扬〈讲话〉精神,发展先进文化》,《光明日报》2002年5月22日。
③ 李泽厚:《中国思想史》下,安徽文艺出版社1999年版,第903页。
④ 高华:《红太阳是怎样升起来的》,香港中文大学出版社2000年版,第130页。

再一次把文学与革命、文学与政治对立起来，认为"《讲话》是革命对文化及审美的抢婚，在没有提供革命合法性等同于文化合法性的有效说明的情况下，遂将二者强行交配，用革命合法性取代文化合法性，勉强完成了自身的理论生产，这就使它在解释诸多文学现象时，频现话语暴力"。《讲话》的特征可以归结为：非文化性、非艺术性、非现代性，"它既不是一般文艺学的经典，也不是文艺政治学的经典，它是革命的经典"①。高华、刘锋杰的观点代表了近年来《讲话》研究界的一种"质疑"声音，不乏新见，但受极向化思维左右，把文艺与政治的关系做了绝对化解释。

从一定意义上说，争议的存在本身也是对《讲话》历史意义的一种折射，是发展的另一种体现；随着研究视角的扩大和研究领域的拓展，《讲话》的理论价值将会进一步凸显出来。

刘忠

---

① 刘锋杰：《从革命的合法性到文化的合法性——论回到原典的〈讲话〉》，《文艺理论研究》2002年第4期。

延安文学研究的历史与现状

研究对象的变化实际上是研究者兴趣转移导致的,而研究者的兴趣当然又和现实的政治文化语境有着密切的关系。20世纪80年代中国现当代文学研究渐成"显学"和90年代以后"学科危机"的呼喊,作家作品的排资论辈,显进淡出,各个时代的风起云涌显然和背后的政治社会语境转变不可分离。研究者曾经竭力"去政治化",撇清文学与政治的界限。时过境迁,却猛然发现这一努力的虚妄——文学研究自有其知识生产的发展逻辑和意识形态的驱动,悲凉的反省让研究者认识到20世纪中国文学和文学研究与政治始终有着千丝万缕的联系。

延安文学是中国现代文学史上文学与政治关系最为复杂的文学形态,延安文学研究既是一部中国现代文学研究发展的学科史,也是一部呈现中国当代思想界面貌变迁的文化史。因此,深入探寻延安文学研究的历史和现状,无疑成为我们观察中国现当代文学学科发展的一个有效视角。

一 新民主主义革命文化视野下的延安文学

毛泽东的《在延安文艺座谈会上的讲话》发表之后,延安解放区文学被渐渐看作中国新文学的主流和正确的发展方向,也成为当代文学的源头。例如,"解放区的文艺工作者在战争的艰苦环境下,深入工农兵群众,配合政治上和军事上的各种政策,辛勤地、勇敢地进行了创作活动和群众文艺的组织工作；教育了广大人民，并推动了军事和政治上的革命工作的进展。在毛泽东文艺思想的领导下，文学开始走上健康发展的道路了。"①"延安文艺座谈会以后，我国社会主义现实主义的文学艺术，在毛主席的文艺方针的指导下，在'五四'革命传统的基础上，取得了更巨大更辉煌的成就和成绩。"② 沿着《新民主主义论》的理论阐释，中国现代文学（新文学）被看作旧民主主义革命向新民主主义革命文化逐步发展的自然过程，是新民主主义文化具体表现，这一论述成为中华人民共和国成立之后一直到20世纪80年代以前文学史叙述和文学研究的基本思路。③ 整体而言，这一时期的研究者认为延安文学是"五四"新文学持续发展的结果，在《讲话》之后，文艺"工农兵方向"的确立规定了"当代文学"的发展方向和性质内容，现当代文学发展被"看成是一个不断上升扬弃的过程，是不断实现文学与大众、人民结合的过程"④。

以王瑶先生为代表的新民主主义文学史叙述，具有极大的历史贡献，为后来的研究者作了最初的理论准备和实践探索，为中国现代文学学科地位起到了奠基性的作用：从现实的政治立场出发，将延安文学发展的历史描述为中国革命现实发展的对应物，伴随新民主主义政治产生了新民主主义的文化，延安、解放区文学是现实政治文化在文学上的反映。这样的研究范式为当时人们有效理解中国革命和社会合法性提供了依据。以今天的眼光来看，这些研究既是对延安文学的研究和阐释，也逐渐成为延安文学组成的一部分，共同影响和规范了半个多世纪的中国文学。

---

① 《王瑶全集》第4卷，河北教育出版社2000年版，第217页。
② 刘绶松：《中国新文学史初稿》下，作家出版社1956年版，第37页。
③ 相关的文学史著作有：蔡仪：《中国新文学史讲话》，新文艺出版社1952年版；刘绶松：《中国新文学史初稿》下册，作家出版社1956年版；江超中：《解放区文艺概述：1941—1947》，百花文艺出版社1958年版；王瑶：《中国新文学史稿》下册，上海文艺出版社1982年版。
④ 萨支山：《"延安文艺"与"当代文学"》，《中国现代文学丛刊》2003年第3期，第5—6页。

二 "重写文学史"与延安文艺"再解读"

20世纪80年代的研究者对中国现代文学进行了重新梳理、认识和评价,由此形成了"重写文学史"的热潮,其背后是"现代化"观念对文学研究的渗透。中国现代文学发展被看作从古典到现代,逐步汇入世界文学的过程,代表性的研究成果是陈思和、王晓明主持的"重写文学史"专栏以及由黄子平、陈平原、钱理群提出的"二十世纪中国文学"概念和实践。在"新启蒙思潮"观照之下,这一时期的文学研究者大多注重文学作品的"审美性"和"启蒙价值",对延安解放区文学评价不高,多关注丁玲《在医院中》、王实味《野百合花》等以往受到批判的文学作品。刘增杰主编的《中国解放区文学史》(河南大学出版社1988年版)是这一时期解放区文学研究较有分量的一本文学史专著,作者从"文学运动篇"和"文学创作篇"两方面系统论述了解放区文学的文学运动历程,梳理解放区小说、诗歌、戏剧、报告文学和散文、杂文等文学创作的面貌,为延安、解放区文学研究提供大量的原始材料。

总体看来,这一时期的延安文学研究,在对多种文学图景的呈现方面做出了较大贡献,但是由于"重写文学史"的倡导者和参与者反对文学工具论,标举从审美角度重新认识与整合现代中国文学史,主张让现代文学研究回到文学的轨道上去,摆脱文艺创作和文艺研究对政治的依附。"美"在当时也在一定程度上成了一种抵抗和瓦解意识形态话语的手段。"重写文学史"热潮中出现的某些研究成果就会呈现为一种扬此抑彼的二元论式存在,对新民主主义论研究成果进行了颠覆、瓦解,对中国左翼文学发展途中的某些现象缺乏了解和同情,大体上采取了一种轻蔑和否定的态度,很少采用较为复杂化的处理方式。这样,"现代文学研究就难免会从一个极端走向另一个极端,在对文学审美与形式的张扬中又异常显明地遮蔽了中国现代文学与现代中国政治文化之间本来不可分割的广泛联系"①。

20世纪90年代，中国现当代文学研究一个突出的特点就是"现代性"概念的凸显及其在文学研究的阐释实践。正如上文所述，"重写文学史"过程中，在"启蒙"和"现代化"观念描述之下，晚清文学、"五四文学"和80年代文学被有效地纳入一个整体框架中，40—70年代文学则被摒弃了，延安文学也被看作"政治的传声筒"。然而，人为地割裂让中国现当代文学史叙述陷入了无法统合的尴尬境地。进入90年代以后，受到后现代主义、后殖民等思潮的影响，"现代性"这一观念被引入中国现代文学研究当中，极大开拓了研究者的视野，也使"重写文学史"走向了深化。和"现代化"这一线性概念不同，"现代性"内涵更为复杂，研究者们追问中国革命文化是不是一种"现代性"文化，由对中国"现代性"的思考激发了对延安文学为代表的革命文学和文化的"再解读"，引发了轰动一时的"再解读"思潮。这一研究思路集中体现在1993年由唐小兵主编在香港牛津大学出版社初版的《再解读——大众文艺与意识形态》，进而在国内研究者中引起了广泛的反响。②

在唐小兵看来，以延安文艺为代表的中国现代"大众文艺"与西方后现代思潮影响下的文化工业有着复杂而微妙的联系，通过一系列论证，他认为"延安文艺的复杂性正是在于它是一场反现代的现代先锋派文化运动"③。虽然"再解读"提倡者们对"现代""现代性"和"大众文艺"

---

① 袁盛勇：《延安文学及延安文学研究刍议》，《文学评论》2005年第1期。关于对"重写文学史"的清理和反思亦可见贺桂梅：《重读"二十世纪中国文学"》，《当代作家评论》2008年第4期。

② 2007年，《再解读》由北京大学出版社出版增订本。一般认为"再解读"思潮最早出现是1991年李陀在《今天》杂志第3—4期上发表《1985》，指出研究"革命通俗文艺"是把握中国现代史、意识形态生产和当代文学发展全貌的一个重要环节。接着，《今天》杂志"重写文学史"连续发表一系列相关论文：黄子平《文学住院记》（1992年第4期）、孟悦《〈白毛女〉与延安文艺的历史复杂性》（1993年第1期）、李陀《丁玲不简单——毛体制下知识分子在话语生产中的复杂角色》（1993年第1期）、陈思和《民间的沉浮》（1993年第4期）等。

③ 唐小兵：《再解读：大众文艺与意识形态》（增订版），北京大学出版社2007年版，第5—6页。

的理解存在着不小的差异,① 但理论的分歧促使他们深入思考延安文艺的复杂性,由此也产生了一大批影响延安文学和现代文学研究的成果,② 如李陀《丁玲不简单——毛体制下知识分子在话语生产中的复杂角色》、唐小兵《暴力的辩证法——重读〈暴风骤雨〉》、孟悦《〈白毛女〉演变的启示——兼论延安文艺的历史多质性》、刘禾《一场难断的山歌案:民俗学与民族国家文学》以及李扬《抗争宿命之路:社会主义现实主义(1942—1976)研究》、黄子平《灰阑中的"叙述"》等。

"再解读"思潮对延安文艺及中国现代文学研究带来了巨大冲击,打破了旧有的对大众文学、延安文艺的一元式理解,为我们呈现了延安文艺的多种空间,然而,这一研究也有其局限性。正如一位研究者敏锐地指出:与"重写文学史"思潮不同的是,"再解读"主要是要打碎40—70年代的体制化叙述,揭示其中的矛盾和裂隙。至于这一时期的文学(文化)如何建构起这样的历史叙述,在建构过程中经历了怎样的冲突和调整,最终是什么因素导致了这种叙述的"无效",这些问题并未成为"再解读"关注的问题。③

这一时期,还有一类重要研究成果是从文学思潮和文学流派的角度探讨延安解放区的作家作品,解析"地域文化"和延安文学的关系,如朱晓进《"山药蛋派"与三晋文化》(湖南教育出版社 1995 年版),逄增玉《黑土地文化与东北作家群》(湖南教育出版社 1995 年版)等,这类的研究为我们关注延安文学提供了另一种视角,加深了我们对现代作家作品文化地理学的理解,但也存在着自身的问题:一方面对地域文化的过分强调,往往容易得出一些可能是显而易见的结论;另一方面,从研究者的角度讲,

---

① 关于"再解读"倡导者的理论差异和分歧可参见《语言·方法·问题》,载《再解读:大众文艺与意识形态》附录二,第 253—269 页。
② 这方面的代表研究后来大多收录在王晓明主编的《批评空间的开创》,东方出版中心 1998 年版,以及《再解读:大众文艺与意识形态》。
③ 见贺桂梅《"再解读"——文本分析和历史解构》,载《再解读:大众文艺与意识形态》附录三,第 276—277 页。

对地域文化的强调中或多或少隐含了拒绝政治文化的思维,这显然不利于中国现代文学研究的客观性和学术性。

三 "文学"和"政治":重新理解延安文学

90年代后期,尤其是21世纪以来,中国现当代文学研究界对"文学"和"政治"的理解也发生了巨大变化,人们逐步走出了二元对立的观念,注意到文学在审美性上虽然可以远离政治,但也不等于非要脱离政治不可,原因在于现在我们理解的"政治"已经不是单纯的阶级政治或被高度意识形态化的政治。有研究者指出,延安文学"之所以成为中国文学艺术长达40年的主流,是因为它相当程度上克服了20世纪以来中国在文化上面临的诸多复杂矛盾,实现了多种冲突的文化价值之间的整合。这才是革命意识形态能够建立起文化领导权的基础,不承认这一点,把一切都归结为政治,无论如何是幼稚的"[①]。

显然,"中国道路"的思考使得"延安文学在解放区特殊的政治体制下,在民族战争、解放战争的大背景下,如何处理政治与文学的关系,如何建立一套文学制度,并催生出一套新的话语系统、新的审美系统,并如何或明或暗地传承到当前的社会文化当中,不仅是极具价值的研究课题,更是迫在眉睫的研究话题"[②]。知识界掀起了一股思考如何看待中国历史的热潮。

基于现实境遇的呼唤,左翼文学研究,尤其是解放区文学研究在一部分中青年学者当中形成热点。[③] 王富仁指出:"延安文学在中国近现代文艺

[①] 杨劼:《延安文学:深层的面对》,《艺术评论》2008年第10期。
[②] 周维东:《延安文学研究的现状与深化的可能性》,《现代中国文化与文学》2005年第2期。
[③] 21世纪以来,以延安解放区文学为研究对象的博士论文将近20篇,关于这方面的研究论文也明显增多。

史上的作用是不可低估的……对30年代左翼文学和延安文学研究的忽视，给中国现当代文学的研究带来了某些不均衡的现象，在文学观念上也有忽视文学的社会性、革命性，片面强调文学的娱乐性、消费性的偏差。所以，延安文学有重新加以研究的必要。"① 另一方面，现代文学学科经过半个多世纪的发展，逐渐走向成熟，呈现出"知识化"和"历史化"的学科特征。研究者提出"回到原初"，而"召唤回到原初，实际上是提倡文学史批评中的历史意识、实事求是的科学精神"②。在研究过程中，研究者更加重视当时的报刊资料，结合回忆录进行甄别，爬梳材料，以使论述有理有据，力图将延安文学和文化研究重新"复杂化"。21世纪以来的延安文学研究实则是90年代"再解读"思路的继续深化，在打碎原有的一元叙述之后，研究者力图从历史和现实的语境出发，重新考察延安文学形成的原因及其在中国现代文学、思想史上的地位，直面延安文学的复杂性。

这样的思路成为延安文学研究重新出发的起点，也出现了一批新的研究成果。例如，袁盛勇从延安文学的"意识形态化"这一角度切入延安文学研究，指出延安文学观念的现代性是由"民族形式"论争时期的民族—现代性转换为阶级—民族—现代性，进而言之为党—民族—现代性。同时，他认为延安文学复杂性在于"鲁迅传统"在意识形态化的形成中起到了重要的作用，并且指出"后期延安文学中某些审美形态的形成其实包括了一部知识分子的心态变迁史"③。朱鸿召认为一直以来研究者眼中的延安文学其具体内涵并不清晰，他提出了"观念形态的'延安文学传统'"和"实践形态的'延安文学传统'"，而两种"延安文学传统"的分界点在延

---

① 王富仁：《延安文学有重新加以研究的必要》，《学术月刊》2006年第2期。
② 刘增杰：《回到原初：解放区文学的一个问题》，《中国现代文学研究丛刊》1999年第4期。
③ 袁盛勇从"意识形态化"切入延安文学研究，相关的重要论文有：《民族——现代性："民族形式"论争中延安文学观念的现代性呈现》，《文艺理论研究》2005年第4期；《延安时期"鲁迅传统"的形成》（上下），《鲁迅研究月刊》2004年第2、3期；《党的文学：后期延安文学的核心》，《中国现代文学研究丛刊》2005年第3期；《延安文学及延安文学研究刍议》，《文学评论》2005年第1期；《延安文学观念中的文学与政治》，《文艺争鸣》2009年第5期。

安整风运动,尤其是审干"抢救"运动,"此前延安文学的创作者们是革命队伍的批判者,此后成了被革命改造的对象;此前他们是中国现代知识分子,此后他们成了革命队伍里的文艺工作者;此前他们游离在军事化体制外,此后他们成了事业单位里的职业作家"①。显然,朱的看法和袁盛勇类似,都注意到延安文学概念本身存在的问题,强调不同历史时期呈现的不同文学形态。从这一视角出发,朱鸿召通过大量的文献爬梳和对当事人的采访,相继出版了《延安文人》(广东人民出版社2001年版)、《延安日常生活中的历史:1937—1947》(广西师范大学出版社2007年版)、《延河边的文人们》(东方出版中心2010年版),主要从知识分子角度论述延安生活、文化对中国文人知识者思想变迁的影响;借以"考察改造、塑造我们几代人精神人格的集体生活规则,探讨制约、规范我们几代人思维言说习惯的集体记忆法则"。他认为"延安十年历史的丰富性、复杂性和当代性,远远超出了'五四'"②。黄科安《延安文学研究:建构新的意识形态和话语体系》(文化艺术出版社2009年版)则认为,延安文学"想象方式和想象内容与'五四'知识者接受西方现代性话语迥然有别……经过整风后的延安文人遵循着毛泽东指示,走一条与工农兵相结合的道路,承担着建构现代民族国家的本土话语体系"③。韩晓芹的《读者的分化与延安文学的转型——延安〈解放日报〉副刊的文学生产与传播》(《东北师范大学学报》2008年第4期)、《延安文人的精神演进——延安〈解放日报〉副刊的文学生产与传播》(《文艺争鸣》2008年第7期),从《解放日报》副刊传播和读者的变化这一报刊研究的角度揭示延安文学的变迁;李书磊《1942:走向民间》(山东教育出版社1998年版)借助编年史的研究方式,

---

① 朱鸿召:《重新厘定延安文学传统》,《学术月刊》2006年第2期。
② 朱鸿召:《延安日常生活中的历史:1937—1947》,广西师范大学出版社2007年版,第2页。
③ 黄科安:《延安文学研究:建构新的意识形态和话语体系》,文化艺术出版社2009年版,第4页。

将延安文学的发展放在1942年这一年中国现代文学整体发展的态势下来论述，呈现了延安文学和文化发展在这一时期的共性和独特性；王培元《抗战期间的延安鲁艺》（广西师范大学出版社1999年版），则是从教育与文化史的角度深入延安文学和文化发展的"肌理"，为我们提供了大量珍贵资料，同时呈现出延安文艺发展的独特性。

另外需要指出的是四五十年代文学转折研究，这方面的研究虽然不完全针对延安文学研究，但延安文学形态显然是文学转折史研究的重要内容。四五十年代文学重新引起人们的兴趣，在于其背后的文学史意义，八九十年代之交的"重写文学史"并没有为中国文学史构建出一套完整的历史叙述，21世纪以来研究者重新梳理40年代文学发展的脉络，建构"文学""政治""文化"的关系，以对中国现当代文学的发展做细致、深入的历史考察，重新描述20世纪中国的文学史。这方面的代表论著有洪子诚《问题与方法》（三联书店2002年版）、贺桂梅《转折的时代：40—50年代作家研究》（山东教育出版社2003年版）、程光炜《文化的转轨："鲁郭茅巴老曹"在中国：1949—1976》（光明日报出版社2004年版）等。

在重新理解现代中国"文学"和"政治"关系的基础之上，延安文学和文化研究取得了一大批重要的成果，同时带来了新的研究思路和问题，这些问题包括：延安文学的形成问题；延安文艺与马克思主义中国化问题；延安知识分子问题；延安文学在中国现当代文学史中的地位问题。这构成了我们继续研究延安文学的问题意识和起点。

在延安文学研究中，一方面我们固然要摒弃80年代以来的文学"审美化"造成的对文学的有意窄化和狭隘的理解，但更加要警惕的则是将这一反面推向极端，即以"政治文化"来统摄一切。文学、文学研究自有其价值和发展的逻辑，如果研究者不能时时加以反思和批判，最终只会画地为牢，陷入歧途。

延安文学作为社会主义文学的起点，其背后的研究价值和意义毋庸置疑，但延安文学的形态和发展极为复杂，其中既有文学自身发展的原因，同时与地缘政治、政党政治以及战争等独特的外部环境有着密切的关系，从这个意义上讲，延安文学研究必然不是封闭的极端化研究，而是跨学科的综合性研究。

毕海

对延安文艺的重新认知

在社会主义中国文化发展历程中,延安文艺具有不可取代的特殊地位和历史价值。20世纪四五十年代之交,随着中国社会与政治格局的重大变化,领导延安文艺界和左翼文学发展中主流派别实现了相当自觉的汇合,以毛泽东文艺思想为理论依据,以延安文艺为理想模式,遵从阶级分析方法,对于20世纪40年代国统区的文艺状况、作家和文学派别作了严格的阶级类型划分。当时,这种划分在北方以《生活报》为中心,在南方以《大众文艺丛刊》为中心,两地互为策动,既对国民党右翼文人及自由主义作家沈从文、朱光潜、梁实秋、萧乾等当作反动文人进行清理,也对左翼中的非主流派及鲁迅派进行了批判。这种类型划分和批判清理,正如有些学者所言,无疑是"实现四五十年代文学的'转折'的基础性工作"①。这表明,20世纪40年代末的中国现代文学正处于被强力重组、命名并因之建构一种文学新秩序的合围态势中。1949年7月,以中华全国文学艺术工作者代表大会在北平(今北京)召开为标志,这种合围性态势取得了绝对性胜利:此前对中国现代文坛进行的类型划分不仅被明确写进会议的报告中,而且在之后国家文化体制建构涉及的领导人员安排中得到了清晰反映。

周扬在第一次文代会上指出:"毛主席的《在延安文艺座谈会上的讲话》规定了新中国的文艺的方向,解放区文艺工作者自觉地坚决地实践了

---

① 洪子诚:《中国当代文学史》,北京大学出版社1999年版,第9页。

这个方向，并以自己的全部经验证明了这个方向的完全正确，深信除此之外再没有第二个方向了，如果有，那就是错误的方向。"① 这表明，延安文艺代表的文艺方向最终被规定为中国当代文学的新方向，延安文艺也终于由一个"党的文艺"和区域性文艺转换为一个正在重新崛起的国家的文艺。显然，延安文艺作为一个国家的文化艺术资源已被行政权力规划好了，在一定历史时期是不以作家意志为转移的。不仅如此，后期延安文艺的发展方向作为唯一正确的方向，显示它不仅是一种资源，而且是一个文艺和文化发展的路标。方向性、路线性的东西在当时毛泽东的文化战略中始终是更具有本体意味的。

当然，公正地说，延安文艺的当代性价值并非仅由其政治性的意识形态价值决定，尽管延安文艺的意识形态价值在一个致力于现代民族国家建构的历史过程中曾起过积极作用，有其历史合理性，但延安文艺在不少艺术层面也有其超越性一面，取得了不少成绩，其艺术实践提供了很多可资借鉴的方面。应该说，这些不同层面结合起来，才决定了延安文艺具有非常复杂的政治、文化和艺术属性。简括地说，延安文艺尤其是后期延安文艺既是非艺术的，又是艺术的；既具有历史性，也具有超越性，因而是一个非常复杂的综合体。所以，在当代和未来中国，延安文艺作为一种非常重要的红色文化资源更值得引起人们进一步关注和思考。延安文艺尤其是其中的新秧歌、秧歌舞等艺术形态曾震撼西北黄土地，席卷大江南北，引起了同情中国革命的外国人的兴趣。据此，在力图重振和构建中国新文艺的今天，作为中国社会主义文化源头之一的延安文艺，理应具有更加广泛、生动和深刻的认识价值与历史人文意义。

自 20 世纪 90 年代尤其是 21 世纪以来，延安文艺研究取得了长足进步，而且相关研究成果已经突破延安文艺本身的限制，对中国现代文学和当代文学的深入认知与研究产生了积极影响。所以，大家可以看到，延安

---

① 《周扬文集》第 1 卷，人民文学出版社 1984 年版，第 513 页。

文艺一度成为一个学术研究热点和前沿性话题，新的延安文艺研究由此而日渐形成和崛起了。在这崛起中，延安文艺的种种复杂性因素得到了不少学者尤其是新生代学者的揭示：有的更多地揭示了延安文艺的体制化；有的更多地关注了延安文艺的民间化；有的对延安文艺蕴含的革命伦理做了较为细致的阐释；有的对延安文艺的艺术、美学观念的演进作了整体性考察；有的对延安文艺的传播和接受做了一番较为全面的梳理；有的对延安文艺发展过程中的一些重大现象比如鲁迅现象做了较为深入的探讨；有的直面延安文艺作品和文体本身，对其做了种种富有历史、人文和美学意味的细读；有的从中国现代文化和意识形态嬗变的角度总体性地探讨了延安文艺的复杂化形成，而延安文人或知识分子可歌可叹的心路历程及其命运也引起了一些研究者的持续关注；有的对延安文艺从媒体、版本角度作了种种梳理和考证。尤为可贵的是，这些成果大多力图从一个新的角度或层面揭示延安文艺，接近或部分地还原延安文艺的历史真相，努力寻求并揭示延安文艺发展过程中呈现出来的本体属性及其复杂性内涵。

其实，在这样一种较为全面而深刻的探求中，作为红色文化之一的延安文艺呈现了其丰富性特征。延安文艺并非一种平面化、同质化的存在，随着历史进程的演进，它的辉煌与暗淡、深刻与肤浅、精致与粗粝并非仅如延河之水，而是更如黄河之水一样奔腾、咆哮，荡气回肠，泥沙俱下，又大浪淘金。21世纪以来的延安文艺研究，无不展现了延安文艺作为重要红色文化资源的深广价值。在对红色文化价值的发掘中，人们对延安文艺及其研究本身的认识都更深入了一步。这些更为深入的认知表现了21世纪以来延安文艺研究的新进展，主要体现在对延安文人、延安文艺观念、延安文艺思潮、延安文艺社团、延安文学制度等方面的探究上。由于篇幅所限，本文主要对前面两个维度的研究做些介绍和说明。

第一，关于延安文人的研究。这方面研究早在20世纪80年代便开始了，至20世纪90年代，更是成为学术界感兴趣的研究话题，艾青、何其芳、丁玲、周立波、周扬以及王实味等人不断成为学术界关注的焦点课题，相关的文人传记均设有专章来写传主在延安时期的特定历程及其心态变迁。黄昌勇的《王实味传》出版后，人们对延安时期的文化人有了更为深入而富有同情之了解。而能把 20 世纪 90 年代这方面的研究全面推进到一个新高度，并在延安文学与文化研究中产生较大影响的，应该说是朱鸿召。他对延安文学、延安文人和延安政治、文化等展开较为系统的研究，他在 1998 年完成了博士论文《兵法社会下的延安文学》，同年上海三联书店出版了由他选编的《王实味文存》，2001 年他又与广东人民出版社合作推出"走进延安丛书"，其中包含了其 1996 年即已完稿的率先研究延安文人的专著《延安文人》。可以说，他把 20 世纪 90 年代人们和他自己对延安文化、延安文人的思考直接带进 21 世纪，并在一个新的历史和文化层面上凸显延安文人这样一个特殊的知识分子群体。朱鸿召善于通过客观叙述的笔调，从延安文人的角度去重构和考量整风运动，力求全面而客观地写出延安文人在那个特定政治文化区域里的歌与哭、笑与泪，力求揭示延安文人精神剧变的历史过程，尤其是精神文化层面由杂多趋向统一的复杂过程。他认为，延安文人主要是由叛逆者、逃亡者和追求者构成的，延安整风运动是一场求得思想、认识统一，精神清洁、作风纯洁的运动。这样，他在研究和历史叙述中便把延安文人与一个重要的历史运动及历史时期紧密关联了起来，呈现出较大的认知价值。他的叙述往往给人一种现场感，力求做到一定程度的历史还原，也能给人带来更多热切的人文思考。

经历整风运动尤其是延安文艺整风之后，延安文人的思想路向和人生走向发生了根本性变化，不少文化人往往前后判若两人。思想或者进行了新的规训和调整，或者进行了全新的转换，丁玲当时所言"脱胎换骨、革面洗心"是也。不带有如此强制性或自觉性的变化，心灵往往会承受莫大的痛苦，诚如 1941 年 8 月 2 日，毛泽东先知先觉地写信规劝桀骜不驯的萧军："要故意地强制地省察自己的弱点，方有出路，方能'安心立命'。否则天天不安心,痛苦甚大。"①此种思想转变在 20 世纪 90 年代以来日渐引起了学术界的关注。吴敏就是在此显现了敏锐而机智的学术观察力和判断力的,在其进行的延安文人研究中,她紧紧抓住了"思想转变"这样一根红线,其实就是点了延安文人不堪言说的心灵之穴。致力于知识分子灵魂或思想改造,是毛泽东时代一个长盛不衰的政治工程和意识形态工程,这是一个值得深入研究并给予反思的重大历史问题。就当代中国而言,思想改造之根在延安,延安时期积累的整风和改造经验直接为中华人民共和国成立后的思想改造运动提供了可资借鉴的资源。所以,对延安文人思想改造和思想转变过程的探讨,有助于我们更深刻、更客观地理解延安,亦可帮助人们理解当代中国曾经发生过的一切,并对延安文学与文化、当代中国文学与文化的历史走向产生更为切实的理解。吴敏对延安文人的研究,注重点面结合,力求把对延安政治——文化的总体性观照和延安文人之个体——如周扬、何其芳、丁玲等——的内在精神脉络结合起来予以理解和探究。人们以往在理解延安文人的思想转变时,大都注重外在环境和时代政治的分析,但对延安文人先在的思想观念和内在的主体性转变机制所谈甚少。吴敏在其研究中显然致力于两者的结合,较为充分地注意到了当时的政治权力话语与小资产阶级知识分子话语之间的冲突,尤其对延安文人之内在一面的分析更为细腻结实,较大程度地体现了刨根究底的学理性特征。这是其独特之处,也是后来者难以回避的。在笔者看来,她对周扬在文学和政治之间的徘徊及其思想突变的研究,以及对何其芳之新社会梦、黏附心理和自卑情绪的探讨,都能给人历史和思想的启迪。

在对延安文人尤其是女性知识分子的探讨中,贺桂梅可谓较为深入地开掘了丁玲。丁玲是现代中国文学史上颇具传奇色彩的一位作家,其经历的大荣大辱迄今令人唏嘘,而其文学创作和心灵历程的丰富性尤其耐人寻味。在中国现代文学史上,20 世纪 40—50 年代是一个转折的时代,"转

---

① 《毛泽东书信选集》,人民出版社 1983 年版,第 174 页。

折"是洪子诚在考察传统意义上的当代文学源头时提出的一个命题,也是其对于20世纪40—50年代文学一体化态势形成之际的一个基本判断。贺桂梅正是在这样一个历史认知框架中考量丁玲和其他文人的。贺桂梅认为,中共文艺政策和延安文艺在其制度化过程中,丁玲和延安新主流话语之间发生的较为激烈的碰撞具有很大的代表性。丁玲在延安文艺整风前表现出鲜明的知识分子批判意识和情绪逻辑,体现了一种较为强烈的"五四"和鲁迅印记,而在其思想中体现的女性意识,又使其与延安新主流话语之间的抵牾包含了一种犀利而明确的性别观念冲突。在冲突与融合、缝合与裂隙之间,丁玲在新的革命话语逻辑中表现了一种别样的烦恼,其间既涉及较为普遍的知识分子角色转换问题,也涉及革命政权中的性别秩序等问题①。贺桂梅研究的可贵之处在于,不仅由此触摸到了丁玲思想及其话语实践的独特性,而且把它上升到了一个更大的历史和理论问题,即延安道路中的性别问题上。在她看来,"延安道路"中蕴含的女性内部的阶级差异、女性运动和中国共产党的工作孰重孰轻的冲突,事实上正是女性主义面对传统马克思主义时发生冲突的普遍问题②。这个判断无疑是正确的,而笔者需补充的是,这样一个普遍化存在的问题是同中国具体的革命实践联系在一起的,有其更具东方人文色调的一面。贺桂梅对延安文人和性别问题的探究,具有明确的问题意识和理论逻辑,显然受到前述"再解读"研究范式的影响,也受到某些欧美研究者的启示,而其话语分析和历史叙述显得较为机智而老练,文风却是质朴而硬朗,仿佛一匹充满智慧的马儿遽然奔跑在思想的地平线上。

不少人以为,当代中国知识分子缺乏一种面向真理和敢于言说真理的诚实与执着,人们在相当长时间里往往生存在一种美丽又虚妄的历史场域

---

① 贺桂梅:《知识分子、女性与革命——从丁玲个案看延安另类实践中的身份政治》,《当代作家评论》2004年第3期。
② 贺桂梅:《"延安道路"中的性别问题——阶级与性别议题的历史思考》,《南开学报》(哲学社会科学版)2006年第6期。

中；这种表征及其心理机制的形成可以追溯到延安时期，尤其是延安文艺整风、审干和抢救运动期间。经历了延安文艺整风之后，延安文人、知识分子同那些饱经风雨的革命干部一道，在葛兰西所谓"有机化"改造与磨合的过程中，其人其文仿佛焕然一新，但其间蕴含的危机也在历史和现实中不绝如缕地表现出来，深刻制约了当代中国文学和文化的创造性发展。这个危机赖以发生的重要心理机制之一就是延安文人和知识分子在延安时期最终形成的"说谎机制"。对于这样一个机制做出合乎历史实际的揭示，应该说是在袁盛勇的论述中完成的。袁盛勇是在研究延安文人的"有机化"过程中发现这一较为普遍的心理机制的。而这一机制的形成又经历了一个在政治、文化与知识分子层面均非常复杂却最终走向卑微化和"有机化"的过程。当然，这里所言"卑微"其实在当时乃是带有更多自觉奉献于革命的自豪和庄严感的。笔者认为，延安文人在延安整风期间经历了一个由真诚逐渐走向"说谎"的心灵变奏过程。历史地看，在当时"说谎"有其不容否认的积极作用。诚然，这或许也是当时知识分子致力于生存诉求而生发的一种本能反应，此种反应在一些制度化的政治—文化机制的规约下，往往会历史性地沉淀为一种特殊的心理—文化机制①。延安文人的命运之所以令人感叹唏嘘，一个重要原因就在于他们成了后来相当长一段时间内中国知识分子的缩影。在这意义上探究延安时期知识分子和延安文人心灵的变迁史，其实就是在触摸并反思这样一个心理—文化机制的形成及其所带来的种种人文后果，也是在触摸并反思我们自己的当下存在，并由此为当代和未来中国文学与文化的创造性发展积累一些正反两方面的经验及教训。

第二，有关延安文艺观念的研究。21世纪以来的延安文艺研究认为，延安文艺的形成机制及其意义结构乃是一个复杂性存在。朱鸿召在《重新厘定延安文学传统》一文中以延安文艺整风为界，指出延安文学有两个传

---

① 袁盛勇：《延安文人的真诚与说谎》，《粤海风》2005年第4期。

统：一是张闻天主政意识形态时期形成的文学传统，即具有实践形态的延安文学传统；；二是以毛泽东《在延安文艺座谈会上的讲话》为核心形成的符合政治目的性的文学传统，即具有观念形态的延安文学传统[①]。这实际上提示了延安文艺观念的某种变迁，延安文艺的丰富性也应得到进一步发掘。其实，在文艺观念变迁上，由于以往对之缺乏一种富有历史和文化意蕴的揭示，有的研究者往往根据毛泽东《在延安文艺座谈会上的讲话》的表层含义，根据延安及各抗日根据地和解放区的工农兵文学思潮之表象，把它理解并界定为"工农兵文学"。这在当时尽管具有较为积极的学术价值和现实意义，但现在看来，它只是道出了部分文学真实，远非主要的和本质的真实。

延安文艺观念由前期演进到后期确乎经历了一个复杂的过程，但归结到一点，乃是从根本上确立了一种基于国家意识形态统治的"党的文艺"观念，这既是毛泽东对列宁主义文化观念的继承，也是一种新的创造。毛泽东认为，党的文学原则不仅适用于党的文艺本身，而且适用于民族文学的发展。党的文艺观念内含的一个重要思想就是文学应该从属或服务于党的政治，后者变化了，文艺的内容和形式也必须发生相应的变化，否则就会发生政治性或意识形态性错误。依此观念则可理解，同样是赵树理，同样是写工农文学和革命现实主义文学，为何前期大受欢迎，后期就步履维艰并饱受批评。对于不少当代作家和文学作品的命运，在相当长的一段时间里均可作如是观。在这方面，李洁非和袁盛勇用力甚勤，开掘较深，他们从不同层面为重新理解延安文学观念尤其是后期延安文学观念的确立做出了较大贡献。

笔者注重从 20 世纪 40 年代民族主义思潮和中国现代左翼文学的发展尤其是延安文艺的内在发展及矛盾，以及毛泽东致力于新的文化建构等方面来理解"党的文艺"观念出场和知识分子思想改造的必要性与必然性，

[①] 朱鸿召：《重新厘定延安文学传统》，《学术月刊》2006 年第 2 期。

并且从这一观念出发，重新对延安文艺观念的总体性构成进行了系统化理解和论述。比如，倘从民族主义角度来看"党的文艺"观念的出场，在延安文艺观念的演变过程中，民族主义是一个贯穿其发展始终的重要因素，但它在前期更多地倾向于一种为国共两党都能接受的较为普泛的民族主义，这在延安文化界倡导的"民族形式"论争中得以充分表现出来，在理论形态上形成了一种较为开放的以民族—现代性为内涵的现代性形式。但发展至后期，民族主义由于阶级论观念和党性观念的切入，便在新的意识形态话语中嬗变为阶级—民族主义，延安文艺观念随之走向了"党的文学"阶段，延安文学观念的现代性也就由"民族形式"论争时期的民族—现代性转换为阶级—民族—现代性，进而言之为党—民族—现代性。这就是毛泽东在《讲话》等经典文献中确立的党的文学观念的现代性内涵①。其实，不论从哪一个层面去理解，毛泽东的《讲话》的深意都是指向党的文艺观而非其他。客观言之，这样一种文艺观念的确立并不影响其他观念有限度的存在，但此种观念在延安文艺整风后乃至整个毛泽东时代都成了一个文艺实践话语指向的中心，这也是不争的客观事实。

　　李洁非对延安文艺观念的重新理解亦是由此开始的，他是通过对毛泽东《讲话》这一经典文献的细读来予以完成的。《讲话》在中国现代文化史上具有一种特殊性质，它是毛泽东著作中为数不多、常被提及并定期纪念的权威性文本，至今仍是国家意识形态的主要资源之一，因之，构成了一种非常特别的"《讲话》现象"。此现象本身即耐人寻味，更值得深入研究。李洁非认为，《讲话》首先是一个从外部引进的体系或者说一个"接受"的符号，而非一种原创思想，因为它的基本话语和理论合法性，主要来自并依托于列宁《党的组织和党的文学》，列宁倡导的文学的党性原则才是《讲话》赖以立足的关键所在。他还着力指出，《讲话》的旨趣主要

---

① 袁盛勇：《"党的文学"：后期延安文学观念的核心》，《中国现代文学研究丛刊》2005 年第 3 期。

在于如何在中国建立起符合马克思主义社会模型的党对文化的领导权,即如何从根本上变革中国传统的文化制度,使其并轨于有明显现代特征和国际背景的马列主义文化模式。这才是《讲话》之"体"和所要达取的"目的"。而为了达到这一目的,首先要排除和颠覆传统知识分子的价值观,瓦解中国自古以来的知识分子文化霸权。在这意义上,所谓"面向工农兵"并非此前倡导的"经"和"体",而是"权"和"用",而"面向工农兵"所能收到的最重要效果乃是"去知识分子化"。毛泽东曾对延安新秧歌运动很感兴趣,与其说是对新秧歌运动本身,毋宁说是对知识分子终于改变了立场和态度。因此,"面向工农兵"主要是一个极其有力的意识形态策略,而非党和国家意识形态本身。正是由于李洁非对《讲话》进行了一种还原和剥离相结合的解读,所以,他才会沿着文学的党性原则和党的文学观念,认为《讲话》不仅催生了中国有史以来最强大的文化领导权,而且在对文学的意识形态化理解和建构方面出现了一种特异的文学形态——"超级文学"。此种文学的核心力量来自文学的组织化和意识形态化,它最终凭借强有力的政权机器远远超出了文学本身,又反过来消解文学于无形[①]。当然,李洁非把这样一种基于国家意识形态和党的文学观建构起来的文学形态命名为"超级文学",其有效性仍须得到检验,但他对"超级文学"包含的一些基本原则的理解,还是非常精当的。

由以上较为简约的评述可知,在当代中国文化的建构上,作为红色文化之一的延安文艺确实值得人们给予不断深入研究。因为它是可以进行多方面认知的。延安文艺之所以能够成为一道永远的风景伫立在历史地平线上,其原因就在于它是一个复杂的结合体,曾发挥的重要历史作用不容否定。在中国现代文学史上,延安文艺是最富有黄土地气息的文艺形态,它在黄土高坡和广大乡村、部队、城市曾经产生的教育和宣传作用,很大部分可以说是置身于一种新的历史时空和文化场域中的启蒙,新的启蒙也包

[①] 李洁非:《〈讲话〉的深层研读》,《粤海风》2004年第1期。

含了对于更为实际与政治化实践的民主和自由的期望。在这方面，不能认为它的作用和内含与五四新文化启蒙不存在一定的关联。延安文艺作为一种重要的当代文化资源，需要人们对它进行历史的还原。而作为历史还原，在积极意义上已经包含了一种适度的反思在其中，未经过理性反思的历史还原只是一种历史和文艺认知上的一厢情愿，历史的人文意义只有在适度而准确的反思性还原中才能得到新的认知和重构。

在笔者看来，作为红色文化之一的延安文艺，其实是包含了"大传统"和"小传统"的。一般人理解和接受的往往是延安文艺亮丽的一面，认为它形成了一种积极面向工农兵和人民并服务于政治的文艺传统，这一传统其实是延安文艺中的大传统。此外，它还包含一个"小传统"，即在主流意识形态价值之外的方面，这也是延安文艺历史和美学形态中值得发掘的重要内容，是一般人所谓积极因素之外的一些较为消极和"小资"的因素。比如，延安文人在文艺整风和审干、抢救运动中经受的一些痛苦乃至因不堪痛苦而走向自杀和"说谎"的场景，这些都可视为较消极的因素。但透过这些因素同文艺形式变革的结合，可以发现，延安文艺中存在着另外一些可能性，即一些引人向上的东西。又如，延安文艺在审美和政治之间存在着一些偏至，现在对此看得比较清楚，但在偏至之中也存在着一些仍未发掘却具有较高历史和美学价值的艺术形态与作品。这些其实同延安文艺较为光鲜的正面或大传统是联结在一起的，在对红色文化考量和传承中，也应有所呈现和揭示。由此，延安文艺作为一种红色文化才可能真正完整地存在，不同的人和不同的文化创造才可能在延安文艺的历史化展示中获得一种不可代替的资源。在某些方面，延安文艺中的小传统更能给人一种残酷而深刻的历史启示。21世纪以来延安文艺研究取得不俗成就的一个重要方面，就在于更为深入地揭示和还原了这样一个历史小传统的存在，这是很难得的。2015年春，笔者应邀去延安鲁迅文化园区参加延安文艺陈列大纲评审会，与会专家都真诚希望纪念馆的展示能真正尊重历史，而不要把延安文艺的历史涂抹得过于亮丽、温馨和浪漫。因为历史就是历史，延安文艺的历史及其美学形态并非毫无缺陷，没有经受心灵磨砺和展示延安文人辛酸的延安文艺史，并非一部真实的延安文艺史。只要真正做到了这一点，延安文艺在当代和未来中国文化的创造性发展中才可能发挥其应有的积极作用，我们对延安文艺的深入认知和理解则可以由此重新出发。

袁盛勇

再论对延安文艺进行重新认知

袁盛勇

21世纪以来,中国延安文艺研究呈现出一种新的学术气象,而这一新气象的出现和渐次形成,显然与20世纪90年代一批学者的研究成果紧密相关①。其实,新的延安文艺与文化研究在很大程度上是这些研究成果的一种接续和强化,只是这一研究在90年代是此起彼伏、若断若续发展的;而到了21世纪,这一研究则成为一种自觉的行为,进而形成了一种良好的学术氛围。可以说,21世纪延安文艺研究取得了一些比较可观的新进展,实际上是经历了一个较长的学术积累和发展的过程、一些内外因素或主客观因素多方面促成的结果。

但从根本上说,21世纪中国延安文艺研究新气象出现的直接原因在于一批新锐学人在学术领域的迅速成长,其中不少人把博士论文的选题敏锐地选定在延安文艺研究领域,而一些学者在开展中国20世纪40年代文学与文化研究时也常常驻足于此。这样,经过十余年的不懈努力,从不同角度、不同层面上均取得了一些新的研究成果,而且内含的创造性品格已引起世人的高度重视,而其对于以往研究成果的超越性努力也愈发值得肯定,新的延安文艺研究由此日渐形成。

当然,逐渐形成的新的延安文艺研究尤其是延安文学研究,并不是一个孤立的话语和学术现象,其研究价值和地位的提升,首先离不开一批富

---

① 刘增杰:《静悄悄地行进——论90年代的解放区文学研究》,《文学评论》2002年第2期。

有前瞻性和历史深度的学术成果的高端化展现。比如在21世纪初，国内一些重要学术期刊先后集中发表了李洁非、袁盛勇、朱鸿召、吴敏等一批富有学术分量的延安文艺研究论文，这些刊物主要有《文学评论》《文艺研究》《文艺理论研究》《中国现代文学研究丛刊》《学术月刊》《文艺争鸣》等；而以延安文艺研究为中心来组织的"专栏"和"笔谈"等，也在一些学术期刊上不断出现。比如，《学术月刊》于2006年组织了题为"反思与重启：延安文学及其研究的当代性"的专题研讨，这个专题由袁盛勇组稿、主持，发表了王富仁、朱鸿召、袁盛勇等所写的三篇论文，其主要观点均在学术界产生了持续影响。尤其是王富仁直率而中肯地提出"延安文学有重新加以研究的必要"，强调一种大的历史视野和当代重估的重要价值。这既是一种21世纪重写文学史的理性呼吁，也是对以前"重写文学史"的一种学术纠偏。《西南民族大学学报（哲学社会科学版）》年轻编辑陈灿平对延安文艺研究颇为关注，他在同袁盛勇商量并经过后者协调，相继邀请李洁非和袁盛勇担任"延安文艺研究"专栏主持人，刊发了两期专门研究论文。《小说评论》《人文杂志》《兰州大学学报（社会科学版）》《延安大学学报（社会科学版）》等也先后刊发了一批关于延安文艺研究的高水平论文。此外，《新华文摘》文艺栏负责人陈汉萍编审，对学术研究动态和趋势一直保持着敏锐而直率的洞察力，重要研究成果经其慧眼予以全文转摘或要点摘录，不少学术观点至今仍在延安文艺研究中发挥着积极影响。所以，延安文艺研究在21世纪以来学术和学科发展整体上的自我提升，也是同这些富有激情与智慧的编辑创造性劳动分不开的。新的延安文艺研究的形成和崛起，也是受惠于一个较为健全而富有生机的社会文化生态的，当然，其真正富有生命力的学术成果又反过来加强了这样一个健全文化生态的不断完善和发展。

笔者在《对延安文艺的重新认知》一文中，曾从延安文人和延安文艺观念两个方面论析了延安文艺研究的新进展①。这里，笔者再从延安文艺的形式变革和延安文艺制度及其形成机制这两个层面取得的研究成果，来谈谈 21 世纪以来人们对延安文艺的一些较新认知。

先谈 21 世纪以来学术界对延安文艺形式变革的深入理解。文艺形式变革在以延安为中心的敌后抗日根据地及后来的解放区，实际上构成了一条重要的文艺发展线索。在延安文人中，不少人对文艺形式变革探索的热情表现出某种耐人寻味的持续性。同时，形式变革在多大程度上提升或推进了中国现代文学的美学品格，这些因素尽管至今仍然受到不少研究者的质疑，但在笔者看来，最重要的还是应当肯定延安文人在形式探索及变革方面体现出来的对于文学和艺术的激情，即使此种热情在延安文艺整风之后，随着创作主体的历史性转化而发生了一些重要的变化，但现代性美学观念在延安文艺的发展过程中，并非如以往一些研究者认定的那样构成了现代性观念的断裂和阻碍。其实，延安文艺是在继承中国古典文艺传统尤其是现代中国文学传统的基础上，既有承续式发展，也有新的变异。而这种变异既是一种时代的要求，尤其是以延安等敌后抗日根据地和后来的解放区为中心的新民主主义政治、经济、文化、社会发展的需求，也是当时国际性的社会变革和观念性要求在民族国家自我独立与解放过程中深刻内化及中国化的一种必然。在中共提倡及主张的文学观念中，现代性和反现代性的逻辑表述不应成为某种内耗性美学机制建构的一个前提。其实，创造一种为中国民众所喜闻乐见的"民族形式"始终是延安文人在文艺理念和实践中予以探究的一个重要问题及动力，也是延安文艺观念现代性内涵的一种较为深刻而具体的表达。

笔者认为，延安文艺中有关"民族形式"问题的提出，在相当程度上因应了抗战时期民族主义思潮的内在要求，故而是民族主义话语在文艺理论与批评上的一种鲜明表达或呈现。"民族形式"这种有待创造的新形式，

---

① 袁盛勇：《对延安文艺的重新认知》，《河北学刊》2016 年第 5 期。

是一种既有民族性又含现代性的现代形式,民族—现代性乃是其特有的现代性内涵。置身于"民族形式"论争中的周扬、何其芳等在文艺实践上坚持了一种艺术形态的二元论观念,但在最终的价值取向上又分明指向了文学的民族—现代性。无论是地方形式、民间形式,还是传统的民族形式,只有在民族—现代性的统摄下才能显示其自身存在的价值,并且只有如此,才能转化为新的"民族形式"并成为其内在构成的有机部分[①]。但是,随着中共文艺观在文艺整风后的全新介入和确立,"民族形式"的价值指向也就成了文艺的阶级—民族—现代性,这是一种新的现代性美学观念,也是一种自20世纪30年代左翼文学发展以来不断塑形并加以发展的"党的文学观念及形态"。当然,"党的文学"发展到后期的延安文学阶段,不仅成为一种国际社会主义和马克思列宁主义观念的中国化表达,而且成为延安文艺实践中的一种最高艺术形态。应当说,它在当时深刻契合了民族和人民的历史诉求,因而具有深刻的社会价值和人文内涵。不了解这方面的深刻变化及其重要的政治文化价值,也就不可能了解"民族形式"在延安文艺发展中曾经历的那种历史性变迁。在"民族形式"理论探究和文艺实践中,"民间形式"或"旧形式"其实是其中一个非常重要的实践与变革环节,它们在新的话语实践中,更多的不是一种外在的艺术装饰,而是一种新的集体生命和文化建构富有生命活力的表征。因而,"民间"的符号化过程也是蕴含了一部分创造性转化因素在里面。

王光东曾经承续陈思和对于文学史中"民间理念"的思考,对现代中国文学史中的"民间文化形态"做了较为系统而出色的考察。就抗战以后文学中的"民间形态"而言,王光东认为,毛泽东的《讲话》以政治权威的方式,确立了"民间文化形态"作为整体——从形式到内容——的全部意义。他显然注意到了抗战以后文学中民间的复杂性存在,尤其是注意到

[①] 袁盛勇:《民族—现代性:"民族形式"论争中延安文学观念的现代性呈现》,《文艺理论研究》2005年第4期。

了民间、知识分子和政治意识形态之间的复杂性关联，这在其对赵树理、孙犁等作家的论述中表现得较为突出。在他看来，赵树理的生活经历和人生追求以及对于文学意义的理解，使他能够从民间的立场上表达来自民间的声音，并寻求与政治之间的圆通，但不会不顾民间的真实情形，依照某种指令去肆意涂抹"民间"。因此，赵树理代表的民间立场写作在20世纪40年代文学中的重要意义，可以说就在于保持了文学中"民间文化形态"的丰富和完整。而孙犁的小说则与赵树理有所不同，他在民间发现的是在抗战的历史进程中，农民身上表现出的自觉的政治热情和爱国热情，民众在他笔下变得单纯、乐观，深明民族大义，绝无缠绵的哀伤，而有无畏的勇敢。因此，孙犁作品中的"民间文化形态"包含着更符合当时政治意识形态指向的价值追求。通过综合考察，王光东准确指出，知识分子、民间文化形态、政治权力三者之间关系的沟通，在当时是以"政治"为中心联系起来的。但是，民间既然已被唤醒，它本身已有的文化价值系统就不可能完全被政治所取代，由此在文学创作中就民间与政治而言，则构成了一种更为复杂的关联[①]。黄科安在其探究延安文人对于构建现代民族国家的本土话语体系所做的努力时指出，后期延安文学在毛泽东《讲话》的理论设计下，凸显了文化的民族性和本土意识：表面上看，此时期的延安政权在意识形态方面强调走向"民间"，好像是回归"传统"，但这正是建构具有本民族文化内涵的现代性起点。其实，对民间的借用，正是现代性知识传播的典型方式之一。现代政治是通过共同的价值、历史和象征性行为表达的集体认同，从而梳理和重构具有自己的特殊的大众神话与文化传统[②]。当然，延安文人对于民间的书写和塑形也是一种复杂性的存在。比如，如

[①] 王光东：《民间形式·民间立场·政治意识形态——抗战以后文学中的民间形态》，《当代作家评论》2002年第6期。
[②] 黄科安：《延安文学研究——建构新的意识形态与话语体系》，文化艺术出版社2009年版，第5、157页。

果从"文化身份"的角度来看赵树理的小说就是如此①。在这方面,王荣具体探讨了延安文学中的叙事诗及其"谣曲化"问题,认为它们是此前文学大众化、民族化追求以及现代性想象的重要结果之一。而李季《王贵与李香香》这一经典性"谣曲体"叙事长诗在延安的发表,宣告了一种新的艺术规范的确立,并从主题到形式直接主导及影响了 20 世纪 40 年代后期包括"国统区"在内的叙事诗创作。这种借鉴及模仿民间"谣曲"或"民歌"的叙述格调,侧重于诉诸"听觉"功能的"讲故事"结构模式,辅以传统的抒情感事"比兴"等表现手法的"民族化"文体形式,较为成功地表达了作者明确的思想意旨及其政治功利目的②。杨劼则立足于对延安文学中旧形式的改造和新形式的创造进行总体性观照,提出了"延安体"的概念。他认为,文艺整风后的延安文学把"民间艺术形态"视为根本,可说是在历史和现实两个层面上来了一个艺术观念的大逆转,它为此后中国文学创建了一个新观念、新格局,并在未来长达 40 年的时间里支配着中国文学的面貌,这可姑且命名为"延安体"。"延安体"具有深刻的文化变革意义,它对"民间形式"的改造,是视角的改造、身份和姿态的改造,是对其社会属性的根本改造。作为一种即将取得文化领导权的革命政党意识形态,"延安体"不动声色地大量置换了"民间形式"的话语,充分利用语言能指的模糊性,将其语义指向革命政党意识形态。同时,马克思主义文艺体系独特的"组织化"架构适时地发挥了整合作用,使"民间形式"与民间文化的固有传统相剥离,转而成为一个特定政治集团的精神代言体。总体看,这些在延安文学的发展中非常明显,而其形式实验无疑具有深刻的方法论意义③。

---

① 黄科安:《民间立场与知识分子属性——从"文化身份"看赵树理的小说创作》,《太原理工大学学报》(社会科学版) 2006 年第 2 期。

② 王荣:《论 40 年代"解放区"叙事诗创作及其形式的"谣曲化"》,《陕西师范大学学报》(哲学社会科学版) 2004 年第 3 期。

③ 杨劼:《旧形式与"延安体"》,《文艺理论与批评》2003 年第 6 期。

延安文学中的"语言",不仅作为一种形式要素,而且作为一种革命态度和生存方式而受到21世纪延安文学研究的重视。李洁非和杨劼在有关研究中充分注意到了延安文学尤其是延安小说语言的变化,并且把它归结为经历了一个从现代白话到革命白话的过程,其转折的标志乃是毛泽东1942年2月在延安干部会上所做的演讲《反对党八股》。《反对党八股》既是一个政治文件,也可视为一种文化批评。李洁非和杨劼认为,毛泽东在《反对党八股》中敏锐而精准地抓住了语言问题,策动了从现代白话到革命白话的置换,而其置换的精髓主要表现有二:其一,迫使知识分子丢掉固有语言和说话方式,将这些人洋洋得意的东西变得荒谬可笑;其二,将"人民语言"确立为新权威,把它抬到语言最高典范的位置。因此,中国语言必须再来一次改造。倘若说"五四"为使中国面向"现代"而启动了白话文运动;那么在延安,在毛泽东领导下的中共文艺新体制,面向"现代"白话必须面向"革命"。"革命白话"不表现新式知识分子的价值观,它是革命主体——工农大众自己的语言体系和话语形式。经过从"现代白话"到"革命白话"的转换,中国现代文学由表及里获得改造①。张卫中在研究20世纪中国文学语言变迁时,涉及延安文学(解放区文学)的语言变革及意义。他把当时解放区作家分为本土的和外来的两类,前者如赵树理、孙犁、马烽等,后者如丁玲、周立波、欧阳山等。他强调指出,本土作家并未放弃追求现代文学语言的表达效果,只是更加尊重中国农民的语言和叙述习惯;外来作家在大众化、民族化文学运动中尽管在主动调整自己,但从其语言实践看,并未完全实现大众化、民族化倡导者的初衷,更多的只是克服了欧式语言的影响,以及文学语言过分欧化之弊,而向自己的本土语言回归。从20世纪汉语文学语言发展史的角度来看,延安文学可以看作一个"调整期",而在中华人民共和国成立以后,延安文

---

① 李洁非、杨劼:《解读延安——文学、知识分子和文化》,当代中国出版社2010年版,第189—196页。

学中的语言传统得到继承和发展，形成了一定时期中国文学语言的主流①。文贵良近年来侧重于研究现代中国文学中的话语模式，且在探究1937—1948年的战争年代文学时主要讨论了作为一种政治话语存在的毛泽东话语的形成和确立，并讨论了当时大众话语的形成及其特质。话语模式和文学语言的发展在现代中国文学中具有一种复杂的关联，但是，话语模式毕竟更富有历史性和存在性的限定价值，它在历史场域中往往是因为具体而生动地超越了语言限域而存在的，在这个意义上看，文贵良把话语和生存关联起来是符合现代中国话语嬗变之历史实际的。当一种话语模式形成并在历史和现实中得以展开之后，某种文化和意识形态指向就成了它赖以存在的根基。文贵良在相关研究中显然注意到了这一点，所以，在他看来，延安文艺整风首先在于改变知识分子的言说方式，而在延安时期形成的大众话语实则并非大众的话语，乃是一种为大众的话语、面向大众的话语，因为大众本身并非此种话语的话语主体。文贵良进而还指出，当以新民主主义文化为中心的意识整体成为大众话语的主体时，大众话语是以面对政治话语的话语权威而获得其合法性的，政治话语乃是大众话语形成的合法性根基②。这个判断无疑是准确而犀利的，它不仅纠正了那些对于延安文学中农民语言的民粹主义式的理解，也有助于对新秧歌剧的诞生及其内涵给予较为符合话语实践的理解③。

下面再谈一谈学术界对于延安文艺制度及其形成机制的研究。延安文艺的体制化过程其实相当复杂，体制化的形成同延安当时的政治、文化及其相关政策的深刻变化紧密联系在一起，也同延安文人、文艺观念和文艺形式等方面的变迁密切联系在一起。延安文艺制度的形成也带来了一种新

---

① 张卫中：《解放区小说的语言变革及意义》，《文艺理论与批评》2006年第5期。
② 文贵良：《大众话语：对20世纪三四十年代文艺大众化的论述》，《文艺研究》2003年第2期。
③ 文贵良：《秧歌剧：被政治所改造的民间》，《华东师范大学学报（哲学社会科学版）》2004年第3期。

的审美成规和创作生态,并为此后的社会主义初级阶段文学提供了较为直接的文学生产和管理资源。当然,延安文艺制度及其形成机制由于战时语境的影响,在当时并未得到更为充分而完善的展开。

郭国昌在研究现代中国文学大众化思潮时,较早涉及对延安文学形成机制和制度的考察,相继探讨了延安文艺奖金、集体写作、"真人真事"写作、新华书店等与延安文学生产、出版体制形成之关系。其中,对集体写作、真人真事、新华书店的论述颇能给人启发。在他看来,集体写作方式的衍化是与文学大众化思潮的推进直接相关的:毛泽东《讲话》发表后,文学大众化思潮的盛行要求与之相应的文学生产方式,而集体写作方式的推广又进一步加速了文学大众化思潮的普遍化①。当然,在笔者看来,集体写作还可以更进一步理解为一种意识形态写作方式,这可以同后来"文化大革命"时期文学制作中的所谓"三结合"方法联系起来进行思考。当然,由于具体历史语境的不同,延安时期同"文化大革命"期间的集体创作在历史价值上有着本质上的不同,简单的联系和类比是需要做出审慎考量的。延安时期的集体写作方面,既可以结合延安平剧(京剧)改革运动中出现的代表性成果如《逼上梁山》《三打祝家庄》的创作过程来考察,也可以像刘震、孟远那样结合歌剧《白毛女》的创作过程及演出效果来理解②。关于"真人真事"写作,郭国昌认为它是1942年以后在延安文学中盛行的一种写作方式,延安文学中的"真人真事"写作有知识分子型和工农兵型两种类型。"真人真事"写作的盛行促成了解放区文学生产体制的建立,完成了文学大众化负载的教化功能③。关于新华书店和文学出版体制的关系,郭国昌认为,作为解放区文学生产制度的一个重要组成部分,

---

① 郭国昌:《集体写作与解放区的文学大众化思潮》,《中国现代文学研究丛刊》2005年第5期。
② 刘震、孟远:《歌剧〈白毛女〉在延安的诞生》,《现代中国:第6辑》,北京大学出版社2005年版,第135页。
③ 郭国昌:《"真人真事"写作与解放区文学生产体制的建立》,《甘肃社会科学》2008年第3期。

解放区文学的出版体制是以新华书店为中心建立起来的。延安文艺座谈会前后，新华书店的发展从社团化走向书店化，这不仅是一种文学出版方式的转化过程，而且是以思想控制和政治甄别为中心的文学审查制度的建构过程①。这种对于思想控制的理解，在以往更多地侧重于消极性考察，但现在看来，这样的认知应该给予适度的反思。因为中共的文学和文化观念在20世纪40年代要求的思想观念的自我收缩及归化，其实在当时不仅同一个政党的发展，而且是与中华民族和人民群众渴求独立、解放的强大历史意志在总体上是相一致的，党性和人民性、民族性以及其他现代性因素的耦合，应该在当时的历史境遇中给予正面和综合性理解。后来社会主义初级阶段文学中呈现的积极向上的社会精神状貌，不应理解为仅仅是一种艺术的虚构，更应当看作一种社会现实的真实反映。在这个意义上说，中共的文学和文化观念在社会主义初级阶段文学及文化建构中不应理解为一种多余或累赘，而是一种具有积极历史和现实价值的结构性力量。

王本朝曾较早集中探讨过中国现代文学制度这一具有重大学术价值的课题，但对延安文艺制度着墨不多，而这在新的延安文学研究中却得到多方面展开。赵卫东研究过延安文学体制的形成问题。在他看来，文学体制的形成显然受制于文学价值观念的转变和相关政治—文化场域的形成，而具体在延安，则体现为革命意识形态对文学的规约，以及日趋一元化的权力运作格局对于延安文化生态和延安文学规范之创建的历史性塑造过程。作者指出，毛泽东《讲话》在当时及以后较长时间内成为制定文艺政策和文艺体制的依据，宣告了延安文艺创作思想上一体化的完成；延安文学体制化形成的过程也是同"政党知识分子有机化"过程的逐渐深入结合在一起的②。李建军在考察延安时期"人民话语"的合法性建构时，曾着力于

---

① 郭国昌:《新华书店与解放区文学出版体制的形成》，《中国现代文学研究丛刊》2010年第2期。
② 赵卫东:《延安文学体制的生成与确立》，浙江大学，吴秀明指导，博士学位论文，2004年。

从话语规则的制定及其权力运作入手，指出该话语的主体性建构与党的合法性建构、民族国家意识形态形成之间具有密切关联，并认为延安文学正是在被彻底纳入"人民话语"的建设轨道时，成为一种高度组织化的文学形态[①]。其实，李建军在此已经较为深刻地论及了文学的体制化；因为文学组织化的主要外在表现就是文学的体制化。胡玉伟从"历史规约"的角度阐发了后期延安文学的形成及其特质，认为"历史规约"不仅表现为一种外在的制约性因素，而且成为贯穿于延安文人思维的精神理路和影响其文学创作内部法则的逻辑力量。这种试图把外在和内在联系起来探讨延安文学的方法，体现了对延安文学组织化观念认识的深入[②]。由此出发，他在解读丁玲《太阳照在桑干河上》时，认为它显示出文学叙事与历史叙事的某种同一性，是一部"创世"史诗[③]。韩晓芹在讨论延安文学的生产与传播机制时，则指出延安文学与文化面对的特殊读者群以及读者变迁、分化与接受、反馈等机制的形成，对延安文学转型发挥了较为重要的作用[④]。应该说，延安文艺发展进程中出现的各种制度性和机制性存在，实际上同新民主主义文化及其观念的大力推广密切相关，新的意识形态观念的塑形和传播，远远穿越了延安区域空间和国民党右翼思想的限制，而成为一种新的民族思想和文化形态。这些其实均受益于延安时期创构的各种文化机制，但其研究显然还不够系统而深入。

综上所述，21世纪以来的延安文艺研究呈现了较好的发展态势，而且是在一个更为坚实而富有学理性思考的基础上进行的，这也反过来加深了人们对于延安文艺及其历史更为开放和包容性的理解。在此，延安文艺应

[①] 李建军：《现代中国"人民话语"考论——兼论"延安文学"的"一体化"进程》，华中师范大学，周晓明指导，博士论文，2006年。

[②] 胡玉伟：《"历史"的规约与文学的建构：中国解放区文学研究（1942—1949）》，东北师范大学，博士学位论文，逄增玉指导，2006年。

[③] 胡玉伟：《"太阳"·"河"·"创世"史诗——〈太阳照在桑干河上〉的再解读》，《社会科学辑刊》2005年第3期。

[④] 韩晓芹：《读者的分化与延安文学的转型——延安〈解放日报〉副刊的文学生产与传播》，《东北师范大学学报（哲学社会科学版）》2008年第4期。

该被理解为一种曾经生动而丰富存在着的历史客观物,而不应如以往那样仅仅视为一种新的教条。那种激进而固化的理解尽管也有其不少合理性内涵,但学术研究内在的平和性、包容性需要研究者具有一种更为豁达的胸怀。延安文艺研究境界的提升,不仅关乎研究主体本身,也是积极还原及重构历史而通达现在和未来的内在要求。延安文艺研究需要建构一种富有民主精神的研究机制,唯其如此,在自由探究中才能不断产生的新的认知,才会不断累积向前,并推动中国特色社会主义文学和文化健康发展。

袁盛勇

第三编　延安文学研究的问题及价值

批评的偏至

——近年来的解放区文学研究

一

笔者在一篇评论"山药蛋派"研究现状的文章中说:"概而言之,近年来'山药蛋派'研究取得的进展是明显的。它的特点是没有大张旗鼓,没有追求轰动效应,没有与论敌争个你死我活;而是冷静地、说理地、静悄悄地行进。这一点,大约也反映了整个解放区文学研究的一般特色。从中可以看出:解放区文学研究者知识结构的调整,思维空间的开拓,开放性研究态势正在形成中。"[①] 这段话,大体上代表了笔者对近年来解放区文学研究的总体印象。研究是有进展的,进展的表现形态是"静悄悄地行进"。

这里所说的"静悄悄",主要是指解放区文学研究和文学批评,均在常态的文学自身发展的逻辑范畴内进行,研究成绩即使不引人注目,甚至显得有几分孤寂、冷清、单薄,但也踏踏实实,结出了一批较有分量的果实。[②] 常态批评突出体现在批评操作方式的变化方面。在解放区文学批评中,已经逐步淘汰了(不是根绝)那种因观念相左、恶语相加,乱扣吓人

[①] 刘增杰:《静悄悄地行进》,《文艺报》1995 年 11 月 24 日。
[②] 例如,各抗日民主根据地文学作品选、史料选的编选,不同类型的解放区文学史的面世,大型解放区文学丛书、书系的出版,较有影响的解放区作家的传记也开始与读者见面,都是近十年内推出的有代表性的研究成果。

帽子，欲置论敌于不利政治语境的批评模式；批评的外部环境有了深刻而带有根本性的改善：用非文学的力量对文学批评进行干涉，用权威效应（权威裁判）来制约文学批评流向，用运动方式、组织决议的做法为文学批评做政治结论等批评中的消极现象，正在解放区文学研究中悄然离去。

上述种种，无疑为解放区文学研究开辟了前所未有的前景。然而，影响整体研究水平提高的若干因素不容忽视。这"静悄悄地行进"的步伐仍显得过于缓慢和沉重。批评的偏至使解放区文学这一极富特色的文学资源，尚待认真开发。

二

消解情绪化批评，是提高解放区文学研究质量面临的一个艰难课题。

从最严格的意义上说，没有激情就没有批评。可是，批评又最忌激情的滥用。在解放区文学研究中，研究者对解放区文学情绪化的贬抑或一味颂扬，曾经是影响学术质量的主要障碍之一。多年前研究者就指出："对抗日民主根据地文学脱离实际的一味肯定，使一些研究论文失去了深沉的历史意识。对那场历时八年血与火斗争年代的崇敬，有时可能会使研究者把对历史的怀念混同冷静的文学批评。出于继承、捍卫革命文学传统的良好愿望，而把在当时战争环境下实行的政策和做法拿来范围新时期文学，或把适应当时读者层次审美需要的作品用来作为指导今天创作的标杆，其消极作用是不言而喻的"；"相反，某些论文中所流露的对整个解放区文学不值一哂的轻率态度，也是极为有害的。不体察国情，生吞活剥地用某种文学框架来硬套丰富的文学现象，从而得出耸人听闻的断语，也很难进入研究的堂奥。认真地说，由前辈作家和无数业余作者用生命和鲜血创造的抗日民主根据地文学，尽管有着这样或那样不容否认的不足之处，但它仍不失其丰富多彩，是一种较为鲜活独特的文学多元形态，只是由于时代以及人们认识上的限制，某些文学风格的作品，才未能得到充分发展。"① 至今，将近十年过去，但这段文字中提出的问题，仍具有一定的现实迫切性。

我们理解特定时代对解放区文学的激情颂扬。在经过几十年浴血奋战终于迎来了新的历史时代，在全民大兴奋的岁月里，研究者鼓胀的激情也必然见于笔端。连最冷静的文学史家王瑶，在50年代初草创的第一部中国新文学史，也受到这种时代精神的强烈感染。他回忆说此书撰于民主革命获得完全胜利之际，作者沉浸于当时的欢乐气氛中，写作中自然也表现了一个普通的文艺学徒在那时的观点。譬如，对于解放区作品的尽情歌颂以及对于国统区某些政治态度比较暧昧的作者的谴责，即其一例。② 对于解放区作品的"尽情歌颂"，这几乎是当时解放区文学研究者共同的心理趋向。这一现象集中地表现了当时研究者朴素本真的研究风格。他们自觉追求批评与时代精神的和谐。然而，几十年过去了，解放区文学早已由现实化为历史。史实的凝固要求批评的冷静。如果批评家仍在一味地"尽情歌颂"，则研究工作必然会陷于困境。同样，一些论者对解放区文学表现出的令人惊讶的冷漠，甚至把几十年来政治风雨中的失误、挫折，一股脑儿和解放区文学本身联系起来。这也是一种肤浅的情绪化批评，一种阻碍研究工作深入的固执和偏见。

在情绪化批评的困扰下，解放区文学研究工作长期在低水平徘徊，缺乏生气，愈来愈疏远了读者，禁锢于令人难堪的狭窄天地。情绪化批评和心态对解放区文学研究的伤害，在以下四个方面尤为突出。

第一，不能客观地评价解放区文学的历史价值和审美价值，甚至认为中华人民共和国成立后当代文学发展中的失误源于解放区文学。应该说，就文学精神而言，当代文学和解放区文学的确血脉相连。当代文学发展中"左"倾思潮的泛滥，也和解放区文学在指导思想上的某些缺陷有关。但

---

① 刘增杰主编：《中国解放区文学史·代前言》，河南大学出版社1988年版。
② 王瑶：《中国新文学史稿·重版后记》，上海文艺出版社1982年版。

是，解放区文学就是解放区文学。当代文学发展中存在的问题，主要应该从当代文学自身、当代文学生存的社会文化环境中去寻找。仔细研读解放区文学史料，人们可以发现，当时在主流意识形态左右下，解放区作家思考的天地并不像中华人民共和国成立后那样愈来愈禁忌丛生，一些作品浓厚的文化意蕴、潜在的哲学思考不仅给当时的读者思想启迪，今天读来仍韵味隽永。长篇小说《种谷记》主人公像喝醉酒一样关于农村未来远景的描述："一村就是一家，吃在一块，穿在一块"，"种地的种地，念书的念书，木工是木工，石匠是石匠，管粮的把仓，管草的捉秤。"这种带有乌托邦性质的陶醉，只不过是历代农民平均主义思想在新的历史条件下的翻版。虚假的理想必然带来灾难。柳青以敏锐的艺术感受和无畏的思想勇气，批评小生产者的狭隘眼光和农业文明的历史局限，直面现实，不留情面，作家的社会责任感和鲜活的审美感知达到了较完善的结合。在赵树理、丁玲、孙犁等人的优秀作品中，同样显示出这种现实主义的穿透力。当代文学创作中出现的某些趋时媚俗、浮光掠影之作，甚至后来创作滑向假、大、空的邪路，和解放区创作的上述传统显然并非同道。

以过于严苛的带有某种否定目光看待解放区文学运动，也无法真正总结解放区指导艺术的成功经验。以晋察冀文艺运动为例，艺术指导者对创作的热情鼓励，就给人印象极深。1942年，在整顿三风的较为紧张的气氛中，聂荣臻就明确提出，不能向作者"泼冷水"，不能一批评作品"总是'一无所成'或'失却立场'"。他说："我们的批评，主要是采取善意的修正的方式，使同志们在工作中有所取舍，求得工作上的改进。如果开口就是'政治问题'，闭口就是'原则问题'，这将使许多文艺工作者战战兢兢，不敢动手了。"[①]"演大戏"问题的讨论，曾经是解放区文艺运动中比

---

① 聂荣臻：《关于部队文艺工作诸问题》，《抗日战争时期延安及各抗日民主根据地文学运动资料》中册，山西人民出版社1983年版，第123页。

较敏感的话题。在有人批评演大戏是"两年来剧运走了严重的偏向"① 的时候,聂荣臻又及时明确地表达自己的观点:"'演大戏'的问题,我们不是无条件的反对。当然,戏剧的大众化、群众化,深入普及的工作,这是对的,而且要提倡的,但一年演一次大的外国剧,从艺术上提高自己,如过去演过的《母亲》《带枪的人》等,那也没有什么坏处,即使说,这只是演给干部看,但边区的工作干部,长年辛辛苦苦,看一次像《大雷雨》这样的外国名剧,也并不是什么出洋相的事吧?"② 他告诫艺术领导者:"当问题没有认识清楚,就不要讲话。对于别人说错了话时,我们也不要把问题看得严重,只要让他自己好好地反省一下自己。"③ 艺术指导者宽广的胸襟和健康的心态,带来了在艰苦环境下晋察冀文艺的初步繁荣。笼统地把解放区文学批评视为过分苛刻、严厉,过分政治化,把解放后"左倾"文学思潮的恶性发展归之于解放区文学,是缺乏事实根据的武断。

第二,情绪化研究在解放区史料和作品的编选中也有着突出的表现。一方面,出于对解放区文学创作的挚爱,加上精品意识淡薄,编选中追求"多""全""大",从而造成了入选作品过滥,参差不齐,一些艺术精品常常被淹没于平庸作品之中。历史就是选择。如果出于保存解放区文学原始材料,出版资料本,以多取胜,有文必录,当然不失为一种方法。但从读者、研究者着眼,一些本来就应该从文学历史的流河中被冲刷而去的东西,不应过于忙碌地打捞。研究本身呼唤以史家眼光取代当事者对过往文学生活的回忆与怀念。

编选中存在的另一个问题则表现为观念的固守。在已出版的数以千万字计的作品选中,不该入选的入选过多,而对应该入选的作品却表现出过

---

① 《论边区剧运和戏剧的技术教育》,《抗日战争时期延安及各抗日民主根据地文学运动资料》上册,山西人民出版社1983年版,第223页。
② 聂荣臻:《关于部队文艺工作诸问题》《抗日战争时期延安及各抗日民主根据地文学运动资料》中册,山西人民出版社1983年版,第124页。
③ 同上。

于吝啬。那些当时有争议的作品以及当年受过批评、批判，经过岁月的汰选证明是有创见的作品，入选实在太少。无论如何，如丁玲、王实味当时受过批评的作品，以及像小说《腊月二十一》《丽萍的烦恼》《春夜》等富有特色之作，均不应视而不见。只按照某种思维范式选录作品，读者将无法认识解放区文学的全貌，甚至反而会在认识上造成解放区创作主题贫乏、单一的错觉。

编选失当的原因可能相当复杂。其中，也许就有编选者的艺术修养、艺术偏爱方面的问题。但是，很显然，从中也可以看到编选者指导思想上的感情因素，即源于坚持传统、捍卫传统的良好愿望。可是，编选者对解放区文学如果不能在新的知识结构下进行新的审视，所谓坚持、捍卫最终就会变为保守心态下防御性的固守。没有发展的坚持，缺乏真知和新意的编选，它的直接结果可能使解放区文学进一步失去读者。

第三，在作家研究方面，情绪化批评也往往使研究者难以看到全人。周扬无疑是解放区文学运动中最重要的人物。周扬在解放区文坛的特殊地位竟使他集贡献与局限于一身。在周扬研究中，周扬的"批评者"和"拥护者"似乎各执一端："批评者"往往低估了他的积极的历史作用，而过分责备他的"左"的思想表现和宗派主义特色；"拥护者"则对周扬在指导解放区文艺运动中的缺陷有意无意地避而不谈。怎样评价周扬不属于本文的范畴。这里只想强调：在解放区文学建设中，周扬是一个既有成就又有失误的文艺工作者，头上既无灵光，但也不是一无是处。周扬撰写的作家论，就体现着这一特点。例如，我们既看到了他较早提出赵树理是"一个具有新颖独创的大众风格的人民艺术家"的新鲜感受和准确概括；又同时看到了他声色俱厉、对无名作者的小说《腊月二十一》妄加指责的傲慢和专断，他的这一批评甚至在解放区开了用立场问题、政治问题评判作品的先例。在文学理论研究中，读者既能感受到周扬对毛泽东文艺思想较深刻的理解和体会，又惋惜他在对《在延安文艺座谈会上的讲话》的评价中，使用了如"最正确、最深刻、最完全""从根本上解决"一类绝对化的用语。这就是周扬，一个富有个性的解放区文学运动的指导者和文艺理论家。在对其他解放区的作家研究中，也存在着情绪化研究心态。

第四，情绪化研究使解放区文学研究在一些重大理论问题和实践问题上也难于有大的突破。比如，解放区文学的大众化实践问题，就是至今还带有强烈现实感的问题。大众化是五四新文学开拓者朦胧的憧憬。左联作家除在理论上倡导外，并试图身体力行。然而，条件的不成熟使他们的愿望只能最终落空。只有在解放区，在全民动员、全民抗战的理想主义光芒照射下，在政府和文化团体的推动下，文学大众化才开始了在大众中的初步实践。作家自觉地在作品风格、内容、形式、语言等各个方面，追求和大众的实际接近；一些作家还深入工农中去，创办各式各样的文艺小组，帮助工农作者掌握写作技能，鼓励他们进行创作。绝不应该低估解放区文学大众化实践的意义。仅从提高民族素质的角度来看，文学的大普及事实上在中国构成了一次带有全民性质的思想启蒙运动。五四思想启蒙运动在我国知识界引起了强大的思想骚动，但它几乎在农民中间没有产生什么实际的影响。而抗战文学的普及工作，则是对于读者（特别是农民）心绪的一次真正的大震动。尽管震动的层次还远远达不到农民现代文化意识的确立，但毫无疑问，在我国现代文化史上，这称得上是一次农民与现代文化的实际接近。文学大众化实践的成果与经验，至今未能从理论上做出有力的阐释，这既和某种轻视文学大众化的思想潮流有联系，也和一些批评家受情绪化的心态左右，对解放区文学整体评价不足有关。

批评的偏至从一个侧面反映出一种心态上的失衡。人是走不出历史的。对历史的怀念、把对自己曾经为之献身的解放区文学的美好情感和文学批评纠结在一起，隐含这一部分研究者对时下文学生存状态的并不完全认同。带着某种被孤立、贬抑、遗忘的焦虑感和挫折感，在批评的操作过程中，容易过于敏感，甚至谈缺点而色变，对青年研究者缺乏足够的理解。应该看到，这些年长的研究者和青年研究者并非水火不相容。在平等的交流而不是谁教训谁的学术气氛中，研究者走在一起之日，就是解放区文学研究开始兴旺之时。而另一些研究者心理上的调整，则应克服某种浮躁心态，克服某种由于把生活幻想化带来的失落感、厌恶感，耐心地接近研究对象。这样，解放区文学展现在自己眼前的，也许会是一个与过去不同的文学天地。不论它的成就与失误，在20世纪文学发展上解放区文学的存在，都将是研究者说不完道不尽的话题。

三

阅读是研究的基础。造成情绪化批评的原因可能是多种多样的。但有一条却是共同的：对解放区作品、原始史料，缺乏认真地阅读。

对于许多现代文学研究者来说，对解放区文学可以说是既熟悉而又陌生的。《在延安文艺座谈会上的讲话》等历史文献，几十年来，人们不仅作为专业资料精心阅读，而且作为政治教材研讨再三；周扬在第一次全国文代会上关于解放区文学的报告，更是人们评价解放区文学运动的主要依据；一些青年研究者，最早从中学课本上就接触了解放区文学作品。从表面上看，大家对解放区文学似乎是熟悉的；然而，在实际上又是陌生的。严酷的战争环境使解放区文学史料散佚严重，许多第一手资料研究者极难读到。权威效应的影响，又使研究者的阅读范围，时常限于周扬在第一次全国文代会上的报告列举的作品之内。这就造成了研究者对解放区文学事实上的陌生，从而消解了解放区文学的丰富性，甚至在部分研究者心中造成了解放区文学不过如此的错觉。如果不努力扩大阅读范围，研究的整体水平似难进一步提高。

对解放区文学缺乏应有的阅读实践，是指整个研究队伍的现实状况而言。即使对解放区文学比较熟悉的研究者，甚至解放区生活的亲历者也同样面临着这一任务，熟悉不一定理解。亲历者也多限于对局部地区文学现象有较多的感性认识，难以做到对解放区文学的整体驾驭和把握。亲历为研究提供了一定的便利，但经历本身不是研究。这一部分研究者如果不进行艰苦的阅读，没有从阅读中获取新的审美感知，主要靠旧有的印象思考，研究就可能在低层次上重复，语言缺乏新意，内容是老话的唠叨，终难识解放区文学的庐山真面目。

部分对解放区文学持责难态度的批评者，其批评的极端化也往往由于缺乏阅读实践造成。昨日的文学是作家的鲜血写成。对特定环境下生成的文学作品阅读甚少，轻视在战争年代无数文学工作者的献身精神和创作实践，按照自己预设的构想，居高临下，妄下断语，缺乏批评应有的历史态度和科学精神，其研究当然也无法构成文学批评的真正收获。才华不能代替阅读。抱着先入为主、打心眼儿里瞧不起的态度对待研究对象，使这一部分批评文章，往往多了媚俗的气息，少了学问的平实与功力。

以开放的心态，扩大阅读范围，强化批评的历史意识，把解放区文学研究融入整个 20 世纪中国文学生存环境的背景之下进行审视，在静悄悄的行进中，解放区作品潜在意象的含义将在无限阅读链条的延伸中被发掘出来，成为富有生命力的民族文化积累。

刘增杰

回到原初

——解放区文学研究中的一个问题

解放区文学是 20 世纪中国文学发展中出现的独特文学现象。

这里所说的回到原初,指的是解放区文学研究,应该切入当时解放区群众的生存状态,切入解放区文学(创作与论争)原初的存在,触摸到当时作家的精神深处,逼近、拥抱研究对象,走出人云亦云、程式化的研究模式,使研究日益接近理论形态。

从《叹息三章》谈起

1942 年 2 月 17 日,何其芳在《解放日报》发表了诗作《叹息三章》。《叹息三章》包括《给 T·L·同志》《给 L·I·同志》《给 G·L·同志》等三首抒情诗。同年 4 月 3 日,何其芳还在《解放日报》发表了题为"诗三首"的诗作。这六首诗发表后,延安文艺界曾经展开过相当热烈的讨论。研究《叹息三章》以及围绕《叹息三章》等诗的争论,有助于理解诗人何其芳乃至把握解放区抒情诗发展的总体特征。

近年,一家出版社出版的解放区诗歌总集①(以下简称《书系》)中,选录了《叹息三章》中的《给 G·L·同志》一首。对照《解放日报》发表的原诗,人们不禁大为诧异。为了说明《解放日报》和《书系》所选诗作的差异,现将《书系》所收的《给 G·L·同志》全诗录出:

---

① 《中国解放区文学书系·诗歌编一》,重庆出版社 1992 年版。以下引文中简称《书系》。

给 G·L·同志

我们睡在一个床上。
我感到我像回到了木板书里的古人的生活：
到远远的地方去拜访一个朋友，
而晚上就和他睡在一个床上。

已经吹灭了灯。
又没有月亮。
这是一个漆黑的农村的夜晚。

今天我在懒洋洋的天气里爬了一座高山，走了二十里路。
你说你昨晚没有睡好，也有些疲倦。
但我们还是谈着，谈着，
谈了很多的话。

你说一切都好，
只是有时在工作的空隙中，
在不想做事情的时候，
有些感到空虚。
"何其芳同志，
再谈一会儿！再谈一会儿！"

平常我总是感到你有些怪脾气，
而且喜欢发一点牢骚。
今晚上我才对你有了兄弟的情怀，
带着同志爱看你的缺点，

看你的可爱的地方。

《解放日报》发表的《给 G·L·同志》，除了本诗前 4 节外，还有以下 4 节：

> 我说，
> 在这样的时候
> 你就用任何东西去填满它吧，
> 到老百姓家里去和他们谈问题。
> 打开书，
> 找一个同志下棋
> 或者去散步。
>
> 你们在乡下是那样缺乏娱乐和游戏。
> 你说你们有时用石头来当作铁球投掷，
> 我仿佛看见了在田野间，
> 在夕阳下，
> 你们的寂寞的挥手的姿势。
>
> 这些日子我又很容易感动。
> 世界上本来就有
> 很多平凡的然而动人的事。
>
> 我感到我们有这样多的好同志，
> 这样多的寂寞地工作着的同志，
> 就是为了这我也想流一点儿眼泪。

为了让朋友排解"空虚"，何其芳建议他去和老百姓谈心，或者看书、散步、下棋。他体谅他们生活的艰苦，充分理解他们在寂寞中坚持工作的意义。何其芳甚至想要为他们"流一点儿眼泪"。感情质朴真切，战友之谊跃然于纸。诗的前4节描写了两人同床夜谈，后4节从他对战友真诚的态度中，展示了诗人纯洁高尚的内心世界。《书系》删掉了后4节之后，增添的这一段诗，来自《给T·L·同志》的最末几句。把《给G·L·同志》前半首和《给T·L·同志》最后几句强行拼凑，移花接木，张冠李戴，读者当然也就无法理解《叹息三章》的真意了。

在这里，回到原初，就是要求解放区文学作品的编选者，尊重作者，尊重历史。对原作的任何增删，都会使研究失去了基础和前提。

不过，笔者在这里强调的回到原初，并非只是指上述编选者的失误。笔者认为，回到原初的真谛，要求研究者从原来面貌出发，仔细辨析《叹息三章》讨论中的得失，拂去迷雾，还作品本来的面目。

参加《叹息三章》讨论的批评家，每个人的具体观点虽不完全相同，例如，有人态度严厉，指责何诗是"虚伪的滥调"，表现了"何其芳同志和现实之间的不能协调及隔离"，这些诗"对于他，对读者，很是有害。甚至很是危险"[①]；另一位批评家则比较温和，认为上述批评有些武断，但也同样误读了何诗，说《叹息三章》反映了何其芳不健康的思想感情，何其芳"与工农之间却有着一个间隔，不能融成一片，他是个在河边徘徊的诗人"[②]。

概而言之，对何其芳诗作进行政治化的批评，是这些批评家的两个共同倾向：其一，不同意何其芳在诗中抒写个人之情。他们认为，时代要求诗人抒写人民大众之情，而不是抒写自己。从第一点出发，贾芝也同样批评何其芳："由于小资产阶级的幻想、情感和激动，使作者和现实有了隔离。"他代表读者向何其芳提出要求："对于像何其芳这样的作者，读者大

[①] 吴时韵：《〈叹息三章〉与〈诗三首〉读后》，《解放日报》1942年6月19日。
[②] 《解放日报》1942年7月2日。

众我想可以要求他写他自身以外的大众所熟悉的题材的。"① 其二，要求作者停止这一类抒情诗的写作。批评者激烈地要求"我劝何其芳立即停止这种歌声。这是无益的歌声。我们的兄弟们，不需要诗人'一起来叹息'。他们也不唱'悲哀的歌'"②。

作为人类喜怒哀乐载体的抒情诗，诗人的声声叹息中，包含着多少丰富的人生感喟，带给了读者多少痴情和遐想！诗，因为有了叹息而魅力无穷！何况，在那样一个艰苦时代，我们从何其芳的叹息中，仍能感受到一种积极向上的力量。在《给 T·L·同志》中，他和 T·L·同志，有时都"感到生活里缺少一些东西"。用诗人的话说，是："我们缺少糖，/缺少脂肪，/缺少鞋子，/缺少衬衣……甚至缺少休息，/缺少睡眠，/缺少生命的安全"。可是，他们怎样对待这些"缺少"呢？诗人写道："今天你把这句话对我说了出来，/我只有把我对我自己说过的话再说一遍；/缺少一些东西又算得什么呢。/为了革命/我们不是常常说着牺牲？'"这是何等坦荡的胸怀！他们严于责己，有着强烈的社会责任感。叹息产生力量。那种认为革命者从来就拒绝叹息、烦恼的批评家，那种要求诗人停止自己的歌唱的批评家，他们扼杀的不是诗人的"叹息"，而是诗人的天才和个性。这种脱离诗人实际，脱离诗的实际的批评，倒是早就应该让他们停止自己的歌唱！

此后，何其芳在很长一段时间没有再写抒情诗。解放区抒情诗的相对歉收，不能归结于《叹息三章》的讨论，但也不能不看到，这场讨论对诗歌创作带来的负面影响。

从《叹息三章》的选录，追溯到《叹息三章》的讨论，我们看到了回到原初的迫切性。非如此，研究就只能令人忧虑地停止不前。

---

① 《略谈何其芳同志的六首诗——由吴时韵同志的批评谈起》，《解放日报》1942年7月18日。

② 吴时韵：《〈叹息三章〉与〈诗三首〉读后》，《解放日报》1942年6月19日。

旧事重提种种

像国统区文坛一样，与当时严峻的政治、军事形势相伴，解放区文坛也充满着火药味。那是一个斗争不断，批判论争此起彼伏的年代。不能脱离具体语境，抽象地去评价这些斗争的功过。这里所说的旧事重提，不是用来算旧账、翻烧饼，而是围绕回到原初的命题，举例性地罗列某个具体争论，用以说明解放区文学研究还大有作为；解放区文学发展的叶脉纹理，还缺乏真正的历史性的描绘。

目前，谈论较多的是王实味问题。

自公安部于 1991 年 2 月 7 日作出了《关于对王实味同志托派问题的复查决定》之后，戴在王实味头上的"反党五人集团成员""暗藏的国民党探子、特务""反革命托派奸细分子"的三项政治帽子先后撤销。王实味在文学上的问题似乎也已随之解决。

然而，政治上的平反，与文学观念上的分歧是两码事。论据建筑在王实味是托派分子基础上的批判长文《王实味的文艺观和我们的文艺观》，把王实味的文艺观看作与无产阶级文艺观的根本对立，水火不容。这一判决影响深远。究竟应该怎样认识王实味的文学观？阅读王实味当时的理论文字[①]，人们发现，王实味提出的五个问题，至今仍值得人们深长思之。

第一，强调文学独特的审美功能。在《政治家·艺术家》中，王实味给自己选择了一个艰难的课题，即侧重研究文艺家的特殊任务。他首先提出了自己对政治家、艺术家担负任务的理解："我们底革命事业有两方面：改造社会制度和改造人——人的灵魂。政治家，是革命的战略策略家，是

[①] 王实味当时发表有两篇文学论文：《文艺民族形式问题上的旧错误与新偏向》，（1941 年 5 月《中国文化》第 2 卷第六期）、《政治家·艺术家》（1942 年 3 月 15 日《谷雨》第 1 卷第 4 期），以下引文不再一一注明。

革命力量底团结、组织和领导者,他的任务偏重于改造社会制度。艺术家,是'灵魂的工程师',他的任务偏重于改造人底灵魂(心、精神、思想、意识——在这里是一个东西)。"接着,王实味分析了改造人的灵魂的任务的艰巨性,着重论述了改造革命战士灵魂的重要性:"革命阵营存在于旧中国,革命战士也是从旧中国产生出来,这已经使我们的灵魂不能免地要带着肮脏和黑暗。当前的革命性质又决定我们除掉与农民及城市小资产阶级作同盟军以外,更必须携带其他更落后的阶段阶层一道走,并在一定程度内向它们让步,这就使我们要沾染上更多的肮脏和黑暗。艺术家改造灵魂的工作,因而也就更重要、更艰苦、更迫切。"细心体察,王实味的这一文学思想,并非主张文学脱离现实,脱离"服务"的轨道,他在当时就提出过"文艺更好地为我们伟大的民族解放战争服务"的口号。这一口号的科学性是不言而喻的。它纠正了对文艺与政治关系的狭隘化、绝对化、简单化的理解。

第二,要求强化文学的社会批判意识,主张在歌颂光明的同时,应该更重视揭破现实中的黑暗。王实味在文章中,醒目地提出了艺术如何揭破现实中的黑暗,特别是揭破人们灵魂中的肮脏与黑暗问题。王实味认为,揭破肮脏与黑暗,"与歌颂光明同样重要,甚至更重要"。这句尖锐的话,从全文看,并不是为了张扬黑暗,掩盖光明。文章认为,"因为黑暗消灭,光明自然增长"。这里所说的写光明写黑暗问题,当然不是表面上的文字之争,它事实上代表着王实味深化了的对文学的思考。它要求文学描写从表层进入深层,从外部进入内部,即要求文学对人的灵魂进行不加掩饰的揭示,不管它是光明或者黑暗。王实味似乎未卜先知,预料这句话可能会惹祸,为了避免误会,他甚至在文中还写下了一长段自我辩护词:"有人以为革命艺术家只应'枪口对外',如揭露自己的弱点,便予敌人以攻击的间隙——这是短视的见解。我们底阵营今天已经壮大得不怕揭露自己的弱点,但它还不够坚强巩固;正确地使用自我批评,正是使它坚强巩固的必要手段。至于那些反共特务机关中的民族蟊贼，他们倒更希望我们讳疾忌医，使黑暗更加扩大。"这段话，表现了渴望新社会的光明日益扩大，黑暗面迅速消灭的一个正直作家的急切心情。但是，这段话后来并没有能够帮上王实味的忙。这实在是一种历史的误会。声言和民族蟊贼不共戴天的王实味，他的《政治家·艺术家》发表后不到三个月，他本人却被作为民族蟊贼受到了清算。

其三，从文学的审美特性出发，王实味隐约地开始了对创作主体心灵的研究。王实味认为，更热情更敏感的艺术家，要"自由地走入人底灵魂深处"，就必须"改造自己，以加强自己"。他要求"灵魂底工程师首先把自己的灵魂，改善成纯洁光明"。预言："消除自己灵魂中的肮脏黑暗，是一个艰难痛苦的过程，但它是（走）向伟大的必经道路。"王实味还以鲁迅为例，来说明自己对这一问题的理解。他指出："鲁迅先生战斗了一生，但稍微深刻了解先生的人，一定能感觉到他的战斗中心里是颇为寂寞的。他战斗，是由于他认识了社会发展规律，相信未来一定比现在光明；他寂寞，是由于他看到自己战侣底灵魂中，同样有着不少的肮脏和黑暗。他不会不懂这个真理：改造旧中国的任务，只能由这旧中国的儿女——带着肮脏和黑暗的——来执行；但他那颗伟大的心，总不能不有些寂寞，因为，他是多么渴望看到他底战侣是更可爱一点，更可爱一点呵！"这段话，熔铸了作者对鲁迅心灵发展的真切感受。几十年来鲁迅思想研究的成果表明，王实味的艺术感受更接近于鲁迅的内心世界。

第四，以开放的眼光关注现代文学的发展，对传统文学形式采取清醒的批判态度。时代决定了文学的历史流向。在抵御侵略的民族决战中，包括解放区文学在内的整个中国抗日文学，都格外注意从民族的历史文化中汲取重振民族精神的活力，对文学的民族传统表现了高度的尊敬和重视。但与此同时，也程度不同地出现了对五四新文学传统的漠视和对旧的文学形式的盲目推崇。王实味在阐述自己理论观点的同时，对解放区文学发展的现状也提出了看法。他认为,《黄河大合唱》属于光明、愉快、爽朗、犀利、健康的作品,聂耳的全部遗作是民族形式创作的精品。他尖锐地批评了解放区音乐界创作中存在的"小调"作风,指出:小调并不同于民歌,不应把小调当作"民族音乐优良传统"来接受。王实味呼唤音乐创作中"激昂雄壮慷慨悲歌"新旋律的诞生。王实味还对话剧的发展表示了自己的忧虑。指出,由于某些人对民族形式的片面理解,认为话剧不是"民族形式",从而使剧作者对话剧创作失去了创作热情。王实味要求纠正创作中存在的这一偏向。

第五,反对"只此一家,别无分出"的批评态度。仅就谈文学民族形式的这篇文章而论,赞成什么,反对什么,王实味态度鲜明,绝无吞吞吐吐的客套。他先就商于陈伯达,接着又评论了艾思奇《旧形式运用的基本原则》中的若干失误,继之又讨论了胡风批评文字中的偏向。他并没有因为胡风是自己十载未通音信的故友而笔下留情。他虽"大体同意"胡风对民族形式问题的基本观点,但对胡风在讨论中的态度,仍然很诚恳地提出了批评。王实味说:"最后,讲到胡风先生底批评态度,胡先生总结作(时)对各字(家)批评说:'所有这一切错误的理论,都是由于根本不懂现实主义……'这样的批评是不能使人心折的,因为不合于事实。在胡先生所批评的许多人之中,可能有些不大了解现实主义的,也有玩弄辩证法的某些代言人,但有许多却都是前进的文化战士,只是由于偶然不慎,把问题看偏了,以至陷于错误。胡先生底批评,既不公平,又似乎带有现实主义'只此一家,并无分出'的傲慢气概。"这些话,今天读来,仍有震撼力量。文学批评中"只此一家,别无分出"的桎梏,会窒息文学批评鲜活的生命,并带来文学创作的单一和苍白。这段话显示:王实味的批评观极富建设精神。

王实味等人对文艺与政治关系的见解,反映了文艺工作者对30年代左翼文艺运动的初步反思。左翼文艺运动中出现的某些对文艺与政治关系的机械理解，曾经给文艺的发展带来了相当大的限制，并且对解放区文学的建设，也有着不利的影响。王实味的言论，是试图调整文艺与政治关系的一次大胆的尝试。王实味的文学主张，也是对于抗战初期出现的公式主义创作倾向的反拨。不论在国统区还是在解放区，当时在创作上不同程度地存在着公式化、概念化的倾向。在一片对抗战盲目乐观的氛围中，作品多止于肤浅的颂扬。对文学批判功能的怠慢导致创作上缺乏对民族自身弱点的深刻省察。王实味的论文，是对上述文学现象的反省和批评。王实味的言论，也可以看作对创作如何反映解放区生活的一次探讨。解放区的社会制度发生了变化，但旧思想、旧观念、旧意识，还在不同程度地束缚着人们的头脑。如何反映这一新旧交替、纷纭复杂的特定时期的社会生活，是创作实践向解放区的文艺理论工作者提出的紧迫课题。王实味的文章，包含着对这一问题的思考和探索。

只要人们心平气和地读一遍发表于半个世纪前王实味的原著，每个人就都会有自己的心得。

文学大众化问题是解放区文学理论建设的核心问题之一。在晋察冀地区，如何实现文学大众化，许多文艺工作者进行过艰难的探索。邵子南在《诗建设》第71期所撰社论《加强诗的宣传》中，提出了在提倡大众化的过程中，要不断提高大众文化水平的见解。在整风中，他的意见被看作"艺术至上主义"倾向的代表进行了批判，指责他犯了"化大众"的错误。"大众化"和"化大众"究竟是否矛盾？邵子南的原意是什么？正像有的评论者后来所指出的那样，社论《加强诗的宣传》，"介绍了诗歌欣赏的特点，要求普及文学知识，提高群众文化，便于更好地欣赏和阅读，并没有土""批评者无视《加强诗的宣传》文中要'化'的内容是提高大众文化，却把它和一首流露小资产阶级感情的诗作联系起来，批评这篇社论要用小资产阶级思想感情去'化大众'……这就歪曲了这篇社论的原意"[①]。

---

① 参看《晋察冀文艺史》，中国文联出版社1989年版，第57、58页。

脱离本来面目的批判，使人们在"化大众"问题面前噤若寒蝉。

至于对一些具体作品的批判、批评，如对《腊月二十一》的批评，对《丽萍的烦恼》的批判，关于《春夜》的讨论等，人们今天只要读一读原著，当时批评者认识的片面性就一目了然。遗憾的是，除《春夜》外，其他当时受到批判或引起争论的作品，此后并不见有选本印出。这当然不仅仅是一个出版问题。这些作品的难于再见天日，背后隐含着文学观念的固守。明珠蒙上了岁月的尘埃，致使人们至今看到的解放区文学作品，变成了清一色的色调。历史被简化、贫困化了。解放区文学研究的复苏，是公平地对待包括上述曾经受到过批判或冷落的文学品种。

展现解放区文学活动空间的多样性

召唤回到原初，实际上是倡导文学史批评中的历史意识、实事求是的科学精神，即坚持研究的客观性标准问题；或者说，期待进行原生态研究。这样，在研究过程中，就有可能展现解放区文学活动空间的多样性，对过去的研究成果，在新的解读中产生更多的感悟，使研究贴近研究对象的实际。

回到原初，可以避免人们仅仅从一种观点、一个角度出发去提纯历史，提纯解放区文学，掩盖解放区文学生成和演进的丰富性。就以解放区文学批评而论，的确存在着单一化、政治化的倾向，但也不可以偏概全。浏览当时报刊上的批评文字，仍会不时发现不同的声音。在前述何其芳的抒情诗遭到批评之前，我们就读到了呼唤解放区诗歌创作多样化的富有生气的评论。作者要求，诗歌研究应该"从成见和偏见中把诗解放出来。给予它更自由更广阔的地盘，使它通过生活的真实而更丰富起来。而且，这种解放是不能间断的，也用不着迟疑"。他还说，"必须容许多种多样的诗。把它们同时并列在一张桌子上，大家批评，去非取是。这也会是使延安的文艺界活跃起来的一个条件吧!"他满怀激情地期待:我们不能"满足于把诗的主题限制在狭小的圈子内。我们不满足这些,是因为我们的时代。我们的诗还正在一个成长的过程中,它应该是多样的。它应该是一种蓬勃庞杂的万花筒"①。他强调,只有各种各样的诗同时存在才能在竞争中相互消长,各自发扬,使诗走向光辉灿烂,诞生"独成一家"的诗人。回到原初,就包括发掘这种切中要害的精彩评论。

回到原初,还能够使研究者及时发现并克服已往研究的缺陷与误读。造成过去研究的缺陷和误读的因素是多元的。除了非文学因素外,就文学本身而言,大致有如下四种情形。

第一,文学进程尚未充分展开,批评家与现实过分贴近,即所谓距离太近了,看不大清楚。解放区的一些作品,在当时曾经被视为异端,受到了批评或冷落。而当时间还给了批评家冷静,再来重读,心境就不大相同。假若我们把多数受到批判、批评的作品精选出来,人们对解放区文学的认识,当会有新的发现和体悟。

第二,感情因素。特定时代,读者群文化素质的不同,对某种文学体式总会有倾向性的偏爱或拒绝。人们对文学的实用功能、审美功能会做出不同的选择。在盛行表现群体感情的时代,《叹息三章》这样表达个人心灵、个人情绪的抒情小诗,就有可能不被人们所理解。

第三,受批评家理论品格、审美眼光的影响。不是解放区的文学现象不丰富,是批评家的理论太苍白,缺乏宽容,缺乏深邃的穿透力。批评家相对狭窄单调的眼界,使他只能更多关注服务现实斗争一类的作品,夸大这类作品的时效性,怠慢甚至完全忽视了(有时是扼杀)文艺园地里苗壮生长的小草和野花,闻不到这些青草和野花的芬芳。

第四,权威效应。在解放区文学研究中,一些批评家形成的研究范式

---

① 参看刘增杰《万花筒:诗的呼唤——重读〈我们需要一些新的添加〉》,《迟到的探询》,河南大学出版社1996年版,第113页。

影响深远。他们有时以非文学家的身份评判作品,"把自己对作品的理解宣布为唯一可能的解释"①,许多人往往又接着出来捧场,奉若天经地义。权威崇拜式的阅读心态,受某种既定观念和结论役使,就无法产生多角度、多层面认识作品的批评,批评也不具有平等的、对话的、交流的性质。没有独立的批评,就没有独立的发现。这在有关孙犁的批评中表现就相当突出。仅仅用典型人物的理论戒律来规范孙犁的某些小说,人们也许会感到相当失望。因为孙犁小说中的许多人物,只是几个侧面、一组面影。但是,这些人物留在了读者的心里,作品能够让人咀嚼再三。原来,孙犁心间激荡的,是一种昂扬向上的浪漫主义精神,而不是感情专注的个性描绘。他的小说,油画般展现的是不屈的民气;以抒情格调捕捉的是充满活力的时代精神。孙犁作品文本结构的空白,激发了读者丰富的想象力,使读者在一定程度上参与了作品的再创造。这正是作品魅力之所在。

回到原初,是为了走出原初,扩大阅读空间。有的批评家提醒我们:"旧的狭小而残破的阅读空间,自然难以容纳往往逸出常规的现代作品""重建阅读空间,不单是为了对付那些不驯服的现代作品,也是为了对所有作品进行主动的、参与的、创造的阅读,从而产生出一种开放的、建设的、创造的批评"。② 当我们以原初为出发点,以新的眼光对解放区的文学存在进行客观的耙梳整理,解放区文学研究的面貌也许就会有大的改观。届时,解放区文学给20世纪中国文学发展施加的深刻影响,就有可能清晰地呈现于读者面前。

刘增杰

---

① [德]沃·伊瑟尔:《阅读行为》,金惠敏等译,湖南文艺出版社1991年版。
② 郭洪安:《重建阅读空间》,中国社会科学出版社1989年版,第5页。

"重写文学史"视域中的《讲话》
——以几部新的文学史著述为例

在中国20世纪文学史建构过程中,对毛泽东《在延安文艺座谈会上的讲话》(以下简称《讲话》)的地位、意义和作用等重大意识形态层面问题的认识,不论是在重写文学史之前各种文学史著述中,还是在"重写"之后新的文学史著述中尽管存在着表述方式上的差异,但大体的精神主旨还是一致的。唐弢、王瑶、刘绶松等前辈学者认为《讲话》是"社会主义文学的指导方针"①,"是站在辩证唯物主义和历史唯物主义高度,科学地总结了'五四'以来我国新文学运动的历史经验和教训"②,"联系延安和各抗日根据地文艺工作的实际情况,解决了一系列重大的理论和政策问题,发展了马克思主义文艺理论,在中国思想史和文艺史上都具有里程碑的意义"③。它"批评了当时存在于一些人思想上的错误倾向,具体地用马克思列宁主义来解决了中国革命文艺运动中的根本问题,纠正了中国革命文艺运动中的小资产阶级偏向,提出了明确的完整的无产阶级的文艺路线"④。新的文学史著述者们如钱理群、孔范今、程光炜等人也认为:"《讲话》运用马克思主义文艺理论分析并总结了五四新文学二十几年来的经验和教训,提出了文艺领域内的一系列重大问题并说明了解决方向,讲话还

---

① 刘绶松:《中国新文学史初稿》下册,中国人民大学出版社1985年版,第436页。
② 山东师范大学中国现代文学教研室:《中国现代文学史》1983年,第92页。
③ 唐弢、严家炎:《中国现代文学史》第三册,人民文学出版社2002年版,第194页。
④ 王瑶:《中国新文学史稿》,上海文艺出版社1982年版,第551页。

系统地论述了党的文艺方针、文艺政策等一系列问题"[1],"是中国共产党领导中国革命文艺运动历史经验的总结。《讲话》发表后,无论在解放区时期还是中华人民共和国成立之后,一直是中共制定文艺政策指导文艺运动的根本方针,具有无可怀疑的权威性"[2],"《讲话》是马克思主义文艺理论'中国化'的产物,是共产党制定文艺政策的权威性方针,以后随着共产党在全国的胜利《讲话》所代表的文艺路线逐渐取代了'五四'新文学传统(当然,对此有着不同的阐释和理解),成为解放后文学的基本线索"[3]。不过,这种精神主旨的一致性并不代表在不同的历史时空中对《讲话》具体阐释和应用于具体的文学史细节上的相同性。

在今天看来"重写文学史"思潮虽然名曰重写,但在实质上更是一次关于文学史的创新性和学术性写作。创新性是指在一定原则指导下对文学史进行了不同以往的整理和阐释,不仅要找到在传统文学史写作中被遮蔽的东西,而且要对一些既定的观点或结论进行审视,重新赋予另外的意义。学术性是指在重写过程中本身暗含着一种构建学科、梳理学术史的努力。总结今天重写文学史的成果,大致可以勾勒出其写作过程中遵循的三个基本原则,即文学性原则、个人性原则和学理性原则。文学性原则强调了文学史梳理过程中的审美性特征,正是在这一原则的指导下,沈从文、张爱玲、林语堂、梁实秋等作家和自由主义、现代主义等各种思潮才能得以凸显。个人性原则强调了对文学史认知的趣味、情感等方面的内容,这使文学史写作走向了多元化。学理性原则与个人性原则通过一定逻辑线索来整合、归纳和透析文学发展和历史发展的基本规律。这几个基本原则相互配合,翻转了传统文学史写作中的政治性原则、公共性原则和强制性原则。因此,涉及对《讲话》的阐释尽管在"重写"前后的整体认知上是一

---

[1] 孔范今主编:《二十世纪中国文学史》下册,山东文艺出版社1997年版,第844页。
[2] 钱理群等:《中国现代文学三十年》,北京大学出版社2007年版,第353页。
[3] 程光炜等:《中国现代文学史》第2版,中国人民大学出版社2007年版,第270页。

致的，但在具体阐释中的立场、观点和视角必然会产生差异。好在，在整体认知相一致的前提下，所有的差异都是审美的和学术的。本文将通过一个时期以来在几部新的文学史著述中反复出现的与《讲话》内容相关的两个问题即适用性和文学主体两个节点，来分析、介绍重写文学史视域中对《讲话》的阐释。

一　《讲话》产生背景及其适用性

　　传统的现代文学史著述在面对《讲话》的历史背景时，侧重阐释整风运动和延安文艺座谈会的必要性、重要性和正确性，强调"在毛泽东文艺思想的领导下，文学开始走上健康发展的道路了"[①]。它们通过介绍《讲话》诞生以前延安文艺界存在的宗派主义、个人主义、主观主义、教条主义的倾向及此类思想，给文艺发展带来的混乱和危害，来强化《讲话》的正确性和伟大意义。这种强化虽然进一步确定了《讲话》的经典地位，但遗憾的是，没能从更为广泛的文化背景和历史时空中来寻找《讲话》的历史合理性。这一点在重写文学史的思潮中得到了格外的关注，对这一问题的阐释不再局限在对延安整风运动这样的具体政治事件的独立介绍上，而是更关注战时环境和战时心态为其产生提供了怎样的文化背景。陈思和是"战时文化心态"的积极阐释者，在《中国新文学整体观》中他从战时文化和战时心理的角度分析了新的文学规范从产生到确立的过程，认为战时文化和战时心理到了中华人民共和国成立后五六十年代仍然对人们认识问题、思考问题和行为方式产生影响。在详细阐释这种战时文化心理的表现及其影响的同时，提出20世纪40年代的文艺范式很大程度上颠倒了五四新文学的价值尺度，五四以来一直高扬的启蒙的文化观念已经为战争时期主导的实用性政治和军事理念所压倒。两种文化规范的冲突最终以《讲

[①]　王瑶：《中国新文学史稿》，上海文艺出版社1982年版，第556页。

话》地位的确立、"一个新的战时文化的文学阶段开始初步形成"为终。

战时文化心态给文学发展带来的两样东西,即除了它赋予文学更加强烈浓重的政治性和实用性(这一点其实在传统文学史著述中已经确定了,只不过没有更明确表示出来而已)之外,更重要的是忽视了《讲话》中体现出来的文艺思想中的一般性和特殊性问题,没有看到《讲话》中"一般性"规律和"特殊性"时代需要两方面的存在,以及长久之计("经")和权宜之计("权")[①]的各自特点所在。新的文学史著述认为《讲话》中提出的人民生活是一切文学艺术的唯一源泉,提倡作家到人民中去,到这种"唯一的最广大最丰富的源泉中去",反对那种"没有对象"陈腐僵化而又言之无物的"空头"文艺家等理论,都是文艺发展应该长期注意和遵循的理论指导,属于"经"的范畴;而"文艺为政治服务的提法,以及在文艺批评中实行政治标准第一,艺术标准第二的提法"[②]"关于把具有社会性的人性完全归结为人的阶级性的提法……关于把反对国民党统治而来到延安、但还带有许多小资产阶级习气的作家同国民党相比较、同大地主大资产阶级相提并论的提法",[③] 是为了抗日战争最终取得胜利而做出的"权宜之计"。这种"经""权"之分,通过历史合理性和历史决定性的辩证方式证明《讲话》中"战时"特征的必然性和无法超越历史的局限性。正如李书磊所说:"回顾历史既须有一种公正评说的无情,亦须对前人有一种真正的同情,对他们具体而不可超越的历史环境有一种清醒的估计。"[④]

但是,长期以来,在战时文化心态的主导下,这种"经""权"之分没有能够用来有效地指导中国当代文学的发展甚至没有能够被区分和界

[①] 胡乔木:《关于延安文艺座谈会前后》,转引自李书磊《1942年:走向民间》,山东教育出版社1998年版,第170页。
[②] 钱理群等:《中国现代文学三十年》,北京大学出版社2007年版,第355页。
[③] 胡乔木:《当前思想战线的若干问题》,转引自孔范今主编《二十世纪中国文学史》下册,山东文艺出版社1997年版,第845页。
[④] 李书磊:《1942年:走向民间》,山东教育出版社1998年版,第164页。

定,"一些本来只适于特殊历史条件的结论被任意引申推广",① 并在以后的文学发展中没有得到公正的认识和及时有效的调整;没有能够用一种"更加辽阔的胸襟和更加长远的眼光"来"对文化的自足性和专业性本身有更深的同情和更高的尊重",② 以致对当代文学"造成了十分恶劣的影响和后果"③,在 20 世纪 60 年代甚至影响了国家社会的稳定和发展。

影响是从《讲话》发表之后开始的,这一点无论是在传统的文学史著述中,还是在新的文学史著述中都予以肯定。但新的文学史著述的肯定中包含了更多的从审美性角度出发的省思。下面仅从文体、基调、风格等方面稍加梳理。

从文体上看,新文学诞生以来各种文体还是得到了较为平衡的发展,小说、诗歌、戏剧、散文、杂文等文体都在初创时期得到了突飞猛进的发展,也在各自领域产生了诸多经典性作品。从 20 世纪 40 年代开始,解放区文学创作上的文体变化非常明显。以赵树理为代表的"大众化"小说创作占据主要地位,叙事诗、新歌剧等体现浓厚民间特色的文体得到空前发展,以讽刺和批评为主旨的杂文文体被压制。新的文学史著述均对此变化给予关注。他们注意到,很多作家在《讲话》发表以前热衷于杂文创作,却在《讲话》发表后断然宣布杂文时代已经过去的姿态,暗含了五四新文学根性与战时文学实用性的较量;④ 而秧歌剧、歌剧、戏曲等地方特色浓郁的文学体式得到了前所未有的发展,也是有着强烈的意识形态动机和政治目的。不过,对这一问题,显然新的文学史著述更强调了它的学理性。比如,认为新歌剧将"西方引进的现代剧种,如此紧密地和中国农民形成'对话'"的努力"开创了前所未有的局面"⑤。这种阐释角度认为,新歌

---

① 钱理群等:《中国现代文学三十年》,北京大学出版社 2007 年版,第 56 页。
② 李书磊:《1942 年:走向民间》,山东教育出版社 1998 年版,第 172 页。
③ 黄修己:《中国现代文学发展史》,中国青年出版社 2008 年版,第 440 页。
④ 李书磊:《1942 年:走向民间》,山东教育出版社 1998 年版,第 195 页。
⑤ 吴福辉:《中国现代文学发展史》 (插图本),北京大学出版社 2010 年版,第 378、380 页。

剧是西方现代性与中国本土文学形式有效对接后的重要收获；而有的著者则认为这种新剧种的"历史本质"是"解放区文学赋予新文学以特殊的'寻根'意义"，表明了"新文学在解放区这里发生了最重大的变化，那就是试图把'根'深深地扎在民族文化土壤和人民的生活中"①。这种阐释角度认为，新歌剧的发展实际是中国新文学对农民审美趣味和欣赏习惯的接受，是向本土资源转向的结果。实际上，这些阐释是对中国传统民间文化在解放区的复苏的确认，其意义是不言而喻的。

关于基调与风格问题。《讲话》要求文学创作必须写"光明"而非"暴露"和"批判"，所以那时的延安文学创作整体上多是以歌颂为主，力求表现解放区蒸蒸日上的革命活力，总体上呈现了一种乐观基调；艺术风格上不再展现沉雄悲壮而必须呈现朴实自然的文风，符合人民大众的欣赏习惯；注重使用革命现实主义和革命浪漫主义的创作形式；语言上力图做到通俗易懂、消除隔膜，反对朦胧、晦涩；不再注重五四以来对西方现代主义、象征主义的学习和借用，转向从民间文艺中汲取营养。新的文学史著述对这一转变做出了较为客观的认识，指出《讲话》对文学基调、创作风格和创作形式的规定过于严格，形成的"种种设限在有的时候演化为繁琐的公式"②，产生了"忽视文艺自身的审美独立性、机械理解艺术的政治功能等偏差"，③ 没能很好地"向世界文艺学习，广收博采，反而把自己封闭起来""单一的艺术追求又使某些作家丢掉了自己的艺术个性"，不愿意再敞开"'灵魂深处'的情感世界"，④ 等等。上述诸种阐释大致可归结为三点：其一，《讲话》后文学创作活动由"多元"转变成"一元"，造成了文学创作活动的呆板和闭塞；其二，文学审美功能被严重削弱，作家个性艺术特征服从于集体意识和政治指引；其三，对"光明"与"黑暗"

---

① 钱理群等：《中国现代文学三十年》，北京大学出版社2007年版，第350—351页。
② 洪子诚：《中国当代文学史》，北京大学出版社2007年版，第13页。
③ 刘勇等主编：《中国现代文学史》，北京大学出版社2006年版，第398页。
④ 黄修己：《中国现代文学发展史》，中国青年出版社2008年版，第439页。

"歌颂"与"讽刺"等问题的处理过于简单和极端,这实际上"代表着由一种批判文学向肯定文学的转折"①。显然,新的文学史著述对此是极不认同的。

新的文学史著述对《讲话》的阐释不仅仅包括对《讲话》文本本身的分析,如上文未曾提到的关于文艺批评标准问题等,也包括了对在《讲话》精神指导和指引下出现和发生的诸种文艺思潮、文艺现象的重新梳理和解读。比如,对王实味的"政治审判式批判"、关于"主观论"的论争以及关于"赵树理方向"等问题,限于篇幅,本文不再梳理。

二 作为文学主体的农民和知识分子

在《讲话》中毛泽东依据在革命中的不同作用和地位区分了四种人——"工人、农民、兵士和城市小资产阶级"②。这四种人构成了最广大的"群众"集体,对文艺事业而言,他们既是文艺的服务对象,又是文艺作品的接受主体。20世纪80年代以前的文学史叙述,习惯以阶级分析的角度来阐释"群众"问题,认为文艺还是应该遵从毛泽东的教导:"我们的文艺第一是为工人的……第二是为农民的……第三是为武装起来了的工人农民即八路军、新四军和其他人民武装队伍的……第四是为城市小资产阶级劳动群众和知识分子的。"③那一时期的文学史表述上习惯将这四种人的阶级属性与文学服务对象的次序对号入座,并且在很长时期中,这种次序是没有变化的,"工农兵"始终成为一体。他们普遍认同"文艺为人民大众首先为工农兵服务的方向,这是《讲话》在文艺史上的一个突出贡

---

① [德]顾彬著:《二十世纪中国文学史》,范劲等译,华东师范大学出版社2008年版,第191页。
② 《在延安文艺座谈会上的讲话》,《毛泽东选集》第三卷,人民出版社1967年版,第812页。
③ 刘绶松:《中国新文学史初稿》下册,中国人民大学出版社1985年版,第437页。

献"①。单方面放大"工农兵"文艺方向的重要作用是以往文学史叙述的一个基本面貌。

而新的文学史著述也关注"工农兵"文艺方向的重大意义,只是他们不再单纯从《讲话》文本出发,而是通过新文学的发生与发展历史、战争状态下的时空转换、文化资源与文艺功能等关系来确立文艺的服务对象和实现服务的可能性与必要性。他们看到,在这四种人中地位产生悬殊变化的应当是"农民"和包含在"城市小资产阶级"中的知识分子。这是因为,到20世纪40年代,文学已经从五四时期的"人的文学""平民文学",经由"左联"时期的"大众文学",转变成了抗战时期以"农民"阶层为接受和服务主体的通俗文学。也就是说,在这一流变中城市小资产阶级和农民的地位发生了互换。钱理群等学者阐释道:"五四时期就提倡过'人的文学''平民文学'目标是个性解放、人的解放;所谓'平民文学'主要指突破贵族化圈子而表现普通人的文学,'平民'主要指城市小资产阶级及其知识分子。到'左联'时期又推行过文艺大众化运动,这'大众'就比较具体了,指的是广大的普通的民众,特别是下层民众,但关注点往往局限于语言和表现形式的通俗化。"到了"解放区这种环境中,读者主体已经从一般文化人和小市民的相对狭小的范围,扩大为广大的普通民众(主要是农民)"②。不同阶层在与文艺关系上的地位变化表达了在不同时期中国文学发展所承担的不同任务,进而表明文学接受主体和服务对象是如何被镶嵌到文学自身发展的逻辑中。新的文学史著述通过对五四、"左联"和"抗战"三个时段文学的接受主体和服务对象的对比,说明"农民"阶层已经从原来"被启蒙"的地位上升至"被学习"的地位。这是因为"抗战,那是以中国最广大的阶级——农民为主体所投入的一场

---

① 唐弢、严家炎:《中国现代文学史》,人民文学出版社2002年版,第198—199页。
② 钱理群等:《中国现代文学三十年》,北京大学出版社2007年版,第354页。

自我解放运动",①农民阶层从被确定为抗日战争的主力军的时刻起就摆脱了落后、愚昧的阶层属性,走向了文艺殿堂中的"受奉者"地位。关于这一变化,有人认为其本身又"暗示了同五四理想的告别"②。这种判断似乎又与知识分子和农民的地位变化相吻合。但不管怎么说,新的文学史著述通过对《讲话》中所强调的服务对象的解析看到农民阶层的地位在20世纪40年代的重要转折,以及它为后来中国文艺的走向带来的巨大影响。

与农民问题相关的是知识分子问题。知识分子与农民一起,成为《讲话》中关于文学主体问题的两极。这不仅是因为进入20世纪40年代以后,知识分子的角色本身发生巨大转变,更是因为知识分子才是《讲话》中要解决的"为谁服务"和"如何服务"两个问题的实践主体。正基于此,毛泽东才会在《讲话》中急切地要求他们转换思想情感。但这一问题在传统的文学史著述中仅仅作了单一性的理解,强调了知识分子改造的重要性和必要性,而没有从知识分子自身的属性上去分析和判断这个阶层在文化建设、文学创作以及置身战时环境中的双重属性。认为"文艺工作者(知识分子)"通过"深入工农兵群众、深入实际斗争,既转变思想,又获取源泉"是毛泽东为发展中国无产阶级革命文艺指明的一条康庄大道,是"完全符合文艺的特点"③。新的文学史著述对此却作了更为客观的分析。他们指出:《讲话》的这种从战时实用角度出发,过分地强调知识分子要"在残酷的血肉搏斗中变得单纯、坚定、顽强"必须"统统抛去""那种悲凉、痛苦、孤独、寂寞、心灵疲乏"④的做法,确实促进了一个特定时期文艺新特征的塑造,但以损害知识分子复杂多面的阶层属性为代价;从文艺长远发展的角度来看带来了许多不利的影响因素,"要作家的思想感情在为

---

① 陈思和:《中国新文学整体观》,上海文艺出版社2001年版,第90页。
② [德]顾彬著:《二十世纪中国文学史》,范劲等译,华东师范大学出版社2008年版,第186页。
③ 唐弢、严家炎:《中国现代文学史》,人民文学出版社2002年版,第213页。
④ 李泽厚:《中国现代思想史论》,天津社会科学院出版社2003年版,第238页。

工农兵服务的前提下来一番脱胎换骨的改造,这里显然包含着对创作中主体精神的轻视"[1],最终不免导致"作家丢掉了自己的艺术个性"[2] 的局面。也有人指出:《讲话》在定位知识分子和农民两个阶层的地位时,"对前者做了低调的评估,而对于农民作为一个群体,在指出其革命性的同时,却又忽略了他们中存在的小生产者的落后意识及封建思想影响的沉淀"[3]。对农民落后处的隐讳,对知识分子先进处的漠视和回避,单一地要求知识分子做出牺牲等做法,不仅"造成了对整个知识分子阶层的轻视和歧视并进而造成了后来对知识分子的敌视与疏离,引发了建国后一次又一次的知识分子改造与清洗运动"[4],而且给知识分子的自身认同感造成了极大的困惑,使得知识分子阶层在相当长的一段时间里迷失自我,对于自我价值和自我认同的问题陷入混沌和迷茫,以致知识分子未能有效发挥自身的作用。这些阐释其实就是关于知识分子与《讲话》关系的一个被动层面的考察。

但,新的文学史著述也看到了在《讲话》前后知识分子自我改造的主动性。他们看到,多数知识分子自觉而认真地学习了马克思列宁主义,并把这种哲学观转化为指导自己的人生观、价值观,甚至是审美观;对《讲话》中提倡写新题材、新主题、新人物的文艺指引做出了真诚的回应"他们以自己能够带着与人民群众血肉相连的感情""而骄傲"[5]。有人认为,知识分子的这种骄傲和主动都是"受制"的结果,但顾彬指出"把导致一种遵命文学的责任全盘推到共产党身上可能并不正确。党虽然造成了审查和自我审查的谨慎氛围,可作家们的责任也不是可以简单推卸掉的"。他以萧军的散文《论同志的"爱"与"耐"》为例,说明了知识分子是"如

---

[1] 孔范今主编:《二十世纪中国文学史》下册,山东文艺出版社1997年版,第994页。
[2] 黄修己:《中国现代文学发展史》,中国青年出版社2008年版,第439页。
[3] 钱理群等:《中国现代文学三十年》,北京大学出版社2007年版,第355页。
[4] 李书磊:《1942年:走向民间》,山东教育出版社1998年版,第175页。
[5] 钱理群等:《中国现代文学三十年》,北京大学出版社2007年版,第349页。

何自愿地为了意识形态的必然性而牺牲了文学上可能的场景"①。顾彬认为作家(知识分子)在20世纪40年代的"牺牲"和"被限"实际隐含了某种"自愿"的因素,即知识分子自身有对革命信仰的坚守和与人民"打成一片"的情感取向。陈思和通过对瞿秋白、毛泽东文艺观点的比较,也具体分析了这种主动性形成的原因。他发现《讲话》的文艺观念"其大部分都在瞿的著作中出现过"。而瞿秋白的"系统性、缜密性和对马克思主义文艺理论原著的熟悉""并不在毛泽东之下",缘何毛泽东的"这些思想才在实际生活中产生重大影响,成为一个时期的文艺指导方针呢"?缘何毛泽东的文艺理念就受到了知识分子"自愿"而真诚的回应呢?陈思和认为,"这固然与毛泽东个人在党内的地位有关,但更主要的是战争造就了战时的文化心理"使然。②毛泽东看到了知识分子身上具有的"经世济民""天下兴亡,匹夫有责"的传统文化心理与战时特殊环境可相契合的部分,并不失时机地将两者凝合、升华为战时特有的文艺指导思想。知识分子在这样的文艺指导方针中有可能达成实现自身价值与履行救国救民社会责任的双重任务,这条道路正是知识分子一直以来探索和期望的。

应该说,从被动性与主动性两个层面考察知识分子与《讲话》的关系,是新的文学史著述中对《讲话》进行学理阐释的一个重要的收获。

《讲话》自诞生之日起便不断地被传播、接受和阐释,梳理这一过程,实际上就是考察中国20世纪中叶以来的文学发展史。从不同时期对《讲话》不同的建构和解读中,可以透视出文学的命运发生了怎样的变化。比如,从"重写文学史"事件中我们也可以看出20世纪80年代的文学审美取向是怎样与《讲话》发生关联和磨合的。"重写文学史"事件发生在距离《讲话》发表已经40多年的20世纪80年代,促使《讲话》诞生的战

---

① [德]顾彬著:《二十世纪中国文学史》,范劲等译,华东师范大学出版社2008年版,第190—191页。

② 陈思和:《中国新文学整体观》,上海文艺出版社2001年版,第95页。

时环境已经消失,"强制"和"强迫"也不再是接受和阐释《讲话》的极端手段。也就是说,20世纪80年代以后,《讲话》的阐释整体上进入了一个新的阶段,融入了一种新的社会氛围、文化氛围。况且,"重写文学史"的发生本身就是20世纪80年代多元开放的文化思潮激荡下的结果之一,它使用了新的原则和观念对《讲话》进行了不同以往的阐释和分析,很好地体现了那个时期文艺审美取向的转变。今天,我们从各种版本的新的文学史著述对《讲话》的阐释中看到了治史者不同的思维方式和学术理念,这种差别无疑极大地丰富了《讲话》的内容,并保证了它的开放性。

周景雷、胡冠男

延安文学研究的还原性特征

延安文学是20世纪40年代在特定历史文化场域形成的一种文学形态和类型。延安文学研究在21世纪以来的十余年间取得了长足进步,获得了一些较为重要的学术成果,而且,这个时期的延安文学研究,也已经突破了其自身的限制,而对中国现代文学和当代文学的深入认知和研究产生了积极影响。所以,大家可以看到,近年延安文学研究其实成了一个较为持续的研究热点和前沿性话题之一,一些年轻的学者都很乐意在这个领域贡献自己的激情和才智。这是很难得的。

21世纪以来延安文学研究新气象的出现和渐次形成,其实离不开20世纪90年代一批学者的研究成果。在很大程度上,新的延安文学研究乃是这些研究成果的一个接续和强化而已,只是,这些成果在20世纪90年代是闪闪灭灭、若有若无的,而到了21世纪,就形成了一种自觉的研究行为,一种不可多得的研究氛围。在20世纪90年代,钱理群先生对于丁玲、萧军等人富有激情和思想深度的关注和研究,李书磊在"走向民间"的历史语境中对于延安文事的叙写,王培元对于抗战时期延安鲁艺的倾心勾勒,黄昌勇在历史的明暗之间体味王实味内心和王实味事件的悲凉,他的那本在20世纪末出版的《王实味传》[①]也就为人们打开了一扇较为特别的认知历史的窗口。也许,在对延安文学的理解方面,海外学者唐小兵提出

[①] 该书由河南人民出版社于2000年出版。此前,他还以黄樨之笔名发表《延安四怪:王实味、塞克、萧军、冼星海》(中国青年出版社1999年版)并编选了《王实味:野百合花》一书(中国青年出版社1999年版)。

的致力于探究"大众文艺与意识形态"复杂性关系的"再解读"思路和论述模式①,为人们理解延安文学和艺术的多样性与丰富性提供了不可多得的研究范式。笔者虽然至今不认同其如把延安文艺等界定为"大众文艺"的提法,因为这样的理解和界定恰恰是肢解和混淆了延安时期"意识形态"的动态性变迁以及后期带有更为根本性的趋向凝固和僵化的一面。笔者也不喜欢蕴含其理论思辨中的某种别扭感,但是,此种致力于现代性、文化性和多元性理解,并着力于探究历史文本背后之意义结构和运作机制的努力,还是极大地突破了此前"工农兵文学"研究范式,而对国内学界产生了富有冲击力的影响。并且,此种影响与后来在国内学界悄然流行的那种对于"红太阳如何升起"②以及革命中的"延安道路"③的关注和反思联系起来,其震撼力尤其令人难忘。尽管近年有学者对"再解读"等方法和成果有所质疑,在笔者看来,这种质疑和批评值得肯定,因为文学研究本身就是一项非常严肃和严谨的事情,但是,对于一些已经在历史和现实中产生了积极影响的思路和成果,也应采取辩证包容的态度,可以帮助其进行反思和完善,而不要简单地走向一种较为偏执的否定。

如上所述,21世纪以来延安文学研究的崛起其实经历了一个较长的学术积累和发展过程,是一些内外因素或主客观因素多方面促成的结果,但是,它的直接原因在于一批新锐学人的迅速出现和成长。他们中不少人把博士论文的选题敏锐地限定在延安文学研究领域,而另外一些学者在进行20世纪40年代文学与文化的研究时,也往往不断驻足于此。这样经过十余年来的不懈努力,延安文学研究界终于从不同角度、在不同层面取得了一些新的研究成果,它们内含的创造性品格不能不引起人们的高度重视,

---

① 唐小兵:《再解读:大众文艺与意识形态》,香港牛津大学出版社1993年版。
② 高华:《红太阳是怎样升起的:延安整风运动的来龙去脉》,香港中文大学出版社2000年版。必须指出,该书把任何事件和话语实践均指向毛泽东个人权威的谋略化获取,在笔者看来也是比较简单而不太符合历史实际的。
③ [美]马克·赛尔登著:《革命中的中国:延安道路》,魏晓明、冯崇义译,社会科学文献出版社2002年版。

而其对于以往研究成果的超越性努力也就越发值得肯定，新的延安文学研究也就日渐形成和崛起了。在这崛起中，延安文学的种种复杂性因素得到了不少学人的多方面揭示：有的学者更多地揭示了延安文学的体制化；有的更多关注了延安文学的民间化；有的对延安文学蕴含的革命伦理做了较为细致的阐释；有的对延安文学的文艺、美学观念的演进做了整体性考察；有的对延安文学的传播和接受做了一番较为全面的梳理；有的对延安文学发展过程中的一些重大现象如鲁迅现象、突击文化现象进行了较为深入的探讨；有的直面延安文学作品和文体本身，对其做了种种富有历史、人文和美学意味的细读；有的从中国现代文化和意识形态嬗变的角度总体性地探讨了延安文学的复杂化形成，而延安文人可歌可叹的心路历程及其命运也引起了研究者的持续关注；有的对延安文学从媒体、版本角度做了种种梳理和考证。如此等等，不一而足。可贵的是，这些研究者大多力图从一个新的角度或层面揭示延安文学，接近或部分地还原延安文学的历史真相，努力寻求并揭示延安文学发展过程中呈现出来的本体属性及其复杂化内涵。当然，延安文学中是否有些属于它自身的本体性因素存在，其美学和文化等方面的内涵到底表现在哪些方面，这些都是属于仁者见仁、智者见智的地方，也是延安文学的魅力所在。

概括说来，自20世纪90年代中期以来，现代中国文学研究的一个重要特色乃在于文学—文化研究的展开，这在广度和深度两方面都极大拓展了现代文学研究的空间。21世纪以来的延安文学研究显然构成了这种研究趋向的一个重要环节，显现了自己浓厚的文化特征。新的延安文学研究应该说体现了一种高度的文化自觉。这种文化自觉首先体现在研究者普遍具有的对于真正富有文化意味的研究方法和视角的选择上，其次表现在对延安文学之文化内涵所做的多方面揭示与阐释。在一定意义上，由于某种更为内在的权力机制和权力意识的规训，延安文学在其形成过程中承担的复杂性远远超出了文学作品本身。正因为如此，单纯从审美角度并不能揭示延安文学的丰富历史。纯文学视角与延安文学本来就是格格不入的，延安文学现象在本质上是一种复杂得多的文化现象。因此，在笔者看来，只有采取一种较文学本身更为阔大的研究视角，如文学—文化的视角，文学—社会的视角或所谓大文学的视角，才能真正走向延安文学的历史深处，才能充分理解延安文学在其发展中呈现出来的复杂化景观，也才能让我们在重新认识和研究延安文学的同时一并焕发出新的思想活力。

政治文化视角曾经引起学界的广泛注意。朱晓进曾据此集中探讨过20世纪30年代的文学，然后又把它贯穿到了对于整个中国现代文学史的理解之中，认为中国现代文学的发展具有一个复杂而特殊的政治文化背景，这个背景对于文学发展产生了巨大影响，所以中国现代文学具有一种强烈的非文学特征。在这意义上，就中国文学而言，20世纪也就成了一个非文学的世纪。[1] 新的延安文学研究无疑也受到了这个研究视角的启发，在此影响下，新的延安文学研究应该说显现了较大的学术活力，体现了向纵深发展而直抵延安文学本来的态势。黄昌勇曾经对王实味"《野百合花》现象"进行过多方面考量[2]，在他论述中，这种现象本身就是一个被扩大化了的政治文化事件。朱鸿召曾在对延安文人与文化的考察中，力求从兵法文化角度来理解那种准军事化的延安政治与文化形态，但是，文艺整风前延安文人、延安文学与文化观念内部也存在着一些或隐或显的冲突。[3] 吴敏在探讨延安文人的复杂际遇时，力求把对延安时期小资产阶级话语的梳理当作一个重要的文化中介来把握延安历史的形成。[4] 梁向阳面对延安时期的

---

[1] 朱晓进:《非文学的世纪：20世纪中国文学与政治文化关系史论》，南京师范大学出版社2004年版。

[2] 黄昌勇:《宿命中的沉浮：丁玲与王实味》(《文艺争鸣》2002年第3期)、《〈野百合花〉与延安文学思潮》(《延安大学学报（哲学社会科学版）》2000年第4期)、《〈野百合花〉的前前后后》(《新文学史料》2000年第3期)、《〈野百合花〉如何被国民党利用》(《南方周末》2000年5月19日)；另见其《砖瓦的碎影》，同济大学出版社2008年版，第240—282页。

[3] 朱鸿召:《延安文人》之第2章第4节"在不能安身处安心立命"等，广东人民出版社2001年版。

[4] 吴敏:《试论40年代延安文坛的"小资产阶级"话语》，《中国现代文学研究丛刊》2004年第2期。

散文流变，指出"延安时期"散文话语经历了一个由自由状态到自觉状态的整合过程，而这打破了散文在"五四"新文化运动以来形成的张扬个性及多元话语传统，在新的历史境遇下产生了新的话语规范，而成为既定秩序的维护者。[1] 这些说到底，其实都是在理解一种政治文化的形成及其特质。袁盛勇在其探究延安文学的形成及其流变时认为，新时期"重写文学史"尽管发生了多方面的积极作用，但是也在对文学审美与形式的张扬中又异常显明地遮蔽了中国现代文学与政治文化之间不可分割的广泛联系；进而指出，延安文学在本质上是一种意识形态化的文学，因此，探究其意识形态化的形成应该作为延安文学研究的重要出发点。[2] 自此，延安文学形成中的"意识形态"一维得到了学界的普遍，重视意识形态一度成为新的延安文学研究中的关键词。意识形态在延安文学与文化形成上发挥的结构性作用非常明显，但其结构化过程非常复杂，非常耐人寻味。这既显示了延安文学形成的复杂性，也表征了延安文学研究必然具有的某种文化意趣。周维东在其探究"突击文化"与延安文学的关系时指出，"突击文化"是对延安文学发生语境的一种概括，它集中反映了抗日革命根据地社会日常生活的军事化色彩、为建立现代民族国家的"焦虑"心态，以及潜在的"突围"心理。他认为从"突击文化"的角度研究延安文学，能够使延安文学研究从"政治"的视野步入更深入的"文化"空间，进而丰富人们对延安文学内在复杂性的认识。近年来，他又把这一思路置于民国文学史的视野和空间内，从一个比较自觉和开阔的角度来思考和研究延安文学的生产及其社会—政治—文化属性，[3] 笔者认为，这是很有意义的。但是，需要提醒的是，延安文学的空间和社会属性其实也是一个过程和意义生成之中的一部分，两者并不是一个对立的关系，而是一种互补和回环往复的

---

[1] 梁向阳：《从自由言说到自觉言说的整合——"延安时期"散文现象浅论》，《延安大学学报（社会科学版）》2002年第2期。
[2] 袁盛勇：《延安文学及延安文学研究刍议》，《文学评论》2005年第1期。
[3] 周维东：《中国共产党的文化战略与延安时期的文学生产》，花城出版社2014年版。

关系。

　　延安文学与民间文化、民俗文化的关系也在一些研究者的成果中得到了多方面呈现。毛巧辉在探讨延安文学中的"民间文化"时指出，延安时期的民间文学在中共政治体制影响下发生了涵化，同时民间文学自身固有规律产生的张力，使得其偏移向本位归属，在涵化与归化这两种合力作用下，形成了特殊的"民间文学"。并且认为，影响延安时期民间文学的发展和兴盛的另外两个因素，即中国共产党重视民间文学传统和陕北人文生态中丰富的民间文化或地域文化积淀，前者使得延安时期中共在民间文学领域形成一套较成熟的政策，将民间文学纳入了文学的体系，而且将其作为结合群众的一种表现，成为更好地领导群众、让群众了解中国共产党政策的一种方式；后者则为延安时期民间文学的兴盛提供了较为合适的人文境遇。① 沈文慧在此之上，认为农民文化恰恰是延安文学赖以发生的一个不可忽视的文化语境，她倾向于比较全面系统地探究农民文化与延安文学双向互动的复杂关系。在她看来，农民文化在传统中国更是民间文化最主要的构成部分，在"延安道路"中农民与知识分子之间存在着一种双向启蒙的互动关系。以毛泽东为核心的中共领导层和知识分子思想深处潜在的农民情结是延安文学观念建构的潜在动因。农民情结不仅体现为延安文人始终在文学实践中努力寻求文学走进农民的方法与途径，积极主动地创制"为农民的文学"，在理论和实践两个方面为延安文学观念的形成奠定了坚实基础，还表现为他们思想深处积淀的农民文化心理与精神结构，这种农民文化心理与精神结构使他们在权威话语面前极易丧失自我，这正是《讲话》权威化的一个重要原因。而作为延安文学观念最主要的建构者毛泽东，其意识深处的农民情结也以或隐或显的方式左右着他的文学观。② 这

---

　　① 毛巧辉：《涵化与归化——论延安时期解放区的"民间文学"》，博士学位论文，华东师范大学 2005 年，导师为陈勤建。
　　② 沈文慧：《延安文学与农民文化》，博士学位论文，华中师范大学，2008 年，导师为周晓明。

对深入理解延安文学应该说具有一定积极意义，但是农民文化在延安文学尤其是后期延安文学中处于一个什么样的位置，研究者应该有一个清醒判断，否则在其理解中就有可能严重偏离延安文学发展的本来。

"翻身"获解放曾是 20 世纪 40 年代中共统辖区域的重要政治和文化现象之一，也是延安文学中的重要主题之一。杜霞曾对这一现象进行过较为细致的文本解读和分析，认为"翻身"是一个新的时代命题和新的意识形态现象，而延安文学中"翻身"主题的定型化，正透露出文本与历史的同构性以及特定话语权力系统强大的自我生产和复制机能。因此，她的研究方式乃是一种"文化—形式—文化"的研究方式，文本叙事的修辞功能在一种文化观念的烛照下获得了一种较为广泛的历史和文化意义。[①] 黄晓华则较为深入地展示了延安文学中翻身派的"身体意识"。[②] 他认为，为了塑造革命需要的身体，延安文学建构了一套革命的性话语生产与分配方式，然而，这套方式在将性革命化的同时，也使性封建化最终成为对身体的一种桎梏。[③] 他论述的身体规训其实也是一种文化规训，显然带有延安政治文化的调控属性在里边。在贺桂梅那里，女性主义、西方马克思主义、现代民族国家理论等之所以进入了她的研究视野，也是为了更为深刻地揭示延安文学和延安文人具有的文化特征。李洁非、杨劼对延安文学的理解其实具有一种现代中国文化发展的大视野，延安文学的呈现是在一种带有历史理性建构意味的文化脉络中逐渐展开并定型的。所以，在他们看来，延安时代的真正影响力是在文化上，延安文学和文化的发生与延续对现代中国而言就成了一个最重要的文化事件。[④]

[①] 杜霞：《翻身道情——解放区小说主题叙事研究》，河北人民出版社 2006 年版，第 6—15 页。

[②] 黄晓华：《现代人建构的身体维度：中国现代文学身体意识论》之第四章，中国社会科学出版社 2008 年版，第 225—303 页。

[③] 黄晓华：《话语分配与身体调控——论解放区文学中的性话语》，《湖北大学学报》（哲学社会科学版）2009 年第 1 期。

[④] 李洁非、杨劼：《解读延安——文学、知识分子和文化》，当代中国出版社 2010 年版，第 312 页。

新的延安文学研究所具有的文化特征，其实在本质上是为了更好地还原延安文学，更好地让人们接近延安文学的本来。力求进行历史和文学的还原也因而成为新的延安文学研究的一个基本动力，一个重要的学术特征。"还原"首先是一种对于历史原初风貌的揭示。刘增杰先生曾经对延安文学研究提出"回到原初"[1]的主张，正是他坚守回到原初的学术立场，所以他才会在延安文学研究中多有收获，并且能盘查出延安文学中那些一度被遮蔽的另类作品[2]。在笔者看来，新的延安文学研究在总体上是做到了"回到原初"这一点的，而这，也反过来促使新的延安文学研究具有更为坚实而成熟的学术品格。新的延安文学研究注重对延安时期原始报刊资料的阅读、梳理和发掘，注重对一些相关文艺版本之流变的勘察，注重对一些历史场景和史料进行认真细致的辨析，让人们更为真切地进入历史情境，认知延安文学的传播和流变。在这方面，金宏宇对毛泽东《讲话》之版本源流所做的历史考察和辨析，[3] 王荣对李季《王贵与李香香》之版本变迁与文本修改的叙述与分析，[4] 江震龙对王实味《政治家·艺术家》和金灿然《读实味同志的〈政治家·艺术家〉后》等文章写作和发表时间的考辨与纠错，[5] 以及高浦棠对延安文艺座谈会决策过程、讨论议题等所做的系列考察，[6] 还有王增如、李向东对丁玲所写关于《在医院中》检讨文

---

[1] 刘增杰：《回到原初——解放区文学研究中的一个问题》，《中国现代文学研究丛刊》1999年第4期。

[2] 刘增杰：《一个被遮蔽的文学世界——解放区另类作品考察》，《文学评论》2003年第6期。

[3] 金宏宇：《〈在延安文艺座谈会上的讲话〉的版本与修改》，《中国现代文学研究丛刊》2005年第6期。

[4] 王荣：《〈论王贵与李香香〉的版本变迁与文本修改》，《复旦学报》（社会科学版）2007年第6期。

[5] 江震龙：《解放区散文研究》，上海三联书店2005年版，第267—274页。

[6] 高浦棠：《延安文艺座谈会讨论议题形成过程考察》（《中国现代文学研究丛刊》2007年第1期）、《〈讲话〉公开发表过程的历史内情探析》（《西南民族大学学报》（人文社会科学版）2006年第7期）、《召开延安文艺座谈会的决策过程考辨》（《延安大学学报》（社会科学版）2006年第2期）。

章的发现与整理①。如此等等，都是非常具有学术价值的研究成果。

"还原"也是一种历史态度和写作立场。新的延安文学研究基本上体现了一种尊重历史与文学发展本来的态度，这对新的延安文学研究者来说乃是一种学术研究和写作的共识。朱鸿召在探究延安文人、文艺整风以及延安日常生活中的历史时，曾说自己争取做到述而不论、述而少论，言必有据、据必做注。在他看来，这绝非学究气息，而是感觉到延安时期的历史内涵太沉重了，褒贬臧否，相关条件似乎还不成熟。②吴敏在探究延安文人的思想转变时，方法论上的自觉是很显然的，她采用的是一种曾为胡适所提倡的历史的方法，有七分证据不说八分的话，并且自觉把延安文人身上具有的一些重要思想现象和文化现象的产生与发展置放到历史的脉络中予以理解和把握。③黄科安以为进行延安文学研究的最有效途径，乃是回到历史的语境中，揭示延安文人如何承担既定的意识形态并对一些事关重大的历史事件做"经典化"的工作。并且认为只有这样，研究者才有可能真正走向延安文学的历史深处。④潘磊在考察"鲁迅"在延安的旅行时，为了防止夸大"鲁迅"在延安文化建构中的影响力，宣称尽量用史料说话，不过甚其辞，不做惊人之语。在写作方式上，力求呈现复杂的历史语境，在历史呈现中还原历史，无限地逼近历史事实本身。⑤杨琳在梳理延安文学传播报刊及其特点之后，认为回到历史叙事的现场，从文学作品传播的媒介及其规律入手，应成为延安文学研究的重要的也是基本的途径。⑥以上这些研究态度和方法，均有其相通之处，都是为了让延安文学与文化

---

① 王增如、李向东：《读丁玲〈关于《在医院中》（草稿）〉》，《中国现代文学研究丛刊》2007年第6期。
② 朱鸿召：《延安文人》，广东人民出版社2001年版，第2页。
③ 吴敏：《延安文人研究》，香港文汇出版社2010年版，第9—10页。
④ 黄科安：《延安文学研究——建构新的意识形态与话语体系》，文化艺术出版社2009年版，第9页。
⑤ 潘磊：《"鲁迅"在延安》，广西师范大学出版社2008年版，第7页。
⑥ 杨琳：《容纳与建构：1935—1948延安报刊与文学传播》，《西安交通大学学报》（社会科学版）2007年第5期。

研究更好地进入较为真切的历史场域，逼近历史与文学的本来。

对于历史与文学本来面目的探究其实不能不打上研究者的人文烙印。还原有表象的虚假还原和内在的真实还原。表象的虚假还原在以往的延安文学研究中大量存在，不少研究者自以为掌握了科学的社会——美学或历史——美学的研究方法，但到头来并没有揭示多少历史与文学的真相，更是缺乏对于真知的探求。而内在的真实还原则加上了一个较为符合历史与文化本来的评判尺度，加上了一个进行积极反思的人文尺度。研究者并不能简单地以历史之是为是，以历史之非为非，应该有所抉择和评判。在笔者看来，新的延安文学研究显然具有这样一种历史与文学之反思的品格，并且，只有在文学和历史的还原中加入这样一个反思的维度，对历史与文学进行的新的有价值的重构才有可能：还原与重构在新的延安文学研究中是紧密联结，不可分割的。在"还原"方法和态度上，新的延安文学研究显然受到过法国著名思想家福柯知识考古学理论的影响，知识考古学的方法和态度能够让延安文学与文化的复杂性境遇得到多方面考量。但是，历史的东西并非是一种冷冰冰的存在，历史在福柯那里也是一种令人关切的现实存在。福柯曾说，他之所以要写一部关于法国"监狱的诞生"的思想史著作，原因并不在于对过去的历史发生兴趣。他曾坦率指出："如果这意味着从现在的角度来写一部关于过去的历史，那不是我的兴趣所在。如果这意味着写一部关于现在的历史，那才是我的兴趣所在。"① 毫无疑问，新的延安文学研究也体现了这样一种研究和书写的动机，这也是笔者要反复强调"重构"的原因所在。而倘若在还原之上，没有历史的重识和意义的重构，那么新的延安文学研究也终归不会那样生动地参与当下和未来中国文学与文化的建构中去。

综上所述，21世纪以来的延安文学研究呈现了较好的发展态势，也形

---

① ［法］米歇尔·福柯著：《规训与惩罚：监狱的诞生》，刘北成、杨远婴译，三联书店2003年版，第33页。

成了自身的学术风范和历史—文化还原特征。无论如何，此种新的延安文学研究还只是刚刚起步，延安文学还有很多方面值得细细清理和研究，也需要研究者在新的历史和文化语境中拓展新的视野，付出更大努力。

袁盛勇

中国现代文学史中的延安文艺书写

延安文艺是指在毛泽东文艺思想指导下,从1935年10月中央红军长征到达陕北,至1949年7月第一次全国文代会召开,以延安为中心包括陕甘宁边区及其他抗日民主根据地和解放区在内的一切文艺活动与文艺现象。延安文艺是在特殊历史时期诞生的新型文艺,是面向工农兵的文艺,是消解知识分子精神优越性、关注底层民众真实生存状态的文艺。延安文艺体现了党的文化领导权的建立过程,即通过知识分子的有机化,完成革命队伍精神与思想的统一,寻找破解现代中国文化困境的规律,使马克思主义文艺理论中国化的过程。延安文艺是毛泽东思想在文艺领域结出的灿烂奇葩,她深刻地影响到中华人民共和国成立以后当代文艺的走向。受特定历史时期社会、政治、经济、文化等因素的影响,中国现代文学史关于延安文艺书写的流变过程与采用的书写方式值得关注与研究。

一 中国现代文学史中的延安文艺书写流变

(一) 20世纪50年代至70年代的延安文艺书写:众口一词

中国现代文学史书写包含"个人书写"与"集体书写"两种形式[①],不难看出最初的文学史与社会、政治、经济、文化发展状况的紧密联系。

---

① 吴武洲、赵北辰:《建国以来中国现当代文学史的个人写作》,《韶关学院学报》2002年第1期。

主流意识形态对文学话语的形成具有强大的制约作用，主流意识形态强化的阶级斗争成为这一时期文学史书写遵循的普遍原则。延安文艺运动作为文学史上最广泛的文艺大众化与民族化相结合的文艺实践活动，与当时抗战背景相适应，其文学形式与文学主题为20世纪50年代至70年代浓厚的意识形态与阶级论话语提供了文学史书写的可能。

"大跃进"运动与"人民公社"时期，由于"集体"一词被广泛运用到政治话语中因此也逐渐渗透到文学史的写作领域，著者在写作过程中都要遵循"集体"与"共同"这一政治化了的概念，因此出现了很多具有代表性的"集体写作式"文学史，如：复旦大学中文系现当代文学教研室编的《中国现代文学史》（上海文艺出版社1959年版）；九院校编写组所编的《中国现代文学史》（厦门大学第二印刷厂1978年版）；中国人民大学语言文学系所编的《中国现代文学史》（中国人民大学出版社1979年版）。这一时期出现的"个人写作"的文学史有王瑶的《中国新文学史稿》（北京开明书店，上册1951年版，新文艺出版社，下册1953年版）、蔡仪的《中国新文学史讲话》（新文艺出版社1952年版）、张毕来的《新文学史纲》（作家出版社1954年版）、丁易的《中国现代文学史略》（作家出版社1955年版）、刘绶松的《中国新文学史初稿》（作家出版社1956年版）。

王瑶于20世纪50年代出版的《中国新文学史稿》（上、下册）作为第一部中国现代文学史著作，将现代文学分为四部分，第三部分"在民族解放的旗帜下"包括从1937年抗日战争爆发到1942年5月《讲话》发表这一时期文学的发展；第四部分"文学的工农兵方向"包括从1942年5月延安文艺座谈会到1949年7月第一次文代会召开，这一时期人民文艺的蓬勃发展。这种与政治事件相对应的文学史时段划分体现了著者以革命理论来建构文学史的理念，与中国现代文学学科初创时期倚重政治来奠定自己学科合法化地位的需求是相适应的，也符合现代文学的发生、发展与政治密切相关的史实。《中国新文学史稿》全书语言比较客观、理性，阶级斗争色彩并不浓厚，体现了王瑶"以史代论"的治学素养，具有一定的史料价值，在当时的政治语境中确实比较难得，也显示出编著者作为学者的本色。

　　蔡仪的《中国新文学史讲话》深入地探讨了文艺大众化问题。蔡仪通过考察新文学史上的几个问题证明了毛泽东《在延安文艺座谈会上的讲话》为中国新文学所做的贡献。但这部文学史著作语言特点是热情有余、理性不足，缺乏科学合理的证明，如他在序言中提到"毛主席《在延安文艺座谈会上的讲话》是如何英明地把握了新文学运动史的主导方向"①。对《讲话》"如何英明地"引导新文学运动的方向单纯从"大众化"这一角度来证明，同时极力支持讲话内容"艺术服从政治，艺术标准服从政治标准"。蔡仪认为，"徒有政治效果虽然未必是很好的艺术作品而没有政治价值就根本不可能有像样的艺术价值"②。

　　张毕来的《新文学史纲》秉承蔡仪的文学史书写方式，书写基调积极、乐观，以"马克思列宁主义的修养"为标准来要求自己，将政治化的思维方式渗透到文学史写作中，主动地迎合了当时的主流意识形态。丁易的《中国现代文学史略》共 12 章，其中 1/3 的篇幅写延安文艺，他对《讲话》的评价更是极尽赞扬，给人的感觉甚至有吹捧之嫌，如"英明""光辉的著作""天才"等词语在文中使用频繁。更有"毛泽东同志的在延安文艺座谈会上的讲话的伟大的历史意义，有如'日月经天'，'江河行地'是无可比拟的，是无法形容的"③ 一类语言。

　　刘绶松的《中国新文学史初稿稿》（人民文学出版社 1979 年版）全书共五编，其中第四、五编涵盖了延安文艺，包括当时的文艺运动与斗争，《讲话》以及小说、诗歌、散文等文艺创作形式。刘绶松所持的文学史写

---

① 蔡仪：《中国新文学史讲话》，新文艺出版社 1952 年版，第 1 页。
② 同上书，第 144 页。
③ 丁易：《中国现代文学史略》，作家出版社 1955 年版，第 164 页。

作观点与上述几位大同小异,思想方面认为"人类之爱""人性论"属于"糊涂观念""错误思想",在写到毛泽东文艺的大众化思想时又说"这句话包含了多么丰富深刻的革命道理!是对于大众化多么正确,多么精到的概括!"①书中还严厉批评了葛一虹、胡风等人的思想。刘绶松的文学史写作观念大有"以论代史"之嫌,"毛泽东的《新民主主义论》《在延安文艺座谈会上的讲话》几成'元话语',左右着文学史叙述进程"②。他对作家的划分基本依赖其政治立场。

温儒敏认为,20世纪50年代的现代文学史教材的编著者大都是以"我们"的身份出现的,但"我们"与读者形成的关系不是平等而是教化的关系。文学史编写者充当的角色是当时既定理论的诠释者与宣传者。"如果说王瑶和张毕来的文学史中还多少保留有'我'的个人写作的角色特征,到了丁易,特别是刘绶松的文学史这里,作为文学史家的'我'的特色就被掏空,'正统'的色彩越来越浓厚。"③

这些个人写作的文学史有的被定位为全国高校中文系的通用教材,一定程度上适应了当时的教学需要,体现了个人对文学史的把握与理解。但与王瑶《中国新文学史稿》相比,史料显得相对单薄,学理性不足,王著毕竟是对文学史写作的个人化探索与尝试,对于以后的文学史写作具有一定的启发与借鉴作用。

至于这一时期集体编写的文学史,依然未能跳出唯物史观和阶级论的藩篱,具有较强的政治倾向性。例如,复旦大学中文系现代文学教研室所编的《中国现代文学史》,共八章,对延安文艺的书写篇幅较少,口语化写史较多,缺乏科学性与理性,其语言具有代表性的如"党和毛主席是人

---

① 刘绶松:《中国新文学初稿》,作家出版社1956年版,第439页。
② 刘忠:《"中国现当代文学史"写作路径的选择与走向》,《中州大学学报》2013年第4期。
③ 温儒敏:《"苏联模式"与1950年代的现代文学史写作》,《北京大学学报》2003年第1期。

民的大救星，只要跟着共产党，革命就有出路。尽管革命的道路艰苦万难，革命根据地人民一点没有屈服……"① 又如，九院校编写组所编的《中国现代文学史》全书共四编，其中约 1/4 的篇幅写延安文艺，第四编共五章，第一章题目为"《在延安文艺座谈会上的讲话》开创了革命文艺的新时代"，第二、第三、第四章分别从戏剧、小说、诗歌等几个方面讲述延安文艺。此书认为王实味的"人性论""暴露文学"属于"恶毒污蔑解放区的现实"的"反动谬论"，批评丁玲的《太阳照在桑干河上》渲染了农民的落后面貌，影响了作品的思想性。再如，中国人民大学语言文学系所编的《中国现代文学史》上册，全书共 20 章，约 1/5 写延安文艺，书写语言主观性极强，如对《讲话》的评价认为"它是一部产生过伟大国际影响的光辉论著"②，对王实味的评价言辞激烈。集体编写的文学史带有明显的阶级论色彩，有阶级斗争的痕迹，也是对当时官方主流意识形态和文艺政策的图解。

（二）20 世纪 80 年代至 90 年代的延安文艺书写：众声喧哗

20 世纪 80 年代以后，由于改革开放进程的不断深入，这一时期文学空前活跃，各种方法论一齐涌入文学家的视野，文化界逐渐进入一种由中西文化对话引起的躁动中。这一时期"寻根""先锋""新写实""意识流""黑色幽默"等众多文学新观念成为作家、批评家青睐的写作方式，逐步消解了集体至上传统，文学多元化的格局开始出现。1985 年钱理群、黄子平、陈平原三人提出"二十世纪中国文学"的概念。他们指出，"所谓'二十世纪中国文学'就是由 19 世纪末 20 世纪初开始的至今仍在继续的一个文学进程，一个由古代中国向现代中国转变、过渡并最终完成的进程，一个中国文学走向并汇入'世界文学'总体格局的进程"③。自此，延

---

① 复旦大学中文系现当代文学教研室：《中国现代文学史》，上海文艺出版社 1959 年版，第 450 页。
② 黄子平、陈平原、钱理群：《论"二十世纪中国文学"》，《文学评论》1985 年第 5 期。
③ 同上。

安文艺书写融入了众多著者的写作理念，写作态度与思想受"方法论"思潮的影响，呈现出众声喧哗的状态。

这一时期的现代文学史著作有唐弢、严家炎的《中国现代文学史》（人民文学出版社1980年版）、黄修己的《中国现代文学简史》（中国青年出版社1984年版）、山东省教育厅师范教育处所编的《中国现代文学史》（山东大学出版社1987年版），冯光廉、刘增人主编的《中国新文学发展史》（人民文学出版社1991年版），郭志刚、孙中田的《中国现代文学史》（高等教育出版社1993年版），朱金顺的《中国现代文学史》（北京师范大学出版社1996年版），党秀臣、李继凯、赵学勇、王荣的《中国现当代文学》（高等教育出版社1994年版），钱理群、温儒敏、吴福辉的《中国现代文学三十年》（北京大学出版社1998年版）。

上述文学史对延安文艺的书写呈现出褒贬不一的情况。有些文学史著作客观理性，能够及时融入学术界关于延安文艺的研究成果，具有较高的学术价值；有些著作受西方文化思潮影响，对延安文艺运动、《讲话》、毛泽东文艺思想、延安时期的文艺作品评价不高，强调文学的审美性等内部特征，轻视文学与政治、经济、历史、文化等外部特征的联系，总体上趋于理性。这也体现出文学史书写观念由革命论、阶级论向现代化的转型。

唐弢、严家炎于1980年出版的《中国现代文学史》，全书共20章，延安文艺约占1/4篇幅。该书对延安文艺的分析较为详细缜密，并列出许多史料性文献。由于该书出版于1980年，主要写作时间仍然是20世纪70年代后半期，所以思想倾向上仍然带有一定的阶级斗争痕迹，对当时一些较为进步的文艺观和文学思想持否定态度。该著作对《讲话》内容给予了中肯评价，强调文艺为政治服务的同时更应该充分尊重文艺的观点；关于文艺界思想斗争，如对王实味的批判问题，虽做出委婉中肯的评价，但大体上还具有意识形态倾向性，认为王实味《野百合花》"证明王实味已经滑倒何等危险的地步"①。

1984年6月出版的黄修己的《中国现代文学简史》,将延安文艺归于现代文学发生期的第三个时期,对王实味的批判只罗列出这一现象,未做任何评价,但指出《讲话》的局限与不足,如《讲话》使文艺从属于政治,把文艺作品的思想内容归为作品的政治观点、政治倾向性等。

20世纪80年代编著的一些文学史著作专用于教学或考试,这类文学史意识形态还比较明显。例如,1987年出版的山东省教育厅师范教育处编写的《中国现代文学史》,特别注意教材的导向性,观点较为陈旧保守,功利性较强而创新性不足,对延安时期文学作品人物形象的分析注重从正反两方面来分析,文学主题上要求在阶级斗争中不断提高读者的思想觉悟。

20世纪90年代出现了冯光廉、刘增人主编的《中国新文学发展史》。这部文学史用整体性、错综性、开放性相结合的原则来构建文学史框架,全书分上下两编,上编共17章,第十七章写工农兵文学。它指出工农兵文学的局限性,对工农兵文学的评价更具理性的批判意识,如批评他们"没有写出具有时代高度的新的艺术典型,创作主体的旧的情感积淀和艺术积淀阻碍着他们对现实做出更全面深刻的反映"②。可以说,这部文学史著作对延安文艺的评价已经具备较为宏阔的视野与眼光。

郭志刚、孙中田主编的《中国现代文学史》(上、下册)共31章,两章涉及延安文艺。其中第二十九章理性地分析了《讲话》,认为文艺"服务于"政治,"从属于"政治是不科学的。另外,著者指出在《讲话》精神的指引下,抗日根据地和解放区的文艺创作取得了巨大的成绩,《讲话》中提到的方面都得到了发展,但未强调的方面皆被忽略或削弱了,如"非工农兵题材的作品、艺术标准、民族文学传统中一些高雅优美的形式和对

---

① 唐弢、严家炎:《中国现代文学史》,人民文学出版社1980年版,第192页。
② 冯光、刘增人:《中国新文学发展史》,人民文学出版社1991年版,第442页。

西欧文学的借鉴等等"①。

  1996年出版的朱金顺所著的《中国现代文学史》，全书共18章，仅在第十五章和十六章提到了丁玲、赵树理及解放区其他作家的创作。对丁玲《太阳照在桑干河上》中人物形象分析时以阶级状况来划分，如"一个阶级只有一种脸谱，就是正在觉悟中成长起来的农民群众，也有着先进与落后，保守和自私，革命性强弱的差异"②。认为钱文贵是地主阶级代表，张裕民为穷苦农民的代表。张文采为小资产阶级知识分子的代表。可以算作著者的一家之言，能够自圆其说。

  赵学勇等人编著的《中国现当代文学》全书共28章，其中有五章涉及延安文艺，提出要用"坚持"和"发展"的眼光看待《讲话》，认为《讲话》是历史和时代的产物，它受客观环境和条件的限制。因此，"有些在当时认定的问题时过境迁后，就不那样周密、准确了，如关于文艺从属政治，对小资产阶级、知识分子、作家的估价等。对于《讲话》这个具有伟大历史意义的马克思主义文献，应该抱着一要坚持，二要发展的态度"③。该书深刻地反思了20世纪中国社会、政治、经济、思想、文化等与文学的密切关系。

  钱理群等人的《现代文学三十年》按时间划分共三编，将延安文艺纳入第三个十年，理性地分析了解放区文学的"收获"和"缺失"，将《讲话》与纯粹的文艺论著区分开来，对各种文艺思潮、文学论争给予思辨性的合理解释。例如，关于"民族形式"这一问题引发的争论，向林冰、葛一虹、茅盾、郭沫若、胡风等人均发表了具有影响力的文章，钱理群等人认为他们的观点虽有偏颇，但切中时弊，有现实针对性。又如，关于文艺与政治、文艺与生活的关系引发的争论，王实味、艾青、丁玲、罗烽等人

---

① 郭志刚、孙中田：《中国现代文学史》下册，高等教育出版社1993年版，第218页。
② 党秀臣等：《中国现当代文学》，高等教育出版社1994年版，第214—215页。
③ 同上。

的观点被长期视为毒草而受到政治审判式的批判,这一后果源于特殊的历史条件的限制,更由于政策的失误,对后来文学的发展产生了消极影响。再如,关于现实主义和"主观"问题的争论,胡风提出的"主观战斗精神"等理论是对新文学的某些局限性问题不太成熟却富有建设性的一次反思。钱著在这一时期的文学史著作中以史料翔实、学理深厚得到学界与读者的好评,已经成为全国大部分高等院校"中国现代文学史"课的指定教材,是文学史著中的畅销书与常销书。

(三) 21世纪以来的延安文艺书写:多元共生

21世纪以来,随着中国改革开放的步伐进一步加快,文学史观念异彩纷呈,出现了多元共生的局面。2000年以后的文学史有程光炜、吴晓东等著的《中国现代文学史》(中国人民大学出版社2007年版),朱栋霖等主编的《中国现代文学史》(北京大学出版社2007年版)、严家炎主编的《二十世纪中国文学史》(高等教育出版社2010年版)、吴福辉著的《中国现代文学发展史》(北京大学出版社2010年版)。这些文学史在融通"五四文学"到"左翼文学"再到"延安文艺"的历史合理性,正视《讲话》前王实味等延安文人文学思想中的启蒙意识,肯定延安文艺作品的民族品质,强调延安文艺的现代性内涵等方面均可圈可点,值得肯定。

程光炜、吴晓东的《中国现代文学史》站在较为宏观的立场上来阐释解放区文学,深入地讨论了五四文学、左翼文学、延安文学的关系,认为解放区文学的特征"表现在民间化和政治化的合流"[1]。同时,中肯地评价了赵树理小说的复杂性,认为赵树理的出现具有多方面的意义,宣告了文艺大众化在解放区的成功,意味着一种新的农村题材小说模式的崛起,标志着"知识分子叙述者全面让位于政治话语主体",也标志着五四以来的中国新文学真正开始了"整体结构的转型"。朱栋霖等主编的《中国现代

---

[1] 程光炜、吴晓东、孔庆东:《中国现代文学史》,中国人民大学出版社2007年版,第278页。

文学史》讲述解放区文学时认为，此前曾备受批判的丁玲、罗烽、王实味等人的作品正是一批"体现五四精神、从现代知识分子视角出发、针对革命队伍内部存在的问题和工农兵身上的落后意识进行暴露、批评的文艺作品"①。

严家炎主编的《二十世纪中国文学史》第十九章题名为"延安文艺运动和解放区文学"，对延安时期那些带有强烈启蒙意识的文学潮流、具有民族自我批判精神和干预现实的文学作品进行了细致深入的分析，并对《讲话》进行了一分为二的阐释。他认为，《讲话》有它伟大的历史功绩但不能把它绝对化，"《讲话》的有些思想如文艺与生活、文艺与人民群众的关系，文艺遗产的继承与借鉴、文艺的普及与提高的辩证关系等等，无疑具有普遍意义"②，但有些观念被以后的事实证明是战时环境下的"权宜之计"，因此不能将之绝对化、普遍化。

吴福辉的《中国现代文学发展史》运用了新的文学史观念，将延安文艺按地域划分归入延安，与战时的重庆、上海、昆明、港台等地并列。这一文学史的特殊之处在于他认真梳理了延安文艺的根源，从纵向上分析了延安文艺与苏区文艺、左翼文艺和民间文艺的关系。认为苏区文艺是延安文艺的前身，江西中央苏区的文艺形式包括戏剧、歌谣的写作以及苏区文艺的鼓动性等特点（如瑞金成立的八一剧团、高尔基戏剧学校、蓝衫剧团）都可以看作抗战文艺的前奏；"左联"倡导的文艺为政治服务的工农大众文艺传统对日后延安文艺的形成产生了一定影响。此外，陕北、晋冀地区的民间文艺，延安时期的秧歌剧、新歌剧、信天游等对推动延安文艺运动的深入发展也不容忽视。

---

① 朱栋霖、朱晓进、龙泉明：《中国现代文学史》，北京大学出版社2007年版，第270页。
② 严家炎：《二十世纪中国文学史》，高等教育出版社2010年版，第326页。

二 延安文艺书写的多元化样态及其启示

在 20 世纪中国文艺史上，延安文艺以其独特的美学特征而成为现代中国文艺标志性的文艺现象。"延安文艺"得名于 1942 年毛泽东《在延安文艺座谈会上的讲话》（后简称《讲话》）并且此后成为毛泽东文艺思想与《讲话》精神在文艺领域实践的标志和特征。延安文艺在承续"五四"新文化运动开拓的"人的文学"的基础上，又继承了中国左翼文学的文学大众化传统，进而开启了中国文艺崭新的时代。简单来说，延安文艺既是承继又是转折。延安文艺研究自其诞生之时便吸引无数的文艺工作者参与，并在一定的历史时期取得了丰硕的研究成果。

1949 年以前延安文艺在当时的文坛上处于非正统、非主流的地位，1949 年之后直至"文化大革命"结束，延安文艺才作为一种被官方认可的主流文艺形态，承担着政治宣传和动员的任务，这种情况一直延续至 20 世纪 80 年代前期。20 世纪 80 年代中后期，随着西方现代思潮的涌入与市场经济对文化的冲击，中国的思想文化界在"方法热"的氛围中逐渐提出"重写文学史"，以重新建构文学史书写的理论依据与评价标准，出现了大量强调个人化经验的"个人化"写作。进入 21 世纪以来，延安文艺研究无论是在史料的收集、研究视角还是方法的创新、研究视野的扩大等方面，均有了长足的进展。

随着时代的前进和文学史书写观念的不断变更，纵观已有的中国现代文学史著，对延安文艺的书写呈现出详略不一的特点，大致可分为两大类："附骥式"书写与专著式书写。"附骥"即延安文艺自被文学史家重视以来，大部分文学史写作中延安文艺均是"潜藏"或"依附"于其他的文学事件或包含在某一文学时期之内，并未将它作为独立的部分来讲述。"附骥式"是延安文艺在文学史书写中的常态，上述文中提及的大部分文学史著均属于此列，此不赘述。

由于新的社会历史条件下文学话语的环境变更为自由，20世纪后期的现代文学史书写开始注重对延安文艺的专门式论述：延安文艺座谈会召开的历史背景、1942年延安整风运动始末、"王实味事件"、《讲话》的内容和文学史意义、不同文艺题材的代表作家及其作品等，都成为延安文艺书写的重要组成部分。这类专门式论述又包括三个类型：资料汇编式、论说式、专著式。

资料汇编式侧重对史料的整理，如1983年刘增杰等人主持编写的《抗日战争时期延安及各抗日民主根据地文学运动资料》，后被收入2010年版的《中国文学史资料全编（现代卷）》丛书中。该书不只是当时延安知识分子的社团活动、文艺理论建设、文艺创作的作品展示，还收录许多早期无产阶级革命家的文艺主张的发言稿，从历史的角度还原延安文艺是全党无产阶级文艺思想的结晶，也直接反映出延安文艺与政治意识形态的高度关联性。2015年9月，由王巨才担任总主编的大型文献丛书《延安文艺档案》（陕西出版集团、太白文艺出版社2015年版）正式出版，包括《延安戏剧档案》（第1—10册）、《延安音乐档案》（第11—14册）、《延安文学档案》（第25—36册）、《延安文论档案》（第37—40册）、《延安影像档案》（第41—45册）、《延安美术档案》（第46—60册）6个子项目，共60册，3336万字，皇皇巨著，几乎囊括了延安时期的所有文艺作品与研究、评论资料，具有极高的文献史料价值。将"五四"时期与延安时期比较，关注延安的工人、干部、日本战俘、文艺工作者等群体的生活状况，记录了真实的延安史料，有助于我们理解延安文艺产生的特殊背景。王培元的《延安鲁艺风云录》（广西师范大学出版社1999年版）考证鲁艺从创建、发展到壮大的具体过程，追寻当时满腔热血的青年学生的学习、生活轨迹，企图再现并探求延安文艺界思想的复杂原貌。

论说式书写如《还原与重构——新的延安文学研究在崛起》（袁盛勇

编著,重庆出版社 2012 年版)。该书认为延安文艺绝非是好与坏、先进与落后等二元对立的思维所能界定清楚的,要触摸延安文艺复杂的肌理,必须冷静客观重返历史场域,在文学发展史的长河中梳理延安文艺的精神脉络,对延安文艺应该具有一种历史与文学的反思品格与维度,才能在还原与重构间推动延安文艺研究的新进展。黄科安的《延安文学研究——建构新的意识形态与话语体系》(文化艺术出版社 2009 年版)抓住"意识形态"这一研究视角,以重返"历史情境"的"知识考古学"式文学史研究思维,探寻延安文学话语体系被意识形态化的过程。该书以丁玲、周立波、赵树理、孙犁等延安时期著名作家及其文学活动为例,从学理的角度对延安文学形成的原因及其现代性品格做了详细分析,是具有鲜明学术创新特征的关于文学意识形态与延安文学话语体系研究的力作。梁向阳、王俊虎编著的《延安文艺研究论丛》(陕西人民出版社 2012 年版)收录了包括 21 世纪延安文艺研究现状、延安文艺思潮、延安时期作家作品、知识分子与延安文艺、对《讲话》的深层理解、陕北民间文化研究的相关论文,尤其值得注意的是在文学文化学视域下对陕北文化与陕北文学(包括陕北说书、信天游、秧歌等民间形式)之间的关系进行考察的论述,代表了延安文艺研究新的动态。

专著式书写指对延安文艺进行专门、完整的梳理,其史料翔实,文学史价值与意义重大。艾克恩等人主编的《延安文艺史》(河北教育出版社 2009 年版)可以算作延安文艺建构中最为完备的书写。全书按照时间顺序分为四编,分别记录新文艺方向的开创期、发展期、确立期以及迎接全国胜利时期的文艺活动及其成果,伴随第一次全国文代会的召开而实现了延安文艺史的完整建构。

现代文学史书写观念经历了从初创时期的革命论、阶级论再到现代性的演变。延安文艺在 20 世纪 50—70 年代的文学史书写中,著者主要受当时浓郁的革命氛围与苏联模式的影响,延安文艺在当时的文学史教材中普遍地位显赫,备受关注与赞颂;关于延安文艺的表述带有鲜明的政治色彩与阶级斗争痕迹。20世纪80年代在"重写文学史"口号的号召下文学的人学本质和审美观念成为关注对象,一些自由主义作家开始浮出历史地表,因此革命文学、左翼文学、延安文艺等逐渐被边缘化。21世纪以来文学史书写观念逐渐具备现代性,延安文艺研究出现了异彩纷呈的局面,如袁盛勇对政治涡流中的延安文人的关注,李洁非对《讲话》的深层研读,赵学勇对延安文艺现代性价值的考量,贺桂梅对"延安道路"中性别问题的窥探等。通过对文学史中的延安文艺书写进行梳理,可以看出在多元的文学史观的影响下,延安文艺的现代性优良质素逐渐被挖掘出来。"文学是一个不断变化的概念,文学史书写不是要简单地捍卫一个永恒不变的文学观念和秩序,而是应把文学置于历史境遇中,对思潮、现象、作家、作品、接受与传播等元素进行多层面、多侧面的解读。"[①]

延安文艺在我国20世纪文学史上占有重要地位,随着文学史书写的变迁,学界对延安文艺研究与关注的侧重点发生了变化,对延安文艺运动中发生的文学事件及文艺作品的评价也随文学史的书写理念更具科学性和现代性。文学史的书写也必然受当时政治、经济、文化等文学以外因素的制约与影响,中国现代文学史是一个从发生到发展再到渐趋完善的过程。延安文艺的本质特征在以往文学史书写过程中逐渐凸显出来关于延安文艺的内部研究如延安文艺本体研究、作家作品研究等已取得了显著的成果,但外部研究还有待完善。例如延安文艺与苏区文艺、左翼文艺、五四新文学、当代文学之间的流变规律延安文艺与中国传统文化、古代文学的承传和变异,延安文艺的民族性与开放性等问题还需在今后的文学史书写中得到加强和深化,继而推动文学史关于延安文艺书写的良性发展。

王俊虎

[①] 刘忠:《"文学史"书写的漫长之旅:兼论文学经典的流动性》,《文艺研究》2011年第12期。

论延安文学和体制化文学在打通现当代文学史中的特殊意义

一 打通中国现当代文学史所面临的难题

20世纪80年代中期以来，我们一直处于"重写文学史"的冲动之中。这一方面来自文学史观的革新，另一方面也来自研究方法和文学批评理论的丰富与深化。从现当代文学史的写作来看，出现的几部反响较大的文学史著作主要还是断代式的写作，如钱理群等合著的《中国现代文学三十年》、洪子诚的《中国当代文学史》以及陈思和主编的《中国当代文学史教程》。此外，有关"五四"文学、30—40年代文学、"十七年文学""文革"文学、新时期文学等分段式文学发展的研究也有了较为明显的理论认识上的突破。而迄今为止出现的将现当代文学视为一个整体进行写作的文学史大多给人一种拼接的印象，所谓的整合大多停留于外在的层面上，缺乏内在的学理性贯通。许多以"20世纪文学"或"现代文学"命名的文学史（如孔范今、黄修己、朱栋霖等主编的文学史）都试图通过对文学发展阶段的重新划分来掩盖这种生硬拼接的痕迹，但在进入具体的作家作品和文学现象的分析时依然暴露出种种的遗憾与不足。也有的文学史力图通过人学的演变、文学对人性的表现与反映、多种主义（现实主义、浪漫主义、现代主义）的发展流变、多元文化形态（启蒙文化、战争文化、民间文化、传统文化）的张裂等主题模块来打通20世纪中国文学史。这些文学史论著在某一认识论的维度的确有其学理价值和意义，但总的来看属于批评家式的论断，并不是作为史家的文学史书写。所以可以这样说，就目前的现当代文学史写作来看，现当代文学的割裂依然是一个无法否认的事实。

造成上述这种现当代文学史打而不通的原因主要有以下两个方面。

首先，将"20世纪"作为有关文学史叙事的宏大背景，它的确激发了我们不少的理论兴趣，也带给了我们一种整体性的文学史观。20世纪这一概念内在地隐含着一种断裂的思维观念。纵向地来看，它喻示着"五四"以来的新文学从自己的文化母体中挣脱了出来，具有了新品质；横向地来看，它也表明了在西方文学影响下的中国现代文学具有了世界意识，进入了一个融入世界文学格局的新的历史进程。但另一方面，这一命名同时招致了我们在文学史认知上的很大困惑和挑战，因为，在我们的有关历史进程的认识中，"世纪"是一个相对模糊的概念。西方人以耶稣的诞生作为纪元的开始，同时以此象征人类普遍信仰精神的诞生，"世纪"在西方人的观念中便有着一种特殊的意义与精神内涵。自14—15世纪文艺复兴运动以来，西方文化以世纪为阶段的发展特征十分明显，西方文学也正是在这一背景下呈现出由古典主义、浪漫主义到现实主义、现代主义的发展轨迹。而对于我们来说，"20世纪文学"是一个十分孤立的文学史概念，缺乏纵向的关于自身文学发展的参照；20世纪文学直接对照的便是三千年的中国古代文学，这种失衡感使它在当时的提出显得很新颖也很突兀。在很大程度上，"20世纪"留给我们的是一种相对空洞的历史想象。这样，当用"20世纪文学"来整合现当代文学时，由于缺乏内在的精神性依托而留下了太多的需要从头建构的理论空缺。

其次，当代高校学科设置中将现当代文学一分为二，也是造成这种割裂的一个原因。在我们的中文学科专业中，现代文学与当代文学是两门主干的基础性课程，这使得文学史的写作、师资队伍的建设处于一种事实上的割裂状态；钱理群、洪子诚、陈思和等的分段式文学史著作的出现，很大程度上就与这种学科的专业设置有关。由于现当代文学的学科分立，现代文学常常被看作一种已完成时态的文学，很难反映它对当代文学的贯通和影响。更为重要的是，这种学科设置无形之中积淀为一种文学史观，这种观念因封闭、割裂的教学而得到进一步强化和扩大，并代代相续，形成一种很难突破的文学史认知理念。所以，打通现当代文学，它也必然产生和引发对现有学科设置的调整，其意义超过了文学史编写本身。当然，基于对学科规范的考虑，我们主张打通后的"中国现当代文学史"用"现代文学史"这一名称统领〔在这一点上我们赞同朱栋霖的有关《中国现代文学史》（1917—2000）的命名〕；而将"当代文学"的内涵和范围定位为通常所说的"当前文学"，重点分析和介绍当前文坛的最新动态、文坛热点、文学现象、作家作品等。这样既保证了百年中国文学的整体性，也弥补了文学史写作对近距离文学很难把握的致命缺憾。从已有的实践来看，几乎所有的现代文学史特别是当代文学史，都普遍存在着头重脚轻的弊病，时间越近，描述越粗略。这样，从学科设置上来讲，以"当前文学现象研究"来取代原有的"当代文学"就具有某种合理性和深刻的必要性。

  打通现当代文学史的难度还来自它们彼此话语系统的不尽统一。长期以来，现当代文学是分处在两个相对独立的学科系统进行研究的，这使得它们逐渐形成了各自不同的学科特色，也相应地具有不同的学理内涵。现当代文学研究中的差异性的存在，给我们的整合造成了障碍。抛开细节不论，从总体上来看，现当代文学在打通过程中存在着许多不兼容的地方。两相比照，在近些年的研究中，现代文学30年在总体上是一个不断建构的过程，启蒙意识、现代性的书写成为统领现代文学的主要价值理念。相反，当代文学的研究则处在一个不断被解构的过程，也可以说是一个祛魅的过程。其中的突出表现便是对以往创作和研究中积淀的意识形态的不断消解,"重写文学史""重读经典"在很大程度上也主要集中在当代文学部分。这种解构或消解使得90年代的当代文学研究领域出现了许多很有学理价值的概念,如潜在写作、民间隐形结构、主流意识形态话语等等。但这些概念对于现代文学研究来说具有不可通约性,这也是打通过程中客观存在的问题。理想的现当代文学的整合,它应该是上下贯通的一个有机体,并且这种整合不应以削弱双方任何一个已取得的理论成果和已达到的学理深度为前提;相反,应达到"1+1>2"的效果,是一个增值的过程。

二 延安文学:百年中国文学视野下的价值重估

当前,用现代性来整合现当代文学这一理念在学界达成了一定的共识。不言而喻,中国现代文学之所以能从三千年的中国文学中脱颖而出、获得新质,其最本质的属性便在于"现代"。可以说,正是这种"现代"性质构成了界定现代文学史的概念、范围、归属的逻辑起点。但是,在实际的文学史写作中当代文学很难纳入这个现代性体系中来。所以我们才会看到这样的现象:自"20世纪中国文学"这一概念提出以来,取得的最为突出的成绩在于现代文学与近代文学的打通上。对现代性因素的发掘,使我们的研究正在不断地向晚清文学延伸,康有为、梁启超、王国维等一批近代学人在现代性视角的观照下浮出了历史的水面,晚清文学也因被纳入现代性的思维视野而具有了某种新的特质。但是,当我们用现代性这一理念向下延伸时遭遇到了阻碍。其中,阻碍最大的便是延安文学和当代文学,而且90年代重写的当代文学史基本上也不用现代性作为参照或内在主线。这种现象的出现,固然与延安文学和当代文学自身存在的问题密切相关;但同时与我们对现代性简单狭隘的理解,尤其是以它为内在逻辑进行打通整合时未能充分考虑其在中国语境中的复杂性与阶段性的特点密切相关。这使它只适用于现代文学,却不大适用于延安文学与当代文学。也就是说，我们当前所谓的现代性这一概念具有很强的上溯性，却不具有下延性。这种无法下延的现代性，在实际的文学史书写中往往会造成现当代文学之间的脱节和断裂。如果把百年中国文学的现代性看作不同时期由不同权力话语的介入而形成的结果的话，那么它大致可以分为三种形态、三个时期：一是从 20 世纪初至二三十年代的精英知识分子话语占主导的启蒙文学时代；二是发端于 40 年代延安文学直至新时期初期的以国家意识形态话语占主导地位的体制化文学时代；三是 80 年代中后期以来从多种话语并存并逐渐走向个体化写作的文学时代。有关二三十年代文学以及 80 年代中后期以来文学的发展脉络的梳理，学界已多有论述，而且基本上能够达成共识，它也在已有的不少文学史中得到了较好的反映。所以我们在这里，重点对以延安文学及其在百年中国文学发展进程中的特殊意义做一论述。

延安文学在现代文学 30 年中并不占有显赫的位置。从 30 年的角度看延安文学，它的前面是一大批文学巨匠，其文学成就是难以与之相提并论的。但是从打通现当代文学的角度、将其置于百年文学的背景下来看，延安文学的文学史意义便突现出来：它不再是 30 年现代文学的一个并不醒目的句号，而是一个新的文学时代、新的文学体制的开端。延安文学上承"五四"文学与左翼文学，下接中华人民共和国成立后文学。正是在延安文学时期，现代知识分子完成了由启蒙导师到向工农兵学习的身份认同的转换，毛泽东有关新民主主义政治与新民主主义文化的构想得以全面展开，文学与政治的一体化、文化领导权的确立以及文学生产体制的形成都在这一时期得到了初步规范。当代文学序幕的拉开，正是建立在对这一文学机制全面接收的基础之上。这样来看，应该将延安文学与中华人民共和国成立后文学视为一个整体。它们都是意识形态高度规范下的文学；它的功能与性质从属于新政权建立和巩固的需要，文学的工具性成为它最突出的特征和最大的弊端。

延安文学体现出的政治认同与工具化倾向不仅来自战时的文化功利主

义，它与现代以来中国知识分子的有关现代民族国家的构想有着密切的联系，同时是"五四"以来知识分子启蒙思想中革命功利主义倾向的现实达成。我们知道，中国现代史的开端有着被动选择的成分在里边。与西方反对宗教而进行的人的解放及现代性不同，我们从一开始便面对着人的解放及现代性与社会解放、民族解放的多重使命和压力。这使得我们以思想启蒙为核心的现代性不可能只是单纯以思想文化层面的改造为旨归，其中的政治革命诉求必然会渗透到文学的层面。正如陈伯海指出的："甚至作为新人格第一要素的独立自主的个性，在'五四'时代人们的心目中，也很少具有近现代西方个性主义思潮中的那种本体论上的意义，而多半视以为民族国家自强自立的基点，其实质还是社会性的。所以，同样是从崇尚个性的原则出发来建构新文化的人文核心，我们的'五四'和欧洲文艺复兴，却走上了截然不同的途径。在他们那里，个人的觉醒本身就是目标，它导致个人幸福的追求和人性至上的肯定；而在我们这里，个人的觉醒却是达到整个社会、国家、民族觉醒的手段，其最终目的是要'救亡图存'。"[1] 个性解放的精神之花在"五四"璀璨夺目，但它只代表着"五四文学"现代性的一部分精神意向，而非全部。"五四文学"也没有简单重复西方文艺复兴运动的道路，将个体自我的生存和发展作为衡量一切前提的价值选择，而是在"尊个性而张精神"的同时，不忘个人对他人和社会的责任，包括经国济世的责任。所以，当时才会出现作家与政治家站在同一起跑线上，并且相互激励、相互冲突的有趣景观。由此可知，现代文学与当代文学，它们虽然具有明显的差异和阶段性的形态特征，但彼此毕竟有着内在的一致性。一味地只讲"五四"文学的启蒙意义而不讲它在启蒙的同时不忘社会解放，将"立人"与"立国"统一在一起，这在一定程度上使我们忽略了这种环环相扣的关系。作为争取民族解放与独立的第三世

---

[1] 陈伯海：《"五四"与新人的发现》，夏禹龙主编：《中国文化发展的转机》，知识出版社1989年版。

界的中国，从开端处中国知识分子对现代性的诉求便包含着非常浓厚的革命功利主义色彩，从梁启超的"新民说"到以鲁迅为代表的"五四"新文学作家"为人生"的文学观，文学一直没有放弃它载道的职能。这样来看，从"五四"文学到左翼文学再到延安文学以至中华人民共和国成立后的文学，这其中文学现代性的发展轨迹也便有迹可寻了。

在这里，我们也应将 20 年代后期兴起的左翼文学与延安文学有所区别。左翼文学在总体上讲属于知识分子的话语范畴，这与经过全面改造并形成的"体制化"的延安文学有很大的不同。此外，左翼文学与延安文学也有着不同的文化背景，这使得以激进为外在表现形态的左翼文学与以服从为外在表现形态的延安文学拉开了距离。可以说，从"五四"文学到左翼文学，中国现代知识分子走的是一条激进变革的道路；而到了延安文学时期，这种激进的知识分子话语受到了体制化的整合而逐渐被纳入国家意识形态的控制之中。此种状态到 80 年代中期以后才慢慢出现了缓和。

百年文学视野下重估延安文学的文学史价值，目的在于突出它与中华人民共和国成立后文学不可分割的联系。在传统的"现代文学 30 年"的文学史框架中，延安文学只是一种地域性的特殊文学形态（在很多文学史的讲述中它只是解放区文学的一个组成部分）或是战时文学格局中的一块版图，将它作为与国统区文学、沦陷区文学共时存在的一种文学走向加以描述。这使得它蕴含的有关文学建设的现代性构想被遮蔽了，更无法直观地呈现出它与中华人民共和国成立后文学的内在统一性。所以，我们在这里分析论述延安文学的特殊意义，一方面在于强调"打通"中国现当代文学的必要性，另一方面也对如何为百年中国文学进行合理的文学史分期提供一种学理的依据。

三 体制化文学：打通中国现当代文学史的关节点

以延安文学为形成标志的体制化文学是中国共产党建立和建设社会主

义国家过程中实施文化领导权的一个必然的结果，它的现代性来自这种新政权、新体制对意识形态的构想。杨匡汉、孟繁华以"共和国文学50年"来命名当代文学，洪子诚将"中国当代文学"的内涵解释为"发生在特定的'社会主义'历史语境中的文学"，① 这里面都已包含了对这种体制化文学的历史定位与思考。体制化文学的源头是延安文学，其下限可以延伸至80年代中期，这是最能体现社会主义文学高度一体化特征的文学时期，在整个现代世界文学范畴中它有着自身特殊的意义。前面我们论述延安文学与"五四"文学的内在联系，目的是要指出"五四"新文学的现代性诉求如何转向了对抗西方现代性的轨道上。而这种非西方国家建立独立的现代民族国家的要求，正是我们把握社会主义体制化文学现代性内涵的必要前提。正如李扬指出的："马克思对现代性的这种反抗最终在非西方得以实现，原因在于非西方几乎是被强行拉入'现代'的，因此，非西方天生地具有对'现代'的反抗性。这是大多数非西方国家在20世纪都选择了社会主义道路的原因，也是'社会主义现实主义'作为社会主义的文学形式主要出现在西方国家的原因。事实上，在20世纪的大部分时间内，社会主义对资本主义的反抗实际上表现为一种地缘政治学，即非西方对西方的反抗。"②

体制化文学在文学的功能、作家的职责和文学活动的开展等方面都有其明确的规定。列宁在《党的组织和党的文学》一文中指出："文学事业应当成为无产阶级总的事业的一部分，成为一个统一的、伟大的、由整个工人阶级全体觉悟的先锋队所开动的社会民主主义的机器的'齿轮和螺丝钉'。"这段话也正是毛泽东1942年《讲话》的一个重要的理论出发点；而《讲话》中有关文艺与政治的关系、作家的身份与责任、文学的服务对

---

① 洪子诚：《中国当代文学史·前言》，北京大学出版社1999年版。
② 李扬：《抗争宿命之路——"社会主义现实主义"（1942—1976）研究》，时代文艺出版社1993年版，第135—136页。

象以及文学的表现形态等的论述，也为此后体制化文学的形成与实践奠定了基调。中华人民共和国成立后，这种高度一体化的文学更进一步在制度上得到了保障，文艺领导机构的设置、作家的创作活动、文学作品的出版发行、报刊的管理以及批评与阅读的开展等，都形成了一套高度整合的组织生产方式。与此相应，是对文学创作的题材选择、主题指向、艺术风格、创作手法等，也有了明确的限定和特定的意义，在当代的"前30年"的文学实践中，还出现了"两结合""三突出""根本任务论"等具体的写作规范与要求。体制化文学使文学与政治处于高度的同构状态，作家写什么、怎样写都被充分地政治化、计划化了，它必须无条件地从属于国家和执政党对文化事业和意识形态关系的构想。

历史地来看，体制化文学在具体的实践过程中大致可分为四个时期。其一，1942—1949年的延安文学时期，可称为体制化文学的发端期。它以《讲话》精神为指导，对延安的文艺工作者进行了初步的规范，同时在文学创作实践上也取得了一定的成绩。其二，中华人民共和国成立后的十七年，是体制化文学的发展期，创作队伍的整合、作家的思想改造、文学生产的制度化管理、对偏离规范的创作倾向的批评和纠正，成为这一时期体制化文学开展的主要内容。其三，"文革"十年是体制化文学的极致期，开创"无产阶级文学新纪元"成为彼时对文学的更进一步的政治想象，"五四"以来的新文学连同"十七年文学"一概遭到否定，八个"样板戏"成为文学创作的最高模本和典范，这也标志着体制化文学走到了极端。其四，"文革"后至80年代中期是体制化文学的转型期。这一时期，文学的体制化生产依然持续地发生效力，但已出现了松动，精英知识分子话语开始介入并发挥影响，这也标志着这种高度一体化的文学形态开始趋于解体。80年代中后期以来，当代文学开始进入了一个多元话语并存并逐渐走向个体化写作的时代。

体制化文学是高度一体化的一种文学形态，它通过规约、奖励、纠正和批判等一系列方式努力实现着文学的整齐划一，从而使文学事业成为政治事业的有力支撑与可靠保障。但同时我们应该看到，体制化时代的文学创作并不是也不可能完全高度统一，它的实际情况还相当复杂。一方面，主流文学内部存在着矛盾冲突，作家的独立思考与创作个性也会在创作实践中有所渗透。当然，这种实践一旦超出允许的范围便会招来规范的制约和批评，如对电影《武训传》、萧也牧的《我们夫妇之间》、路翎的《洼地上的"战役"》的批判。另一方面，在体制化时代还出现了不少被称为"潜在写作"的文学实践活动，它们由于从开始便不属于规范之内的写作，所以较能鲜明地体现出自己的个性色彩。当然，这种规范之外的潜在写作情况也较为复杂，它具体又包括这样三个方面：其一，在新中国成立初期便受到排斥的"七月""九叶"派等作家和诗人的文学活动，如曾卓、牛汉、穆旦等，特定的历史背景决定了他们与"五四"的精神传统有着密切的联系。其二，由于种种原因从体制之内被规范出来的作家的文学创作，如郭小川中后期有的诗作，他们曾经是这种体制化的文学主力军，但在愈演愈烈的批判运动中成为体制压制的对象，其文学作品中更多地表达出的是自身的困惑与怀疑。其三，以知青为主体的潜在写作。例如郭路生、"白洋淀"诗人群、《今天》杂志的作者群等。他们经历了从红卫兵到知青角色的转换，从狂热的政治中心到背井离乡接受再教育的遭遇，因而在"文革"中后期开始便用文学表达自己的独立思考，并于新时期之初浮出地表，成为文学解放运动的一股重要力量。对于这些复杂的文学现象，也只有置于体制化文学这一历史语境中才能认识它的思想艺术价值。如果只从"五四"精神传统的继承方面来观照，则势必会造成文学史对其丰富复杂的文化精神内涵的遮蔽。

体制化文学是中国现当代文学史写作的一个难点和关节点。从世界范畴来看，它属于20世纪世界无产阶级文学运动的一个组成部分；从社会主义文学实践来看，它又是以苏联、中国为代表的社会主义文学生产机制的一种典型范式。今天，当中国转向以市场经济为主导的经济和文化建设的时候，当中国加入世界贸易组织并以更为开放的姿态融入世界格局的时候，那种高度一体化的体制化文学已逐渐成为历史的定格。百年中国文学史应如何来书写和评价这种特殊而复杂的文学形态，这是我们现当代文学工作者予以思考的原因所在。以源于"五四"的带有深刻的西方色彩的现代性来衡量中国现代文学，必然看到的是"五四"传统在延安文学时期的中断，从而造成了在现有的中国现当代文学史的写作中现代文学与当代文学合而不通的局面。另一方面，这种狭隘的现代性理念，也会造成对中华人民共和国成立后体制化文学的定位不当与评价的偏差。如果说在 20 世纪 80 年代以前的现当代文学史写作中，延安文学以及五六十年代文学因其鲜明的政治倾向性而获得了过高的评价，那么在此后的文学史书写中，它又伴随着对文学史写作中意识形态色彩的消解而遭到过分的贬抑。两者都不免失之偏颇和偏狭。所以，实现中国现当代文学史的真正意义上的打通，必须深入开掘现代性在中国现代文学语境中具有的独特内涵。这样我们才能对由延安文学而渐进形成的体制化文学的文学史意义进行合理的评判与客观的体现，打通了的中国现当代文学史也才能更为清晰地呈现出百年中国文学的发展流变。

吴秀明　郭剑敏

当代文学与延安文学和左翼文学：
研究现状与存在问题

进入20世纪90年代以后，随着中国当代文学学科的建构与国内思想文化界的分化以及复杂的国际文化语境，当代文学与延安文学及左翼文学的问题一直为许多研究者关注。在2003年北京昌平的"20世纪40—70年代文学研讨会"上，与会者讨论了包括左翼文学与延安文学、左翼文学与当代文学的生成、左翼文学与50—70年代文学以及我们今天为什么要研究左翼文学等问题。① 其实，早在2001年8月的"左翼文学与现代中国"研讨会上，不少学者已关注"左翼文学与当下中国文学"的问题。② 2005年11月举办的"'左翼文学的时代'国际学术研讨会"③ 和2006年1月举办的"中国左翼文学国际学术研讨会"④ 上，诸如此类的问题，再次受到不同程度的关注。本文主要从学科史角度对近20年来有关当代文学与延安文学和左翼文学关系研究的历史与现状进行清理。重点考察概念内涵及三者关系的阐释、学科史视野下延安文学研究的突破与进展、"再解读"研究的启示与存在问题、关于这一文学史命题研究必要的限度意识。

---

① 见吴晓东《左翼文学于当代文学的生成》、贺桂梅《重估左翼文学遗产》、田禾《关于延安研究的再思考》，《中国现代文学研究丛刊》2004年第2期。
② 此次研讨会的主要观点可参见《中国现代文学研究丛刊》2001年第1期的《"左翼文学与现代中国"笔谈》。
③ 此次研讨会部分文章发表在《中国现代文学研究丛刊》2006年第2期。
④ 文章见汕头大学文学院新国学研究中心编《中国左翼文学国际学术研讨会论文集》，汕头大学出版社2006年版。

一 相关概念内涵阐释

在 20 世纪 80 年代启蒙主义文学的研究中，当代文学、延安文学、左翼文学这三个概念及其所指，都曾经是被质疑与解构的对象。90 年代以后，学界才逐渐给予了它们比较客观、学理性的阐释。

本文讨论的"当代文学"，并不简单指纯粹的时间概念，而主要考虑其作为历史叙述（文学史）、学科性质的内涵。洪子诚曾考察了这个概念最初是如何被构造的以及后来发生的变异，指出在试图赋予严格学科内涵的"当代文学"表述中，80 年代以来比较通行的主要有两种：一是把当代文学的时间定位在 1949—1978 年，认为这一时期"在中国新文学史和新文学思潮史上，都具有相对独立的阶段性和独立研究的意义""它的直接源头，则是一九四二年的延安文艺座谈会"[①]。二是把当代文学的时间定位在 50 年代以后，是"'左翼文学'的'工农兵文学'形态，在 50 年代'建立起绝对支配地位'，到 80 年代'这一地位受到挑战而削弱的文学时期'"[②]。实际上，以上两种有关当代文学内涵的阐释，均不可避免地具有权宜之计之虞。但在学科建设起步比较迟、相关问题仍有待进一步知识化与历史化的情况下，以上关于当代文学概念内涵的阐释，便成了我们后文的展开的主要依据。

相对于当代文学的概念，伴随着研究的拓展与深化，对延安文学的理解则正在经历一个从解构到重构的过程。在近十年来有关延安文学的研究成果中，不少研究者在试图通过多维视角探讨延安文学的内涵和外延，辨析"延安文学"与"党的文学、工农兵文学、解放区文学、社会主义文

---

① 朱寨主编：《中国当代文学思潮史·引言》，人民文学出版社 1987 年版。
② 洪子诚：《"当代文学"的概念》，《文学评论》1998 年第 6 期。

学"等之间的复杂关系。在关注延安文学指涉的区域空间的同时,①研究者持有异议的是如何界定这一文学形态的时间范畴。② 在近年出版的《延安文艺史》中,"延安文艺"被特指为"1935年10月党中央经过二万五千里长征移驻陕北至1948年春党中央离开陕北这段时间内,以延安为中心,包括陕甘宁边区的革命文学艺术"③。这是一个意识形态化的描述。不过,关于延安文学的时间上限,也有论者提出应设定在"中国文艺协会"的成立(1936年11月22日在陕北保安),而不是1935年10月,也不是中共中央进驻延安的1937年1月。此外还有一些不同的观点。其实在这一问题上,大可不必纠缠于具体的年月日,其中更值得考虑的是如下三个因素:一是毛泽东思想特别是文艺思想的形成过程;二是影响这形成的外部因素,特别是抗战的全面爆发;三是构成延安文学品质的资源。至于延安文学的文艺观念,主要还是体现《在延安文艺座谈会上的讲话》,这点没有特别的异议,只是对其具体内涵的阐释仍各有侧重。

三个概念中最具不确定性的还是左翼文学。用王富仁的话说,左翼文学"是没法用一个人、一种倾向、一种理论对它做出确定无疑的界定的文学"。它显然与30年代左翼文艺运动有关(有些研究者甚至作为左翼文学概念的外延),但实际情形要复杂得多。王富仁曾指出关于左翼文学的四个层面:坚持对社会思想改造的左翼知识分子(以鲁迅为代表);用马克思主义理论作为自己话语形式,追求鲁迅那样的独立精神(以胡风为代表);"一脚踏在文学上,一脚踏在革命上",从事的是文学活动,却以革命与否、对国民党政权的态度来评价人的价值(如李初梨、郭沫若、成仿吾);完全政治化,以政治决定自己的理论取向(以周扬为代表的"毛泽

---

① 一些广义的延安文学坚持者认为不应局限于此,而把当时根据地和解放区的文学艺术也纳入这一文艺形态。
② 袁盛勇:《历史的召唤:延安文学的复杂化形成·绪论》,中国戏剧出版社2007年版。
③ 艾克恩主编:《延安文艺史》上,河北教育出版社2009年版,第6页。

东文艺思想"阐释者)。① 钱理群则侧重围绕究竟是通过培养无产阶级自己的作家(工农兵作家),还是通过以马克思主义、党的意识形态改造知识分子,建构以工农兵文学为主体的无产阶级文学这两种想象与实践的历史考察,揭示左翼文学的丰富内涵,并重点梳理了20世纪80年代以前"培养工农作家,发动工农群众文艺活动"这一重要左翼文学发展线索。② 与王富仁和钱理群的现代文学史思维向度比较,洪子诚对左翼文学的理解与描述暗含着当代文学的立场。立足于40年代文学的当代文学发生学语境,认为左翼文学"是在观察20世纪中国文学时,按照政治倾向和与政治倾向相关的文学观念、写作实践的性质,来描述某一种文学潮流、文学流派的概括方式"③。不过,洪子诚又指出,若"按照政治倾向和与政治紧密关联的文学观念的分野"来指认20世纪中国文学中一种文学潮流、文学派别,那么,"革命文学"与"左翼文学"以及"无产阶级文学、工农兵文学、新的人民文学、社会主义文学"等概念可以相互替代使用,"它指的是从20年代末的革命文学运动,到左联文学运动和作家创作,到50年代以后的'社会主义文学'等"。但这些概念又产生于特定的情境中,具有不同的内涵,因此不能随意互相取代。比如"左翼文学"与左联、30年代的左翼文学运动有关,"工农兵文学"与40年代的根据地、解放区文学主张和实践相关,而"社会主义文学"则是产生于50年代以后的概念。因此运用这些概念时必须加以说明。④ 还有一些研究者,从国际政治与社会结构的背景对左翼文学内涵进行解读。例如日本学者丸山昇,从世界范围内的社会主义革命角度指出,左翼文学是社会主义运动的一个组成部分。韩国学者林春城则从全球化角度解读了左翼文学研究在当下的原因,强调

---

① 王富仁:《关于左翼文学的几个问题》,《中国现代文学研究丛刊》2002年第1期。
② 钱理群:《构建无产阶级文学的两种想象与实践》,《兰州大学学报(社会科学版)》2005年第6期。
③ 洪子诚:《中国当代文学史》,北京大学出版社2007年版,第9页。
④ 洪子诚:《左翼文学"现代派"》,《现代中国》第1辑,湖北教育出版社2001年版。

左翼文学体现的平民意识及对现实生活的关注的意义。① 总之，在许多研究者意识中，左翼文学是一个开放的概念，既是一种文学形态，但也是一种文化思潮、社会思潮和政治意识形态。近20年来，有关左翼文学研究，已不仅关涉到文学自身，还关涉到社会政治、思想文化等文学之外的许多问题，左翼文学也不再是中国的，同时与国际社会主义运动密切关联在一起。所有这些，使我们今天关于这一文学现象的讨论变得愈来愈复杂，在许多问题上都暂时难以达成共识。比如关于左翼文学的历史，在"五四"以来的中国文学中，它究竟始于何时、终于何地？有的学者便提出严格意义的左翼文学，在40年代延安文艺整风以后即寿终正寝了。较多研究者并不同意这种观点，认为延安文艺整风运动并没有消灭左翼文学，而是改造了这种文学，剔除了左翼文学中一些被认为是不合时宜的特质（如不分时间地点、不合时宜的社会批判和文化批判精神），以让它能够适应历史发展，为新的历史条件下的革命/政治服务。这些研究者认为，经过延安改造后的左翼文学获得了新生力量，并在其依附的政治力量建立起政权后"建立起绝对支配地位"，成为当代唯一合法存在的文学形式而继续存在和发展。在这样的思维场域中，关于左翼文学历史的把握，显然已无法仅局限于现代或当代，而只有在现当代文学的整体构架中才可能。基于这些考虑，我们在这里有选择地介绍了三个研究者的观点。同时需要指出，将这种文学形态神话的处理方式推演成一种无所不能的存在，这是对左翼文学品质的一种损害。

二 对三种文学形态关系的描述

关于当代文学、延安文学、左翼文学之间的关系，见仁见智。以下是

---

① 易崇辉：《"中国左翼文学国际学术研讨会"综述》，《中国现代文学研究丛刊》2006年第2期。

此"关系"的一种表述：

> 左翼文学在20世纪30年代是文学主潮，在40年代解放区文学中，尤其是在1942年延安文艺座谈会后以"工农兵文学"的新命名被规定为解放区文学的发展方向，在1949年建国以后又被规定为新中国文学的发展方向和唯一正确的文学，纳入了政治文艺一体化的政权体制之中，成为大一统的一元化的唯一具有生存权利的文学。直到1979年中国历史进入了一个新的历史时期，左翼文学在经历了30年代主流文学、40年代解放区工农兵文学和"十七年文学"（1949—1966）、"文革"文学（1966—1976）这几个实践阶段之后走向终结。[1]

黄子平指出这种描述的实质是对《新民主主义论》的进化论叙述的沿袭，它"不但提早将'五四'新文学置于尚未成立的左翼政党领导之下，而且刻意淡化了'革命文学'对'五四'的诋毁与清算"[2]。由左翼文学—延安文学—当代文学，即认为40年代的延安文学是30年代左翼文学的继续和发展。当代文学则是延安文学的继续和发展。这种表述与我们讨论的当代文学学科概念的阐释无太大歧异。在关于学科层面的当代文学概念中，将当代文学视为左翼文学的工农兵文学形态（主要就是延安文学）在50年代以后的继续和发展，在这种观念架构里，当代、延安、左翼三种文学形态之间的关系不言自明。

在这一表述中，关于50—70年代的当代文学与40年代的延安文学的延承这一点，并不存在争议。但与30年代的左翼文学以及与20年代的革命文学之间究竟相关联到什么程度，不少研究者都持较谨慎态度。王富仁

---

[1] 刘思谦：《丁玲与左翼文学》，汕头大学文学院新国学研究中心主编《中国左翼文学国际学术研讨会论文集》，汕头大学出版社2006年版，第256页。
[2] 黄子平：《左翼文学新论》，《书城》2008年第8期。

认为"五四"以来的左翼文学在40年代解放区文艺里,除了周扬等极少数人成了毛泽东文艺思想的阐释者,大多数当年的左翼文学人物(如萧军、丁玲等)被毛泽东文艺思想改造了,这种改造其实是一种"消解形式"。参与这种消解的还有因抗日而发展起来的民族主义文学。王富仁指出,40年代如果还有左翼文学,那就是还"保留着30年代左翼文学的基本性质"的胡风和他的以《希望》《七月》杂志为核心的同人。而到了50年代,胡风及其同人最后被批判和镇压,"标志着中国左翼文学的最后的消解",此后体现毛泽东文艺思想的左翼文学话语形式的文学,已不是左翼文学的文学观念。后来[1]王富仁进一步补充完善了自己的看法,认为延安文学具有独立的形态,1949年前它在中国文学中是一种非主流、非国家文化,之后至"文革"结束,则变成了一种主流文化和国家文化,不应该把1949年后文学的失误归咎于延安文学,而应当清醒地认识到是由于在现实环境改变了的情况下依然固守战争(民族战争、革命战争)的文艺标准造成的。对王富仁关于左翼文学在40年代的延安被消解的观点,王培元曾在一篇文章中做了梳理。[2] 可以纳入这一问题范畴的还有刘增杰的研究。他谈到了毛泽东的工农兵文艺思想对左翼文艺家的改造,并通过对丁玲、何其芳和周立波等个案的分析,揭示出从左翼文艺到工农兵文艺的复杂性和艰巨性,认为1949年《太阳照在桑干河上》和《暴风骤雨》的相继出版,是左翼文艺消融到工农兵文艺的标志。文章最后指出,"进入解放区的89名参加左翼文艺团体的左翼作家、文艺家,在战争年代牺牲、病逝8人,81人迎接了全国解放。中华人民共和国成立后除10人没有担任要职外,71人分别担任国家和省市宣传、文化、文艺部门的负责人和其他部门的领导,业余搞点文艺,一身二职"[3]。这种双重角色对新中国文艺的影

---

[1] 王富仁:《延安文学有重新加以研究的必要》,《学术月刊》2006年第2期。
[2] 王培元:《左翼文学是如何被消解的》,《中国现代文学研究丛刊》2002年第1期。
[3] 刘增杰:《从左翼文艺到工农兵文艺——对进入解放区的左翼文艺家的历史考察》,《中国现代文学研究丛刊》2006年第5期。

响，已成为我们思考当代文学与延安文学和左翼文学关系的重要背景。

把40年代的延安—解放区文学看作"五四"以来的左翼文学的尾声、余韵，是以上研究者的倾向性意见。作为一种文学形态，他们认为50年代以后的当代文学与20—30年代的左翼文学已没多少关系。① 这种情形在现代文学研究界具有一定代表性。当然也并非绝对，如前面提到的吴晓东在昌平研讨会上关于"左翼文学与当代文学的生成"的发言。又如旷新年在一篇讨论当代文学建构与崩溃的文章中，鲜明地指出毛泽东的《讲话》是对中国左翼文学运动在理论上的总结和发展，其发表意味着"人民文学"和"工农兵文学"的诞生。"在某种意义上，它意味着'现代文学'的终结和'当代文学'的诞生。"② 坚持当代文学与延安文学、诞生于1928年革命文学论争中的人民文学、左翼文学新传统之间密不可分的关系，认为当代文学和延安文学其实是左翼文学在不同时期的表现形态。这是旷新年对这三种文学形态关系多年来坚持的姿态与立场。③ 这种意见的分歧，可能与旷新年寻找当代文学学科有关，也与其90年代以来坚持"新左派"立场有关。④ 可纳入这一考察视野的，还有当代文学研究者韩毓海。⑤ 笔者在一篇考察50年来中国当代文学史编写实践的文章对此有比较系统的

---

① 如在2003年北京昌平40—70年代文学研讨会上，中国社科院文学所的赵稀方认为二三十年代的左翼文学才是"真正的左翼文学"，40年代以来的逐渐体制化的文学"是不太有资格称为左翼文学的"，因为它不具有反抗性，"左翼文学总是反抗性的文学"（赵稀方《俄苏文学翻译与左翼文学资源》，《中国现代文学研究丛刊》2004年第2期）。

② 旷新年：《"当代文学"的建构与崩溃》，《文学史视阈的转换》，北京大学出版社2013年版。

③ 这些文章有：《寻找"当代文学"》《人民文学：未完成的历史建构》《从文学史出发，重新理解毛泽东〈在延安文艺座谈会上的讲话〉》（以上文章收集在《文学史视阈的转换》一书中），《社会主义现实主义经典〈创业史〉》《写在当代文学边上》（见《写在当代文学边上》一书，上海教育出版社2005年版）。

④ 有关这方面的内容可参考福建师范大学2010届郑润良的博士学位论文《反现代的现代性："重写文学史"的歧路——论九十年代新左派文学史观》。

⑤ 韩毓海这方面的主要文章有《漫长的中国革命：毛泽东与文化领导权问题》，《文艺理论与批评》2008年第1—2期、《崇高，令我们荡气回肠：纪念"讲话"76周年》，《中国社会科学报》，2009年5月23日等。

讨论。①

　　许多当代文学史家，在考察1949年后的中国文学与中国现代文学关系的时候，在"左翼文学与当代文学"的问题上表现出来的是另一种态度。比如，对包含延安文学在内的左翼文学与当代文学关系，洪子诚考虑更多的是当代中国社会复杂的历史情境，这其中既有对复杂当代历史的"同情和理解"，关注左翼文学（延安文学）对当代文学的建构与发展的参与，同时作为一个历史主义者，又不放弃对历史的批判与反思，从不同的角度分析了左翼文学在当代中国的命运。洪子诚从分析40年代文学入手，讨论了作为当代文学生成过程中的左翼文学如何凭借自身力量所做的筛选和逐步制度化、中心化的工作，及至最后如何被耗尽的过程，②可见他对于左翼文学"消解论"所持的保留态度。《问题与方法：中国当代文学史研究讲稿》一书努力返回到更复杂的当代历史情境，梳理左翼文学（延安文学）与当代社会、当代文学的深层关系。作者列举了大量史实说明在50—70年代，作为当代文学形态的左翼文学对现代派文学"激烈拒绝的态度"，以及经过"文革"后在异化问题上左翼革命文学态度的微妙变化。③在"革命文学的'驯化'"一节中，作者依据"当代"具体的文学事件，揭示出革命文学如何在不断纯洁化与制度化中僵死，失去活力，并指出进入20世纪80年代以后，作为一种思想文化价值观念的左翼革命文学是如何在当代几十年来不断"自我损害"与"自我驯化"中走向宿命，以及左翼革命文学在失去批判性而退为边缘之后中国文学面临的尴尬与矛盾。这种尴尬与矛盾的表征之一，用王富仁的话说就是，将一些不具有任何革命性与社会历史高度的作品视为典范，将文学艺术降低为单纯的娱乐品与消费

---

① 曾令存：《中国当代文学史写作：理论与实践》，《学术研究》2012年第11期。
② 李宪瑜：《当代文学的"原点"与"复调"》，《中华读书报》2003年4月9日。
③ 洪子诚对茅盾50年代《夜读偶记》对20世纪现代派文学的态度的梳理，颇能说明左翼文学50—70年代在这一问题上的立场与姿态。洪子诚：《左翼文学与"现代派"》，《现代中国》第1辑，湖北教育出版社2001年版。

品，助长当代文学的平庸化与低俗化。① 用孟繁华的话说则是，在今天具体的文学中，我们已经很难再读到左翼文学那种浪漫精神与理想主义、批判精神与战斗性。②"批判性知识分子总是离开中央集权的那种权威，走向边缘，在边缘处可以看到一些事物""但是做这样的作家和知识分子应该准备好承担很多痛苦的东西。有些作家既想担当这样精神的旗帜，但又没有做好牺牲自己的利益的准备。我想对于当代的许多作家来说，矛盾可能就出在这里。"③ 洪子诚这里指出的问题，与其说是在谈论作为文学形态的"左翼"，还不如说是在讨论当代知识分子与作为精神品质的左翼之间的尴尬和矛盾。左翼革命文学在当代中国的这种命运不是孤立的现象，这跟整个当代国际共运的命运是相互关联在一起的。在探讨左翼—延安文学当代形态过程中，洪子诚始终都没有脱离"世界左翼"这一参照系。这一审察视角是对我们关于左翼文学、延安文学和当代文学三者关系的思想空间的拓展。

程光炜则从另一种角度考察并指出十七年文学和当代文学其实是左翼文学思潮在新的特殊历史语境中的一个发展，"它的发展方向、文学原则和政策，在 30 年代的左翼文学运动中就已经初步具备"④。他通过对 21 个左翼文学思潮传播者兼实践者社会身份的分析，⑤指出 20—70 年代中国左翼文学思潮传播者主要是两类人：一是 20 年代和 30 年代的日本留学生，二是抗战时期的流亡学生和中华人民共和国成立后培养的工农兵作者。前者曾受晚清革命思想、马克思主义和日本左翼社会思潮的深刻影响，他们

---

① 王富仁：《延安文学有重新加以研究的必要》，《学术月刊》2006 年第 2 期。
② 孟繁华：《左翼文学与当下中国文学》，《中国现代文学研究丛刊》2002 年第 1 期。
③ 洪子诚：《问题与方法：中国当代文学史研究讲稿》，生活·读书·新知三联书店 2002 年版，第 301 页。
④ 程光炜：《左翼文学思潮与现代性》，《文学史研究的兴起》，福建教育出版社 2008 年版，第 75 页。
⑤ 他们分别是郭沫若、成仿吾、田汉、钱杏邨、李初梨、茅盾、蒋光慈、胡风、瞿秋白、冯雪峰、周扬、张光年、邵荃麟、赵树理、柳青、郭小川、贺敬之、李准、浩然、姚文元、李希凡。见《文学史研究的兴起》第 75—78 页。

归国后与另一批"由破败乡村走向城市的知识青年汇合",通过上海这一文化中心传播到中国广大城乡,而后者的人生选择则与中国革命的发展具有某种"同步性",折射出左翼文学思潮的"本土化走势和文化心理特征"。程光炜认为,这些因素,对"十七年文学"、当代文学内部的分裂和错层,文学双重性格的形成产生了无形影响。当代文学发展中"物质的'现代化'与精神的'纯洁化'"的分裂性主题,其实是左翼文学思潮进入现代国家历史阶段后自身无法克服的矛盾与困惑的反映。而在作为十七年文学基本审美特征的"战歌/颂歌"里,左翼文学"'批判理论'恰恰构成了对并非'莺歌燕舞'的文学现实的一种巧妙的遮蔽。"

总体而论,对左翼文学、延安文学和当代文学三者的关系,尽管存在不同看法,但仍有不少研究者(特别是当代文学研究者)愿意将后两者看作前者在不同时期的表现形态。其实,对这三者关系的处理,不同的时间意识、文学史观念形态与思想立场,考察的结论是不一样的。在50年代,我们思考得更多的是当代文学和延安文学的关系,那时文学史家都把当代文学看作在《讲话》指引下的延安文学(解放区文学)的继续和发展,这是近距离的观察。60年代初编写、出版的几部中国当代文学史著作即很能够说明问题。但在90年代以后,随着当代文学作为一个独立学科的建构和观察时间距离的放大,为了寻找学科的传统和资源、话语特征以及学科性质等等,许多研究者则不再满足于把当代文学与延安文学关联起来思考,而会越过延安文学——40年代文学做进一步追溯,思考当代文学与左翼文学(二三十年代乃至"五四"时期)的关系。在这种远距离的学科观察向度里,人们对这三者的关系基本上是肯定的。这是一种福柯知识考古学意义上的处理方式,比较注重历史的内在关联性。90年代以后的复杂性还在于,与这种上溯视角相反的视线下移的处理方式,一种近似历史进化论的时间意识,则把它们都作为"五四"以来一种文学思潮、文化思潮来观察。这种考察的结论相对要复杂些,即使持肯定的态度,也不是毫无保留,如承认当代文学对延安文学的继承和发展,但未必承认二三十年代左翼文学对当代文学的巨大影响,更不用说左翼文学意义上的"五四文学"。不同的问题方式,给我们提出的问题也不尽相同。比如,在左翼文学在40年代解放区文学里即已终结的这一结论中,我们至少可以疑问:提出这种观点的意图是什么呢?为了借此划清左翼文学与当代文学的界限,强调左翼文学的批判性、反抗性和战斗性,捍卫左翼文学的纯洁性、纯粹性甚至崇高性,为当代文学的命名、性质的定位留下空间?在这里,关于这三种文学形态关系的思考已超出了文学的视域。

三 延安文学研究的新格局

鉴于以上复杂情况,在考察它们关系的过程中,我们应该考虑具体的历史语境。而在面对当代文学与延安文学的关系方面,新近出版的《还原与重构——新的延安文学研究在崛起》(以下简称《崛起》)值得我们关注。[①] 该书编选了2001年以来国内延安文学研究界比较活跃的25位研究者的论文33篇。主编袁盛勇认为,这些研究成果在90年代同题研究的基础上,体现了21世纪以来延安文学研究的"创造性品格"和"超越性努力",以及研究者高度自觉的文化意识与历史还原意识等新气象。文集引论《新的延安文学研究在崛起》从四个方面综合评析了近十年来的延安文学研究,评析涉及的正是我们要讨论的"当代文学发生学视野中的延安文学研究"议题。编者认为,近十年来的研究不仅有助于我们认识延安文学的复杂性,也为深刻认识和了解当代文化与文学的"历史合法性",以及当代中国知识分子命运等许多问题提供了必要的理据。比如他指出,关于延安文人精神心态的研究,在还原延安文人复杂心路历程的同时,告诉我们他们的命运实际上也是后来相当一个时期里中国知识分子命运的缩影,

---

[①] 袁盛勇主编:《还原与重构——新的延安文学研究在崛起》,重庆出版社2012年版。

探究延安文人的心灵史，其实也是触摸和反思我们自己的存在。《崛起》认为袁盛勇、李洁非等指出延安文学"党的文学""超级文学"等文学观念的萌生与确立，目的在于借助文学建立符合马克思主义社会模式的、"面向工农兵"的无产阶级文化领导权，颠覆传统知识分子价值观，瓦解其文化霸权。21世纪以来关于延安文学形式的变革的研究，意在证明以大众化与普及化为目标的民间形式（如民歌、戏曲，追求古代话本与传奇效果的小说）将成为后来建立的新中国文学的主要表现体式。[①] 关于延安文学语言变革的研究，则宣告了即将诞生的当代文学语言，"革命白话"与大众语言必然全面置换现代白话和"启蒙语言"（知识分子语言）的历史趋势。[②] 这十年来延安文学研究中对40年代以新华书店出版机制、《解放日报》等为代表的文学生产与文学传播状况的研究，也对我们考察当代文学制度具有前理解的价值。

从《崛起》收录的研究成果及袁盛勇的综述来看，近十年来的延安文学研究，表现出一种真正的百年中国文学意识。大多数研究者已不再从现代文学或者当代文学立场对延安文学进行单向度研究，而是试图将延安文学作为缝合两者的一种文学形态，对当代文学学科的历史合法性给予了更多的理解和支持。用有些研究者的话说，延安文学在打通现当代文学方面具有举足轻重的意义，正是在这一时期，知识分子完成了由民众启蒙师到向工农兵学习的身份认同的转移，当代文学文化领导权与文学制度化的问题得到了初步的规范。[③] 这种情形，也可看作对80年代出现的20世纪中

[①] 王光东：《民间形式·民间立场·政治意识形态——抗战以后文学中的民间形态》，《当代作家评论》2003年第6期；黄科安：《民间立场与知识分属性——从"文化身份"看赵树理的小说创作》，《太原理工大学学报（社科版）》2006年第2期；杨劼：《旧形式与"延安体"》，《文艺理论与批评》2003年第6期；王荣：《论〈王贵与李香香〉的版本变迁与文本修改》，《复旦学报（社科版）》2007年第6期等。

[②] 文贵良：《大众话语：对20世纪30、40年代文艺大众化的论述》，《文艺研究》2003年第2期；张卫中：《解放区小说的语言变革及意义》，《文艺理论与批评》2006年第5期。

[③] 吴秀明：《论延安文学和体制化文学在打通现当代文学史中的特殊意义》，《学术研究》2003年第6期。

国文学研究断裂论的矫正，对作为一个整体的"20世纪中国文学"进行了一次最完整的演绎。它并非站在80年代文学现代化的研究立场上，而是立足于近十多年来追求20世纪文学研究的知识化与历史化的立场。

在20世纪80年代以前的中国现当代文学研究中，大多数现代文学研究者，特别是文学史家都倾向于将延安文学作为源于"五四"新文学的中国现代文学进入新历史阶段的标志性事件加以考察。这种情况在20世纪80年代的启蒙主义与审美取向的重写文学史运动中终于被颠倒过来。在当时以"20世纪中国文学"和"中国新文学整体观"为代表的文学史观念中，我们并不难看到将延安文学与当代文学置放在一起来考察的新趋向，①并成为进入90年代以后许多中国当代文学史编纂的指导思想。许多编纂者将中国当代文学的叙述起点从1949年第一次文代会的召开推溯到1942年的《讲话》。这种文学史观念认为，延安文学与左联文学、左翼文学一起构成了当代文学的"前史"。这种观测点的位移是中国现当代文学史观念的变化及与此相关的中国当代文学学科意识的觉醒和建构。

四　再解读的启示与存疑

说到延安文学于中国现当代文学缝合、打通的意义，近20年来当代文学与延安文学和左翼文化、文学关系的研究，不能不提及进入90年代以后的"再解读"思潮。对于这一现象，目前已有若干研究成果，笔者在《中国当代文学史写作：理论与实践》及《当代文学研究中的"40—70年代文学"》(《文艺争鸣》2008年第4期)等文中也曾从不同角度涉及。"再解读"研究群体的问题意识和研究方法不一，本文只选择有代表性的若干

---

①　在"20世纪中国文学"论者那里，延安文学与50—70年代的当代文学被置放在一起，认为这30多年的文学断裂了始于"五四"新文学的现代意识，包括作家的价值取向与作品的审美追求。中国新文学整体观则从倾重于文化的民间（包括民间文化形态、民间隐形结构、民间理想主义、民间审美立场等）角度，视40—70年代文学为一个整体。

个案进行讨论。

　　作为海外"再解读"的发起人,唐小兵的思想主要集中在由他主编的《再解读:大众文艺与意识形态》(以下简称《再解读》)的"代导言"《我们如何想象历史》及其相关的研究文章中。唐小兵对从40年代延安文艺开始的、在50—70年代全面展开的大众文艺实践进行考察并提升至现代性高度进行重新定义,指出40—70年代的大众文艺与"五四"新文化及文学之间的内在逻辑关系,提出了通俗文学与大众文艺关联与歧异的问题。唐小兵认为由于中国现代革命的关系,后者比前者更高级,它已不再简单具有"文学形态的娱乐功能和消遣性质",而隐含了现代社会政治意识形态的价值标准和行为取向。在这一意义上,他认为"在'延安文艺'里,'五四'新文学运动中一直孕育着的,在30年代明确表达出来的'大众意识'才真正获得了实现的条件以及体制上的保障,'大众文艺'才由此完成其本身逻辑的演变,并且同时被程序化、政策化";这种"程序化、政策化",既是中国现代化进程也是建设现代民族国家对文艺提出的必然要求。"'延安文艺'的复杂性正在于它是一场反现代的现代先锋派文化运动""其之所以是反现代的,是因为延安文艺力行的是对社会分层以及市场的交换——消费原则的彻底扬弃;之所以是现代先锋派,是因为延安文艺仍然以大规模生产和集体化为其最根本的想象逻辑;艺术由此成为一门富有生产力的技术,艺术家生产的不再是表达自我或再现外在世界的'作品',而是直接参与生活、塑造生活的'创作'"。[①]这种"市场/生产"的观察立场,与我们长期以来简单地从"政治正确性"角度理解、评价延安文艺运动的情形比较,有着根本差异。从以上理论构想出发,唐小兵等研究者对40—70年代比较重要的主流作品进行了深入解读,试图勾勒出这一

[①] 唐小兵:《我们如何想象历史》,《再解读:大众文艺与意识形态》,香港牛津大学出版社1993年版。

时期文学与"五四"以来的现代文学的历史关联。① 此外，在前些年一次有关《再解读》再版的座谈会上，唐小兵从批判意识的角度对从左翼传统里生产出来的文学、文艺作品进行解读，"所针对的恰好是一种体制化了左翼传统"②。所谓"体制化了左翼传统"，重心显然是50—70年代的情形。

关于唐小兵再解读的研究及其对我们考察当代文学、延安文学与左翼文学这三种文学形态之间关系的启示意义，李杨曾有过精辟的概括：

> 唐小兵的这一观点之所以能够在国内引起反响，是因为它揭示了看起来泾渭分明的"五四"启蒙文学与延安文艺代表的左翼文学的内在关系。这势必将引发我们对"断裂论"的反思，对"启蒙"与"救亡"的二元对立的反思。按照这一逻辑……现代民族国家的使命就是建立一个"普遍同质领域"，将民众组织起来，"五四"时期的白话文运动、现代小说的兴起无不服务于文艺大众化这一始终不渝的目标，文艺大众化的方向始终是中国现代文学的方向，在这一意义上，从"五四"文学到左翼文学，就根本不是什么断裂，而是合乎逻辑的发展。尤其是延安文学将大众文艺制度化，在某种意义上成为50—70年代文学国家化的一种预演。在这一意义上，唐小兵虽然讨论的是延安文艺，实际上也开辟了讨论和重新认识50—70年代中国文学的全新视域。③

在当年海外的再解读中，值得关注的还有黄子平及其《革命·历

---

① 这其中除了唐小兵《暴力的辩证法——重读〈暴风骤雨〉》《〈千万不要忘记〉的历史意义——关于日常生活的焦虑及其现代性》等之外，像刘禾《文本、批评与民族国家文学——〈生死场〉的启示》、黄子平《病的隐喻与文学生产——丁玲〈在医院中〉及其它》、刘复与林岗《中国现代小说的政治式写作——从〈春蚕〉到〈太阳照在桑干河上〉》、孟悦《〈白毛女〉演变的启示——兼论延安文艺的历史多质性》等都有一定代表性。
② 唐小兵、黄子平、李杨、贺桂梅：《文化理论与经典重读》，《文艺争鸣》2007年第8期。
③ 曾令存、李杨：《〈再解读〉与"反现代的现代性"——当代文学学科史访谈录》，《中国现代文学研究丛刊》2011年第12期。

史·小说》。① 在2007年的一次座谈会上黄子平说，虽然"再解读"关注比较多的是40—70年代的红色经典，但自己恰恰"最不尊重经典、也不崇拜经典"，他之所以喜欢用"经典化"这个动词，是因为关心经典是怎么形成的。从另一角度说，也就是关心左翼革命文学在当代的命运。《革命·历史·小说》讨论的问题从时间上说显然要大于40—70年代文学。但对50—70年代的革命历史小说与20—30年代左翼革命文学之间的关系，作者并不在意，而主要关注在50—70年代进行"意识形态现代化"革命的这一非常时期，中国现代革命历史是怎样被讲述；革命历史小说是怎样对革命进行经典化，经典化以后的革命历史小说又是如何影响着我们对革命和历史的想象与叙述；"文本秩序与社会秩序的建立、维护与颠覆"以及"文学形式与革命、政治之间"是如何形成一种互动关系的，等等。如果说80年代中期"20世纪中国文学"命题提出的同时已暗含把"革命历史小说"为主体的40—70年代文学当作"'异质'性的例外"，认为后者是对前者现代化进程断裂的情形，那么，作为命题提出者之一，黄子平在十多年后对当代文学50—70年代革命历史小说话语方式的研究，已暗含着他对"断裂"命题存在偏颇的修正。这种文学史观念的变化，折射出作者90年代初寓居海外后置身全球左翼运动语境对大陆左翼革命文学命运的反思与关注，尽管作者谦称该书是"自我精神治疗的产物""是对少年时期起就积累的阅读积淀的一次自我清理"②。

而中国大陆较早研究再解读的李杨，近20年一直反对80年代以来20世纪中国文学研究中坚持的那种断裂论。在出版于90年代初的《抗争宿命之路——"社会主义现实主义"（1942—1976）研究》（时代文艺出版社1993年版）一书中，李杨尝试通过引入有关现代民族国家理论的知识

---

① 该书1993年由香港牛津大学出版社出版，2001年上海文艺出版社出版了该书的内地版《"灰阑"中的叙述》。
② 黄子平：《"灰阑"中的叙述》"沪版后记"，上海文艺出版社2001年版。

谱系，考察"形式的意识形态"意义，将 40—70 年代文学作为一个整体进行研究。他指出从《讲话》发表的 40 年代初期到 50 年代中期以长篇小说为代表的叙事文学的繁荣，转换到 50 年代中期至 60 年代中期以政治抒情诗和三大散文家为代表的抒情文学，及至发展到从 60 年代中期到"文革"结束以样板戏为代表的象征文学，这种形式切换的背后隐含了复杂的意识形态，它是一个新的社会制度建立历史进程的文学表达，有其内在必然的逻辑。他认为"'社会主义现实主义'不但不是五四新文学的中断，而是五四新文学的逻辑发展"。社会主义国家的建立与制度的选择，是对西方现代资本主义社会制度的反抗，是"反现代的现代社会制度"。在此背景下诞生与发展起来的社会主义现实主义文学，天生具有"反现代的现代"性质，是"反现代的现代性文学"。这种"反现代的现代性文学"，与发生在 20 世纪世界范围内的社会主义运动不可避免地烙上左翼政治的印记一样，具有左翼文学性质。李杨认为 90 年代以来中国现当代文学研究界用"红色经典"来描述那些作品，与这一背景不无关系。[①] 通过对这一时期文学文本与历史之间关系的再解读，李杨揭示出特定历史语境中 50—70 年代文学与延安文学和左翼文学的深层关系。这一思路在《50—70 年代中国文学经典再解读》（山东教育出版社 2003 年版）一书得以更集中深入的表现。

"再解读"研究者们对西方 20 世纪 60 年代以来种种文化研究理论（如女性主义理论、精神分析理论、西方马克思主义理论等）的尝试与实践，对重新解读曾经被我们熟视无睹的文学现象与事件的"文本密码"带来的新启示，并能够开拓被传统批评和以文本为中心的现代新批评遮蔽的空间。但尽管如此，其存在问题仍不容忽视。例如贺桂梅认为，"再解读"并没有很好地处理"理论的历史性"和 40—70 年代这一段历史的特殊性

---

① 参看李杨《抗争宿命之路——"社会主义现实主义"（1942—1976）研究·后记》及笔者与他合撰的《"再解读"与"反现代的现代性"——当代文学学科史访谈录》。

这两者间的张力关系，以一种"非历史的态度对待理论""超历史的态度对待40至70年代的历史"①。程光炜也认为，再解读研究借助知识化完成了自身建设，增加了更多研究的可能性，"重排了现当代作家的位置，调整了文学经典谱系，并对'文学经典'和'文学史经典'做了更严格的区分"，在一定程度上做到了"归还给历史"了，但在"如何归还给历史"这一更大难点上止步了。② 以上这些存在问题，本人在《中国当代文学史写作：理论与实践》等文中有具体深入的分析。

从以上分析看，我们的确很难把左翼文学与当代文学割裂开来。翻开90年代以前的中国当代文学史著作的绪论或前言，我们都不难发现它们尽管表述形式不一样，但都在有意无意地将当代文学的发展历史与"五四"以来的左翼文学历史纠结在一起。当我们用"社会主义文学"来描述当代文学性质的时候，实际上便已经将当代文学纳入左翼文学的考察视域，因为我们一直是在国际共运的范畴内来考察社会主义运动的。左翼文学实际上伴随着整个中国当代文学发展史，但在不同时期表现形态并不一样，人们关注的立场和动机也不同。不过，在现当代文学视野中展开问题的考察与讨论则是研究者的共识。

曾令存

---

① 李杨等：《文化理论与经典重读》，《文学争鸣》2007年第8期。
② 程光炜：《"再解读"思潮与历史转型——以唐小兵编〈再解读：大众文艺与意识形态〉等一批著作为话题》，《上海文学》2009年第5期。

附录

主要作者简介

王富仁(1941—2017),山东高唐人。文学博士。曾任中国现代文学研究会会长,北京师范大学、汕头大学文学院教授,博士生导师。主要从事中国现代文学与中国文化研究。专著有《中国反封建思想革命的一面镜子》《中国鲁迅研究的历史与现状》《王富仁自选集》《中国文化的守夜人——鲁迅》等,发表论文多篇。

朱鸿召,1965年生,安徽庐江人。文学博士。现为上海社会科学院文学研究所副所长,研究员。长期致力于延安时期社会历史文化研究、现代城市文化研究。著作有《延安文人》(《延河边的文人们》)、《延安日常生活中的历史》《延安曾经是天堂》等,另主编《红色档案——延安时期文献档案汇编》等书刊多种,发表论文多篇。

黄科安,1966年生,福建安溪人。文学博士,博士后。现为福建师范大学文学院教授,博士生导师。主要从事中国现代文学研究。著作有《叩问美文:外国散文译介与中国散文的现代性转型》《知识者的探求与言说:中国现代随笔研究》《延安文学研究:建构新的意识形态与话语体系》等,发表论文多篇。

李杨,湖南长沙人。文学博士。北京大学中文系教授,博士生导师。主要从事中国现当代文学与文化研究。专著有《抗争宿命之路:"社会主义现实主义"(1942—1976)研究》、《50—70年代中国文学经典作品再解读》、《文学史写作中的现代性问题》等,发表论文多篇。

罗岗，1967年生，江西赣州人。文学博士。现为华东师范大学中文系教授，博士生导师，主要从事中国现当代文学与文化研究。国家社科基金重大项目"人民文艺与20世纪中国文学的历史经验"首席专家。著作有《预言与危机》《人民至上》《危机时刻的文化想象》《想像城市的方式》《面具背后》《记忆的声音》等，发表论文多篇。

纪桂平，1941年生。现为河北师范大学文学院副教授。主要从事中国现当代文学研究。发表论文多篇。

张器友，1945年生，安徽枞阳人。安徽大学文学院教授，硕士生导师。长期从事中国现当代文学思潮研究、延安文学研究和新诗研究。著作有《抗拒不了的传统——以延安文学为中心的历史性阅读》《桐城派与五四新文学》等，发表论文多篇。

刘增杰，1934年生，河南省滑县人。著名学者。现为河南大学文学院教授，博士生导师。主要从事中国现当代文学与文化研究。专著有《中国解放区文学史》《迟到的探寻》《云起云飞——20世纪文学思潮研究透视》《文学的潮汐》《战火中的缪斯》《中国现代文学思潮研究》等，主编有《师陀全集》等，发表论文多篇。

胡玉伟，1966年生，辽宁法库县人。文学博士。现为沈阳师范大学文学院教授，硕士生导师。兼任文化与文学研究所副所长。主要从事中国现当代文学研究。著作有《传统的建构与延拓——解放区文学研究及其他》等，发表论文多篇。

周维东，1979年生，陕西白河人。文学博士。现为四川大学文学与新闻学院教授，博士生导师，教育部青年长江学者。主要从事中国现当代文学与文化研究。专著有《中国共产党的文化战略与延安时期的文学生产》《民国文学：文学史的"空间"转向》《意识形态的焦虑：1949—1966中国大陆文学的精神结构》等，发表论文多篇。

刘忠，1971年生，河南信阳人。文学博士，博士后。现为上海师范大学文学院教授，博士生导师。主要从事中国现当代文学研究。专著有《思想史视野中的中国现当代文学》《二十世纪中国文学主题研究》《〈在延安文艺座谈会上讲话〉研究》《知识分子影像与新时期文学》等，发表论文多篇。

毕海，湖北浠水人。文学博士。现为中央民族大学文学与新闻学院副教授，硕士生导师。主要从事中国现当代文学研究。专著有《中国现代文学论争与文化政治》等，发表论文多篇。

周景雷，1966年生，辽宁大连人。文学博士。现为渤海大学教授、副校长，硕士生导师。长期从事中国现当代文学研究。专著有《茅盾与中国现代文学》等，发表论文多篇。

王俊虎，1974年生，陕西大荔人。文学博士，博士后。现为延安大学文学院教授，硕士生导师。主要从事中国现代文学史、延安文艺研究。专著有《老舍与曹禺比较研究》等，发表论文多篇。

吴秀明，1952年生，浙江温岭人。现为浙江大学人文学院教授、博士生导师。主要从事中国现当代文学与文化研究。著作有《在历史小说之间》《文学中的历史世界——历史文学论》《隔海的缪斯——高阳历史小说综论》《当代中国文学五十年》等，发表论文多篇。

曾令存，1964年生，广东梅县人。嘉应学院文学院教授，暨南大学文学院兼职硕士生导师。主要从事中国现当代文学史研究。专著有《学科视野中的40—70年代文学研究》等，发表论文多篇。

后　记

本书编完，不由感觉轻松了一些。

延安文学和更大范畴的延安文艺在中国和世界都曾发生过重要影响，对其研究自它产生以来也就在自觉不自觉地发生着。延安文艺研究在以往一个时期内更多表现为一种意识形态的话语实践，其被动性无论多少还是存在的，当然，在建构一种新的社会主义制度尤其是文化制度时，延安文艺实践及其历史提供的经验与其说是消极的，毋宁说是积极的。没有延安文艺提供的话语资源，没有众多研究者的细细梳理与宏大建构，社会主义初级阶段的文化状貌肯定会呈现不一样的形态，但也并非就是那么合理而健壮的形态。历史永远在现实社会的时间之流中不断远去，而现实也在历史的背影中往往转眼成为历史。延安文学的历史及其学术研究也是如此飞速地行进着。

随着中国现当代文学学科的发展，延安文艺研究也是越来越趋于专业化、细密化和精致化，延安文学的凸显即是一例。研究中呈现出来的学术盆景也是愈来愈多，装饰性远远大于其实用性。但这并非就全然不是好事。远离历史和现实的尘埃，并非就没有其存在的价值。而文字和文章对于研究心得的凝固和完美表达，也在研究者那里呈现着一种生命的体温和人文追求。细细体味延安文艺研究的历史和学术脉络，也未尝不是一部当代学人和知识分子的心史。我想，研究者倘能达到此等境地，也就是颇为情理兼备的了。

感谢本书诸位论文作者曾经付出的宝贵心血。这些成果不仅在以前与现在滋养着延安文学和延安文艺的研究，而且在可见的将来仍然会发生着积极的学术性影响。尽管人在自然法则面前会不断趋于衰老和消亡，但在延安文艺研究的学术天地里，出色研究者的灵魂终将永存！

不知是时代变化太快，还是我的思想仍然停留在那些充满了复杂人文气息时代的缘故，偶然间也会觉得身心略显疲顿，而又无可如何。展望未来学术之路，呜呼呜呼，唯执子之手，踏遍荆棘，尽览芳华！

本书是我近年给研究生开设"延安文艺研究"课程时编写的教学用书，获得陕西师范大学中国语言文学"世界一流学科建设"经费资助。在本书编选和出版中，我所指导的研究生尚进、王帆、郭雪霞等协助我做了不少文字校对事宜；责编郭晓鸿博士认真细致，费力甚多。谨此一并致谢。书中缺点在所难免，恳请读者诸君批评指正。

袁盛勇
2018 年 11 月 28 日于嘉木斋